已经彻底暗下来的天空,绽放着五颜六色的花朵。

弱势角色友崎君 Lv.3

目 录

1. 集齐同伴回到最开始的城镇有时候会遇到新的事件　　P.1

2. 最适合练级的地点会逐渐改变　　P.77

3. 多人游戏有多人游戏的好处　　P.121

4. 有时候仅仅是一个选择就会改变一切　　P.241

5. 高难度迷宫关卡的门钥匙有时候就在身边角色的手上　　P.269

6. 只有女主角才能装备的道具有着特殊的效果　　P.301

Original Design Yuko Mucadeya + Caiko Monma
(musicagographics)

———————— 每本书都是一座传送门

次元书馆

弱势角色友崎君 Lv.3

(日)屋久悠树 著
(日)Fly 绘
方宁 译

人物介绍

友崎文也
高中二年级。弱势角色。

日南葵
高中二年级。学园的完美女主角。

七海深奈实
高中二年级。气氛营造者。

夏林花火
高中二年级。小不点。

泉优铃
高中二年级。很时髦的女生。

菊池风香
高中二年级。喜欢看书。

水泽孝弘
高中二年级。想当美发师。

中村修二
高中二年级。喜欢看书。

竹井
高中二年级。体格强健。

成田鸫
高中一年级。在各方各面都很自由。

暑假开始的第一天。

首先要说的是,我的暑假从一开始就不是暑假了。

"嗯!不出所料是穿了难以言喻的服装过来呢。"

上午十一点。我刚抵达大宫站的碰头地点"豆树",就被迎面抛过来了这么一句话。会说出这种口无遮拦的毒辣话语的人,理所当然就只有那一位了。

在那里等着我的是学园的完美女主角,对我来说是"人生"导师——日南葵。

"别、别这么说啦。"

"哼!听你这语气,看来是自己也知道很糟糕,对吧?"

日南双手交叉在胸前,非常拽地说道。

"算、算是吧……"

与深实实的选举战,还有在那之后出现的各种分歧,由于直到放暑假之前都有那么多要忙的事情,导致最近都没什么机会听到日南的毒舌。不过事情刚告一段落就又很干脆地复活了,而且是锋利到让人完全感觉不到空窗期,毫不留情地戳痛我的内心。

"你有稍微努力一下让自己好歹还看得过去吗?"

"姑、姑且算是有……"

我完全被她的气焰所压倒,同时低着头确认了自己的服装。之所以会陷入这种局面,也是因为我现在并没有穿在这家伙的吩咐下照着假人模特买下来的那套服装。

身上穿的T恤上面印着令人看不懂的英文，而且给人一种旧衣服的感觉；裤子则是初中时买的牛仔裤，一直穿到了现在，长度差不多是到膝盖。也就是说，是我原本就有的，和父母一起在永旺①买的服装。不过鞋子是穿了之前买的那一整套里面的那一双。

"真是烂到根本看不出努力的程度呢。"

"但是我也算是尽自己所能思考过了……"

要说我为什么不穿照着假人模特买的那套衣服呢——因为那套服装是长袖长裤，在夏天穿有些太热了。

"唔，果然这方面需要专门的课题啊……"

日南根本就不想听我的借口，用大拇指抵住嘴唇开始了思考。一遇到新问题就立刻思考应对方法。该说这家伙依旧是这么严于律己吗？我深刻地感受到对于日南来说，暑假并不单单只是暑假。原来我的品味是糟糕到了会造成问题的程度啊，希望她可以先将这个问题暂时搁置一会儿。

"呃，该怎么说呢？之前买的衣服现在穿有些太热了……我觉得穿出来应该是不太对的。"

缺乏自信的我还是说出了自己的想法。不管怎么说，夏天穿长裤也就算了，但是穿长袖就有些不可理喻了吧，我觉得那样穿反而会被怒骂，所以才选择了这套。不过是不是至少把裤

---

① 永旺是日本综合零售及服务企业集团，以经营购物中心、综合零售业为主。

子换成之前买的那条会比较好呢？

这套服装该怎么说呢，和之前照着假人模特买的那套相比，确实更像初中生穿的，能够隐约感觉到穿搭上的生疏感。不过我也是被说了之后才意识到的。

"没错。在这个层面上，今天如果穿了那套衣服，那就是错得离谱了。不过嘛，换了这么一身过来也不能算正确答案就是了。"

日南面无表情，不对，倒不如说是稍微浮现了一丝戏谑的笑容，毫不留情地指出了我的问题。无论是举止还是表情，明明都完美到了不能再完美的地步，但是还会在这种没必要的地方发挥强势角色的气质，所以对于这家伙真是无法大意啊。

"你还是老样子啊……"

"你是在小学的时候做缝纫作业会缝龙图案的类型吧？"

我回想了一下，胸口剧烈地跳动了。记得当时是有好几种图案的针线包让我们选择，然后我应该是选了龙图案的。好像是黑色的背景上面有一头帅气的龙这样的。因为觉得有龙在上面非常帅气有型，所以就选了。

"为……为什么你会知道？"

"品味很宅的人大多数会本能地选择龙的图案，必须先想办法消除掉这种品味啊！因为实在是太逊了。"

"品味很宅……"

刚才有那么一瞬间觉得一如既往的与日南相处起来在某种意义上会更加自在，看来那是我的错误想法。她接连说中我的痛处，都已经到了快让我哭出来的程度了。

"算了，这种事情先不去管它。今天叫你出来是有更重要的事情。"

"把别人的内心撕裂，却不去管它啊……"

虽然试着这么说了，但是日南无视掉我的小吐槽，继续推进话题。啊啊，真是一如既往啊。

"你至今为止跟我一起出来过几次，也有被拉到现充的群体里，还有过长时间跟深实实独处的经历。虽然是积累了不少经验，但还是不知道跟女孩子的约会应该怎么做才好吧？"

"这个嘛，是没错啦……"

毕竟我完全没有跟女孩子约会的经验啊。

"所以差不多有必要了吧？关于约会的综合性练习。"

"差不多？不，我还没有到这样的阶段……"

听到我的这句话，日南深深地叹了一口气。这在某种意义上也是熟悉的情景。

"我说啊，那么你现在要努力实现的小目标是什么？你忘记了吗？"

"……啊。"

我这才意识到，这可是确认了无数次的事情啊。

"和除了你以外的女生两个人一起外出……是这个没错吧。"

日南疲惫地点了点头。

"也就是说，你懂的吧？"

"……非常需要关于约会的练习。"

听到我这么说，日南一边非常有魅力地用手指着我，一边咧嘴笑着说道：

"鬼正。"

啊啊，出现了。果然是回来了啊，朴实的锻炼日子。

"唔，是啊……"我轻轻地点了点头，"嗯。了解了。"

如此这般，由堪称斯巴达代言人的日南同学所主导的，完全没法休息的暑假就以迅雷不及掩耳之势开始了。这就是时间效率化的魔鬼，NO NAME 的做法吧。

既然如此，就只能尽全力将自己能做的事情给做好了。

"那么，先去吃个午饭来填饱肚子吧，顺便也能开个详细的会议。"

看到日南说得这么理所当然，我就——

"那么果然今天也是芝……好痛！"

还没说完，我的脚就被她给踢了。

* * *

"……嗯，很好吃。"

在位于大宫站东口商店街的西餐店里，日南一副心情大好的样子，笑眯眯地将意大利面送进嘴里。她吃的是戈贡佐拉芝士奶油酱的那种。顺便一提，我吃的是午餐套餐里的汉堡排套餐，这个也很好吃。

"那么，综合性的练习是要做什么？"

日南正在笑容满面地享受着芝士，被我这么一问，她稍稍露出了一点不高兴的表情，然后将意大利面咽了下去，开始进行说明。

"这个嘛，今天会到几家店去转转，然后会给你出个课题。"

"呃，是什么课题……"

"嗯。"

日南又将意大利面送进嘴里。这次可能是意识到我在看吧，笑容比刚才要收敛了一些。不过，她现在才收敛也太晚了。然后她又咽了下去。

"简单来说，就是要进行约会的预先演习。我会先告诉你今天要去的地方，然后以此为基础，你要表现得像自己策划了这一切一样，来引领我。"

表现得像自己策划了这一切一样？

"呃。也就是说，像作假一样的感觉？"

"没错。即使只是在形式上，也要进行主导约会的演习。做和没做的差别是很大的。"

"即使只是在形式上……"

"根据我接下来告诉你的情报，你就用'我有点想去这里'之类的理由，把我给带过去。"

啊啊，原来如此，是这么一回事啊。虽然有些紧张，不过只是在形式上的话，感觉也不是做不到。我会不会太松懈了？

"唔……我知道了。"

"那么……好了。差不多就这样。"

日南一边摆弄着手机一边说，这时我的手机振动了。看了一下，日南用LINE给我发了三家店的名字和网址。

"呃，这些就是今天要去的地方吗？"

"是的。"

日南吃着意大利面做出了干脆的回应。但是这个……

"呃，第一个和第三个我算是能理解……是服装店和星巴克吧？"

"是的。先去服装店解决掉衣服很逊的问题，到星巴克会再给你出其他课题的。"

"哦，哦。"

尽管对她轻描淡写地说出来的"其他课题"这个词感到有些害怕，我还是仔细地看着手机的屏幕。

日南发过来的清单上面第一个是一家叫"RAGEBLUE"的店，还附带了网址，点进去会显示位于大宫西口的服装店的主页，意思是接下来要到那里去买衣服吧。第三个就很简单地写了星巴克三个字。

但是我看着第二个店名，不禁皱起了眉头。

"呃……为什么要去BIC CAMERA？"

上面写了"BIC CAMERA 大宫西口 SOGO店"这个店名，

而且还附带了详细地址。

闻言,日南用不高兴的态度开口说道:

"试玩机台。"

"……啥?"

我的这个反应让日南恶狠狠地瞪着我,并用强有力的清晰口吻再次说道:

"所以说啊,有试玩机台。不光是在线上,偶尔也会想在线下对战吧,而且还不会有延时……那里有 AttaFami 的试玩机台啊。"

"哦,哦,这样啊。你这人果然是……"

说到这里我才注意到,日南的那个表情不知道是不是在生气,脸颊稍微有点泛红了——她依旧是一碰到与 AttaFami 相关的事情就情绪剧烈波动啊。那么还是不要过于深入会比较好。多一事不如少一事。这家伙真的是非常喜欢 AttaFami 啊。

"怎么了?"

"不……不,没什么。"

看到我含糊其辞的样子,日南像在瞪人一样皱起了眉头。然后一瞬间又仿佛在思考什么一样垂下了视线,像在逗弄我似的笑说了句,"说起来还真是不一样了啊"。

"……什么啊?"

"你自己没有意识到吗?"

"啥?"

日南露出有些戏谑的表情，指着我的脸。

"之前去服装店的时候，你明明是东看看西看看，一副非常不安的样子，现在却很自然地就接受了吧？甚至还对BIC CAMERA提出了异议，很从容嘛。"

"啊……"

我这才意识到了。这么说来，我现在并没有觉得多恐惧了。

"怎么样？这就是和深实实、优铃、水泽——这些现充们长时间对话积累的经验值所带来的成果哦。"

听了她的这番话，我注视着自己的手掌。积累的经验值所带来的成果。这就是说……

"代表我的……等级上升了对吗？"

我寻找着话语说了出来，日南满意地点了点头。

"你还记得吗？刚开始一起训练的时候，我说了很多遍能够'时刻'做到'下意识地'去做事情，是非常重要的吧？"

"……嗯嗯，是有说过。"

"怎么样？从那点来看，现在的状况如何呢？"

——我不知不觉间就减少了对于服装店的恐惧。

"唔，这个嘛，该怎么说呢……"我将视线从日南的身上移开，"……应该算是很OK吧。"

我感到有些害羞，就含糊其辞地用泉风格的OK方式做了回答，日南则是露出认真的表情，目不转睛地看着我的眼睛。然后她放松了表情——

"你做得很好。"

她带着温柔、成熟的韵味咧嘴一笑。

就像年长的大姐姐露出孩子气的笑容一般,洋溢着些许矛盾氛围的笑脸向我袭来。希望她不要老是搞这种突然袭击啊。

"哦、哦,还行啦。"

那个充满魅力的表情让我不自觉地就彻底害羞起来了。看到我这个样子,日南满意地笑了。咦、咦?莫非是因为我对BIC CAMERA挑刺了,所以她在报复我吗?

——结束用餐后,话题转到了更大的目标上了。

"在开始今天的课题之前——首先,必须要决定好这个暑假应该做些什么。"

"这个暑假吗?"

"是的。"日南露出了认真的表情,"在夏天努力了,才能跟周围拉开差距啊。"

"你怎么搞得像补习班的老师一样……"

我一边收敛地吐槽,一边等待日南接下来的话语。

"总之要在这一天内决定好这个暑假的目标。"

"目标啊。"

也是啦,按照日南一直以来的做法,的确会是这样的。

"是的。现在的小目标是'和除我以外的女生两个人一起外出'。基于这个目标,来设定到八月底需要达成的目标。"

"也就是说,还剩一个多月吗……"

这个长达一个多月的暑假,我已经能想象出被日南的课题给填满了的情形了。

"这个嘛,考虑到现在的情况,在现实的范围内……"

"……哦。"

我点了点头。是在现实的范围内呢。

怎么说呢,虽然这家伙在很多地方都会表现出毫无意义的强势,不过对于最关键的"课题",她只会根据我当时的状态,给出"去跟女孩子搭话""去问LINE"之类只要我鼓起干劲努努力就能做到的内容。

也是啦,眼前的小课题还需要考虑维持"能做到,那么下次继续吧"这样的干劲,用做不到的课题那就毫无意义了吧。

我刚要得出这样的结论,却遭到了猛烈话语的袭击,将这一切都击散了。

"所以这个夏天的目标就是'和菊池同学交往'。"

气氛一瞬间沉默下来。

"啥?!"

我忍不住喊了出来,日南见状皱起眉头看了看四周。感觉以前发生过类似的事情,虽然是在其他店里。

"……声音太大了。你不明白我的意思吗?"

"不,不是……"

我心慌意乱地跟日南对上了视线，她不出所料地露出戏谑的笑容。

"那我再说得简单易懂一些哦。你——也就是友崎同学，和菊池风香成为男女朋友的关系，这就是今年夏天的……"

"用不着说得这么清楚啦……"

我一边尽量压低音量，一边明显地流露出了动摇的神情。

"我说你啊，这哪里现实了……"

日南撅起嘴巴，做出了很刻意的装傻表情。

"哎呀。跟原本就对你有些好感的女生有了'安迪'这个共同的兴趣，还约好了有机会要一起去看相关的电影。而且从现在开始是时间长达一个多月的暑假哦。有很多机会可以约出来玩的，从这个状态发展到'交往'是那么不现实的事情吗？"

"呃……"

虽然对细节部分有些怨言，但是被这么摆出了客观的情报，再加上那道不由分说的视线，让我觉得确实有一番道理。这就是所谓的思想灌输吗？

"可是……我们连联系方式都还没……"

"你是说这个吗？"

在她拿到我面前的手机屏幕上显示出了LINE上面名叫"菊池风香"的账号。

"这，这倒也是啊……"

这家伙当然会知道同班同学的LINE账号啊，日南露出得意洋洋的笑容。话说，这是完全无视双方的感情啊……

"基于这点，首先夏天的课题之一就是约小风香看电影，并且要制造下一次约会的机会。然后约几次加深关系后，最后保证能够交往。仅仅是这样而已哦。"

"这叫什么'仅仅是这样而已'，内容也太满了吧。"

我这样说着，同时不敢正视现实，感觉这有点像别人的事情。

然后慢了一拍才意识到了话语中的不协调感。

"稍等一下。你刚才是说课题'之一'吗？"

日南狡黠地呵呵一笑。

"你渐渐敏锐起来了呢。正如你意识到的那样，这个夏天还有其他丰富的课题哦。"

"丰富的……"

我按住了额头，基本上已经放弃了。看来这个夏天将充满特训，是地狱般的假期补习阶段啊。

"至于其他课题，这个嘛……"日南用食指抵着柔软的嘴唇，"我只能先告诉你要等合宿的计划启动。"

"合宿？！"

"你好吵啊。"

"好痛！"

日南不高兴地用食指戳了我的脸颊。

"不过合宿这事有点像喜从天降，所以还在调整中。能不能让作为超级阴暗角色的你加入合宿成员当中，就要看我的本事了。真是让人充满干劲啊。"

日南一边将手指弄得嘎吱响一边说道。你到底是对什么鼓起了干劲啊。

不过,既然这家伙认真起来了,那么会将我强行塞到合宿成员当中吧。啊啊,这个基本上是可以当作确定事项了……但是……

"成、成员包括了……"

我战战兢兢地想询问清楚,然而日南却很刻意地歪了歪脑袋。

"嗯?"

然后就这么中断了话语。她恶作剧般地笑着,眼睛里充满了戏谑的光芒,能够非常明显地感到她想等一切都确定下来再告诉我。那么,我不管问什么都是白费力气吧。于是我只好放弃,将所有想说的话都咽了回去。

"我,我会做好心理准备的……"

"嗯。"日南满意地点了点头,"另外,我还有一些想法……"

"还、还有其他想法吗?"

我不禁想要退缩了。

"这个嘛,就看今天约会结束后你的表现吧。"

"约……"

"啊,麻烦买单!"

我还没有将对这个单词产生的别扭感说出来,日南就变换了音调叫了店员。

"啊,好的!"

然后在店员过来之前,日南的视线一瞬间投向了我,她脸上的表情果然是戏谑的,并且带有一些小恶魔的味道。哼,我才不会被这种事情扰乱内心。我没有说谎哦。

* * *

我们两个出了西餐店。

"真好吃啊。"

应该算是刚才说的"约会预演"吧。刚从西餐店走出来,日南就不再是平时那副理性完美主义者形象,而是变成了学园的完美女主角日南葵。

"是,是啊。"

我姑且是进行了配合,然后跟笑眯眯的日南并排一起走。

"接下来要去哪里?"

她一边说,一边背着手,身子前倾仰视我的脸。这个充满女孩子气息的姿势是怎么回事,感觉一直直视下去的话,我会把持不住的,便快速地移开了视线。

"呃,日南。"

尽管对这个奇妙的状况感到有些心神不宁,但我还是开口了。这是预演,是预演。

"嗯?什么?"

这种装出来的小恶魔口吻让我更加心神不宁了,呃……我一时间不知道该怎么说了。看到我忸怩的样子,日南边说着"怎么了?"边用手肘捅了我一下。

"没,没事。"我重新打起精神来,"我有个想去的地方,可以吗?"

"嗯,想去的地方?可以呀,是哪里?"

我拼命抑制住了想说"是你自己提出来的呀"的冲动。

"西口的服装店。"

"啊,好呀!西口的话,是 ARCHE 那里吗?"

"对,对对!"

我一边回想起这家伙发来的网页在地址那一栏上好像的确是这样的大楼名字,一边做出了回答。她这是在测试我有没有好好看清楚地址吧。

"了解!"

日南充满活力地点了点头,然后心不在焉地看着我,站在原地不动了。

……呃?

我也站在原地等待日南的动静,过了一会儿猛地意识到了。

对、对哦……我今天必须起到"带领"作用才行吧。好,好的。

虽然我对以日南为对象做这种事情感到有些别扭,但还是开口了。

"那么……我们走吧。"

我这么说着迈出了脚步,只见日南很有女孩子味道地"嗯"了一声,迈着小步子走到了我的旁边。哦哦,好险好险,感觉刚才这下差点儿就让我心动了。

"呃,是这里。"

我看着手机上面的地图为日南带路,到达了位于大宫站西口的名叫"ARCHE"的时髦大楼。该怎么说呢,带着别人一起走和只有自己朝着目的地走,看到的景色真的是完全不一样啊。要是走错路了就是自己的责任,有种依靠自己的选择在行动的实际感受,好厉害啊,感觉到了类似责任一样的东西。

虽然去给中村买礼物的时候,因为给了我"让提案得以通过"这个课题,所以也感觉到了责任,不过这个应该是责任更加重大的那种。果然课题是一点一点地变难了。

"这里有很多东西呢。"

日南露出了开心的表情,一边环视四周,一边说道。不怎么宽敞的道路边上有好几家面向女性的服装店,来来往往的年轻人让这条路显得拥挤不堪。而且将近八成是女性。咦?我来错地方了吗?

感到不安的我重新确认了一下地图,我们的目的地似乎是这座大楼的五楼。

"是,是啊……唔,我想去的是……在五楼。"

"OK！唔，到五楼是要……"

日南非常刻意地一边东张西望，一边说道。这家伙绝对知道电梯和电扶梯在哪里吧。知道了，这个也要我来带领就对了吧。

"……这边吧？"

我依靠推测迈出了脚步，日南便跟了上来。虽然有点担心是不是走错了，不过这条路基本上没有什么分岔，所以没有迷路就到了电扶梯那里。

"……呼。"

我松了一口气，上了电扶梯。说起来，要主动带领别人的话，光是找电扶梯，需要思考的事情就比想象的要多，太累人了……

我是不是应该找点话题来说啊？我这么想着朝日南看了过去，只见日南一边点头，一边看着我的脸。

"友崎同学，你意外地很可靠呢！"

听到日南用这么活泼的语气来评价我，让我再次感到心动了。啊啊，该怎么说呢？完全被她拿捏于股掌之间啊。

* * *

电扶梯旁边的镜子里照出了不起眼的我。

"好了。"

可能是为了进行解说吧,日南从女主角模式恢复到平时的语气,开口说话了。

"你目前还只是会照着假人模特买衣服吧?如果只是伪装最表面的部分,那么这样做就足够了,但是现在正如你所见,没有品味的人自己买衣服,就会变成这种惨状。"

日南一脸平静,优雅地指着镜子里的我说道。

"到了'惨状'的地步吗……"

我一边用手指擦拭脸颊上被室内空调吹凉的汗水,一边发挥着弱小的自尊心进行吐槽。真想让她把刚才的日南还给我啊。

"那么你自己看到这个是怎么想的?"

镜子里的我打理好了头发,嘴角很自然地上扬,眉毛也很整齐,姿势也很端正,看起来不再像以前那样的阿宅了——但是可能是服装营造出了很逊的氛围吧,确实显得比较烊。

"你自己也隐隐约约察觉到了吧?觉得有点不对。"

"是,是啦……"

虽然我没办法具体说出到底哪里不对,但还是多多少少能够感觉到自己散发出了"很烊"的氛围。

"最起码要按照季节来买需要的物品。"

"按照季节……吗?"我回想着自己钱包里的余额,"现充真是不容易啊……"

闻言,日南仿佛看穿了我的思考一般——

"话虽如此,但并不是每次都需要照着假人模特买哦。"

"哎?"

我因为看到了希望而两眼绽放出光芒,这时日南突然将视线投向了电扶梯的上方。

"好啦,简单来说,只要让有品味的人陪着你,把能跟前阵子买的pants搭配起来的T恤买下来就行了。"

"内裤?"

我应该没有买什么内裤吧,听到我这样的询问——

"你这个问题实在是太常见,我都懒得吐槽了,我说的是裤子啦。"

日南小声地说出了不屑的话语。

也,也就是说……现充会把裤子说成pants吗?所以才会在语调上做出一些区别吧。嗯。

可能是察觉到我有些畏缩了吧,日南的笑容渐渐地从充满魅力转为戏谑,过了一会儿,她像想到了什么似的,开口说道:

"不过嘛,你现在穿了这么宅气十足的衣服,我觉得你应该显得更加畏缩一点才行。店员看到你的这身打扮会怎么想呢?"

"我,我好不容易才有了一点自信啊!"

我对自己现在的着装有了新的认识,导致对服装店的恐惧复发了。服装店好可怕。

恐惧让我双腿发软,下电扶梯的时候差点就绊到了。

"所以,今天我就……破例帮你选哦。"

日南歪着脑袋,用可爱的语气说出了这样的话语,让我再次遭到了奇袭。突然换成女主角模式也太狡猾了。

"哦……哦。"

然后接下来,我走在前面,姑且算是以带领着她的形式到达了服装店。

眼前是连飘荡着的气味都让人感觉很时髦的空间。

"哪件比较好呢?啊,友崎同学你也选一件吧!"

这样说着的日南选了两件,我自己选了一件,总共买了三件T恤。

根据女主角模式的日南所说——

"我选了两件能跟你现在有的bottoms搭配的T恤!这样的话,就算不买新的bottoms,也能换着穿了!友崎同学你自己选的也不差啊!"

好像是这么回事。我问了一句"bottoms是……"之后,她露出非常疲惫的眼神说:"……就是指裤子啦。"呃,怎么一会儿说成pants,一会儿说成bottoms的,这也太乱了吧?都统一成裤子不就好了。

* * *

我拿着买好的衣服走出了这家店。

我在悲伤地确认自己那变得更加凄惨的钱包,日南则是用手指轻柔地抵住嘴唇,开始思考起了什么。她的视线对准了我背在肩膀上的包包。

"……怎么了？"

"唔，果然有个这种的会比较好吧……"

日南维持着女主角模式说道，然后从自己的背包里拿出了另外折叠好的黑色背包。没有什么特别的装饰，给人的感觉是那种大学生会经常背的、非常朴素的背包。看起来是男女都能用的。

"哎？"

"你没有吧？这种像样的背包！"

她一边说，一边将那个黑色的背包递给我。

我尽管感到有些困惑，但还是接了过来。

"……是要借给我吗？"

"与其说是借，基本上当作送给你也没关系哦。"

这番话让我大为震惊。

"不不不！这，这怎么行……我从你那里得到太多东西了吧？一开始送了口罩给我，IC录音器也还没还给你。"

"啊，说的也是啦。"日南将视线移到那个黑色背包上面，"但是，你看这里。可能是被什么尖锐的东西给钩到了吧，稍微有点破了。"

听她这么一说，我看了一下，确实这个黑色背包左上角的地方有点破了，线也绽开了一点。

"哎，但是就这么点……"

"我会在意的。"

她冷淡地说道。虽然我觉得用不着在意，不过对于完美女主角来说，就连这么一点绽线都是不可原谅的吧。

"可是啊……"

看到我犹豫不决的样子，日南思考了一会儿给出了一个提议。

"那么这样吧，在这附近的杂货店里，有个我之前稍微瞄到觉得很想要的东西，友崎同学你买给我吧！然后作为谢礼，我把这个包送给你，这样可以了吧？"

她这么说道，眼睛里绽放出光芒。单看表面的话，有种超级好孩子的感觉。

不过，原来如此啊。这样的话，我也能送某件东西给她，是能够接受的。但是，这家伙想要的东西是什么呢？除了芝士和游戏，我就不知道这家伙喜欢什么了。

"我明白了，那就这样吧。"

带着这样的约定，我和日南向着大宫站西口另一座大楼里的杂货店走去。

* * *

"啊，这个！"

维持着女主角模式的日南开心地说道。

我们来到了从服装到帽子、从戒指到手机壳，各种各样货品都卖得很便宜的热闹店铺。日南拿在手中的是尺寸稍微有点大的徽章。

"嗬。"

"很有夏天的感觉,不错吧……这个。"

日南温柔地笑着,我也看向了她的视线对准的徽章。

那是个用黑色打底,上面画了色彩缤纷的烟花,看起来挺漂亮的徽章。日南很小心地拿着那个徽章,她会喜欢这种东西,这让我稍微有些意外。虽然确实色彩鲜艳,很漂亮……这家伙究竟是看上了这个徽章的哪一点呢?

"你喜欢这种东西吗?"

听到我坦率的疑问,日南做出思索的样子沉吟了一会儿。

"唔,我是属于一般不会买非必需品的类型……不过怎么说呢,算是直觉上来电了?"

对于这个不像日南风格的回答,我就简单地附和了一声。并没有什么特别的理由,就是想要,这家伙也会有这样的情况啊。还是说包括这个在内,她都是在表演呢。

我看了一下货柜上的其他徽章,有国旗的、著名角色的,还有饭团、荷包蛋之类的食物图案,以及青蛙、蝎子之类的动物图案。总之种类非常丰富,每个徽章的价格差不多都是几百日元。在这些徽章当中,日南会想要华丽的烟花图案,是因为她自身的品味吗?我不是太懂。

过道上有着看起来像高中生的年轻男女在一起看商品,他们之间充斥着约会的气氛。这样一来该怎么说呢，再加上女主角模式的日南一直展现很有女孩子味道的语气和举止，让我不禁有些在意起那方面的事情了。虽、虽然我这个并不是约会，而是综合演习啦！

"唔，是跟这个交换吗？"

我一边掩饰住自己擅自感受到的近似害羞的慌乱，一边从日南手中接过了徽章。

"是的！这样就可以了吧？"

"怎么说呢……四百日元就能换到那个包，感觉在价格上不太匹配……"

日南非常调皮地用双手抓住我的手臂，将那个徽章推到我的胸前。

然后就这么推着我的背，强行让我朝收银台走去。

"我，我知道了。"

"那就麻烦你了哦。"

日南这多少有点强硬又公式化的行为，让我有了另外的思路。

也许日南真的挺想要这个徽章，但是为了消除我觉得自己"一直收到东西"的愧疚感，所以才利用"交换"来创造对等的关系，我猜其实是这么一回事吧。

如此一来，我就能毫无顾虑地收下背包，今天也不会欠她任何人情。

但是如果真是这样——该怎么说呢，实在是太厉害了啊。

不是自我满足，也不是强加于人，而是真真正正地为他人着想。

能够做到在关心他人的同时，还会考虑对方的心情，这或许就是日南能够维持住校内金字塔顶端、学园完美女主角的地位的真正重要的原因吧。我隐隐约约觉得是这么回事。

然后我就任由摆布地拿着商品去收银台付了钱，再把它送给日南……可以算是作为礼物吗？不对，因为是交换，所以不能算吧。

总而言之就是这么回事，我用烟花图案的徽章换来了日南用过的黑色背包。

"唔，这个，谢谢你了。"

"没啥。我也会珍惜这个的哦。"

日南用有些雀跃的声音这么说，然后一边柔和地笑着，一边开开心心地将徽章放到背包里，这个举止让我十分心动。可恶，这演技也太出色了吧。

* * *

眼前是 AttaFami 的游戏机台，屏幕上面是两个忍者。

姑且算是我带着日南来了 BIC CAMERA，我们就在里面的 AttaFami 试玩机台，用三条命，先赢三局为胜者的规则开始了对战。

我已经先赢了两局,接下来只要拿下这一局,我就大获全胜了。然后在这一局,我和日南都只剩下了一条命。

日南彻底解除女主角模式,变成了纯粹的NO NAME,展现出了她的顽强。

"还没有结束呢……"

日南让自己从快要坠落到舞台外的状况回归,同时情绪化地嘟囔着。然而即使是情绪化了,她选择的回归路线依旧是经过了深思熟虑,导致我没能成功阻止。

"真有你的!"

然后我在内心默默地感到了惊讶。

我和日南操控的都是忍者角色Found,日南的风格依旧是复制我的战术及制定相应的针对性对策。

到这里为止,跟以往相比是没有任何变化的。

不对,有一点是不一样的。

那就是日南在以远超我预料的速度飞快成长。

每一个动作的正确性、预判对手行动的精确度,还有对风险的计算。

不仅有丰富的攻击方式,而且采取的应对策略还十分柔和。

原本挣脱连续技的本领就已经达到超人级别了,现在更是登峰造极。

跟深实实发生了很多事情的那期间,仅仅是一两个星期没

有对战，居然能有这么显著的成长吗？

日南摆出要在中距离释放飞行道具的样子，再用防御将其取消，并且紧接着用"瞬"将那个防御也取消了，在地面上滑行。然后直接飞快冲刺朝着我接近。释放飞行道具佯攻引诱我防御，再用超绝技巧缩短原本来不及的距离，冲到我的面前施展投掷技，应该是这么一个打算吧。

"……哈哈。"

我不禁笑了出来。

至今为止，我跟无数人进行过对战。

而且我也知道，在输给我的人当中，有一部分意识到了"只要再做更多的努力，就能够到达nanashi的境界"，并为此做出了努力。

但是当他们努力练习后，再次跟我对战的时候，也还是赢不了我的。

因为到了那个时候，我比他们积累了更多的经验，有了更大幅度的成长。

我不仅原本就是第一名，而且成长的幅度也是最大的。

我就是这样守住了日本第一的宝座。

即使到了现在，这也没有任何变化。

但是，日南——

在这几个星期里，不，说不定在这几个月里一直是如此的——

比我更多一点地，持续大幅度成长。

所以，我忍不住笑了。

因为这种事情还是第一次，并且这让我觉得异常开心。

居然还有其他人如此热爱AttaFami并努力着，这件事情让我无比开心，让我再次觉得原来自己不是孤独一人啊，于是就忍不住笑出来了。

仅仅像这样对战，我就对这家伙最近做了哪些事情了如指掌。

果然，对于我和这家伙来说，AttaFami就是最棒的交流手段。

正因为如此，我——不会放水，也没法放水。我识破了日南的企图，从防御转为不会滑过地面的瞬，也就是要毫无间隙地解除防御才施展出瞬，然后流畅地输入"Attack"指令。我操控的Found摆出了像要用右臂卷住自己的脖子一般的姿势。日南朝着我跑过来。来啊，放马过来吧。

Attack是一种攻击招式，同时也是"Attack Families"的语源，在出招前或者出招后会露出相当大的破绽，不过相对的，造成的伤害和将对手轰飞的距离都是非常大的，堪称必杀打击。每个角色都有自己的Attack攻击，不仅能在对方露出巨大破绽时作为必中的反击来使用，也可以在招式施展前蓄力提升威力，然后配合时机，作为连续技的收尾来使用，这种情况也是很多的。我要用这个来迎击投掷技。

但是出现了一个计算失误。

不知道是看到了我在做 Attack 的蓄力动作，还是单纯出于直觉。在这种情况下，相比那种以超越人类范畴的反射神经为前提才能做到的事情，还是不合道理的单纯的直觉要更加现实。

就是这么转瞬即逝的一刹那，日南切换了行动。

这是中止投掷技，在极近距离防御我的"Attack"，趁着之后产生的破绽接入必中的投掷技，然后有条不紊地完成连续技这样回报大且稳妥的最优方案。

日南的 Found 用"瞬"取消了冲刺，摆出了像用右手卷住脖子一样的姿势。

我的策略是通过蓄力释放出"Attack"，而她则是准备先下手为强，从正面向我释放不蓄力的"Attack"，是充满了野心、上进心和自信心的非常激进的一招。

"……"

我在状况变得无法挽救之前察觉到了这点，并同时释放了"Attack"。

日南施展出来的反手拳与我的反手拳交错。然后——

"好，咚。"

"啊啊，真讨厌！！"

我的反手拳稍早一瞬间在日南的正面炸裂。日南的 Found 往场外消失了。

最终，我留下两条命、赢下了这一局，五局三胜的比赛以我的三连胜告终。

＊　　＊　　＊

然后，现在我和日南在星巴克。

"按、按了这里的话……"

"嗯。就能添加上了！"

"呃，唔，这个瞬间对方就会收到通知……"

"欸？那当然会收到了，这不是理所当然的事情吗？"

"这、这样啊……"

我面对着将"菊池风香"的LINE账号添加为好友的状况，显得很不知所措。话说回来，感觉日南虽然是处于女主角模式，但是AttaFami输给我之后好像就一直有点耿耿于怀的样子。

刚在星巴克坐下来，我的手机就振动了，看了一下是日南用LINE把菊池同学的账号给发了过来。似乎只要按下去就能申请添加好友，我想着原来现在还有这种发送方式啊，在那之后一直磨蹭了好几分钟。

"但是，突然申请的话，菊池同学会一头雾水吧……"

想想看啊，如果现在申请的话，菊池同学的视野里就会突然出现"友崎文也先生将你添加为好友"的信息吧？而且是我主动添加的，综合起来一想就会觉得非常非常奇怪吧。

"你在说什么啊，这一点你不用担心哦。"

日南咧嘴一笑。

"啊？"

听到日南用比平时要更加粗鲁一点的语气说出来的话，我回问了一句。

"因为我已经发了'友崎同学想知道小风香你的LINE账号，我可以告诉他吗？'这样的消息，跟她确认过了！"

"喂！"

我竭尽全力控制住自己不要发出会响彻店内的声音。

"好厉害呀，友崎同学。已经会控制住震惊时的声音了，成长了呢。"

"我、我不需要这种成长……"

被女主角模式的日南讽刺了，造成的伤害是平时的好几倍。

"倒是你，为什么这么自作主张！"

"毕竟总不能随随便便就告诉你呀，反正还是要跟本人确认的……所以我觉得先问一下会比较好……"

女主角日南悲伤地垂下了目光。虽然我一瞬间为伤了她的心而感到抱歉，但是只要看到她那微微上扬的嘴角就很清楚了。她只是想戏弄我而已，我是不会被骗的。

但是不管怎样，事情已经传到菊池同学那里了啊……

"那、那菊池同学怎么说……"

我全身僵硬地问道。

"嗯？她当然说没问题呀！"

日南可爱地歪着脑袋说道。

"这、这样啊……"如此简单直接的破坏力让我不由得削减了气势,"……我知道了。"

然后点头表示明白了。不甘心,不过,添加好友本身并不是什么大不了的事情吧。嗯,我还直接问过深实实的账号呢,相比之下应该是没问题的。于是我鼓起勇气,屏住了呼吸。

"……唔!"

我狠下心来点击了添加好友。

——添加好了。

"嗯,了不起。其实能够直接去问的话,才是最好的……不过毕竟没有合适的时机嘛。"

"哦,哦。"

听到她说我了不起,我一边感到脸上有点发烫,一边点了点头。拜托了,不要对我用这招啦。

不过,这样就算是搞定了一桩事。我呼的一声松了口气,然后喝起了从点了之后就一口都没碰过的冰拿铁。

"……我说,友崎同学,你还没有发消息哦。在那呼什么呼啊?"

"啊。"

又被她用女主角的口吻讽刺了。不过,说的也对啊。添加好友这个行动对我来说实在是过于巨大的进展,让我觉得仿佛到了终点一般,但是今天的终点是邀约成功吧。

"不过,今天发条简单的信息过去,差不多就可以算是结束了吧。"

"啊，是这样吗？不需要等待回复吗？"

"唔，你想啊，比方说优铃吧，她是那种一收到LINE就会马上回复的类型，但是小风香的话，就算马上变成了已读，也会迟迟不回复的。我觉得她是以对待电子邮件或信件的感觉在使用LINE！"

"啊。这该怎么说呢……很有菊池同学的风格。"

年轻人都在接连不断地来回联络，在这样的环境中，慢慢悠悠地，就像书信来往一般，用非常沉稳的步调进行联络。嗯，真不愧是图书室的妖精，十分符合她给人的感觉。

"那么措辞就交给你自己组织了。只要告诉她你从我这里拿到了联络方式，还有想在暑假期间和她一起去看电影，我觉得应该就差不多了！"

"欸？交、交给我了？"

那句话让我受到了轻微的冲击，同时我想起来日南以前对我说过"既然你已经能够付诸行动了，那么就应该培养自己的思考能力了"这样的话。

"也、也就是说……构思措辞也是这次特训的一部分。"

"鬼正。"

日南笑吟吟地说道。在女主角模式下也会说这个哦。但是，构思措辞啊，我连应该从哪里开始构思都完全搞不清楚呀。

"……好吧。"

不过嘛，只能努力看看了。嗯，试试看吧，毕竟这也是特训嘛。

我僵硬着身子点了点头,慢慢地输入了文字。

思考的时候,我稍稍将视线移向前方,看到日南在忘我地用吸管吸着清爽橘色的、看起来像冰沙一样的饮品。感觉是完全沉浸在了自己的世界当中,一副很陶醉的样子,即使不是芝士。这家伙真的是在享用美食的时候会感到幸福的那种人啊。老实说,这种时候的日南非常可爱。

我忍不住盯着那个很有少女味道的纯粹表情看了一会儿,这时日南转了过来。她那恶狠狠的目光与我的视线交织在了一起。

"……怎么了?"

"……不,没什么。"

回过神来的日南解除了女主角模式,气势汹汹的震慑力将我压倒,让我陷入彻底败北的状态,将意识移回到了编写信息上面。虽然我有那么一瞬间差点被那个充满魅力的表情所吞噬,但果然还是应该收回刚才的说法。日南一点都不可爱。

接下来,唔。总之只要注意不要写得太奇怪就行了吧……嗯,就这么办。话说,我能做到的也就只有这些了。啊啊,虽然大家都在理所当然地使用LINE,但是没想到是这么难的啊……

然后过了一会儿——

"呼,呼……写好了。"

经过了十分钟左右的斗争,我写完了信息,再看向前面时,发现日南已经将那杯橘色的饮品给喝完了。那玩意儿看起来是相当甜的,这家伙喝得也太快了吧。

"唔……让我看看?"

日南像什么事也没发生一样回到了女主角模式,我一边说着"请、请看",一边将手机递给了她。上面写了这样的信息。

"我从日南那里问了你的联系方式。

"我后来又看了一本安迪的作品,觉得果然是很有趣啊。

"之前跟你提过去涉谷看安迪的作品,你意下如何?

"如果哪天有空的话,请跟我说一下吧!"

日南露出复杂的表情。怎、怎么了?这个表情是什么意思?

"您、您觉得如何啊?"

感到不安的我用敬语询问了感想,日南维持着复杂的表情,将视线转到我身上。

"这个嘛,也可以说笨拙的感觉反而挺好的……"

"呃,这、这是什么意思?"

日南的话让我更加不安了,我小心翼翼地询问话语的含义。

"我觉得……就这么发过去也没关系。"

她的话罕见地缺乏自信,周围流淌着别扭的气氛。呃,这是因为她是处于女主角模式吗?还是说我编写的信息微妙到让日南都语焉不详了?

"唔,呃,也就是说?"

"嗯……就这么发过去吧……"

日南歪着脑袋说道。这姑且算是得到了许可吧……

"那，那么……"我打起精神给手指注入力量，"发送！"

狠下心来按下了发送键，然后和日南一同确认信息已经发送过去了。

"嗯，那么接下来就是等对方回复了。今天之内应该会有回应的。"

"哦，哦。"

"那么，辛苦了。今天差不多就这样了吧。等菊池同学有回复了，再联系我吧。啊，不过你也可以用自己的方式来交流，这个就交给你来处理吧！合宿的具体情况确定下来之后，我会联系你的。"

"知、知道了。"

"好了，接下来是最后的课题。"

"哎？"

我还以为课题已经都结束了，怎么还有课题？我不禁受到了冲击。

"就是那个啦。我不是说了今天的约会之后，可能还有课题的吗？"

"约……"

这不是约会，而是特训吧！不过被日南用女主角模式的语气这么说了，还真是格外有感觉……我又被露出小恶魔般笑容的日南突袭成功,并想起来了之前的事。

"这、这么说来,是有说过会根据结束时的情况来出课题的。"

"嗯。倒不如说啊……"

日南一边盯着刚才结账时拿到的小票,一边说道。

"你最近买了衣服,也一起在外面吃了饭,如果接下来还要参加合宿的话,住宿费也是要自掏腰包的。"

"啊……"

这么说来,我也隐隐约约意识到了。

"如此一来,我估计友崎同学你的存款应该差不多要告急了吧。"

我回想着自己的钱包,沉重地开口了:

"坦白说……差不多了。"

日南吐了口气,并点了点头。

"我想也是。所以我觉得你差不多该开始了。"

"开始什么啊?"

闻言,日南很受不了似的皱起了眉头。

"那还用说吗?打工啊,打工!"

"打、打工……"

光是在学校和这里给我的课题就已经相当斯巴达了,居然还要加上打工?

日南一边摆弄着手机,一边说道:"如果只是处于一个封闭的人际关系当中，会有看不清楚的事情，或者是无法进行对比的不讲理的事情吧？所以要从新的角度来学习……同时能够对金钱方面进行补救！"

"啊啊……也是，我也觉得迟早是需要这么做的……"

至少在金钱方面毫无疑问是应该的。今后还要买好几套衣服，去平时不会去的地方玩，如果想这么做的话，那么光靠现在的零用钱是不够的。父母很清楚我没有朋友，所以除了压岁钱，就只会给我最低额度的零用钱。他们还真是了解自己的孩子啊。

"就是这样，你先去这些地方面试吧。"

日南一边说，一边将手机拿给我看。就在这时，我的手机突然振动了。

"哎。"

虽然相比以前是稍微多了一些朋友，但是手机依旧是基本上不会响。陌生的事态让我颤抖了一下身体，同时看了看手机。

"……呃，日南？"

我感觉到这个事态让我的大脑容量完全到了极限，头脑变得一片空白。

"嗯？"

日南发出了撒娇一般的声音。不要继续诱惑我了……不对。

"联、联系的间隔不应该是比较久才对吗？"

"……嗯？"

日南一边说，一边将视线移到了我的手机屏幕上。

上面显示出了菊池同学发来LINE回复的通知，日南面无表情地点击了屏幕。我喊了一声"喂"，但也和日南一起看向了切换出来的LINE画面。

"我非常想去！

"八月除了每周二、周三，我都有空！

"友崎同学你那边呢？"

发过去不到十分钟就收到了回复，日南有些吃惊地确认了一下内容，然后托着下巴露出了有所企图的表情，最后像要捉弄人似的挑起眉毛，戏谑地笑了。

"看来她非常期待和友崎同学一起看电影哦。"

"什……"

这句话让我的大脑彻底短路，脸一个劲儿发烫，却什么话也说不出来。

就这样，暑假第一天的约……不对，是特训解散了。

在那之后，我让自己的内心平静下来，借助日南的建议，和菊池同学接连进行着彼此都夹杂着敬语的、磕磕巴巴的对话，最后顺利地确定了看电影的日程，是八月一日，周一。喂喂，是四天后啊。要思考的事情如果再继续增多的话，感觉我要撑不下去了啊。

不过嘛……实际上还是有点开心的。即使是有安迪作品这个共同感兴趣的话题，但不管怎么说，她可是答应了要和我这种人一起看电影啊。

既然如此，我也要尽我所能，将该做的事情都做好。

好，那么在那天之前，这三天时间里我要专心准备，每天都要好好地进行话题的背诵、语调的复习、表情的训练……

虽然我是这么想的，但是日南同学策划的暑假可不会让我称心如意。

* * *

次日晚上，睡觉之前。

我躺在自己房间的床上，为了迎接三天后和菊池同学一起看电影这件事，格外紧张地翻着话题的单词卡，就在这时——

"8月的4号和5号，给我空下来。"

以这么简洁的开场内容，日南的LINE发来了"合宿"的信息。

我将单词卡放到枕头边上，摆弄起了手机。

"有什么事吗？"

"我、优铃、深实实、中村、水泽、竹井要去户外烧烤，你也可以参加了。"

"等一下。"

她故意瞒着我的情报就这样一口气说出来了,日南是不是对于让我的脑容量超负荷这件事感受到了乐趣啊?嗯,应该是感受到了吧。

"两天一夜哦,你有空吗?"
"呃,有空倒是有空,但是你给我等一下啊。"
"我们约好了去深实实家里开会,你明天或后天有空吗?"
"这进展也太快了吧!"

我一边感觉到自己的大脑又快短路了,一边快速地滑动手机发送了信息过去。

"那么,怎么样?有空吗?"
"呃,虽然这两天都有空。"
"我想也是。"
"你什么意思?"

虽然我也知道这确实是预料之中的回答。

"那么,明天中午在北与野站集合哦。具体时间确定下来之后,会再联系你的。"

"不不,户外烧烤到底是怎么回事啊?什么时候?这个就是之前提到的合宿吗?"

这条信息显示为已读后过了一会儿,我的手机突然响起了音乐。

"什、什、什……"

陌生的事态让我把手机丢到了被子上，混乱更是膨胀了好几倍。我再次轻轻地翻过手机，确认了一下画面，看到LINE上面显示日南发来了语音通话的邀请。哎，什么？LINE还能打电话吗？

我战战兢兢地用快要抖起来的手指滑动手机屏幕，接受了通话邀请。

"喂……喂，喂喂？"

"你听得见吗？"

毫不客气，也不含糊，非常优美清澈的声音传入了我的耳朵。

"呃，我听见了……不过，呃，为什么要打电话？"

"嗯？因为打字解释起来太麻烦了呀。"

"这、这样啊。"

对于现充来说，打电话是这么简单随便的事情啊……换成我的话，光是打电话这件事，就让我非常非常紧张了。不觉得自己能够正常地进行对话。

"这个嘛，我就简单说明一下合宿的内容好了，这次合宿的目的是为了撮合优铃和中村。"

由于看不见脸和举止，意识完全集中在了她的声音上，明明早就应该习惯了日南那清澈又有张力的声音，我却还是陷入了仿佛大脑都被侵占了一般的感觉。

"哦，哦。"

我一边不知为何从床上正坐了起来，一边附和着。

我是第一次和年纪相仿的异性打电话,感觉有种秘密对话的氛围,而且在这种夜晚时分,对话本身就震撼了我的大脑,导致日南说的内容我几乎没有听进去。

"虽然你最近似乎能跟优铃、深实实、花火、小风香这些人说上话了,但是男性朋友还是太少了,这是一个非常严重的问题。"

"啊,啊啊……确实没错。"

静不下心来的我努力让自己好好去听日南说的话。男性朋友太少这个问题,我自己也是有考虑过的。

"通过合宿来培育你和男生之间的友情。同时,在现充的包围中度过两天时间,并获取大量的经验值。这就是你在合宿中的目标。"

空调的风让我脖子上的冷汗变得更加冰冷了。

"呃,那么关于撮合那件事呢?"

"那个当然是最主要的目的。说到底,这个合宿的开端就是,除了中村和优铃以外的五个人想撮合那两个迟迟没有进展的人在一起!"

"哈哈哈……还真是像现充会做的事……"

我维持正坐的姿势一动不动,同时不知为何挺直了身子这么说道。

"毕竟合宿是出于这样的目的,希望你不要妨碍到大家,如果有什么你能够协助的事情,希望你也能做出行动。不过,你能做到的事情应该是很少的，而且同时朝着两个目标行动也是挺困难的，所以你就不要太在意了。"

"原来如此……"

的确，混在中村、水泽、竹井这些人当中并和他们交朋友，对我来说就已经是很沉重的负担了，要是再加上撮合中村和泉，我有预感自己肯定是会超负荷的。

话说回来，为了撮合那两个人而举办的合宿啊。我之前近距离看到了泉为了让中村开心而认真地挑选礼物的样子，所以真心希望这次合宿能够顺利。毕竟我姑且也算是泉的师父啊，嗯。

"预算的话，有一万日元差不多就足够了……你有吗？"

"一、一万……"我回想着自己现在的零用钱余额，"大概有……很勉强了。"

"没事，实在不行的话，我会借你一些，不过如果手头真的非常紧的话，拒绝掉也没关系哦。金钱的事情我也不能太勉强你。"

"呃，唔……"

我那几乎处于超负荷状态的大脑稍微犹豫了一下。实在要说的话，手头的确是非常紧。不过，我估计这家伙应该是花了不少心思让我也能参加这次合宿吧。反正也说到了迟早要开始打工的，既然这是很重大的特训……

我拿着手机的手稍稍用了点力。

"没事,我会去的。"

十分干脆地给出了回应。

"……这样啊。那么就按照约定,明天在北与野站集合哦。我估计应该是十四点左右。明天是关于撮合的会议,参加的人是深实实、水泽和我。"

"这样啊,我知道了。"

这么说来,明天参加作战会议的成员还算是比较容易相处的吧……

"竹井虽然会参加合宿,但是他派不上用场,而且可能会妨碍到作战,所以会议就不叫他了,也没有把作战的事情告诉他。"

"哦,哦哦……"

你好像被轻描淡写地说了会让人觉得非常可怜的事情哦,竹井。

"然后,对了。关于明天在会议上的课题……"

"啊,嗯。"

果然是有的啊,课题。

"明天的课题是——'明天一天内要损水泽三次'。"

"损、损他?"

这个攻击性的说法让我有些胆怯了。

"是的。不过嘛,类似反驳这样的也可以啦。你明白理由吗?"

"不……"

听到我坦率的回答后,日南就利落地开始解说。

"原本是非现充的人努力想跟现充搞好关系时经常会犯的错误,就是'总之先配合对方说的话'。"

"总之就是先配合对方说的话?"

"是的。"日南用优美的声音平静地说道。我甚至觉得她的气息从电话里传了出来。

"非现充想加入现充群体的时候,很多人都是选择同意现充们说的话,来讨他们欢心,以此来让自己能够加入他们的圈子当中。"

"……啊啊,原来如此。"

我稍微思考了一会儿就理解了。因为不知道怎样才能与他们搞好关系,所以就先从扮演自己是与他们有着相同想法的人来开始。

但是,同时也产生了疑问。

"不过,这个做法是错误的吗?"

我坦率地询问道。毕竟,如果能够通过赞同对方的意见来搞好关系的话,那也是成为现充的出色手段吧?

"大错特错了。用这种形式拿到的位置,充其量就是现充群体里被戏弄的对象罢了。最终只会沦为姑且加入群体里的看充而已,无法获得对等的立场。"

"看充……"

这是在网络上看到过好几次的词语,应该是指那些察言观色的现充。

"看充就是那些只将'属于现充群体'当成自我价值的无趣之徒的总称。明明完全没有对等的朋友关系,行动却要配合现充的价值观而受到制约。在这个层面上,可以说是比单独一人还要糟糕,所以应该避免刻意朝着那个方向前进的行为吧。而且嘛,说到底最初设定的目标可是'成为像我一样的现充'啊。"

我听着日南斩钉截铁地进行着说教,忍不住露出了苦笑,依旧是丝毫不会手下留情啊。

"唔,我明白了,要避免成为立场不对等的看充,但是为此而给予的课题就是'损人三次'吗?"

为了不让这段对话被父母或者妹妹听到,我稍稍压低声音询问道。如果听到自己家里人在电话里说什么看充、对等的立场之类的,应该是会吓一跳的吧。另外,我依旧维持着正坐的姿势。

"是的。简而言之,就是采取'以对等以上的立场来搞好关系'的手段。不仅是赞同对方,还要适度地来点毒舌损损对方,觉得不对的地方要能好好地进行反驳。这样一来就不太会被小瞧,也不太会被戏弄了。"

"……原来如此。"

这时我想到了。说起来,感觉这个和我擅自称为"水泽方式"的那种说话毒辣，但不会给人造成奇怪感觉的方法挺相似的。原来如此，这就是那个具有"建立对等以上的立场"的效果吧。这么看来，能够自然而然就做到的水泽也太厉害了。

"归根结底，高中这个地方的'等级'说得单纯一点，可以归纳成'能否站到掌控更多人的立场上'这种说法哦。"

"……啊。"

我直觉地理解了这一点。听她这么一说，中村之所以在班上接近于最强，就是因为他擅长戏弄别人，同时不会被别人戏弄吧。

确实，中村不戏弄别人的话就不像中村了，被别人戏弄的中村也感觉有点不对……怎么说呢，这么一想，人际关系果然很复杂啊。

"当然，如果老是在损别人或者反驳别人的话，就有可能被当成攻击性很强的烦人家伙，导致地位下降，所以我给你限制了次数。"

"啊，原来是这么一回事啊。"

这次不是"三次以上"，而是"三次"，这一点是很重要的吧。

"好了，课题差不多就是这样了。主要是别在一些奇怪的地方瞎抬杠，不过你之前也做过跟绀野绘里香叫板这样的事情，所以水泽好像觉得你本来就很有趣，我估计对于一些'损人'应该是会睁一只眼闭一只眼的。这就是我选择水泽作为课题对象的原因。"

"这、这个课题是把这些事情都考虑进来了吗……"

"是的。这是理所当然的吧？"

我的眼前浮现出了她平时那种得意洋洋的表情。

"好了，差不多就是这样。你基本上都明白了吧？有什么要问的吗？"

"没有，不用了。我都知道了。"

"是吗？那就明天见。"

"好，好的，明天见。"

然后电话就被挂断了。在只能稍微听到空调吹风声的凉爽房间里，孤零零地留下了依旧在正坐的我——刚、刚才感觉格外紧张啊。

话说，明天啊。依旧是没有休息，让人不觉得现在是放暑假。

而且，还要对超绝现充水泽损上个三次……我能做到那种事情吗？

"算了，总之……"

我打开书桌的抽屉，将同菊池同学见面时要用的话题单词卡收了起来。

明天的会议成员是日南、深实实、水泽。

"那么，需要这个……跟这个吧。"

我拿出新的话题单词卡开始翻阅。

为了解答像损人或反驳之类的应用题，我认为打好话题基础是格外重要的。要是根基不够牢靠，那么就不可能做到在集体的对话中保持从容去思考更多事情。

不过当我自己发现像这样背诵话题能够提升对话水平，并且可以更加从容地与人相处之后，每记住一个话题就会产生一丝丝得到成长的实际感受，渐渐变得乐在其中了。

一旦能够比较清楚地看到努力带来的结果，那么付出努力的过程说不定也将不再痛苦了。

就在我基本上都背好了的时候——

我想起来还有一件必须要做的事情。也好，机会难得，就顺着这股劲做吧。于是我拿出了手机，打开日南之前发给我的网址，点击上面的电话号码拨了过去。

在铃声响了几次之后，电话接通了。

"感谢您的来电，这里是卡拉 OK SEVENTH 大宫店。"

"那个……我在网上看到你们有招兼职，就打电话来问一下……"

就这样，五天后，八月三日的打工面试也定下来了。

如此一来，明天七月三十日要到深实实家里开作战会议。

接着，八月一日要和菊池同学一起看电影。

再接着，八月三日有打工的面试。

之后的八月四日到五日是两天一夜的户外烧烤合宿。

果然是没有休息的暑假啊，不过我说不定并没有那么讨厌这种情况。

＊　　＊　　＊

次日。七月三十日，作战会议当天。

跟日南预告的一样，集合时间定在下午两点到北与野车站，我在火辣辣的日晒下，提前五分钟到达了车站。服装是之前照着假人模特买的鞋子和裤……Pants，还有前天日南帮我选的短袖 T 恤。

今天的安排似乎是四个人会合之后，就一起去深实实家里商量。我去女孩子房间的经验，只有被日南强行带过去的时候和教泉 AttaFami 的时候那两次，无论哪次都是比较特殊的情况。所以我依旧没有习惯，整个人心神不宁的。

我环视四周寻找是不是已经有人到了，发现水泽靠在阴凉处的墙壁上玩着手机。感觉他营造出了非常时髦的年轻人氛围。

光是站着就能散发出压倒性的魅力，这种情况的本质究竟是什么？根据至今为止日南教给我的内容来推测，服装、发型、姿势、表情等——应该是各方面形成的综合性印象会比较合理吧。也就是说，水泽能够很自然地做到在这些方面都获得有压倒性优势的高分。

一想到我今天必须要对这个超绝现充损上个三次，或者是反驳三次，我就感到一阵胃疼。

我打起精神走了过去，和察觉到动静的水泽对上了视线。

"哟，文也。"

"哦，哦哦。"

水泽一边露出很自然的爽朗笑容，一边微微举起手，直呼我的名字跟我打招呼。尽管是非常简单的行为，但是散发出我根本做不到的压倒性的帅气感，真是太强了。刚一上来就让我备受挫折。不过，我也只能努力去做了。

损他，或者反驳他。一共三次。

水泽用手擦拭着脸上的汗水，开口说道："哎呀，今天还真是热呢。"

我一瞬间在大脑中闪过是不是应该反驳说"不不，很热吗？并没有吧"这样的话，但是不管怎么想，今天都是挺热的，所以还是表示同意了。好险，差点就变成一个奇怪的家伙了。

"是，是啊。"

对于成长了的我来说，"是啊"这种词语本来应该是毫无障碍地就能说出来才对，可是由于要跟"损人、反驳"这个课题同时进行，就没法讲得很自然了。

"合宿要是能顺利就好了。"

水泽表现出非常开心的样子，像个少年一般呵呵呵地笑了。眼睛眯得像猫一样，是有亲和力的笑容。保留了平时的优雅气质，同时又显得比较柔和，莫非这就是传说中的能够激发母性本能的笑容吗？

我也很清楚这种时候不能说"不不，并不是一切顺利就好吧。说不定还有其他人喜欢泉呢"这样的话，于是继续老老实实地推进话题。除了课题，作为基础的"展开话题"也必须同步进行才可以啊。

唔，合宿的话题啊。嗯，我已经都背下来了。

"毕竟是撮合作战嘛。"

我一边从背下来的内容里回想适合现在状况的话题，一边用有点开玩笑的语调说道。

"对对！"

"唔，他们明明是两情相悦的，却迟迟没有成一对呢。"

我有意识地让自己对着水泽主动展开话题。因为我的这个轻快语调是用录音确认过好几次的，所以应该不会显得很奇怪，但是同时还要寻找损他或反驳他的时机，感觉难度上了一个层级啊。

"其实，在进行这个作战之前，我有问过优铃'你要什么时候跟他交往啊'。"

"哦哦。"

"她说想交往，但是没办法主动出击……还挺畏首畏尾的呢。"

"哎，哎呀，泉在这种事情上就是很怯懦呢。"

我一边笑着，一边让自己的口吻以更接近现充的感觉回答道。可能是因为一直想着要损人或者反驳的关系吧，结果不是针对水泽，而是损了不在场的泉几句。日南应该不会把这个计算在内吧。

"那帮家伙明明平时都声音很大，吵得要死，在这方面却都是超纯情的。真是太让人操心了啊，那两个笨蛋。"

水泽再次露出亲和的笑容说道。我一直想着要毒舌、要毒舌，结果搞得很奇怪，他却轻描淡写地做到了不招人嫌的毒舌。虽然和刚才的我一样，毒舌的对象是不在场的人，不过水泽果然好厉害，感觉就像做了个示范一样。

"不只是泉……连中村都是那种感觉，真是让人意外啊。"

我回想着泉给中村送礼物的场面，说道。中村那个喜形于色的表情和反应，在我看来，应该就是所谓的"有戏"。

"哎呀，这个嘛……"闻言，水泽刻意地压低了声音，"那家伙本来就很单纯，他就是那样的人啦。你想啊，比如说对AttaFami过分投入之类的，应该可以看出一些端倪的吧？"

"啊，这倒是。"

我配合着水泽，以轻快的感觉嗯嗯地点了点头。面对水泽，这么对等地与他交谈真的好吗？我的脑海中闪过了这种处于弱势的人的想法，不过还是尽力挥散掉了。毕竟认为是对等的才行……不，根本没法这么想啊，这个帅哥怎么可能和我是对等的？

"不过，关于AttaFami，你也没资格说别人吧？非常痴狂呢。"

"啊，哈哈……确实。"

倒是先被水泽给损了一句。而且怎么说呢，没有什么让人讨厌的感觉。这就是所谓的完全败北吧。

"该说你们这些人是没有心机呢，还是老实呢，或者说是傻呢……"

水泽摆出了有些受不了的样子，但是又比较开心地笑着说道。这个人太厉害了。从刚才开始，就都是非常自然干脆地做到了我一直蓄势想做的事情。

我一边跟着笑了，一边寻找时机想对水泽损上个几句。就在这时，深实实和日南也到了。唉，到现在为止都没能成功毒舌一次。

"哦哦！你们两位都到得很早呢！等很久了吗？！"

深实实用力挥着手臂走了过来，她穿的是T恤搭配牛仔裤这种连我看了都懂的简素服装。不过可能是因为原本就容貌出众吧，营造出了非常精致的感觉。

"让你们久等了。"

日南则是穿着袖子蓬松的白色上衣和偏灰色调的裙子，肩上背着用黄色细绳系住的包包。我还是第一次看到那样的包包。仔细一看，还发现她手上戴着之前从未有戴过的大块蓝色手表，左耳也别着像闪亮宝石一样的东西。这大概是代表她选择服装时对这些细节之处也非常用心吧。虽然我不是很懂，不过想必应该是完美无瑕的搭配吧。

"各位好久不见了，还有我的智囊！"

深实实一边说，一边用力拍打我的肩膀。比一般情况要用力许多，让人觉得这才是深实实的风格。虽然是比较疼的，不过她能这么有活力，那就再好不过了。

水泽纳闷地看着眼前的这幅情景。

"智囊？啊啊，之前在食堂的时候好像说过这种事情。"

"Yes！"深实实竖起了大拇指。

我想起之前在食堂进行学生会选举的作战会议时，碰到了中村军团。这么说来，水泽在那个时候也听到了智囊、协助演讲之类的内容。

"啊，啊啊，是啦……哈哈哈。"

我为了不暴露那个演讲是彻头彻尾的自导自演，就干笑着敷衍了过去。

水泽愣了一下，接着看了看人都到齐了，于是开口说道：

"好了，那就走吧，是去深实实的家里吧？走哪边？"

"啊，抱歉，关于这件事啊！"深实实猛地双手合十，"今天我奶奶好像会来我家！所以可以换成家庭餐厅吗？"

然后，她一边眨着眼，一边观察大家的表情。

"哦哦，没关系呀。这附近有萨莉亚吧，还有Jonathan's。"

"不好意思！"

刚说完，深实实仿佛想到了什么似的，啊的一声叫了出来。

"怎么了？"水泽问道。

"我说啊！"深实实的视线不知为何朝向了我，"离友崎家最近的车站也是北与野吧？！"

"嗯？"突如其来的进展让我有些困惑了，"是、是这样没错啦……"

"那么，能去友崎你家吗？！"

然后她又双手合十，摆出了拜托人的姿势。

"呃，呃……"

我正烦恼着该如何回应，日南就说着，"这主意不错！可以吗？"对我进行了追击。啊啊，出现了。这根本就是"不准拒绝"的命令吧。虽然不清楚她这么做是出于特训层面的考量，还是说单纯就是使坏的那一面使然而已。那，那么，真是无可奈何啊。

"唔……倒也不是不行啦。"

"真不愧是友崎！可靠的男人！"

"文也的家吗，我很期待哦。"

然后深实实活力十足地迈开脚步，走到前面带路。

"好，我们走吧！"

但是，深实实走去的方向不知为何跟我家是相反的。

"不，不是那边啦，是这边。我跟你到中途为止都还是同路的吧。"

"哦哟！是这样没错！"

深实实傻笑着转过身来，接着又大步流星地走了起来。深实实这人也真是的，我有些迟疑地在她身后跟了上去。

"好了,总之要先对家里搜索一番!"

"必须的!"

然后,跟在后面的水泽和日南则是逗弄起了我。啊啊,一直是被别人戏弄啊。完全无法主动出击,这就是弱势角色的宿命吗?

* * *

"日、日南学姐……七海学姐……水泽学长?!"

来到玄关的妹妹仿佛目睹了什么奇迹一般,双手捂住了嘴巴和鼻子。

"呃,可以让他们在家里待一会儿吗?会一直待在我的房间里不出来的……"

"没、没问题!从房间里出来也没关系!"

然后她两眼放光,十分兴奋地注视着学姐学长们,这家伙是怎么回事啊。

不过仔细想想,学园的完美女主角日南葵自然就不用说了,水泽是在学生会选举上为日南葵进行助选演讲的爽朗帅哥,深实实是面对这个黄金搭档奋战到底的田径社第二王牌。

这三个人不就是现在在关友高中的二年级学生中知名度最高的三个人吗?

考虑到我妹妹的性格,大概就是崇拜的学长学姐在自己眼

前齐聚一堂,所以就超兴奋了吧。不过其中还夹杂了我这个倒数第一,这个世道还真是难懂啊。

"妈妈!哥哥带着朋友……是朋友吗?!总、总之就是把同年级的厉害人物带回家了!!"

"哎?!文也……同学?!朋友?!这、这是怎么回事?!"

"不清楚!果然很不对劲吧?!"

"怎、怎么办才好呢?!需要去买个蛋糕回来吗?!"

"不清楚!红、红豆饭?!"

"需要煮一下吗?!"

"啊,真是的,你们吵死了!别管我啦!"

看到我和家人吵闹的对话,深实实笑喷了出来。

"……干什么啊?"

"没啥,友崎你家很有意思呢!"

"完全不觉得是在夸奖……"

水泽也哈哈哈地笑了。

"不不,我觉得这反而是种夸奖哦。"

"哈啊?是,是吗?"这时,我想起了课题的事情,"不,并没有在夸奖吧。"

"哈哈哈!你是这么想的吗?"

"哦,是呀。"

我总算是对水泽说的话稍稍做出了反抗。

这、这姑且算是反驳了一次……能算吗?尽管是非常无力的反驳就是了。

不过该怎么说呢,如果没有给我出这种课题的话,我是绝对无法做出这种行为来的。而且,说了之后确实有种稍微提出了自身想法的感觉。

我有点理解通过重复这种行为来获取对等关系的理论了。

我一边想着各种各样的事情,一边脱掉鞋子准备带大家往房间走。深实实和水泽脱掉鞋子之后,就来回看着妹妹与母亲所在的客厅方向和我这边,一脸贼笑地进行比较。我转头看向日南,想确认一下她有没有看到我的反驳,发现她在将自己的鞋子摆放整齐,并且快速地将其他人的鞋子也摆放整齐了。然后她像无事发生一样站起身来,朝我这边走了过来。

"……怎么了?"

"不,没事……"

这家伙果然在各方各面都无懈可击啊。

然后他们到了我的房间。

"哦哟哟,智囊?看样子是发现了什么奇怪的东西哦。"

一进来,深实实、水泽、日南三个人就尽情地搜索我的隐私。

床、书桌,用来玩老游戏的小型电视机,用来玩 AttaFami 的游戏机。还有就是放在床上的小型笔记本电脑,除了这些,就没有其他东西了,是非常普通的西式房间。不管再怎么找,都找不出什么东西来的啦!

"这是什么？有好多手柄啊!"

深实实从我的书桌抽屉里取出一个塑料袋，开心地说道。

那个塑料袋里面装的是准备过一阵子再拿去丢掉的坏手柄。

"啊，这些是练习AttaFami的时候用坏的手柄……"

"会像这样练到好几个手柄都坏掉的吗?!"

"没啥，练个两三年差不多就这样了。不过除了AttaFami，玩其他游戏还是可以用的，所以就有点舍不得丢……"

毕竟摇杆的松弛程度用来玩普通游戏还是不碍事的，所以就觉得还犯不着丢掉。虽然需要纤细摇杆操作的AttaFami是没办法拿来用就是了。

"嗬，嗬……友崎你在这方面果然很较真啊……"

深实实一边轻轻地将塑料袋放回抽屉里，一边说道。

"哦，还行吧。"

我稍微带点自信做出回复之后，一旁的水泽突然笑喷了。

"嗯？"

"没，没啥……该怎么说呢？你果然是个奇怪的家伙啊。"

我没能理解这句话的意思。咦？又是在损我吗？

"什，什么啊？"

我勉强进行反击，想着能否再赚取一次课题的份额。

"哎呀，就是很奇怪吧。"水泽呵呵呵地笑了，"对吧？葵——"

水泽一边说，一边转头看向日南，但是中途就停止了话语。

我觉得有些不可思议，也转头朝水泽对着的方向看过去，只见日南用食指触摸塑料袋里手柄的摇杆，仔仔细细地进行着检查，似乎是在确认到底都松弛到了什么程度。

"葵？"

听到水泽的呼唤，日南罕见地剧烈颤抖了一下肩膀，不过马上，刚才的超认真目光就渐渐变成了学园完美女主角的目光。

"这样就丢掉也太浪费了……家庭主妇的血液在骚动啊……"

"哈哈哈！什么玩意儿啊！葵你有那种节省的习惯吗？"

"可是不觉得很浪费吗？！热血沸腾啊！"

她塑造出这种奇怪的形象，靠即兴发挥应付过去了。这家伙果然很厉害啊。

"不过，确实……"水泽坐到日南旁边，"认真的程度也太猛了。"

他一边说，一边看向日南的脸。是在说我对AttaFami的认真程度吗？不过相比这种事情，他们俩的距离实在是太近了。好厉害，俊男美女的面对面交流。

"……嗯？我有说那种话吗？"

日南也毫不示弱地对上了视线。有说那种话吗？是指什么啊。日南确实没有说什么认真程度，而是说觉得很浪费。话说回来，这就是现充之间的针锋相对吗？实在是太厉害了啊。强大角色与强大角色的战斗。

"咦？我还以为你关注的是那方面呢。毕竟一看就很猛嘛。能感受到投入的心血。"

水泽微微一笑。在那么近的距离摆出这种连身为男人的我都知道杀伤力非比寻常的笑脸。这是笑脸加上眼睛上扬的交叉迎击啊。这下即使是强如日南也会受到伤害吧。另外总觉得那是带了点讽刺意味的说法，但是我不太明白他这么做的理由。

"唔，可能确实是这样吧。"

然后，日南也微微一笑。看起来是没有受到什么伤害。平手啊，平手。

"……话说，会议差不多该开始了吧。"

水泽站起身来对大家说道。比赛结束，真是激烈的比赛啊。虽然我没有怎么搞懂对话的内容，但还是能明白是非常激烈的。

顺便一提，深实实完全没有理会那场激烈的比赛，一个人说着"是这里吗？放在哪里了呢"，为了寻找不可描述之物把抽屉给翻了个底朝天，真是太随意了。

但是很遗憾，我是属于隐私全部保存在电脑的"数学"文件夹里面的那类人。

* * *

"试胆果然是必需的吧，各位！老土的做法才是最好的！"

深实实兴高采烈地提出了撮合中村和泉的作战方案。

"确实,不做到那种程度的话,感觉那两个家伙就不会有什么进展。我觉得可行。"

水泽对此表示赞同。

我想了一会儿要怎么去损他或者反驳他,但是只想到了"不不,他们两个应该可以靠自己的力量做到的。我们就相信他们吧"这种动摇合宿之根基的话语,所以这次我决定也表示赞同。

"确、确实啊,毕竟经常有人说吊桥效应嘛。"

"对对,就是这个,吊桥效应!真不愧是友崎,很懂嘛!"

日南接着深实实语气开朗的话说了下去。

"让两人独处加深关系!"

"没错,这就是青春!"深实实也接了上去。对话的波浪好猛。我光是让自己跟上波浪就已经很勉强了,或者说是基本上出局了,却还要思考附加课题,只好竭尽全力让头脑全速运转。

"你们还真开心啊。"水泽笑了,"不过,他们确实是只差契机了而已。"

日南点了点头。

"我已经跟优铃确认过了,所以不会有错的。"

"而且,中中也绝对是超级在意她的!我能看出来!"

"不不,这个无论是谁都能看出来啦。"水泽轻描淡写地做出了吐槽。

"哎?!不是吧?!"

"真的真的，没骗你。文也你也看出来了吧？"

"嗯，这么明显看不出来，就说不过去了。"

"哎哎？！"

深实实用夸张的反应表现了自己的吃惊。我暗中为自己顺利地跟上了刚才这段流畅的对话而产生了成就感，同时准备迎接对话的下一个波浪。而且我必须见缝插针地损上几句或者做出反驳才行。为此，我需要做到在一定程度上无意识地跟上对话的波浪……啊啊，要想的事情实在是太多了。

如果波浪不过来的话，那么也可以主动地去制造。唔，比如说这样吗？

"我们是要户外烧烤的吧？"

"嗯？是啊。"

"那样的话，分工的时候也能制造两人独处的机会吧？"

像这样自己主动给出新的提案，怎么样？

"哦，这个主意不错！"水泽向我竖起了大拇指，"比如生火之类的！"

来了！成功地用自己给出的话题引诱出了可以反驳的要素！

我基于自己事前调查并思考过的事情，尝试做出了反驳。

"不，相比那个……切食材之类的会比较好吧？"

我一边竭尽全力跟上了对话的节奏，一边用自己的意见进行了反驳。

"是这样吗？"

水泽看着我直接做出了反问。好,很好,必须好好地说出理由才行……

"你、你想啊,生火还是比较难的,交给两个人有点……"

"哈哈哈!就这种理由吗?确实,可能是这样吧?"

水泽愉快地笑了。从结果来说,我还稍微损了一下泉和中村。只要是想着要损人、要反驳,就无论如何都会变成这样啊。

不过总而言之,这样就有两次了!再接再厉达成最后一次吧!

虽然我是这么想的,但是迟迟找不到最后一次机会,就这么一直继续讨论着——

"话说回来,快那个了啊。"

作战方案渐渐地成形了,这时水泽轻声嘟囔了一句。

"唔,怎么了呀,少年?"

深实实调皮地回问。

"你们想啊,我们升上三年级后就要面对高考了吧。"

"说、说好了不提这茬儿的!"

深实实脸色苍白地说道。

"不,我不是这个意思啦。"水泽一边挠着眉间一边说。

这时一旁的日南进行了补充:"接下来就没有多少尽情玩耍的时间了,所以希望能在这次合宿中将他俩撮合成功,是这个意思吧?"

说完之后,她冲着大家咧嘴一笑。

"是啦……差不多就是这个意思。"

水泽一边将视线从日南身上移开一边小声说道。噢噢，该怎么说呢，真是人不可貌相，他意外地为朋友着想呢……啊，这是个好机会吧？

我吸了一口气，回忆着用数码录音机进行的语调练习，还有从深实实、日南以及水泽身上偷学的技巧。这样一来，即使内心依旧紧张，身体也一定能做出我想要的行为。

"水泽，你是害羞了吗？"

我使用了作为技巧之一的玩笑口吻，试着稍稍损了水泽一句。

闻言，深实实大笑起来。

"对吧？！我刚刚也是这么想的！孝弘你害羞了吧！你这家伙！真是个好人呢！"

水泽笑着对顺势进行追击的深实实说道："哈哈哈，是吗？我啊，是个好人哦。"

然后滑稽地敲打了几下自己的胸口。哦哦，好厉害。明明是被损了，却能像这样轻描淡写地反将一军，立刻重新掌握了主导权。这就是现充的技术啊。

不过，这样一来，我的损人或反驳已经有三次了。课题完成了。

"话说回来，我也能理解这种心情！那两个人绝对是很般配的，好不容易两情相悦，没在一起真是太可惜了啊！而且，青春……迟早是会结束的……呜呜。"

深实实虽然加入了哭泣的演技，但是话语中还是有几分认真的。

"是啊。"水泽也认真地点了点头。

而我则是对此感到有点吃惊。

老实说,虽然说是要撮合泉和中村的合宿活动,但是我以为实际情况还是以在外玩乐为主。然而并非如此,大家真的是希望他们俩能成为一对啊。

不久之前的我还以为现充都是自由自在、随心所欲,过着万事不去多想的生活的。看来,说不定那只是我的误会。

毕竟,这里有好几个为了同伴和朋友在认真思考的现充啊。

我稍稍重新鼓起了干劲。

*　　*　　*

几十分钟后。

大致的流程都确定下来了,于是作战会议就结束了,接下来就开始了热火朝天的闲聊。

"结果啊,修二那个时候收到父母的联络,就被叫回去了。"

"啊?哈哈哈!在那个时间点?!我听说过中中的父母很严格,这原来是真的啊?!"

"是啊。毕竟你想啊,那个又笨又不认真的修二能够考进关友高中,如果不是比较厉害的家庭教育,应该是办不到的吧。"

"确实啊!"

深实实开心地张大嘴巴笑了。

在当地的游戏中心跟其他学校的男生一触即发的时候,中村就被叫回去了。大家伙气氛热烈地聊着这类话题。

日南也露出了优雅可爱的笑容,同时拓展话题。

"修二虽然平时一副很拽的样子,但是不知为何在父母面前就抬不起头来呢。"

"是啊。我虽然没有见过,但是从电话里传来的声音判断……有种黑道的妻子的感觉呢。"

水泽用左手食指的指甲划了一下右手小拇指的根部。

"好、好可怕好可怕,表现方式好可怕!"

我用轻快的语调对水泽的表现方式提出异议。尽管课题已经结束了,我还以自习一样的感觉,用有点像在损人或者反驳的话语进行练习。该怎么说呢,自己讲出口后感觉似乎有点弄错了情绪起伏。

"哎,很可怕吗?但是就是这种感觉呀。"

"而且,黑道的妻子是有小拇指①的吧!"

我退无可退,只好维持同样的情绪继续吐槽。糟糕,强烈感觉自己越陷越深了。只见水泽愣了一会儿,最后开口说道:"哈哈哈,是啊。"

他露出委婉的苦笑,有些为难地做出了回应。仔细一看,深实实也有些困惑地歪头看着我。

---
①切小拇指是日本暴力团弄出来的一种黑帮文化。

"呃，呃……"

这让我顿时回过神来。是、是不是我有些得意忘形，做出了不自然的举动啊。明明日南跟我说过三次就好，我却擅自多做了，这样会不会很糟糕啊？怎、怎么办呀？好丢人。不、不要看我。

这一瞬间的奇怪气氛轻而易举地就让我意志消沉了，并沉默了一阵子。被当成了说话莫名其妙的家伙吗……日南露出一脸受不了的表情在看着我。不、不过，我姑且是完成了课题啊！

然后我为了逃离那种令我坐立不安的视线，就选了一个背下来的话题说了出来。

"先、先不说这个了，话说……最近的绀野绘里香，感觉心情相当不好吧？"

闻言，深实实做出了强烈的反应。

"啊！我也这么觉得！！"

"总觉得样子很古怪呢。"日南也点了点头。

"唔，大概是因为那个吧，修二看起来会被优铃给抢走，所以她很烦躁吧。"

对于水泽的分析，深实实说着"很有可能"表示了赞同。

哦，哦哦，算是挺过去了。背诵话题万岁。我已经熟练到能在慌乱之际脱口而出的程度了吗？

就这样，我勉勉强强地逃过了一劫。可能是因为不需要再考虑损人或反驳的事情了吧，之后我成功地抛出了几个为今天准备的话题，多多少少算是加入到对话当中。由于我放弃了继续去做反驳之类的挑战，因此就没有再造成刚才那样的气氛。

不过该怎么说呢，面对这些现充们，而且还是日南、水泽、深实实这三个特别能说的人，我姑且还算能比较正常地与他们在一起聊天，这种状况对于不久之前的我来说，根本就是难以想象的，这让我的内心产生了一些成就感。

但是相比这些——

能够进行普普通通的对话居然这么开心，这说不定是最让我吃惊的一件事吧。

然后到了傍晚六点左右。

深实实确认了一下时间，开口说道：

"啊，我差不多该回去了！今天我们家是要跟奶奶一起去吃晚饭的！"

日南也跟着确认了一下时间。

"啊，是这样吗？那么差不多就解散吧？"

"也是！虽然也可以去Jonathan's吃晚饭，不过还是解散吧！该说的都已经说完了！"

"哈哈哈，是、是啊。"我也点了点头。背下来的话题也都说完了。

"啊，我会把友崎同学你加到LINE群组里哦！这样到时候在现场开作战会议的时候也能用上！"

"哦哦,OK!"

我给日南回应后,水泽站起身来像领队一样环视了大家。

"好,那我们走吧。没有什么忘拿的东西吧?"

深实实笔挺地做了个敬礼的姿势。

"没有找到友崎的秘密让我深感遗憾!"

"怎么还在说这个?"日南露出了让人有些受不了的,但又惹人爱怜的笑容。

然后我们四人一起向玄关走去。他们三人对我妹妹说了句"打扰了"之后,我妹妹就非常热情地回应说:"请、请有空再来玩!"我斜眼看着妹妹这个样子,将他们三个送到了外面。水泽还对我妹妹说了"小妹妹也再见哦"这样的话,让她的眼睛变成"心形"了。

就这样,结束了万万没想到会在我家召开的现充会议,我再次打开门回到家之后,就遭到了"我说我说我说我说!你为什么跟那些帅气的学长学姐关系那么好啊?!这是脱宅的成果吗?"这种来自我妹妹的没礼貌的连珠炮发问。但是啊,妹妹,我先把话放在这里了,我就算是以现充为目标,也不会脱宅的。我对 AttaFami 的爱是永远不灭的。

最适合练级的地点会逐渐改变 2

在我家召开作战会议的两天后。

我随着电车摇晃着,心里觉得这真像期末考试当天的早上啊。

我现在是前往上映着安迪作品的独立电影院所在的涩谷①。

也就是说,接下来我——要和菊池同学一起看电影。我依然有些难以置信。

"那之后深实实……嗯。后来,日南对服装也……"

我像这样翻着单词卡,为迎接今天的重头戏,在全面复习背诵话题的内容。其中也有逃避现实的目的。虽然我花了几天时间,基本上背得滚瓜烂熟了,但是临近正式上场就总觉得很不安。这果然和英语单词的复习差不多啊。只不过我背的不是单词,而是话题。

我久违地戴上了口罩,不引人注目地用力让表情肌肉往各个方向运动、舒展。我最近被现充围住已经不会太紧张了,但是今天却是剧烈紧张。如果不这么做的话,感觉我的表情肌肉会僵住的。当然,预定是到达涩谷就摘掉口罩的。

电车在埼京线中排名不知道有何意义的车站排行榜第一的浮间舟渡站停下来了,从这一站开始就是东京了。我离开了关东中自称永远是第三名的埼玉,来到东京了。我做梦都没想到,在我的高中生活中居然会和女孩子一起到东京来看电影。

我们约好了十四点在涩谷的八公像前面碰头,要看的安迪作品是十四点三十分在涩谷的独立电影院上映。按照日南的说

---
①涩谷一般指涩谷,位于日本东京都,全称涩谷区。

法是先看电影，然后一起简单地吃个晚饭，同时聊聊天，炒热气氛，之后再解散会比较好。炒热气氛什么的说得倒是轻巧，不过啊，首先是看电影。

我挺起胸膛，一边活动表情肌肉，一边背诵话题。就这样离涉谷越来越近了。

这个高难度任务的结果会是如何？啊啊，肚子好痛！

* * *

出于害怕迷路的不安心理，我提早抵达涉谷，在约定时间的十五分钟前到了八公像。环视了一下四周，菊池同学还没到。

不过，涉谷还真是人山人海啊。虽然埼玉县里面有些人会说"大宫①是都市"，但是和涉谷所在的这种真正的大都市——东京相比，就还是差得远了。即使不说街道的繁华程度和人口数量，光是气氛上就很不一样。如果将涉谷比作现充，那么大宫就有种看充的感觉，与东京放在一起被比较就像在勉强自己一样让人难受。

我的这个想法如果被大宫站东口的铜像小松鼠托托知道了的话，毫无疑问是会被它啃死的，不过先不说这个，现在要等待菊池同学的到来。小托托，我觉得和浮间舟渡站相比，大宫站应该还是能赢的，所以就饶了我吧。

①大宫位于日本埼玉县东南部。

我边等边看着以年轻人为主的来往人群，这时一道光芒照射进人群中。远远就能感受到那个神圣的气场，甚至觉得在那周围浮现出了淡淡的魔法阵。

我仔细凝目一看，果不其然是菊池同学。

菊池同学看起来像在白色T恤一样的宽松衣服上面套了一件比较薄的黑色长袖开襟毛衣，还穿了长度差不多到膝盖下方的暗橘色裙子，感觉有点新鲜。不过，为什么是长袖呢？

菊池同学也注意到了我，我们的视线不期而遇。我陷入仿佛自己的MP[①]被菊池同学那拥有不可思议光芒的眼睛全部吸收掉了一般的感觉，同时参照水泽的形象扬起嘴角，轻轻地挥了挥手。但是内心则是陷入了"喂喂，真的来了啊……"这样莫名其妙的混乱状态。

明明是约好了一起过去，但还是有些缺乏真实感，所以当自己亲身经历了"接下来要开始约会"的状况，大脑的处理速度就无法跟上这种压倒性的现实感了。

菊池同学迈开她那双纤细的腿，向我小跑步靠近。她脖子上的白皙肌肤就像从深山巨石中毫无沉淀地渗透出来的水珠一般剔透，像夏日阳光照射下的水晶一般闪耀，令我目眩。

然后，菊池同学现在和我就只有一到两米的距离。

"让、让你……久等了。"

可能是因为天气比较热吧，菊池同学红着脸说道。她稍稍

[①] MP全称Mana point，在游戏中指魔法值。

低下头,眼睛上扬看着我,投过来的目光与夏日的热浪混在一起,一点点地融化了我的内心。

"唔,没有……等多久啦。而且还没到我们约好的时间呢。"

虽然开头有点卡住了,不过后面就说得非常流畅了。接下来必须有意识地让自己能够一直流畅说话。

"是、是这样吗?"

"嗯。那,那么……我们走吧。"

"啊,好,好的!"

依旧还是很紧张的我,一边慎重地调整语调让自己的紧张不要显露出来,一边从事先假想训练过的几个话题中选择台词,化作了言语。

"是这边吧?"我朝着独立电影院的方向迈出了一步。

"嗯,嗯!是这边……"

我们就这样迈出了脚步。

在熙熙攘攘的人群中,菊池同学走在我身边稍稍靠后的地方,步伐小而稳重。在人们来去匆匆的涉谷街道上,仿佛只有周身这半径数米的范围内流淌着优哉游哉的时光,啊啊,菊池同学不光会白魔法①,还会使用时间魔法啊,我不禁感到钦佩。另外,我更加紧张了。

"……真、真期待啊,电影。我看了预告片,画面很美呢。"

"是的……是的呢。"

---

① 在魔法相关背景设定中,指一些效果正面的、非攻击性的辅助魔法。

对于我抛出的话题，菊池同学有些顾虑地做出了断断续续的回答。她的样子和平时在图书室时的那种冷静沉着的神圣模样不同，说不定周围没有了"书本"属性的领域，她就无法随心所欲地使用魔力了。她两只手的手指扣在一起，并且扭扭捏捏地微微动着，是在紧张吗？还是为了发动魔法而在结印呢？我估计是后者。

我犹豫着该用背下来的哪个话题，这时突然想到日南曾经跟我说过的，抛出"跟对方有关"的话题的建议。

"话说……今天挺热的，你为什么穿长袖啊？"

闻言，菊池同学抓住了披在身上的开襟毛衣的袖子。

"对……因为，我的肌肤很敏感……"

"……嗯？"

"被太阳照到就会立刻变红的……"

"啊，呃……是这样吗？"

预料之外的回答让我不知道该如何应对才好。

"……是的。所以我在脸和脖子上都涂了很多防晒霜，但还是不怎么有效果……"

菊池同学说着说着，脸就渐渐变红了。真、真的红了啊……

——我们一路聊着这样的话题，然后到达了目的地。

"哦哦。"

毕竟是独立电影院，是在一幢很小的建筑物里面。售票处正对着道路,旁边的通道就是电影院的入口。就这么静静地坐落在巷子的角落,仿佛与涉谷的喧嚣是不同的两个世界一般。

它与那些在大型商场里面的电影院不同,该说是有种独特的味道吗?让人感受到了类似于自我风格的东西。所以,就将这个用言语表达出来吧。日南之前也说过可以把在场的东西当作话题。

"感觉氛围很不错呢。"

闻言,菊池同学温和地笑着,缓缓地环视了四周。

"是呢……啊!"

她发出了像发现了什么似的声音,轻快地朝某个方向跑了过去。

在那里的是几张贴在通道边上的安迪作品的电影海报。毕竟改编成电影已经是几十年前的事情了,设计上非常有年代感。不过那个怀旧的氛围和这家电影院的风格非常搭。

"好厉害!"

菊池同学的双眼没有像平时一样迸射出能让人感受到魔力的不可思议的光芒,而是像小孩子看着自己想要的玩具一般,闪闪发亮地注视着那些海报。她刚刚还在入神地盯着最边上的海报,马上就又迫不及待地转向了旁边的海报。看了一会儿之后,又转向旁边,接着再往旁边。

"哇啊……"

她重复着这样的动作,轮流看着这些海报。虽然每张都想马上看到,但是只能一张张地看也太让人着急了!这样的举动让我感受到了她真的非常喜欢安迪的作品。真是令人会心一笑啊。

过了一会儿,她可能是看得心满意足了吧,向我这边跑了过来。

"……真的可以在大银幕上面看到了呢!"

她仰视着我,露出非常开心的笑容说道。我们之间的距离比平时要近不少。

"呃。唔,嗯。是啊。"

"啊,对、对不起!"

菊池同学一边说,一边红着脸拉开了和我的距离。

虽然倒不至于坐立不安,但是一瞬间还是流淌着有些尴尬的气氛。

"……我们去买票吧。"

"……好啊。"

于是我们就去买了票。

饮料也买好之后,我们就稍微提早进场,等待电影开始。话说,这种在黑暗中坐在一起的状况真是让人心跳加速啊。这段时间该如何度过才好呢?

搞不好菊池同学在黑暗中会发出淡淡的光芒吧?我这样想着看了过去,但是并没有这回事,她睁大了眼睛,开心地翘起嘴角,双手抱着包包,注视着银幕。唔,好可爱。

我们就这样坐了一会儿,电影的正片开始播放了。

　　　　＊　　＊　　＊

　在电影的高潮之处下定决心轻轻地握住女生的手,类似这样的进展当然是不会有的。我和菊池同学平安无事地看完了电影,现在是在独立电影院附近的咖啡店,算是吃稍微提早了一点的晚饭。

　菊池同学吃着叫 Loco Moco 的汉堡牛肉饼加荷包蛋,以及沙拉加米饭这种时尚拼盘一样的东西,我则是紧张地吃着以番茄味为主的意大利面。总感觉我最近经常在吃意大利面。

　"……啊!"

　然后就在这时,我轻轻地叫了一声——没把握好卷意大利面的量。

　怎么说呢,"和菊池同学在咖啡店里独处"这个状况让我感受到了前所未有的紧张,所以有些心不在焉,导致用叉子卷了明显一口吃不完的意大利面。怎、怎么办才好呢?

　菊池同学在静静地吃着 Loco Moco 的同时,也会偶尔将视线投向我这边。这样一来,如果我将卷好的意大利面放回到盘子里重新再卷一次的话,说不定就会让她感受到我的紧张。

　于是,我下定了决心,将卷起来的大量意大利面塞进嘴里。

　"……唔咕。"

　我发出来的奇怪声音让菊池同学稍微有了反应,她疑惑地歪了歪脑袋。不过可能是看到我在拼尽全力地咀嚼吧,就又静静地将注意力放回到了自己的餐点上面。

……我都在干些什么啊？

我花了点时间将意大利面咽了下去并自我反省，为了挽回刚才的失败，决定自己率先提出话题。

"我说……最后岩雷鸟展翅高飞的那一幕，我还在猜究竟会怎样拍成影像呢，没想到居然是用影子来表现啊！"

我带着将内心的真实想法说出来的感觉，同时还用上了肢体动作，不过也注意到不要做得太夸张。遵守着从日南那里学来的语调塑造方式，为了抵消刚才的那声"唔咕"，向菊池同学表达我对电影的感想。

菊池同学笑眯眯地听着我说话。

"呵呵，确实啊。变成了非常精彩的一幕呢。"

"就是说啊！还有……"

我主动地说了一些感想，因为我很擅长将自己的想法原原本本地说出来。

不过该怎么说呢，真的很有趣啊。

正因为看了原作就觉得非常有趣，所以有点担心如果拍得不好看那要怎么办，但是反而可以说是完全多余的担心吧，就是这么奇妙的感觉。尽管有对原作进行更改，加入了一些原创桥段，但是从整体来看，那就是我喜欢的原作氛围。或许原原本本地重现并不是拍成影片的原意吧。

不过，老是我一个人说，感觉也不太好的样子，而且光靠电影的话题来衔接用餐时的空档应该也是挺困难的。所以——

"说起来,第一学期的时候,我们曾在图书室聊过不少深实实的事情吧。"

"哎?啊啊,是有聊过。似乎有不少辛苦的事情呢。"

"在那之后啊……"

就这样,我将这件最后以欢喜结局收场的事情的前因后果都跟她说了。

"还有啊,也说过在意日南之类的。"

"是说不明白她为什么能那么努力,对吧?"

"对对!虽然还是不明白其中的理由,但是……"

"但是?"

"我看到过几次她穿便服的样子,前几天好几个人聚在一起的时候,她身上穿的都是我从来没有见过的衣服,让我觉得她在这方面也非常努力啊。"

"不管在什么方面,她都有自己的强烈坚持,是吧?"

"对对!再次让我有了实际的体会……"

还有像这样,自己抛出背下来的话题,并进行拓展。

"说起来,好像听说安迪的新作要出了。"

"啊!是呀!与其说是新作,好像发现了从未发表过的原稿……是《温柔的小狗靠自己站起来》!"

"啊,就是这个。"

"是这个月的二十一号发售呢!"

以及像这样，努力用共同的话题吸引菊池同学发言，让对话持续下去。

多亏了长时间和深实实待在一起，还有参考水泽的做法，让笨拙的我多多少少学会了一些抛出话题后，如何拓展以及该怎么附和对方说话的方式。所以，尽管还做不到自由发挥，但是只要有大量的话题库存，那么我就有办法做到几乎不会产生沉默的时间。

也就是说，"在一对一的情况下，自己主动抛出话题并且撑住场子"这个不管怎么想都是现充的技巧，我已经变得能够使用了。

我刚这么想——

就在我们都吃完了，喝着送上来的饭后红茶的时候。

菊池同学用仿佛在探索什么一般的目光盯着我看了一会儿，然后开口说道："友崎同学真是……不可思议的人啊。"

"……哎？哪、哪里啊？"

突如其来的这么一句话，让我刚才抛出跟拓展话题的那股气势被削弱了，回应起来也就慌了手脚。我觉得菊池同学才是不可思议吧。

"该怎么说呢，有点不好解释……如果有所冒犯还请见谅。"

"什、什么？"

菊池同学像在寻找合适的话语似的垂下了视线，一脸认真地思考了一会儿。

然后,那双闪耀着纯粹光芒的眼睛笔直地捕捉住了我,先以"友崎同学你啊"作为开场白,说了下面这样的话。

"有时候会突然变得非常容易聊……反过来……有时候又会突然变得很难聊。"

"哎……"

我一瞬间陷入了混乱。不过,我还是尽力让大脑正常运转,过了一会儿明白了这段话的意思。

这也就是说,也就是说——

虽然偶尔是有顺利的时候,但是我的技巧依旧是漏洞百出。

我本以为今天聊得很顺畅,但其实也有很多不自然的瞬间,那个时候菊池同学就会觉得很难聊。哇啊,我刚才还得意忘形了,真是太丢脸了。什么现充的技巧啊,我是白痴吗?

"是,是吗?"我一边注意不要表现出内心的波澜,小心翼翼地做出了回应,一边在深刻地自我反省。嗯,作为一个人,不能稍微有点成功就得意忘形了。至少能正常地卷意大利面了,再来说这种事吧。啊啊,好想让自己消失不见啊。

——然后,在那之后又过了十几分钟。

尽管被说了有时候会很难聊,但是就此自暴自弃只会让自己显得更难聊,所以就还是抛出话题进行拓展,维持着刚才的状态来继续对话。如果能在这个场面下稍微积累一些经验,得到成长的话,说不定就能减轻一些难聊的感觉吧。

"那么也差不多该走了……"

"嗯,是啊。"

于是,喝完了红茶的我和菊池同学离开咖啡店向车站走去,并一起坐上了电车。

电车哐啷哐啷地摇晃着,菊池同学有所顾虑地看着我。

"今天真的是十分感谢。能和你一起看电影,我是非常非常开心的。"

那个像在微微回味一般的说法让我十分心动,我点了点头。

"我才是非常开心啊,咖啡店的饭也很好吃。"

"嗯……很好吃。"

菊池同学嫣然一笑。然后对话停了下来,流淌着一瞬间的沉默。

我张开嘴准备抛出新的话题,菊池同学说着"那个……"的声音就传入了我的耳中。

"嗯?"

"啊,唔……我刚才说你有时候会很难聊……"

"啊,啊啊。"我原本还稍稍有点吓了一跳,原来是这件事啊,"我并没有在意……倒不如说,我觉得你说的是事实……"

我将自己的想法原原本本地告诉了她。

"那个,不是这样的……"

菊池同学不知为何红着脸说道。

"不是这样的?"

"唔……这个，我很少跟同龄的男生聊天……"

菊池同学的脸更红了，她断断续续地说着。

"所以……我以为，和男生说话的时候，基本上是很难有话聊的……但是……"

"但、但是？"

"和友崎同学聊天的时候，会有非常好聊的情况，所以我就聊得很自然，这还是第一次……"

"……哎。"

她说的内容让我大为惊讶，没法做出流畅的附和。

"所以说……虽然我说了有时候会很难聊，但是和你之间有很平常的、聊起来很放松的情况，这让我很吃惊，所以，呃……"

"嗯，嗯。"

"我刚才说的没有什么不好的意思……所以其实我一开始就说我还是第一次碰到这么好聊的情况就好了……但是这样一来，你想……有点怪怪的……"

说到这里，菊池同学满脸通红地低头，朝向了斜下方。

"所以我刚才说的话，是非常正面的意思……是很宝贵的事情……"

"是……这样啊。"

我感到吃惊的同时，也感受到胸口渐渐热了起来。

"所、所以！"

"是？！"

菊池同学非常努力地和我对上了视线。她的脸颊泛红，眼睛也湿润了。

"所以……我以后还想和今天一样，跟你一起出来……玩……"

菊池同学一边捏着自己的衣角，一边说出了这样的话。这我怎么可能不当一回事呢？

所以，我又将自己内心的想法原原本本地说了出来。

"……当、当然了！"

——就这样，我和菊池同学的电影鉴赏会结束了。

从车站回家的路上，我发LINE告诉日南今天的约会结束了，消息马上显示已读，接着日南发来了通话邀请。那家伙的反馈速度还真是快啊。

"……喂喂。"

"那么，怎么样了呢？"

面对日南突如其来的试探性口吻，我一边走，一边大致说明了一下今天约会的详细经过。

"嗬！虽然好像发生了不少事情，不过从结果来看，是非常成功的感觉嘛。"

"哦，哦……"

我感到有些难为情，做出了附和。话说回来，在闷热的夏日夜晚，走在路灯照耀的住宅街，和同班的女生打电话，这种状况让人有种奇妙的飘飘然的感觉。

"不过，尽管不是不好的意思，但是关于'很难聊'这件事，你是必须要反省的。"

"果、果然啊……"

那是我最大的担忧。

"我没有在场，所以不是很清楚……不过可能是害怕沉默而接连不断地抛出话题，还有呢……也有背下来的话题不适合菊池同学的可能性。"

"唔，是吗……"

并不是背下来再说出去就好了，但这就相当困难了。

"简单来说，就是经验不足、技巧不足吧。"

"唔……呃……"

"有发出怪叫的闲工夫，不如给我快点解决掉这个问题。"

被不容分说地训斥了。

"我、我知道了。唔，解决方法是……"

"你当然心里清楚吧？"

"是、是啦……大概吧。"

我放弃挣扎，叹了口气。

"是更多的特训和经验吧。"

"鬼正。"

最终，所有的一切都指向了这个方向啊……

"唔，照着这个状态下次继续努力就可以了吧？"

"是吧,就乐观地认为合宿有课题可以做了吧。"

"这、这算乐观吗……"

有课题是好事啊。日南精益求精的态度真是让人望尘莫及。

"好啦,下次就约她一起去烟花大会吧。"

"烟花大会吗……"

又冒出了一个强力的现充词汇。

"是的,回家后就马上去约吧。对她说'今天谢谢你了'之类的话,然后顺便约。"

"哎,这、这么快吗?"

"那自然了,人家都跟你说还想一起出去玩了,现在约的话是不会拒绝的吧。考虑到随着时间过去……说不定会有反悔的可能性,还是早点确定好预定计划比较好。"

"啊,啊啊,是啦,说的也是……"

我又被日南给说服了。

"这附近的话,户田那一带算是比较大的了。"

"户、户田吗……"

"是的。在本月中旬之前,不管哪一天都可以,这个就交给你自己来判断了。"

"哦,哦。"

像这样结束了对话后,我就到家了。

回到自己的房间看了一眼手机,发现日南发了LINE过来。确认了一下,她发过来的是发布了埼玉附近比较有看头的烟花大会日程的网址。

有点搞不懂她是体贴周到，还是在施加压力。

不过既然她都做到这个份儿上了，于是我开始编写要发给菊池同学的 LINE。

"今天谢谢你了！电影也很好看，我非常开心。

"然后这个月的六号啊，如果你不介意的话，可以和我一起去户田的烟花大会吗？"

我推敲了一番这段我自己完全判断不出是好是坏的内容……

"……呼！"

然后振奋起精神按下了发送键，接着就将手机随意扔到床上，闭上了眼睛。

我约了她啊……约她去烟花大会……

只需要按一下，就能做到如此不得了的事情，我一边感受着科技利器的恐怖，一边静静地等待快速跳动的心脏平静下来。这时，手机振动了。

"唔噢噢噢？！"

突如其来的振动让我的心跳进一步加速了，这迟早会追上手机的振动速度啊。我看了一下……上面显示了菊池同学发来回复的通知。回、回复得好快……我紧张地点击了一下。

"六号我有空！

"烟花大会，我非常想去！"

我情不自禁地绽放出了笑容。

由于从日南那里得知了"菊池同学回复很慢"的情况，光是回复很快这一点就轻而易举地动摇了我的大脑。感觉连LINE上面简单的文字排列都飘荡着奇妙的氛围。我一边忍受着那个压倒性的魔力，一边构思回复的内容。

"那么就一起去吧！

"具体时间等快到了再确定吧？"

"嗯！我知道了！"

只过了十几秒就发过来的这个回复攻陷了我的内心，我关闭LINE，整个人趴在了床上。不行了，我的体力已经到极限了。

居然会被那么美丽的白魔法夺走体力，我可能果然是不死属性吧……我就这样闭上了眼睛。

"我以后还想和今天一样，跟你一起出来……玩……"

我的脑海中浮现出了说着这些话而红了脸的菊池同学。

她的那个样子让我产生了有点害羞、有点难为情、又有点幸福的心情，回过神来的时候就发现自己坠入了睡眠。虽然是以这么复杂的心情躺在床上，但是两天后有打工的面试，三天后还有合宿……嗯，现在就先忘掉这些吧……

*　*　*

结束电影约会的两天后。合宿的前一天。

明天就要参与在现充们的包围下度过一夜的大型活动了，然而我现在是因为另外的理由在紧张。

在我眼前的是卡拉OK店。在我包里的是简历。

也就是说，今天要参加打工面试，我都搞不清楚这是暑假里的第几个活动了。不过我参与的每一个活动都对我很有帮助，所以我认为这些都是有意义的。所以我的干劲才能像这样一直维持吧。

我走进店里，看起来像学生的女店员注意到了我，很懒散地朝我说了声"欢迎光临"，然后"呼啊"的一声打了个哈欠。

那名店员有着一头稍微烫成波浪卷的及肩棕发，其中一侧的头发盖住了耳朵。应该是和我差不多年纪吧。

"啊，我是十五点来参加打工面试的，我叫友崎……"

听到我这么说，她又做出了"啊！恭候多时了。麻烦您稍等一下"这样干巴巴的回应，并进到里面去了。这个打工的店员显得非常懒散啊……

接着，换了一位三十五岁左右的男性从里面出来。个子很高，体格也不错，是看起来挺有威严的大人。

"你好，你是友崎同学，对吧？"

"啊，是的！"

"我是店长，姓柳原。那么这边请！"

他清楚干脆地将我带到一个房间里，开始了面试。

"那么，首先……"

虽说是面试,不过也并没有搞得非常郑重其事,就大致问了一下"一周能上几天班""以前有打工的经验吗""预计能工作到什么时候"之类的问题,剩下的时间则基本是在闲聊,什么暑假的计划啊、有没有参加什么社团啊等等,都是些和打工没有什么直接关系的问题。我有注意用平时练习的语调塑造尽可能干脆利落的说话方式,所以应该是没有出现什么重大失误,就这样挺过去了。

倒不如说,相比被丢到一群现充当中,或者和女孩子在咖啡店一对一说话,这件事的难度就显得比较低了。要是问我是不是绝对能通过,那我也不好说,不过如果只是平平稳稳地挺过去的话,那么我感觉靠着至今为止养成的习惯就差不多能应付了。这代表我已经成长到能够做到这种程度的事情了吗?不过嘛,毕竟有敬语这个固定的形式,所以相比同龄人,跟长辈的对话在难度上会更低一些吧。

"面试就到这里了,之后会再通知你有没有通过。"

"好的!非常感谢!"

面试结束了,我和柳原先生一起出了房间。这时——

"咦?文也?"

"哎?"

听到声音的我转过头去,发现站在那里的是穿着卡拉OK店制服的水泽。

"哦?你在干什么啊?哎,今天来面试的人是文也你吗?"

"哎，怎么了、怎么了，水泽，是你认识的人吗？"

"不止是认识的人，我们是高中的同班同学啦！"

"啊，水泽你也在关友吗？嗬！友崎同学，你知道这家伙在我们这里打工吗？"

"不知道……"

但是我马上想到了，是日南让我来这里面试的。

也就是说，那家伙又安排了多余的惊喜……

"嗬！那就是碰巧啊！"

"是、是啊，非常巧……"

我苦笑着回答。

"文也，今后也请多多关照哦。话说，店长，这家伙通过了吗？"

"哎？！现在问这个？唔，这个嘛，感觉能比较利落地接待客人，我是打算让他通过的……"

"店长这么说哦，文也，真好啊。"

"哎？哦，哦哦！"

我努力让自己跟上眼前的进展，同时对"感觉能比较利落地接待客人"这个评语感到吃惊。水泽则是完全不知道我的这种想法，继续跟我搭话。

"我还有三十分钟就下班了，你就一个人唱会儿卡拉OK等等我吧。晚点一起去吃个饭。"

"哎，呃。"

"喂,你给我等等,水泽,你还有一个半小时才下班吧!"

"被发现了。不过反正很闲,有什么关系嘛!面试的这段期间可是一个客人都没有来哦。要是不想办法稍微节省一下人工费的话,又会被区域经理骂哦!"

"唔……这、这么一说……真是的,你这家伙就是嘴皮子功夫厉害……"

"就是这样啦,文也,那就麻烦你了!"

水泽一边说,一边拍了一下我的胳膊。

"哦,哦,我知道了。"

看到完全被气势所压倒的我点了点头后,水泽就接着说"那我去打扫了",之后消失在了通道的尽头。多人对话的速度果然很快啊……

"哎呀,没想到是水泽的同学呢。那家伙巧嘴滑舌的,很难对付啊。"

"哈哈哈……是啊。"

"那么,你怎么办?要唱歌吗?"

"嗯,是吧……毕竟我都跟他说我知道了。"

"啊哈哈,是啊。对了,我刚才也说你通过了,那么就当作已经通过了。今后就是店长和员工的关系了哦。没问题吧,友崎?"

"哎,好,好的!"

我一边对柳原店长骤变的语气感到惊讶,一边做出了回复。

"唔,那么店里的前台是在这边。啊,你就照着做法做下预习吧。你已经通过了,所以就算你员工价,只要半价就好了。相对的,你可要好好工作哦。"

"我、我知道了,谢谢您!"

"唔,我在面试的时候也跟你说过了,暑假结束后会有很多人要离职,所以培训要在那时之前结束……你从八月中旬或下旬开始培训没问题吧?"

"好的!"

如此这般,我顺利地通过了打工的面试,为了等水泽而要唱三十分钟的卡拉 OK。很好,除了人生第一次唱卡拉 OK 是独自一人,其他都非常顺利呢。

* * *

"这个……一个人唱卡拉 OK 是正确选择啊。"

我一个人进到包厢里,然后反复尝试。

这也是我第一次接触卡拉 OK 的操作设备。

"原来如此,按这里是结束演奏……搜索的方式有很多种啊。"

因为是靠直觉就能操作的界面,所以稍微调试几下就差不多能搞懂了,但如果是作为店员突然面临被客人询问的情况,那么我应该是会惊慌失措的吧。好险,好险。

"然后,这里是……"

就在我捣鼓着卡拉OK设备的时候,伴随着砰砰的敲门声,一名女店员走了进来。

"啊,你好,初次见面……应该说是刚见过不久吧。"

"哎?啊,啊啊,你好。"

缺乏起伏的单调声音让我转过头去,看到那里站着我进店时最先见到的、看起来像年轻学生的女店员。我困惑地回了个招呼后,那位女店员就大胆且懒散地坐到了我对面的椅子上。哎,现在还是工作时间吧。这样好吗?

"我是在这里打工的成田鸫,请多多关照,你的面试通过了吧?"

"啊啊,请多多关照!我是友崎文也,接下来会在这里工作的。"

我尽可能用开朗的语调介绍自己。敬语的话,我还是能讲得挺溜的。

"友崎学长是高中二年级吧?"

她一边瘫倒在椅子上,一边依旧用毫无起伏的语气说道。

"哎,啊啊。是的,我是高中二年级。"

"我是一年级,不需要用敬语哦。"

马上就被告知解除敬语,难度提高了。稍等一下,这个状况对弱势角色来说还太早啊。和初次见面的女生在密室里独处。尽管我最近跟女生说话的频率是增加了,但是这种情况又不太一样啊。总之，先回忆下跟深实实，还有泉说话时的语调。

"哦，哦哦，了解……话说，成田同学，你还在工作吧？"

看到成田同学大大方方地坐在椅子上的样子，我感到很不可思议，于是就这么询问了。也只能从对方的事情——这样的最基本的话题开始了。

"啊啊，没关系的。是店长让我来跟你打个招呼的，那么我估计他也料到我会坐下来的。"

她一边说，一边整个人趴在桌子上，然后瞄了一眼手机屏幕，大概是在确认时间吧。这个散漫的店员到底是怎么回事？我看着她的这个样子，回想起了之前为了跟水泽搞好关系而做的课题，也就是"损人或者反驳"。

如果那是建立对等关系所必备的事情，那么这个时候也应该拿来用吧。而且也能让我培养"独自思考的能力"……那就稍微自发地做做看吧。于是，我咽了咽口水，组织好语言，并且变换了语气。

"成田同学……你是有点废废的人吗？"

我用稍微带点吐槽感觉的损人语调说了之后，成田同学就扑哧一声笑了。

"啊，这么快就暴露了？我这个人很废啦。"

"啊……哈哈哈。"

我没想到她会马上表示肯定，所以没能给出回应的话语，只是露出了苦笑。唔，没办法做到一直顺利啊。

"但是,不管被说多少次,我也是绝对要坐下来的。我觉得店长差不多也该放弃了。"

趴着的成田同学从桌子上抬起脸来,一边摸着发梢,一边傻傻地笑了。这种强烈的意志究竟是怎么回事……

"店、店长……"

我不禁对刚认识的柳原店长产生了怜悯之心,这时成田同学说着"啊,话说"直起身来,向我投来了认真的视线。

"什、什么?"

"你肚子不饿吗?"

"哎?"

"要不要点些什么?"

这实在是过于大胆的话,让我的思考一瞬间冻结住了。

"唔。这种时候果然还是点薯片最稳妥吧?啊,我们这里点薯片是能选两种蘸酱的。我要一个明太子酱,另一个就由友崎学长来选吧。"

"成、成田同学,你是打算吃吗?"

"不不,基本上都是给友崎学长你吃哦!我只是在工作间隙到这个包厢来休息,有剩的话就吃一点而已。我才没有那么贪吃啦。"

然后像觉得我很失礼一样噘起了嘴巴。

"哎,呃?"

非要说的话,因为自己肚子饿了而让别人点食物,想从中受惠，这个做法就已经是……我刚在大脑里推敲具体的反驳内容，成田同学就说着"啊，先不说这个"！并朝我这边探出了身子。不行，完全无法掌握步调。我的修行还不够啊。

"什、什么？"

"友崎学长，你真的和水泽学长是同一所高中吗？"

到刚才为止的那种慵懒气氛逐渐淡化，她像是有点开心地问道。

"哎。嗯，是真的。"

"是真的啊。那我可以问你一个问题吗？"

"……呃，什么啊？"

成田同学乐呵呵地扬起嘴角，兴致勃勃地问道："那个……我就直接问了，水泽学长现在有没有那种跟他很来电的女生呢？"

她压低了声音，用着仿佛是在询问重要事情一般的语调和表情，看起来似乎是有所企图。

"……呃，不好说啊。"

"哎！那就是说有吗？"

"不，不是……"

不过回想起来，他只是跟日南之间有过短暂的绯闻，而且那也是大家的误会，如此一来，水泽现在并没有那方面的对象……是这样吗？

"啊……说起来，没有怎么听说过，那么……应该是没有吧，我估计。"

闻言，成田同学发出嗯嗯的声音，轻轻地频频点头。

"原来如此，这样啊……很有参考价值，谢谢您了。"

她露出了满意的表情。我虽然没有摸清她的意图，不过我想着这说不定又是一次"损她"的机会，于是转动脑筋思考台词，并慎重地化作了言语。

"莫、莫非成田同学你……是喜欢水泽的吗？"

损刚认识的女生这种事情对我来说，实在是难度太高了，所以说得稍微有些结结巴巴，不过还是成功说出了戏弄的语调。成田同学稍稍笑了。

"唔，呃。不是啦，水泽学长他很受欢迎，在我们店打工的女生里面就有好几个人喜欢他。所以就想着要是能问出点什么的话，应该是挺有趣的……"

"啊，是这样哦。"

"至于我嘛……怎么说呢，要说是不是真的很喜欢，那就有点微妙了……"

"……嗯？"

然后她露出了别无他意，又莫名傻乎乎的表情。

"不过嘛，脸还是喜欢的。"

说完，她瞄了一眼手机屏幕，像发觉了什么情况一般啊了一声。然后一本正经地站起身来，朝门的方向走去。

"我差不多该走了，现在出去的话，还是刚刚好不会被骂的时间!"

"哦,哦。"

……这种计算是闹哪样。

"那就先这样,感谢您提供的珍贵情报。"

最后,成田同学又换回慵懒的语气这么说完,动作端正地向我敬了个礼之后,就离开了包厢。

"刚、刚才这到底是……"

实在是太过随意了,我完全是被牵着鼻子走,就像面临暴风雨一般。而且,还说喜欢脸……

——话说水泽那个家伙果然很受欢迎啊。

* * *

"抱歉抱歉!让你久等了!"

"哦哦。"

我稍稍摆出笑脸迎接打工结束换好便装从里面走出来的水泽,这种平常的笑脸差不多也做得比较自然了。我希望是这样的。

"那我先走一步,你辛苦了——"

听到水泽的招呼,在收银台工作的店长笑容满面地做出了回应。

"好的好的,你辛苦了。友崎也是,下次开始就要麻烦你了哦。"

"好、好的！您辛苦了！"

这时，成田同学也从里面走了出来。

"啊，学长你辛苦了！"

"哦，你也辛苦了。"

"辛、辛苦了。"我也做出了差不多感觉的回应。

"鸫鸫，你不要偷懒哦！"

"我知道啦！"

被水泽叫成鸫鸫的成田同学用可爱的声音回答道。鸫鸫是什么啊？可能是因为她叫成田鸫，所以是鸫鸫吧？

在店长和成田同学的目送下，我们两个离开了卡拉OK SEVENTH。

"好了，那我们走吧！"

水泽一边说，一边朝车站的方向迈出脚步。

"去、去哪里啊？"

"唔，这附近什么都有。你有什么想吃的东西吗？话说，你饿了吗？"

"唔，算是挺饿了吧。"

"那么去TENYA怎么样？我回家的时候经常会去那里的。"

"OK。"

泉式OK我已经讲得很顺畅了。像这样事先准备好能够说得比较流畅的模板，遇到适合的场合就用起来，如此一来，即使是我，应该也能自然地进行对话了。

我们就这么并肩朝东口附近的TENYA走去。

"话说,你为什么要现在开始打工?手头很紧吗?"

"唔,嗯,算是吧。"我思考了一小会儿,"你想啊,还有合宿之类的……"

"哈哈哈。确实挺费钱的。"

"是啊是啊。对高中生来说,一万是令人很肉痛的。"

"我懂我懂。"

我们像这样闲聊着。好厉害,感觉像朋友一样啊。

"不过啊……哦哟。"

水泽还没说完,我们就到了TENYA。他率先推门进到店里面。我也跟着进去了。

我们找空位坐下,看着菜单选好要点的餐,然后告诉了店员。

"哎,哎呀,话说还真是巧啊。"

我主动抛出了话题。面对水泽,这么做果然还是很紧张啊。

"很巧吗?唔,也对。"

这是话题效果不太好的反应。考虑到这其实是日南安排好的会面,我就有些心慌意乱了。

"我说你啊。"水泽把手肘放到桌上,用食指指着我的脸,"开始打工也是为了摆脱过去阴暗形象大作战的一环吗?"

"唔……"

水泽以前对我说过"你是看了摆脱阿宅气质的书吧"这种几乎和我妹妹英雄所见略同的话,看穿了我是"想要改变什么"。虽然并没有暴露与日南相关的事情,不过他还是很敏锐的。然后,他认为这次的打工也是其中一环。

他的一语中的让我无言以对。

水泽见状,不知为何噗哈一声笑喷了。

"哎?"

"不是啦……你这个人啊,就算被别人给说中了,也不要有这么容易让人看懂的反应吧?"

"唔,呃……这个……"我回想着自己的反应,"确、确实啊……"

被他这么一说,我也觉得被说中后发出"唔……"的声音实在是有点……

"哎呀,你在说话方式上是有很大的变化的,我觉得你是有在努力的,不过你在这些方面的表现还依旧是太嫩了啊。"

尽管水泽的话带了一点毒舌,但是语调开朗并不让人讨厌。水泽果然很擅长轻描淡写地损别人啊。我也有在主动寻找损人的机会,却很难找到别人的破绽。

"要你管!"

我也模仿水泽的语调,做出了开朗的回应。

"但是该怎么说呢?"水泽的嘴角维持着笑意,不过眼神非常认真,"你这个人果然是该做的时候就会全力以赴、会动真格的吧。"

"哎?"

水泽对我说出这样的话,让我感到有些意外。

"你看啊,无论是绘里香的那件事,还是摆脱阴暗形象这件事,包括 AttaFami 也是。另外……根据我的判断,深实实的那个附带突发事件的演讲,你也是插了一脚吧?"

"唔……"

"哈哈哈!你又露馅了。"

"啊。"

然后我也不禁笑了出来,连我自己都觉得刚才这下实在是太糟糕了。

"不过果然如此啊!文也你太好懂了。"

既然都暴露到这个地步了,那我也就坦白从宽吧。

"这个嘛,该怎么说呢……我当时是协助深实实,想帮她获取胜利的……"

闻言,水泽不知为何瞠目结舌地眨了眨眼,看向我这边。

过了一会儿,他歪着脑袋一瞬间笑了出来,并开口说道:"想获取胜利,你是想赢葵吗?"

"嗯,算是啦。"

"……嗬。"

水泽让冰块发出哐啷的声音,低垂着视线拿起杯子喝了一口。长长的睫毛浅浅地遮挡住了带着疲倦光芒的眼瞳。他是有什么想法吧。但是该怎么说呢,那个样子实在是太像一幅画了,看上去完全就是在喝加冰的酒嘛,那杯只是冰水没错吧。看着他的时候，我点的天妇罗盖饭和水泽点的豪华天妇罗盖饭都来了。就连这种地方也出现了差距啊。

"真亏你能面对葵努力到这个份儿上。你究竟是出于怎样的心理啊？"

他一边掰开一次性筷子，一边用平静的语调这么问道，这让我思考了一会儿。

"唔，是什么呢？可能是不想在游戏里一直输下去吧……"

"游戏？"

水泽一边吃着炸虾，一边愣愣地反问。啊，不自觉就照着平时的感觉在说话了。

"啊，你想呀，学生会选举在某种意义上也算是游戏吧……"

我一边夹起炸南瓜，一边语无伦次地说道，水泽听了之后，啊的一声点了点头。

"确实，我多少能理解你的这个说法。"

"真、真的吗？"

意外得到了赞同，让我的兴致稍微有些高涨了。另外，南瓜真好吃。

"真的，真的。不过啊，明明是游戏，你却会认真地觉得不想输吗？"

"哎？倒不如说正因为是游戏，所以才不想输……"

闻言，水泽感慨地发出了嗬的声音。

"你真是一个努力的人啊。"

他像在附和我一般,用轻快的语调这么说完,接着扒了一口被酱汁浸染的米饭。

但是我也是这样想的。因为,我估计水泽也是这样的人……

"可是啊,水泽你这么……擅长对话,声音也很清澈……这也是经过了一番努力的结果吧?"

"比方说是怎样的努力?"

水泽像在催促我似的问道。

"哎?比如说?呃,模仿擅长与人对话的人之类的……"

我一慌张,就把自己努力在做的事情当成例子说出来了。

"嚆,这么说来……"水泽咧嘴一笑,"你有在做这种事情吗?"

这时我才反应过来。啊,糟糕,被摆了一道!

"唔……"

我又不自觉地发出了声音。水泽大笑了出来。

"你还真是好懂啊!"

"完全中招了……"

"要怪就怪中招的自己!是说我有没有模仿别人吗?没有啦,我没有做过的!"

"哎,是、是这样吗?"

没有经过练习却拥有这么出众的对话能力吗?果然现充本来就有这方面的才能啊……

"这个嘛,我从以前开始就一直是不管什么事情都能很快掌握诀窍的那类人,顺其自然就知道该怎么做了。唔,就是所谓的天才吧。"

水泽嬉皮笑脸地开着玩笑。

"啊啊,不过水泽确实特别有那种感觉……"

那我的努力究竟是……背了那么多的话题,做了那么多的模仿,却仍旧远远不如水泽啊。听到大受打击的我做出的回复,水泽露出有些戏谑的笑容,猛地向我探出了身子。

"好了,先不说这个。你说模仿比较擅长与人对话的人,那你都是模仿谁啊?"

"哎。这,这个……"

居然问这个?我该怎么回答呢?

我犹豫了一会儿,不过觉得反正不管说什么都是瞒不住的,于是就决定老老实实地坦白了。

"呃,有很多人啦,不过主要还是……水、水泽。"

"……哈啊?"

水泽一瞬间仿佛遭到突然袭击一般张大了嘴巴,然后开心地发出了呵呵呵的笑声。

"这种事情一般会跟本人讲吗?"

"呃,因为你问我了……反正说谎也是瞒不住你的。"

闻言,水泽这次有些傻眼,但还是笑了。

"你这人果然很奇怪啊。"

"是、是吗?"

我觉得自己是属于过于平凡而被埋没的类型。

"唔，该怎么说呢。比方说……"水泽注视着我的眼睛，"我和葵是属于'头脑很好而且很聪明'的人，你能明白吗？"

"头脑很好而且很聪明？"

这和一般的"很聪明"有什么不同呢？如果是同样的意思，会有人自己这么讲出来吗？我一边产生了像这样经常对日南产生的疑惑，一边等待他继续说下去。

"然后啊，你想，修二、优铃、竹井这些人就是属于'头脑不好而且很笨'的人了。"

"头脑不好而且很笨……我刚才就想问了，这和一般的笨蛋有什么不同啊？"

"这个嘛，基本上差别不大，不过……"

"不过？"

水泽露出了复杂的表情。

"不过你这个人就是属于'头脑很好却很笨'的那类人了。"

"……这算什么意思？"

介于不知道是在夸奖我，还是贬低我的微妙界限啊。

"你想啊，从你做的事情和思考方式之类的来看，很多时候都会让人觉得你是很聪明的……但其实是笨蛋。"

"看来这不是在夸我啊。"

"不不！是在夸你啦，在夸你的！"

水泽那个像在开玩笑一般的辩解口吻依旧不会让人讨厌，真不愧是强大角色啊。

"是、是吗?是在夸我吗?"

"这个嘛……先暂且不提吧。"

"就暂且不提了啊!"

我用开朗的语调做出吐槽。这下说得相当流畅吧。

"哦,这就是你模仿我的说话方式吗……"

"别、别这样……"

但是,水泽一脸贼笑着发动的攻击让我感到十分羞耻,话语一下子就变得虚弱无力了。太强了,毫无破绽,而且还顺带损人。这就是现充。

"哈哈哈!啊,说起来,明天的合宿你已经做好准备了吗?"

水泽非常干脆地转换了话题,掌握主导权的能力果然很厉害啊。

"哎,算是把住在外面需要用到的东西都塞到背包里了。"

我有将日用品好好地放进日南给我的黑色背包里。不过话说回来,要是没有收到日南给我的背包,恐怕就比较棘手了吧。

"哦哦,这样啊。话说,明天能顺利地撮合那两个人吗?"

"唔,嗯——究竟会怎样呢……"

我们就这样将话题换成了明天的事情,稍微聊了一会儿之后便结束了用餐。

一起朝车站走去的我和水泽因为回家的方向不同,就在埼京线的月台分开了。

"再见啦。"

然后,我觉得至少简短的句子要像现充一样说得很流畅,于是鼓起勇气回应水泽——

"哦。再见。"

漂亮地完成了。虽然在这种地方感到骄傲似乎是挺丢脸的,但是不管怎么说,这就是成长啊!

于是我坐上电车,在北与野车站下车出了检票口后,拿出了手机。然后用LINE给日南发了"打工的面试通过了""还有你给我安排了奇怪的惊喜吧"这样的信息。

日南可能是光看文字就能领会到我想表达的意思了吧,过了几分钟,我收到了"能够挑战新的环境,还能攒下钱,并且可以跟水泽加深关系。这算是一石三鸟了吧"这样的信息。这家伙破罐子破摔了啊,连装都懒得装一下了。她果然是故意这么做的……

虽然我明白这个做法很有效率,但还是希望她不要安排这么奇怪的惊喜啊。

"哦,你真早啊,友崎!那么就走吧!"

"OK。"

我们大家是约好了在池袋站碰头的,不过今天早上深实实突然用LINE发来了"我们一起去池袋吧"的信息,于是就紧急改为我们两个人先集合再一起过去。虽然这是相当现充的状况,不过我已经比较习惯和深实实相处了,所以并没有太紧张。倒不如说还有点主场一般的感觉,这可是不得了的变化啊。

深实实依旧是牛仔裤加T恤这样简朴的风格,仅仅如此就显得非常时髦,这让我再次感受到她的身材应该是非常好的吧。把轻便的背包塞得满满当当也很有深实实的风格。

我和深实给交通卡充了往返的车费,进了检票口。

"今天也很热啊……"

"是啊。"

"这正是适合户外烧烤的天气呢!"

"是……这样吗?"

听到我的回问,深实实竖起手指指向上空。估计她是想指太阳吧,但是我们现在是在车站里面,所以就变成指着天花板了。

"当然是这样了啊,智囊!肉在等着我们!"

"哦,哦。"

虽然有时会听到这种说法,但是为什么炎热等于适合户外烧烤的天气呢?对于居家派的我来说,炎热的日子是希望尽可能不要到太阳底下去的……

不过这种事情说了也没用,所以我主动换成了其他话题。

"话、话说,合宿会怎样呢。"

"是啊,优铃他们究竟能不能成为一对呢?"

深实实一边做出像在用手指摩擦鼻子下方的胡子一般的动作,一边说道。

"唔……这个嘛,就看中村的表现了吧?"

"啊哈哈哈!确实!中中他意外地很草包呢……"

深实实摇晃着鼓囊囊的背包,双手叉腰活力十足地笑了。胡子怎么了啊,胡子。已经不管了吗?

"那么,这次有什么好的作战计划吗?智囊!"

深实实心情大好地看着我说道。她的轮廓十分清晰,简直如同洋娃娃一般的眼鼻逼近到我的眼前。哦哦,皮肤真是细腻润滑……我不由自主地移开了视线。

"就算你问我……我不太擅长那方面的事情啊。"

"你又谦虚了!选举的时候不是做得很出色吗?"

她一边说,一边朝我眨了眨眼睛,并竖起了大拇指。

"啊,我不是这个意思,我是说我不太擅长交往方面的事情……"

"是这样啊?那倒是没错!"

"喂!"

"啊哈哈哈!"

我们随着电车摇晃，就这么谈笑着。怎么说呢，该说是习惯了跟深实实聊天吗？什么都不需要想就能顺畅地对话，而且她知道我是一个狂热玩家还跟我说话，最重要的是深实实笑得很开心，这让和她在一起的我也感到很开心。明明是在电车里站着聊天，却一点也不觉得无聊。莫、莫非这就是所谓的死党吗？！

"话说，我想要开始打工，就去面试了，结果水泽也在那家店打工——"

"嘀！真巧啊，那你们今后就是打工同伴了？"

我就像这样时不时也主动抛出话题，这时电车抵达了我们约好的碰头地点——池袋。

夹在大量下车的人当中，我和深实实也下车了。

"啊，说起来呀，友崎。"

深实实一边在月台上走着，一边有点客气地说道。

"嗯？"

"那个，该怎么说呢……"

深实实移开视线，挠了挠脸颊。

"前段时间的那件事，真的是谢谢你了！帮了我……很大的忙。所以总觉得应该像这样再道谢一次！"

"唉……呃……嗯。没什么啦。"

突然的感谢让我大吃一惊。能感觉到自己的脸因为不好意思而发烫了。

"回想起来,你真的是为我做了很多事情啊!觉得非常……很有英雄的感觉!我是这么想的!唔,嗯,嗯!差不多就是这样啦!走吧!"

深实实有点反常地急急忙忙说完那番话,就咻的一下先往前面走了。

"唉……啊……啊啊。"

我一边跟上她,一边思考着。

之前的我基本上不会被别人像这样发自内心地表示感谢。

我感觉到有一丝温暖的舒适感在胸口扩散开来。

——该怎么说呢,这让我产生了"努力与别人交流真是太好了"这样的想法。

* * *

全体集合的地点离池袋站的JR检票口不远,在西武池袋线的检票口附近。我们要从JR换乘西武池袋线坐到饭能站,然后从那里坐公交车到露营场。

我和深实实一起抵达检票口前面的时候,发现日南、水泽和中村已经到了。

"哟——"

"嗨——"

中村和深实实互相打了个现充风格的随意招呼,然后其他人也说着"嗨"简单地打了个招呼。我也有样学样跟着大家说了。

"还剩竹井和优铃没到吧,他们两个都是迟到惯犯了。"水泽说道。

"就是说啊!不过早上发过去的LINE是显示已读了的,我觉得应该不会有问题……"

日南看着手机说道。等了一会儿,就如她所说,那两个人都来了。先到的是泉。

"大家都到得好早!我是最后一个吗?"

"不是,竹井还没有来。"

"哎?!"泉扫视了一下我们,"啊,真的呢……"

竹、竹井……你被遗忘了吗?

作战会议也没有叫竹井来参加……呜呜,竹井果然是……

然后过了一会儿,竹井也到了。

"咦,我是最后一个?!算了!总之先来张全体合照作纪念!"

竹井一边说着这样随便的话,一边启动手机的照相功能,让大家集合到一起草草地快速拍了几张。

"OK!那我发到Twitter上面去了。"

这、这种大大咧咧的作风是要怎样,感觉自己是白可怜他了。

在那之后,我们大家一边随意谈笑,一边跟着西武池袋线的电车晃动，到达了饭能站。接下来似乎要坐四十分钟的公交车到离露营场最近的公交站。

然后，现在就要开始撮合中村和泉的作战了。

在这里，关键在于座位的顺序。作战的第一步是要想办法让中村和泉坐在一起。顺便一提，这次的成员中男生有中村、水泽、竹井以及我，女生有日南、泉和深实实。由于总共是七个人，所以两两一起的话就会多出一个人来。不过我觉得多出来的那个人是我也没关系，我要为了中村和泉而牺牲啊！

上了公交后，因为最后面的位子已经坐满了，所以果然还是要两两一起的样子。

我们已经讨论过好几种面对这种情形时的引导方法了。首先是日南采取了行动。

"来，孝弘坐下来吧！"

她一边说，一边轻快地坐到靠窗的位子上，并将水泽引导到自己的身边。

像这样由女生们来指定男生的座位，先排除掉中村，各自与其他人凑成对，最后促使他们两个坐到一起。

紧接着深实实也行动了。

"好了，智囊友崎！我可以坐靠窗这边吧？"

深实实说着这样的话，坐到了日南和水泽后面的靠窗位子上。哎？！她指定了我？！

感到惊讶的我还是坐到了深实实的旁边。唔，距离好近。

好了，最后只要泉指定中村坐到自己旁边就可以了！虽然挺对不住竹井的，作战会议也没叫他参加，感觉他似乎对这种待遇是习以为常的样子，所以应该承受得住才对！

"呃……"泉一边红着脸，一边发出了很轻的声音，"这样的话……呃，中……竹井。"

"咦。"中村愣了一下。

"过、过来啦！竹井！坐下来吧！"

"真的吗？OK，OK！"

竹井似乎完全没有理解现在到底是什么情况，摆出"被指定了位子好开心呀"的样子坐到泉的旁边。然后拿出手机说着"公交纪念"跟泉合影了。说不定竹井是个非常蠢的家伙。算了，毕竟他不知道这次合宿的目的……

"我发到Twitter上哦！"

他一边说，一边摆弄着手机。这家伙是怎么回事啊，只有他一个人轻松自在，我们可是考虑了很多作战计划啊。

然后当事人中村就一个人臭着脸坐到了泉和竹井后面的位子上。我维持着从座位探出身子的状态看着这副情形，这时中村锐利的目光向我袭来。

"看什么看啊。"

"没、没事。"

我不知为何觉得非常过意不去，将身体缩了回来。

如此一来，公交座位凑对大作战的结果是，由于泉的害羞，而导致中村孤身一人,是非常意想不到的结果。唔,不太顺利……话说,泉对自己更坦率一点会比较好吧……

然后我们随着公交摇晃了一段时间。

途中,已经跟座位顺序没有什么关系了,变成了前后排都聊得热火朝天的气氛,想到就算泉和中村坐在一起也会变成这种情形,说不定这次的失败并不算严重吧。顺便一提,我虽然勉强跟上了大家的对话,但是完全没能帮上撮合作战的忙。同时进行两个课题果然是很难啊。

公交站到了。从这里走路五分钟似乎就能到露营场了。

"果然很有山的感觉呢……"

泉一边用手遮挡阳光,一边说道。指甲上像亮片一样的东西反射着阳光在闪闪发亮。

尽管是一条平坦的大马路,不过周围被树木的绿意所包围,能感受到自然的丰饶。

"好热。"

中村皱着眉头说道。光是那个样子就有强烈的压迫感。

就像中村说的那样,太阳越升越高,天也越来越热了。因为是山上,所以可能或多或少要比城市里凉快,但即使如此,也还是很热。

"好!那我们走吧!"

深实实一只手拿着不知道什么时候捡的奇怪树枝,站在最前头走了起来。

"深实实,不是那边!你走反了!"

"哎?!啊,真的吗?"

不过她马上被日南给指正了,还傻里傻气地笑了出来。真是拿深实实没办法。

* * *

我们在日南的带领下,走了一会儿就到了露营场。

那是四周被树木包围的大型场所。从导览图来看,是分成了两个区域,一个是十分开阔的一般区,另一个是沿着很大的河流而设的河岸区。

我们这次预定要住的小木屋是在一般区,所以打算先在河岸区烧烤,然后再去那边。顺便一提,是男女各住一间。

"总之每个人先交一万哦!"

水泽先向大家收钱,然后用来支付场地使用费和住宿费之类的。付完之后还剩下一些钱,之后要用到的费用就从里面扣,要是最后还有剩余,就再退还给大家。原来如此,这样看起来确实是很有效率的样子。果然习惯这种场合的人就是不一样啊。

进入露营场后,就看到已经有好几组人在烧烤了。一般区里面除了长椅和小型的休息所,就几乎什么都没有,像宽广的公园一样,还能零零星星地看到一些遮阳用的四角帐篷或太阳伞。从一家人的团体到看似大学生的团体,或是看起来跟我们同年龄的团体,总之各年龄段的团体都有。

"很多人在那儿烤了吗?得快点去借设备才行啊!"

泉开心地闹腾起来了。不过我有点理解她的心情,这是挺让人情绪高涨的。所以你就靠着这个高涨的情绪不断接近中村吧。

"总之先过去吧。"

随着中村的一句话,我们一起到位于场地中央叫作"中心"的建筑物去借烧烤用的套件。堆了木炭的烤炉和火钳,七人份的食材和烹饪用的菜刀、砧板,再算上帐篷的组件,要搬的东西可是相当多的。总觉得有户外烧烤的感觉了呢。把那些东西搬到河岸区后,就开始准备烧烤了。可能是因为离水流很近吧,感觉空气比刚才要凉快了一些。

"那么,现在来分工!"

"有劳你了——"

日南一板一眼地主持了起来,竹井很配合地做出了回应。我们的策略是日南在这里让泉和中村成为同一组的搭档。既然是那家伙的话,想必能轻而易举地做到吧。

"那么首先是食材的备料……就交给优铃和修二吧。"

"哎?!"

"好——"

不知所措的泉和从容不迫的中村,一开口就大胆无畏地指定了那两个人。真不愧是日南。

既然这样,那么接下来怎样分工都无所谓了吧。正当我这么想的时候——

"接下来是烧烤用的帐篷和桌子的摆放……因为有点辛苦,就交给孝弘和竹井,还有深实实也帮下忙会比较好吧?"

"好咧。"

"行!"

"OK——"

那三人各自做出了回应……咦?这样的话……

"剩下的我和友崎同学就负责生火吧?差不多就是这样,麻烦大家啰!"

结果和日南成了一组,是有什么会议要开吗?

大家开心地各就各位,在盛夏阳光的照耀下,开始了准备。

* * *

"所以是要干什么啊?"

我用平时召开会议时的态度跟日南说话,我们现在正处于其他成员听不见声音的位置。这个作战的目的就是让中村和泉两个人独处,并且不会被其他人听到对话,所以才故意这么安排的。远远看过去,大概就只能知道竹井在一边闹腾,一边狂拍搭帐篷以作纪念。他真是太散漫了。

"什么,要干什么啊?"

日南皱起了眉头。

"呃,不是要召开什么会议,才让我们两人一组的吗?"

"……并不是哦。"

"哎?"

我吃了一惊。没有会议却还跟我一组?这是什么意思啊,咦?

"那,那是为什么?"

我有些害羞地这么问了之后,日南冷淡地开口了。

"很单纯呀,首先是要按照作战计划让中村和优铃一组吧?然后,搭帐篷是很辛苦的,所以想让具备领导力的水泽和力气大的竹井去做。再次就是能融入他们当中的深实实。生火要是失败了,那就什么都做不了了,而且我自己也想做这个。这样一来自然而然会剩下你,那么就变成这样的组合了吧?"

"……这么说也对。"

她那一如既往的超合理思维让我叹了一口气,这时日南小声地补充了一句,"还有,一直装乖也挺累人的。"

"哎?"

"……干吗?"

她板着脸看向我。

"没啥……就是觉得原来你也会觉得累啊。"

"这是当然的吧,毕竟我也是人类啊。"

"这么说也对……人类。"

我嗯嗯地点了点头。差点就忘了。

"不过顺便开个会也不错,毕竟还没跟你说今天的课题呢。"

日南一边看着被火钳夹起来翻转的木炭,一边说道。

"课题吗?粗略的目标就是交到男性朋友对吧?"

"是的,就是这样。还有就是要多积累对话的经验值。毕竟被小风香说了'不好聊',这件事情还是挺严重的。"

"啊啊,说得……也是啊。"

我再次咀嚼那番话,稍微有些消沉了。我当时还以为聊得挺好的。

"不过话说回来,关于这点,只要同大家在外面住在一起,无论如何你都能获取比平时更多的经验值,还能增强自信,我觉得自然而然地去做就能达成吧。"

"这样吗……这么说来,只需要积极地进行对话,并没有什么特别要做的课题吗?"

"最重要的就是赚取经验值啦。不过除了这些,还有个同时进行的课题……"

"同时进行的课题?"

"就跟上次一样,让你去损人或者反驳吧。"

"……唔呃。"

我对这个上次就让我很头疼的课题感到畏缩了。看到我这副样子,日南呵呵地哼了哼鼻子。

"而且,这次是——对中村做三次哦。"

我一时间不知道该说什么……

"对中村？！"

我竭尽全力抑制住差点就要吼出来的声音说道。看到我的反应，日南满意地点了点头。

"课题如果不逐渐加大难度的话，就没有意义了吧？"

日南故意装出挑衅的样子说道。

"话、话是这么说没错……可是要损中村三次或者反驳……"

我想象了一下，身子不由自主地颤抖了。那、那样……会被多么可怕的表情瞪视，会被说多么恶毒的话啊……他不是我能损上几句的对象吧……

"没啥，时间还是挺充裕的，你就选好时机好好做吧。反正我估计你不会对我谎报的，所以就算我没在看也可以哦。"

"我、我知道了……"

虽然我对她的这份信任感到高兴，但是今后要面对的恐惧完全盖过了这个心情。

"好啦，再来就是……这个还没到课题的程度就是了。"

日南将视线移向远处准备搭帐篷的深实实、竹井和水泽。

"最好还要主动、积极地跟水泽拉近关系。"

"……和水泽？是交到男性朋友的延伸吗？"

日南说了句"是的"，并点了点头。

"因为现在最有可能成为你的朋友,并且对于之后的'人生'攻略最有好处的人,就是水泽了。"

"最有好处"这个过于有日南风格的说法让我露出了苦笑,同时问道:"是指可以偷学对话技巧,而且比较容易融入水泽、中村他们的群体吗?"

对于我的询问,日南点了点头。

也是,仔细想想,毕竟她都特意安排我去和水泽在同一个地方打工了啊。

"好了,差不多就这样吧。比起跟水泽拉近关系,'损中村'这个课题会比较容易完成……而且,你必须要成长到不会再被人说'不好聊'的程度才行啊。"

日南用有些较真的口气说道。虽然我不太明白她为什么闹情绪了,不过说不定是对自己培养的角色没有得到预想中的评价,所以感到不甘心。这几乎就是拿我在玩养成系游戏了吧。

"好了,既然都知道要做什么了,就来生火吧。虽然很不起眼,却是最重要的工作啊。"

"哎?哦,哦。"

接着,日南这次不知为何兴奋地两眼放光,在烤炉里放了像引火剂一样的东西,并开始摆放木炭。她的眼神十分认真,看起来好像很开心的样子。

不过,与其说她是对户外烧烤感到兴奋,倒不如说是"生火这个责任重大并且难度比较高的游戏要如何去通关呢"这个想法燃烧了玩家魂而造成的结果吧。虽然水泽说我挺奇怪的，但是我觉得这家伙才是一个怪人吧。

日南将木炭像烟囱一样排成了筒状。

"等，等一下，这样氧气的通道不就变小了吗？"

"你真笨啊。像这样在上面开个口，就会产生上升气流让空气流动哦。"

"真的吗？氧气的流动可是很重要的哦。"

"我知道。毕竟燃烧说穿了就是碳和氧的化学反应嘛。"

"是这样没错啦。这么一想，用木炭和空气，在某种层面上是最单纯的燃烧形式呢。"

"是啊。木炭的主成分是碳，然后燃烧起来和空气中的氧气发生反应。从有很多小孔可以让空气更加容易进来这个层面来讲，木炭可以说是最简洁高效的完美构造，非常适合用来燃烧呢。"

"如此说来，用木炭生火这个游戏，只要掌握了方法，其实就是难度非常低的游戏呢。"

"是的，就是这样。"

"……所以，留给空气的通道真的这样就可以了吗？"

"你好烦。"

我们就像平时一样这么争论着。这让我觉得自己似乎也没有资格说日南奇怪。

"我刚才就说了吧，这样是完美的。燃烧产生上升气流，空气就会从下面进去。你就好好看着吧。"

就这样,名为生火的"游戏"靠日南的做法顺利成功了。真是让我心服口服。不愧是 NO NAME 啊。

* * *

"……好,拍好了。烤好了哦!"

竹井劲头十足地拿着手机给食物拍照,然后才将烤好的食物分配给大家。这就是所谓的社交网络中毒吧?

"肉啊——!!"

深实实活力充沛地发出了欢喜的呼喊。烤炉的烤网上面还有不少肉。

切得肥瘦不均的大块牛肉被烤得滋滋滋地滴出了油脂,一掉到木炭上面就会发出听起来很舒服的滋啦声。洋葱、青椒、玉米不光有食物本身的香味,连烤焦部分飘出的香气都能引起人的食欲。我已经不行了,好想快点吃到。

"哎?这个洋葱的形状好奇怪,是谁切的啊?"

"修二你吵死了!安静地吃就好了!"

光是从泉和中村这样的对话互动中,就能了解到他们切食材的时候应该是很开心的吧,除当事人和竹井以外的四人都暗暗自喜。然后用"真好吃呢"之类的话蒙混过去。不过能像这样轻描淡写地损泉,中村果然是强大角色啊。

"哦,竹井,那块肉是我的啊。"

"喂,修二你等等等等等等!那是我的!"

"你从刚才就一直只吃肉吧。多吃点蔬菜啊,蔬菜。"

"太、太过分了,修二,优铃亲帮帮我!"

"哎,哎哎?!呃,别在意了,竹井!加油!"

"怎、怎么这样!深实实救我!"

"交给我吧!话说中中不是也没吃蔬菜吗?!"

"嗬,你还真敢说啊,深实实。那你也吃虾呀?"

"噫,对不起!虾是真的不行!!"

"好好好,那肉跟虾我就都帮你吃了。"

"好,虾就交给你……连肉也要拿走?!可是为什么葵吃这么多都不会胖啊……"

"秘密!"

"葵只是想吃而已啊……"

"孝弘你刚刚说了什么吗?"

现充的对话在我眼前进行着。这样看来中村果然很强啊。记住了"深实实不喜欢吃虾"这样的信息,而且还在这种情况下用了出来,这也算是一种技巧吗?

不过像这样在夏日的气氛当中,开心地你一言我一语,如此热闹的用餐时光是我从未体验过的,恐怕这就是户外烧烤的妙趣吧。

该怎么说呢,虽然是我一直以来都否定的气氛——不过如果不固执地想去否定，而是用去享受的心情来看待，我也觉得笑容、阳光，还有木炭的热气混在一起，说不定是闪闪发光的美好景象呢。

宴会最终是要结束的。

"吃、吃太多了……"

泉脸色苍白地摸着肚子。看到她这个样子，中村皱起了眉头。

"你啊，我中途提醒过你吧？说你吃太多了。"

"可、可是……太好吃了……"

"你这是什么白痴一样的理由啊？"

"烦、烦死了！"

他们的感情看起来不错，真是再好不过了。撮合作战感觉也进展得挺顺利，不过我对于要对这么强的中村损上几句的恐惧感可是随着时间而变得越来越强烈啊。

烧烤结束后，我们大家分别去做收拾木炭、拆解帐篷和洗干净烤炉等工作。途中，竹井偷懒不做事在玩手机，被深实实给警告了。他好像在把食物的照片发到Twitter上面，竹井这人已经没救了。

过了几十分钟，事情基本上都处理完了，等到归还租来的烧烤工具之后，下一阶段的作战就要开始了。

不过话说回来，接下来要做的事情十分简单。就是大家一起在河边玩耍而已。

因为不知道会发生什么事情，所以也就无法拟订详细的作战计划，但是毕竟他们两情相悦，之前讨论的结果是觉得只要营造出两个人独处的氛围，应该就可以发展得不错了。从刚才他们一起切食材的情况来看，这招估计是不会错的。

"好，东西都归还了！"

这么说着，和竹井一起回来的水泽居然换上了泳裤。哎，等一下，在河边玩水要这么动真格吗？我可没有带泳裤过来啊。

"噢——！孝弘干劲十足啊！那我也来！"

深实实像在竞争一般，一口气脱掉了T恤和牛仔裤。我大吃一惊的同时也被吸引走了目光，这时只见穿着泳装的深实实登场了。啊，原来她的泳装是直接穿在衣服里面啊，吓死我了。腰部露出的白皙肌肤让我不由自主地移开了视线。

"友崎你这是什么表情，好下流——"

我被泉取笑了。

"才、才没有……"

被这么说了，就又忍不住将目光移了过去。深实实穿的是腰部围着一块布那种类型的、以蓝色为基调的泳装。虽然她就算穿着简素的衣服也能大致看出姣好的身材，不过该说像这样换上泳装后更是被震撼住了吗？因为她平时开朗活泼，表情总是变来变去，所以很少用这种眼光来看她，但是她那只要静下来就像洋娃娃一般端正美丽的面庞，在夏日景色和泳装的映衬下显得格外突出。

"那我也来。"

日南也一边说，一边开始脱衣服。喂喂，你也在衣服里面穿了泳衣吗？日南没有脱掉裤子，只是脱去了上半身像T恤一样的衣物，变成了短短的牛仔裤加上泳衣这样的服装搭配。

"我，我也穿了……先脱裤子了！"

可能是害羞吧，虽然泉似乎也在衣服里面穿了泳装，不过她只脱掉了短裤，变成了上面穿着T恤、下面穿着泳裤的状态。

正想着要是按照这个趋势，我恐怕就会单独一人照看行李了，结果发现中村和竹井似乎也没有带泳裤过来。哎，就是说啦，只是烧烤完在河边玩水而已，一般都不会觉得要带泳装的吧。我原来还以为这是非现充的思考方式，但看来并不是，那我就安心了。

可是这样一来，要怎样才能让中村跟泉两个人独处呢？

"男生们除了孝弘都没带泳裤过来吗？早知道就跟你们说一声，让你们带过来了。"

对于这么傻呵呵地笑着的深实实，中村恶狠狠地回了一句："你是小学生吗？"

"无所谓，就是玩嘛！"

在他旁边，还穿着衣服的竹井直接冲进了河里。毕竟穿的是短袖短裤，而且河水看起来并不是很深，所以也不是没办法玩水啦，不过闹成那样的话，内裤肯定会湿透吧。他有带换的衣服过来吗？因为要在这住上一晚，所以应该有带吧。

"各位——总之先把行李寄放到寄存柜吧！"

所有人都同意日南的提议，先把行李都寄放好了，再开始到河边玩水。

*　　*　　*

不出所料，竹井马上就全身湿透，所以就更不在乎了，和穿泳装的水泽、日南，还有深实实开心地玩水。日南下半身穿的裤子也湿透了，不过毕竟是那个家伙，应该做好准备了吧。

细小的水花像宝石一样反射着太阳光，而在其中绽放出青春笑容、兴奋雀跃地玩耍着的日南和深实实，甚至让我觉得她们还吸引了这片河岸上所有人的视线。旁边看起来像大学生的团体也在看着这两人。也是啦，毕竟这两人在一起真是太光彩夺目了。

然后在河里比较浅的地方，是中村、泉，还有我在哗啦哗啦地玩水。抱歉……因为我没带泳裤的关系，没办法让你们独处……

泉说着"接招！"之类的话，开心地和中村玩闹，而中村尽管有点不放在眼里的感觉，但还是陪她一起玩。感情非常要好啊，也让人觉得他们两个非常般配。我应该立刻消失才对吧。因此我尽可能地抑制气息，消除自己的存在感。长年的弱势角色经验让我格外擅长这个技术，所以在某种意义上来说，我可以说是最适合这个位置的人了。我总觉得大家好像都露出了

"虽然不是两人独处,不过友崎的话……"这样的表情,所以我也必须要回应那样的期待才行。就包在我身上了。

然而偏偏在这种时候,不懂得察言观色的竹井一边说着"喂,优铃亲!既然穿了泳装,优铃亲你也到水深一点的地方来嘛"之类的话一边走过来。别再靠过来了啊,能待在这里的只有泉和中村,还有存在感薄弱的人而已。

"唉,可是会湿掉的呀……"

"别说这种话了!看呀,小小的螃蟹。"

竹井这么说着,突然从背后将手伸到泉的眼前,他的手上拿着一只小小的黑色螃蟹。

"唔哎哎?!"

泉被吓了一跳而没能站稳,当场就脚滑了。

"危险!"

中村对此迅速做出了反应,他用类似低身公主抱一样的姿势牢牢地接住了差点掉进水里的泉。

尽管势头有所减弱,但泉的身体还是在水里软着陆,让整件T恤都湿透了,头发也有一半左右泡在了水里。中村也被溅起的水花打湿了身体。

水灵灵的俊男美女就在那里。

"……谢,谢谢……修二。"

"……你没事吧?"

"嗯,嗯……没有什么疼的地方。"

"……话说,你怎么就摔倒了。好逊。"

"烦、烦死了!……不过,谢谢你。"

两个人就这么互相注视,而且彼此头发和衣服都是湿掉了的状态,该怎么说呢,感觉他们周围飘荡着微妙的氛围。

不过即使是在这样的情况下,依然不会忘记损上一句"好逊",这是只有中村这样的人才能做到的事情吗?必须多多参考才行啊。

"……抱、抱歉,优铃亲!你没事吧?!我、我太混账了!"

在这种气氛当中,竹井使劲摇晃着泉的肩膀,声情并茂地向她道歉。感觉超级后悔,仿佛马上就要哭出来了一般。虽然他又彻底破坏了那两人之间的微妙气氛,但是看起来并没有什么恶意,所以应该也没人会怪他。

不过从竹井的反应来看,恐怕是没有想过在河里做那种行为会很危险,只是顺势拿了螃蟹给泉看吧。话说,顺势给她看螃蟹是什么鬼啊。

"没事吧?"

察觉到我们这边发生了什么事的日南从远处问道。

"没、没事!算是搞定了!"

在中村的支撑下重新站好的泉挥着手做出了回复。

坦白说,竹井刚才的行为是不值得称赞的,但是从结果来说,刚刚中村和泉接触的距离大概是到目前为止最亲密的吧……天然不懂得察言观色的白痴真是可怕啊。

然后我忽然将视线投向了泉,她的衣服湿透了。

"……唔?!"

或许是察觉到了吧,泉迅速地用双手遮挡住了。我觉得再继续看下去不太好,就一边移开脸,一边开口说道:"快、快点换件衣服吧。"

我说话的时候,刚才看到的景象依旧在脑海中缭绕,迟迟难以消散。

原来如此,也就是说相比穿着泳衣的样子,T恤湿透的模样更加恐怖啊,我在"人生"这款游戏中又学到了一件非常重要的事情。不,我都在说些什么啊。

* * *

"哎呀,玩得非常痛快呢!"

把泳装换成T恤的深实实满意地说道。从窗户照进来的阳光逐渐往西边落,外面渐渐染上了夕阳的颜色。

"是啊。有种回到了少年时代的感觉呢。"

水泽一边点头赞同,一边从寄存柜取出了行李。

"竹井何止是感觉,完全就是真的变成了小鬼啊。"

中村把竹井损得只能可怜巴巴地说着"对、对不起啦……"不过光是这样,就看出了中村的段位是要高于竹井的。毕竟根本就无法想象竹井损中村的画面。虽然我损中村的画面也是无法想象的，但是我接下来必须要那么做才行。

泉在那之后就马上换了件衣服，又跟中村一起在水浅的地方嬉闹。而我则一直注意减弱自己的存在感，深实实也向我发出了"友崎的存在感低得很 Nice"这样的称赞信号。我这种人也能派上用场真是太开心了。

"接下来要做什么？总之先去小木屋稍微休息一下？"

"嗯，我觉得这样做挺好的！"

在水泽和日南的"领导"下，很快就决定好了下一个行动。

接下来要先去今天预定住宿的小木屋，把行李给放好。

"好，那就出发吧。"

随着水泽的一声令下，大家就开始移动了。

也就是说，我接下来就是处于单独混入中村、水泽、竹井这个中村军团之中的状态。真的假的。好可怕……不过，这大概是可以完成课题的好机会吧。

然后，我们到了小木屋。

那是一间大约能摆上十张榻榻米的房间，里外都是用木头盖成的。

"唔哦！什么都没有啊！"

在只有地板、窗户、门和天花板的小木屋里，竹井对于"什么都没有"一事开心地闹了起来，但没一会儿就像厌倦了一般坐着不动了。能对没有东西而感到喜悦，感觉他的人生会很快乐，真不错啊。

"这里是不是能借扑克牌之类的啊？"

"是啊，好像可以免费借用。"

对于懒散地坐下来的中村发出的提问，水泽干脆利落地做出了回应。

"晚上是要去温泉吧？那么在那之前就随便打发时间吧，友崎。"

"啊？"

"不，先不说这个，你最近怎样啊，和岛野学姐之间？"

水泽制止了叫住我的中村，并引出了别的话题。刚才那句话的意思是打算让我去拿扑克牌吧？好可怕啊，中村。不、不过我还是会想办法损你的哦！

还有水泽说的岛野学姐……是那个吗！之前日南在家政课教室说过的，"你就是这个样子才会被岛野学姐甩了"的那个学姐……

也就是说，是指似乎在第一学期甩了中村的、我们的学姐。真不愧是水泽。为了撮合作战而调查了很多事情吧。确实，为了作战成功，收集情报是非常重要的。对于AttaFami，我也会经常看顶级玩家的Twitter或综合讨论串[①]来提升自身技巧。

"……你干吗突然问这个？什么事都没有啦。"

"已经什么关系都没有了吗？"

[①]串，相当于帖子。主题加上回复指一个串。

面对中村还能这么步步紧逼，大概也只有水泽和日南能做到吧。在我心中有着"自己没办法对中村步步紧逼"这样的前提，这一定就是所谓的等级压制吧。但是我今天必须要想办法把这个压制推翻三次才行啊！

"嗯，就是偶尔会用 LINE 发发消息的程度吧。"

"哦，又开始联络了啊。怎么着，是想死灰复燃吗？"

水泽一边坐到中村旁边，一边继续追问大家应该都想知道的事情。他果然很厉害啊，我总有一天也能模仿这样的行为吧？

我想方设法地寻找着可以损中村的时机，同时听着他们的对话。

"那家伙现在有男朋友……话说，你干吗突然提这个事情啊？"

"没有啦，在外留宿少不了这种话题吧，对不对？"

水泽看向了我。我希望自己多多少少能够协助他收集情报，并且觉得即使只是浮于表面，也应该学学水泽那种能够深入话题的能力和技巧，于是我坐到他们两人面前，竖起了大拇指。

"说得没错。"

"友崎你不要太嚣张了。"

中村高高在上的语气刺痛了我的心，太可怕吧。我明明是顺势说出来的呀。不如说那句话甚至让我感受到了"就你这家伙也敢顺势回答啊"的意味。该怎么说呢，和现充的差距实在是太大了。

不过中村他"唉"的一声叹了口气，说了句"算是很微妙的状态吧"。就这么一点一点地透露出了情报。

"很微妙的状态？"水泽问道。

"那家伙明明交了男朋友，却还跟我发LINE说什么'和现在的男朋友相处得不太好'。这个嘛，虽然我并没有想过要跟她重归于好，但总之就是很微妙吧。"

"啊。"水泽皱起了眉头，"是挺微妙的。"

"是啦，我也想尽早换下一个，但实在不容易啊。"

"要是感觉岛野学姐还存在可能性的话，那确实不太好换下一个啊。"

"毕竟学姐身材很好嘛。"

然后他们两人都笑了。唔噢噢，很有男生聊天的感觉啊。

整理一下刚才的对话内容，就是之前和中村交往过，但甩了他的岛野学姐最近发来了类似"和现在的男朋友相处得不太好"这样的LINE消息。如此一来，中村就会觉得自己好像还有机会，所以很难下定决心去追下一个目标，差不多是这种感觉吧。

不过这该怎么说呢……

"怎么了啊，友崎，你这表情是什么意思？"

或许是我的思考在脸上显露出来了吧，中村瞪着我问道。

"啊，没，没什么。"

"你慌个什么劲啊，感觉真不舒服。"

心情不好的中村毫不留情地说出了粗暴的话。水泽则是一边笑，一边看着我。

"文也，你是有什么想法吧？"

"算，算是吧……"

"是什么，是什么？"

水泽用雀跃的表情看着我，你在期待些什么啊。

不过我刚才确实是有了"啊，好像能损几句"的预感。好，好吧，这里就鼓起勇气说说看吧！

我一边调整呼吸，一般冷静地将刚才产生的想法化作言语。

"没，没啦，该怎么说呢，那个岛野学姐在做的事情不就是……"

"不就是什么？"

"——不就是把中村当作所谓的稳定备胎吗？"

说出来的瞬间，水泽最先爆笑了。然后竹井也跟着发出了爆笑声。

我战战兢兢地看向中村那边，发现他紧锁眉头瞪着我。

好、好可怕。不过仔细想想这也是没办法的事情，毕竟我刚才把中村说成备胎了。

"你小子也太嚣张了。"

然而他的话语没有了往常的震慑力，最后可能是彻底破罐子破摔了吧，张开双手大喊："啊……是啦，我就是被当成备胎了!"水泽和竹井的笑声变得更放肆了。原来中村还有这样的一面啊。不过该怎么说呢,感觉那种被人损了而"遭到嘲笑"的印象反而被他变成了"让人笑出来"的印象。莫、莫非这种也是损人和被人损时的技巧吗?如果是这样的话,那对我来说难度也太高了。

总而言之,尽管心脏还在剧烈跳动,但是这毫无疑问是完成了一次。

过了一会儿,水泽平稳了呼吸,一边用手指擦拭眼泪,一边重新开始收集情报。

"好了,备胎的事情就先放到一边,那么你有下一个候选吗?"

中村显而易见地噎了一声,仿佛认命似的说道:"那也挺难的啊。有是有啦,但是连那家伙都找我咨询恋爱方面的事情。"

"……嘀?"

水泽的语气有了变化,而我也有点吓了一跳。

如果跟大家所认为的那样,中村接下来当作目标的女生是泉的话,那么就代表泉找中村咨询过恋爱方面的事情了。不对不对,这样一来,是什么情况啊?泉喜欢的人应该是中村才对吧?还是说中村在意的人并不是泉?如果是这样的话,那就是超级大的失算了。

"是咨询怎样的事情啊?"

"就是类似'虽然现在身边有喜欢的人,不过对方应该不会注意到自己,要怎么办才好呢'这样的事。"

"……哦,哦哦。"

水泽一边发出感慨般的声音,一边用手捂住嘴巴。不过怎么说呢,如果不是我的错觉,水泽看起来像在忍笑啊。

话说啊,这情况果然很奇怪呀。如果被中村当作下一个目标的女生是泉的话,就变成了泉找中村商量"虽然现在身边有喜欢的人,不过对方应该不会注意到自己,要怎么办才好呢"这样的事情——唔噢噢!原来如此啊!

我思考了一番,恍然大悟,或者说是吃了一惊。也就是说,这意味着泉是跑去找当事人中村商量"现在身边有喜欢的人"这件事啊!换句话说,就是找中村商量中村的事情啊!不是吧!这种酸酸甜甜的小花招是怎么回事啊!水泽刚才在忍笑就是这么一回事吧!

然而,听了那番话的竹井却很单纯地说:"唔,那看来那边也没什么戏吧。"竹井你没事吧,就连我都看明白了哦。

话说回来,泉其实有在好好地出招啊。不,说不定那样的行为是很普通的。现充的世界果然好厉害啊。

这时,我口袋里的手机振动了。看了一下,发现水泽在日南拉我进去的撮合作战会议群里发了信息。

"岛野学姐好像有找修二商量'和现在的男朋友相处得不太好'这样的事情(笑)。

"说是因为这样才很难追下一个。"

他是什么时候打出这段话来的啊？虽然他确实碰过手机，但是明明就在我的眼前，却完全没有发觉啊。然后，深实实对此做出了反应。

"啊，那个学姐的确会做那种事呢!

"我不擅长应付!"

"性格很差呢……"水泽发消息。

"把修二当备胎了啊？"（笑）日南发消息。

"刚才文也在这边直接说了修二是备胎，真的是让人爆笑呢。"

"真的吗？不愧是友崎!"深实实发消息，还附带了爆笑的兔子表情。

哦哦，感觉他们很热闹地在聊天啊。这就是所谓的群聊吗？

那么我也应该发点什么才行吧。我担心操作手机会让人觉得不自然，就稍微瞄了一下中村和竹井那边，发现他们俩都在玩手机。哦，这是怎么回事？在现充的世界里，是有"现在是手机时间哦"这样的回合吗？不过，这样我就能安心使用手机了。顺便一提，我瞄到竹井的手机屏幕上显示着 Twitter。真是太没创意了。

我发送了"说了之后就被狠狠地瞪了"这样的文字。

"哈哈哈哈。"深实实回复。

"友崎同学你太猛了!"（笑）

"今天的隐藏 MVP 是文也了呢。"

哦哦,太好了,我好像把场子炒热了。只靠文字和表情,没有半点声音就让气氛变热烈了。

"话说,我们这边也从优铃那儿听到了爆炸性消息哦!"日南发消息。

我决定在 LINE 群里也努力地去附和。于是输入了消息。

"爆炸性消息?"

"嗯。优铃她好像有故意找修二商量'现在有在意的人'这种事情!"(笑)

看到这个消息,水泽就发了一个帅气男性手朝前说着"稍等一下"的表情。

"修二也说当作下一个目标的女生找他商量'现在有在意的人'这样的事情。"(笑)

"这算什么,好扯啊。"(笑)

"完全就是两情相悦!"深实实发消息。

"快点交往啦。"日南发消息。

完全不知道我们背地里在 LINE 群聊得热火朝天,竹井和中村二人则是在私底下对某件事达成了一致。

"差不多该过去了吧!"

"对啊,走吧,孝弘,还有友崎。"

听到这个招呼声,水泽"哦"的一声站了起来。

看到我"哎?"地表示了困惑,竹井就说着,"哎呀,还能有什么事啊!"并竖起了大拇指。

"当然是去女生的房间呀！"

"哎哎哎？！"

就这样，我被现充的做事风格牵着鼻子走，一起前往女生们正在休息的小木屋。

* * *

"喂——"

中村一边喊，一边敲女生小木屋的门。刚听到从里面传出"什么事啊"这样的声音，门就被打开了，然后中村一边说着"你们很闲吧？来玩点什么好了"，一边大摇大摆地进到房间里面。这么随意是怎么回事啊？

"我猜到中中一定会来的！"

深实实伸展双腿，一屁股坐下来说道。

我也跟在水泽和竹井后面，进到了房间里面。总觉得心神不宁啊。

地板上零零星星地放着装着零食的小袋子，还有喝过的矿泉水瓶，三位美女就很随意地坐在一旁。插座插满了充电设备，这景象莫名地弥漫着生活感，这个房间里不知道是因为有香水的气味，还是衣服的味道，似乎飘荡着和男生小木屋里不同的香气。是奇妙的杂乱感与女孩子气味共存的空间，让我直觉这里大概是我本来不应该待的地方。

"那你说要玩什么呢？"

泉用有些期待的语气问道。

"这个嘛，总之就随便玩玩UNO或扑克牌之类的游戏决胜负吧。"

——游戏。

听到中村这番话而眼睛闪现光芒的，除了我，似乎还有一个人。

"好呀。那就先选一个吧？"

虽然日南是用柔和的语气这么说的，但是我能看到在她内心深处熊熊燃烧的斗志。

"那先玩大富豪吧。"

"OK！就玩大富豪！"

日南语气开朗地说出来的那句话，就是决斗开始的信号。

＊　＊　＊

"这、这种情况是存在的吗？"

泉用甚至有点害怕起来的语气说道。

我们的大富豪游戏采用七人制的玩法，也就是三个平民，加上大富豪、富豪、贫民、大贫民共七个人这样的设置。

由于中村说了"如果有那不就很无聊吗"这么一句话，所以取消了都落①，游戏就这么开始了。

然后结果就是，从开始到现在已经是第九局了，除了第二局和第四局我和日南各自有一次没能当上富豪，其他局我们两个都独占了大富豪和富豪的位置。哼，不愧是NO NAME。虽然我在网络对战上应该是得到了不少锻炼，不过她果然也很强呢。

顺便一提，日南和我成为大富豪的次数都是四次。

然后这一局，也就是最后一局，大家说好结束之后就去泡温泉。

也就是说，在这一局成为大富豪的人就能赢过对方。这可不能输啊。

我看着自己的手牌，思考最佳的打法。

是要出同花顺吗……还是应该留下对子呢？

如果是出同花顺的话，那么这个回合就能一口气减少四张手牌。这样不会引发革命②，但是减少四张手牌还是有很大的优势。然而，在那四张牌当中有三张都是可以与另外的牌凑成对子的，这点让人非常犹豫。要是作为同花顺出牌，那么就少了三个对子。因为经常会遇到必须要出对子的情况，所以如果失去了能在那种时候打出的牌，那么可以说是非常大的损失。

既然如此，那么这里就稳扎稳打，出对子！

这个判断看起来并没有错，我接下来是按部就班地在减少手牌。在其他人都还拿着六张牌以上的阶段，我就只剩两张牌

---

①当上一局的大富翁没有继续获得第一名时，直接逆转成大贫民。
②当玩家打出四张同样的牌或两张王时，称为"革命"。效果是小牌变大牌，大牌变小牌。

了。这是非常有利的状况。

而且我手上的牌是红心8和黑桃3。

也就是说当轮到我自己回合的时候,场上只要有人出单张7以下的牌,我就可以用8切牌重启牌局,然后直接将手中的牌出完。还有当引起革命让3变成最强的时候,或者单张鬼牌出来的时候也有办法利用反击来把牌出完。而我最想要的是7以下的情况。我静静地等待着那一刻。

然而,那一刻却没有到来。没错,问题在于出牌的顺序。在我前面出牌的人是日南。

当然,我也不认为日南会接连打出那么好对付的牌。但是我只剩两张牌,而日南还有六张。既然数量差距那么大,那么还是非常有可能出现不得不出单张小牌的情况。我就是预料到那种情况,所以才一直把8留着。

我在虎视眈眈地等待着那一刻。

几回合后,日南重启牌局,由日南最先出牌。

对,就是这种时候。重启牌局之后,就是可以随意出牌的状态。

这种状态的惯例之一,就是出"单张小牌"。处理掉之前牌局没办法出的小牌,就能快速地出完手中的牌了。

上一局日南是富豪。尽管一开始就把一张小牌给了身为贫民的深实实,但是就算那样,一般还是会有一张又小又不好出的牌。而且日南还没有出过哪怕一次单张的小牌。也就是说,她出单张小牌的可能性绝对不低。

只要日南这个时候出了单张 7 以下的牌，那么我就能确保胜利了。

"那么……我出牌了。"

日南犹豫了一会儿，最后缓缓地打出了手中的牌。

——然后，我大吃了一惊。

她打出来的是红心 5 和鬼牌的对子。

"哎……"

可以当成任何一张牌来使用的鬼牌，单独打出的话，几乎是最强的，和 A 或 2 一起出的话，就能组成超强的对子。而且如果是跟三张以上数字相同的牌一起出，那么甚至还能引发革命。

那种超厉害的关键牌居然跟没有任何特殊作用的红心 5 凑成对子出掉了……

我对这个超出常识的出法感到惊讶……同时感慨日南的思考真是滴水不透。

这样啊。

被她看穿了啊。

她知道我手上留着 8。

在日南的手牌里，恐怕只有红心 5 是凑不成对子的，也成不了"同花顺"的状态，一直是一张突兀的小牌吧。然而，如果不想办法打出去的话，那么她自己就没办法把牌出完，可以说是不良资产。要是自己后面的玩家就像我现在做的那样，在等待通过切牌将手牌出完,那么迟早会成为对方的垫脚石。

所以,她将这个迟早必须出掉的不良资产跟鬼牌一起出,强行凑成对子处理掉了。但是坦白说,5的对子并不是多么厉害的牌。实际上,泉之后也很轻松地跟了9的对子。

也就是说,在某种层面上是浪费了鬼牌。

日南把5和鬼牌一起打出来的时候,大家都露出"哎?"这样的表情看向日南。那一招就是奇妙到了让人摸不着头脑的地步。被当作是臭招也无可厚非。

可是,我没法出牌了。

大富豪这个游戏除了确定能出完牌,并没有所有局面都通用的最佳打法,重要的是"要采取目前适用的战术"。日南就是将那个战术完美地实践出来了。

结果就是我在那之后完全出不了牌,日南以大富豪的身份第一个出完牌,接着我也马上把牌出完了。这样一来,日南赢了五次,而我则是四次。

"哇啊!真的假的?"

"好,这样就是我赢了呢!"

日南笑容满面地向我炫耀胜利。

"可……可恶。"

我已经不顾周围的目光,非常夸张地表现出了自己的不甘心。

"你太天真了。以为我会看不出来吗?"

日南一边扮乖,一边用跟我开会时的语气和表情藐视我。

"你们两个稍等一下啊。怎么就变成了你们在单挑了,大富豪并不是那种游戏呀!"

水泽用玩笑的语气警告进入了单挑状态的我和日南。

"呵呵呵。"日南有些做作地笑了,然后笔直地指着水泽,"是输的人太弱了!"

"你这么讲那我就无话可说啦!"

水泽像接受了一般,中气十足地回复道,惹得大家哄堂大笑。

我佩服地看向水泽,不经意地和看着我这边的水泽对上了视线。然后他不知为何看似寂寞地笑了笑,将视线从我身上转移到了手牌上。

"果然认真在做的家伙就是很厉害啊。"

——水泽一边苦笑,一边说出了这句话。尽管被当作无关紧要的闲聊飘散在当下的氛围当中,但是该怎么说呢,在我心里却莫名地留下了水泽话中有话的感觉。

就这样,大富豪游戏结束了,然后以水泽的一句"差不多该收拾一下去泡温泉了吧"为开头,大家开始收拾起了扑克牌和行李。

* * *

"话说,阿弘你在那方面怎么样呀?"

泉半眯着眼睛露出贼笑,用手肘轻轻地顶了顶水泽。

"唔,我还凑合……"

这时中村探过头来看着水泽的脸。

"喂喂,孝弘,没你这样的吧?你要隐瞒西高的小美咲的事情吗?"

"喂,修二?!"

"哎!怎么回事怎么回事!!"

深实实激动地闹了起来。

"没啥,其实这家伙……"

明明说好结束游戏就去泡温泉,结果大家收拾扑克牌和垃圾的时候越聊越起劲,于是就像这样没完没了地持续着现充真心话热烈大讨论。

"这、这件事是真的吗?!"

对于中村说的"水泽在追求其他学校的女生,感觉很快就能交往了"的话题,泉看起来很开心似的追问着。我在打工的地方也听说有好多女生喜欢水泽……水泽真是罪孽深重的男人啊。

"真的,真的。对吧,孝弘?"

"没什么特别的,算是比较要好的关系吧……"

"不过是你约她的吧?"

"唔,算是吧……"

"好!十八点五十二分,拿到证言了!"

深实实一边看着空空如也的手腕,一边开心地说道。

"唉……那我就坦白从宽了哦。一年级的时候去西高文化节跟小美咲处的不错。因为最近又开始聊 LINE 了,所以偶尔会约她休息日一起玩之类的……"

"那是……就你们两个?"

深实实浮现出灿烂的笑容问道。

"是啦,就我们两个。"

"好!十八点四十八分,拿到了更多证言!"

"深实实,时间比刚才还早了。"

日南恰到好处地吐槽。竹井哈哈笑了出来。

"所以,所以!情况是怎样啊?!感觉能和对方交往吗?!"

泉迫不及待地问道。聊到这种话题的时候泉还真是开心啊。

"这个嘛,说白了……是有那样的可能吧。"

"哦!"

"咻!"

"呀!"

那句话让现场沸腾了。

"不过,还不知道会怎样啦!"

"就是接下来只要提出想交往,就能交往了的状况啊。"中村说道。

"是这样吗?!同龄?!学姐?!学妹?!"

泉几近狂热地不断提问。

"这个嘛,是学姐……"

"是学姐啊!"

"你这个大姐姐杀手!"

"贵妇杀手!"

水泽只是回答了是学姐,就被说成这个样子了。他只能露出苦笑。

"啊,你们够了!别管我!"

水泽用十分响亮的声音大喊,让大家都笑了出来。

如此热闹的场面进入尾声,大家差不多都安静下来了。这时水泽站了起来。

"我去上个厕所。"

我看准这个时机,决定将自己一直想说的话说出来。

那是为了课题而背下来的话题之一——并不止是因为这个。

"我,我也要去。"

我说完就站了起来。没错,因为我不太清楚集体行动时应该在什么时间点去厕所,所以现在膀胱都快"爆炸"了。要是没有搭别人说想上厕所的顺风车,那我肯定是说不出口的。

我还没想过可以事先在集体行动前去上厕所,下次开始就那么做吧。学到了重要的事情。话虽如此,不过毕竟也有要跟水泽搞好关系的课题,所以我觉得这次可以算是一石二鸟。

就这样,我们两人离开小木屋前往厕所。

……说起来,一起去厕所也是现充的行动之一吧!

* * *

我们俩在已经整个暗下来的露营场里走着。厕所距离小木屋要走上几分钟,在稍微有点距离的中心里面。

"哎呀,聊了很多呢。"

水泽用开心的语气苦笑着说道。的确啦,明明说了收拾好就去泡温泉,结果却迟迟没有出发。虽然我并没有怎么参与对话,不过或许是因为已经了解了大家的个性吧,在热闹的场子里笑出来真是出乎意料地开心呢。对于那样的自己,我也感到有点惊讶。

……有工夫沉浸在这种感慨的心情中,还不如快点完成要损中村的课题啊,我仿佛听到了日南在这样说的声音。对不起啊日南同学,我会努力的。

"是,是啊……"

我一边调整语气进行附和,一边开动脑筋想着,如果将刚才听到的事情当成话题会怎样呢,于是就试着挑战了一下。

"话说回来……是其他学校的女生啊?"

"哈哈哈!还讲这个吗?"

水泽苦笑着说道。

周围已经彻底暗下来了,我们两个人的脚步声和说话声都被繁茂的树木吸了进去。

"没啦，因为我记得在学校里确实没怎么听到过这方面的传闻啊……"

我回想起成田同学找我打听过水泽的事情。毕竟那个时候我完全没听过什么传闻。也是啦，说穿了他就是个受欢迎的男生啊。

"啊，确实没有呢。大概也就不久以前传过我和葵的奇怪流言吧？"

这句话不知为何让我的心脏一瞬间要跳出来似的，不过我还是附和他说是有这么一回事。脚下传来了沙子粗糙的触感。

"话说啊……水泽，你有打算交往吗？"

虽然也有课题方面的因素，不过我本来也挺在意的，就试着问了一下。

"哎？该怎么说呢。她是很可爱，性格也不错，所以觉得挺好的……唔——"

"……嗯？"

感觉是不清不楚的说法啊。我以为他应该算是无论什么事情都能干净又漂亮地解决掉的类型，所以这让我感到有些新鲜。果然就算是水泽，遇到恋爱也会迷惘啊。

"该怎么做才好呢？"

随着像刻意装出来的笑容，用仿佛事不关己一般的漠然语气说出来的话语，让我有种别扭感。那明明是他自己的恋爱话题啊。

在闷热夜晚的山路上,我思考着。

"感觉是只要提出想交往就能成功交往的状态……是这样吧?"

"是修二说的那个吧?"水泽小声地笑了出来,"不过,也是啦。的确是能交往呢。"

"嚆,嚆……好厉害。"

这种理所当然似的自信是怎么回事啊。等级上的压制巨大得都让我忍不住颤抖了。

"哎哎?没什么厉害的呀。只是稍微擅长而已。"

水泽并没有谦虚的感觉,而是像在表达内心的真实想法一般,用直率的语气这么说。周围没有什么照明设施,让我不太能看清他的表情。

"……不,就是那样才厉害。像我这种人,靠着模仿水泽你的说话方式,好不容易才能有所进步。去约其他学校的学姐,而且还要和她搞好关系这种事,对我来说更是难上加难了。"

我一边展现少数擅长的招数之一——自损,一边设法让对话顺利地进展下去。

闻言,水泽说着"唔,是这样吗……"低着头嘟囔了一下,过了一小会儿又开口说道:

"也是啦,我确实不管什么事情都能做到啊,并不需要特别努力呢。"

我不由自主地把脸朝向水泽那边。

因为我感觉到了莫名的不协调感。

水泽刚才的这番话没有骄傲自夸的味道，也不像在嬉闹玩笑。

而是静静地用认真的语气，甚至还带有些许自我反省一般的感觉吐露出来。

"那、那是……"

我正犹豫着该不该对这个不协调感刨根问底，水泽就摆出笑脸，用像在开玩笑一般的语气说："总之就是因为能够交往，所以反而会有些不知道该怎么做了。这就是所谓的太过顺利啦。"

"是、是这样吗……"

我的步调完全被他牵着走，失去了询问刚才那个不协调感的时机。

不过，说是有些不知道该怎么做啊……

那么，水泽究竟是在犹豫什么呢？

"水泽，你是，不喜欢那个人吗？"

"哈哈哈……你还真是直接啊。"

"啊，不，那个，抱歉。"

"用不着道歉啦……很有文也你的风格。"

"哎？"

水泽用下巴指了指前方。

"在那边。"

中心的厕所进入视野之中。日光灯的光透过自动门的玻璃照射出来,在露营场湿润的泥土上冰冷地亮着。

水泽率先走了进去,我也跟在他的后面。

厕所边上打开的小窗吹来了夏夜的暖风,并且也传来了与之矛盾的凉爽的铃虫的声音。明明还是八月,就有铃虫了吗?是不是因为在山上,所以跟都市里的季节是错开的呢?铃铃铃的声音温柔地震动着耳膜。

"这个嘛……可能不算有多喜欢吧。"

"哎?"

我转向水泽的方向,看他正眺望着窗外,夜空中的纤细月牙散发的光芒映照着他的侧脸。或许是因为月光和铃虫叫声的关系吧,他的表情显得有些忧郁。

"刚才的话题。"

"那个……是在说其他学校的那个女生,对吧?"

"……对对。就是那个。"

他洗着手,有些不自然地停顿了一下,用平时的开朗语调这么说。

不算多喜欢吗?

"可是,是水泽你主动去约的吧?出去玩之类的。"

"嗯,是啦。但是,这并不代表一定就喜欢了吧?"

"哎,唔,也对。是……这样吧。"

我从不曾有过恋爱经验,仅是靠推测做出了附和。

"不过嘛,要交往也是可以的啦。"

这番话又把我搞得一头雾水。

"……哎,呃,什、什么意思啊?"

看到我陷入混乱的样子,水泽好像觉得很好笑一般笑着反问我:"你是指什么?"

"呃,就是……该怎么说呢,我不太清楚你在烦恼些什么……"

"……嗯?"

"虽然我不太了解这种事情,但是如果不喜欢的话,不是就不会交往吗……"

还是说,因为对方来势汹汹,所以尽管现在还不喜欢,但是有点犹豫,是类似这样的情况吗?可是水泽都说了自己有去约对方的。唔?

我问了之后,水泽一瞬间露出惊讶的表情,接着垂下目光,像在抑制什么一样笑了。然后他一边挠头,一边将视线朝向窗外,轻声地嘟囔了一句"毕竟不是装出来的啊"。

"哎?"

"没啥,什么都没有啦!要走啰!……你小便时间还真久啊。"

"哦,哦哦,等我一下。"

因为忍了很久,所以没办法嘛,我拼命抑制住了想说这种话的冲动，好不容易全部尿完的我洗了手，和在外面等我的水泽一起回小木屋。

但是，感觉一头雾水的事情还真多啊。唔。内心真不畅快。

强大角色的世界里是不是有弱势角色无法理解的烦恼啊？

*　　*　　*

我和水泽从厕所回来后，大家就一起拿着要替换的衣服出发了。我们来到了离露营场只需徒步几分钟的温泉。

"那么，泡好之后就到这边来集合！"

在等候室里，日南向大家下达了指示。

虽然露营场也有淋浴间，不过既然都来了，大家都想泡泡热水，所以就到附近的温泉了。顺便一提，竹井吵着说"糟糕了，已经没有替换的衣物了"，看来在河里湿掉后换的那身就是他的最后一套了。所以他说干脆把现在穿的这身衣服脱掉，洗完再重新穿上就好。太白痴了。

"别泡太久让大家等哦。"

中村一边说，一边穿过男浴室的门帘走了进去，水泽、竹井，还有我也跟了上去。不过中村在这种时候也会随口损上一句啊。说不定中村就是因为能够下意识地积累这种发言，所以才建立起了自己强势角色的形象吧。

"不要偷窥哦！"

"不,又没办法偷窥!"

对于从身后传来的深实实的玩笑话,竹井很配合地做了回应。看样子要是有办法偷窥的话,感觉竹井是很想的啊。

然后我们四个男的到了更衣间。但是该怎么说呢,我正猛烈地紧张着。

把贵重物品放到储物柜里之后,找到空着的篮子把衣服……虽然是必须要脱掉的,但是像这样在现充三人组的包围中做这种事,该说是莫名地羞耻吗,有种类似恐惧的感觉。

"你慢慢吞吞地在干什么啊?"

中村用不耐烦的语气对我说。我看了过去,发现他已经全部脱光了。毛巾也是拿在手上,没有围在腰间。这是何等的豪迈风格。而且不愧是足球社的一员,运动神经又很好,连门外汉都能看出他的身体相当壮实。我不自觉地将他和自己进行比较,一股悲伤之情涌上心头。

"哦,哦哦。我马上就脱。"

"你在搞什么啊?"

我一边忍耐着中村因为我迟迟不脱而讶异地看着我的目光,一边脱掉衣服。

从来不运动、总是窝在家里打游戏的我,白皙又松弛的圆滚滚的肚子就这么被他们一览无余了。

见状,已经脱完衣服的竹井捏住我的肚子笑了起来。

"友崎你这样跟大叔没两样啦!"

"别、别管我……"

仔细一看,竹井身上也有跟中村一样或者说是更胜一筹的肌肉,和他那挺拔的身高相辅相成,显得孔武有力。这家伙真高大啊。我深深地感受着内心的悲伤,将衣服放到篮子里。

"不,这与其说是大叔……"连中村也捏住了我的肚子,"姆明①……不,是文明啊。从文明谷来的。"

这句话让竹井咯咯地笑了。

"啊哈哈哈!确实是文明呢!朝这边看!"

"烦、烦死了!"

我有意识地用开朗的语调吐槽之后,不光是竹井和水泽,连中村也罕见地开心笑了。哦,哦。这是第一次遇到啊。

然后,面对一边走向浴场,一边说"文明也快点来呀"的中村,竹井又被逗得咯咯直笑。唔,唔唔。完全是被损个不停了。可是,就算我想损回去,与他们在身材上的对比明显差距过大的我根本是无计可施。也就是说,在损人的战场上,这种平时的身体锻炼也很重要吗……

看着轻轻地拍了拍我的肩膀对我说"别在意"并向浴场走去的水泽,发觉他尽管有点瘦,但是身体上的肌肉线条还是比较清晰的。这就是传闻中受欢迎的精壮型男吗?我似乎领会到了。

我再一次通过镜子看了看自己不像样的身材,然后迈着小

---

①一个卡通人物形象。有圆滚滚的肚皮,长得像站立的河马,生活在姆明谷里。下文中的"文明"为结合角色姓名起的绰号。

小的步伐向浴场走去。

呃，这个样子会被人嘲弄也是无可奈何的啊。

＊　＊　＊

"竹井，这边的浴池也感觉很舒服哦。"

"哦哦？！这种地方居然有这么棒的浴池啊？！"

一旁的竹井正回应中村的瞎搞怪，而后全力冲向冷水浴池，而我和水泽则是坐在一起一边洗着头，一边开起了撮合作战的会议。"好冰——？！"这样的声音响彻浴场。

"好了，文也，不，文明。"

"不，你用不着专门改口的。"

只有这种吐槽因为久经日南的训练，所以能做到。水泽呵呵呵地笑了。

"不管怎样，就要看如何利用收集到的情报来撮合他们了。"

"是啊……"

我瞄了一眼泡在温泉里的中村，同时开动了脑筋。

由于水泽妙招不断，所以获得了不少在我家召开会议时还不知道的情报。基于那些情报来思考——

嗯，就算重新思考一遍，那两个人还是那么回事。

"完全就是两情相悦吧？"

"哈哈哈，就是说啊。"

水泽笑了。本来就是几乎一目了然的事情，这次的合宿就彻底确定了。

"既然如此，只要其中一方说想交往，应该就能交往了吧？"

"嗯，是啊。我们所能做的就是要想办法除掉到那一步之前的障碍，让他们能够畅通无阻地走过去。"

"是这样啊……"

也就是说这次合宿的目的不是为了让那两个人两情相悦，而是为了让两情相悦的那两人能够更进一步，在背后推他们一把就可以了。这算什么事啊。

"不过对他们两个来说，这可是最难的哦。"

水泽一边洗头，一边像在忍耐一般咯咯咯地笑了。

那眯着眼睛的笑脸看起来真的很开心，跟水泽最近露出过几次的那种仿佛在看远方一般的寂寞笑脸迥然不同。

"文也有什么好方案吗？"

听到他的询问，我再次将思考转移到撮合作战上面。好方案啊，倒不如说……我是有点想法的。

"我说，这件事的最大障碍恐怕是……"

"是啊。"

水泽在插嘴的同时，点了点头。

"岛野学姐。"

我们异口同声地说了出来。

"嗯，就是那个了。"

水泽一边说，一边冲掉了头上的泡沫。

"估计只要没有了那个可能性，中村就会倒向泉那边了吧？"

"哈哈哈，不会错的。他根本就是被耍得团团转呀。"

"可是这件事不是我们能左右的吧。"

听到我这么说，水泽皱起眉头嘟囔了一句："毕竟是坏女人啊……"

"坏女人？"

说起来，大家在LINE上面也说过她性格很差之类的。对于我的回问，水泽露出了调皮表情。

"呃，岛野学姐是经常会对低年级男生出手的类型啊。而且会表现出好像对对方有意思的态度，把好几个男生当成备胎。"

"哎……"

预料外的回答让我困惑。

"不过她很可爱，身材也很好，而且性格开朗，所以抱着'玩一玩也好'的态度贴上去的男生也很多哦。即使如此，其中玩一玩就结束的有一半，动了真心的也有一半。"

我对那番话感到战栗。

"也、也就是说中村……"

"就是那个，动了真心的那一半啊。"

"哦，哦哦……"

总觉得自己是听了不应该听的劲爆事情。

"话虽如此，修二毕竟是作为真正的男朋友跟她交往过一阵子，所以是处于动了真心，也无可厚非的立场啊。"

"啊，是这样啊。"

该怎么说呢，这在某种层面上让我安心了。我也不太想看到被玩了一次就动真心的中村，虽然比较方便我损他就是了。

"……不过嘛，她在跟修二交往的期间，也传过一些传闻，这方面就不要深究了。"

"真、真的假的……"

"很糟糕吧？"

我感觉到自己浮现出来的笑容在抽搐，同时再次思考起来。

"那么……把这件事告诉中村不就好了？"

"唔。那我问你。"

"哎？"

水泽一边将湿的头发梳成大背头，一边笑了。就算头发都撩起来也还是很帅啊，这个家伙。

"岛野学姐是个经常换男人的坏女人，你也是那些备胎当中的一个，所以还是早点放弃吧……你觉得这样跟修二说了之后，他会老老实实地放手吗？"

我想象了一下水泽对中村说明情况的场面，不禁笑了出来。

"完全是反效果呢。"

水泽也笑了。

"对吧？绝对只会让他意气用事听不进劝的。所以啊，我在等他自己发觉。不过，你直接说他是备胎的时候，有让我笑到哦。"

"啊,哈哈……"

"总之,就是这么一回事。还挺难搞的啊。"

水泽一边说,一边站起来朝浴池走去,一屁股坐到了在水比较浅的地方说着"这就是那个啊,能无止尽地做下去的事哦"之类的话并高速做着俯卧撑的竹井身上。

"唔噢咕噗噗?!噗哈?!干什么啊?!"

"哦,抱歉抱歉,你动作太快了,我没看见。"

"真的吗?!这个速度果然很劲爆吧!"

我看着不知为何开心地再次开始高速做俯卧撑的竹井,还有一会儿用热水泼他脸,一会儿把他按进热水里的中村和水泽,内心感到恐惧。那算什么劲头啊……我完全没法跟上……

不过,我想起了日南给我的任务。

损中村,和水泽搞好关系。

我下定决心站起来,迈入正在进行用热水泼竹井脸的大会的浴池,毫无计划地走到竹井面前。

不过,如果我也用热水来泼竹井的脸,感觉无论是考虑到当前的气氛还是课题,都有些不太对,就在我迟疑不决的时候,从热水里冒出来的竹井的脸突然朝我扑了过来。

"……哎?"

那个视线让我吓了一跳。

"友崎,你的……"

竹井开始闹腾起来。

"哎,真的假的?"

"让我来看看。"

中村和水泽也将视线移了过来,发出惊呼。

还在混乱中的我赶紧坐到浴池里,但是为时已晚。水泽和中村将我架了起来。

"放、放开我——!"

"好厉害!这有些夸张吧!"

竹井的这句话让中村和水泽都笑开花了。

这时,在这样吵吵闹闹的情况中——我发觉自己好像看到了一丝光明。

那和日南赋予我的"损中村"这个课题有关。

刚才,我在体格上明显处于劣势,所以被损了也没办法损回去。

原本的基础能力、平时的锻炼,这些在损人的战场上应该是很重要的吧?

在这点上,现在又是如何呢?

现在不就有"我损人"的空隙了吗?

基于那种规则,在那个擂台上,就算是我这个弱势角色,也有办法打一场对等以上的仗吧。

我将一切寄托在这一缕希望上面,移动视线凝视中村的两腿之间,很快就确信了。

——这招应该能行!

我有意识地让自己尽可能塑造出损人的语调,开口了。

"中村你输了!"

中村皱起了眉头,水泽和竹井则是拍手大笑。这、这样课题就达成第二次了!

* * *

等候室。我们四个从浴场里出来,顺着刚才的绰号,还有中村那件事情,大家一边聊得热火朝天,一边喝着牛奶。虽然中村被我损了之后就变本加厉地损起我来了,不过该怎么说呢,我觉得类似"敌意"的东西变得淡薄了。这、这到底是怎么一回事呢?

"哦——!果然就是要喝牛奶啊!"

脖子上挂着毛巾、穿着短裤和背心登场的深实实,从女浴场气势十足地走了出来。轻便的打扮,还露出了很多肌肤。她的脸颊因为发热而红润,还冒着热气。那个样子大概是素颜吧,但是她的五官端正美丽到几乎和化妆看不出区别的程度。由于她平时都是活力充沛的样子,所以我很少会这么看她,不过深实实果然也是非常漂亮的大美人啊。

"我要不要也喝呢?"

日南跟在深实实身后向我们走来,这是第一次看到她没化妆的样子，由于故意放松了表情肌肉的力量，所以没能认出来是谁，不过像这样彻底进入状态的日南，就算没有化妆，也是兼具可爱与美丽的完美女主角。哪怕是我都能看出来的柔嫩光滑的肌肤正微微泛红，有着毋庸置疑的吸引力。

"……"

然后低着头的泉从她的身后出来了。她似乎不想让别人看到自己没化妆的样子，用手上拿着的毛巾把脸稍微遮挡住了。不过从缝隙中看到的泉的脸，尽管氛围上和平时的辣妹风格妆容有点不同，但也变得只给人有些幼小的印象。果然只要长得好看，即使不化妆也很可爱啊……她的脸颊也泛红了，不过感觉并不只是暖了身子的关系。

不过这样一看，就会觉得真是跟级别非常高的三个女孩子来合宿了啊，让人有种奇妙的心情。包括男生在内，不管怎么想都只有我的级别太低。至少让自己站得直一点吧……

男女会合，大家一起喝了牛奶，然后过了一会儿——

竹井被等候室附近的游戏区里设置的乒乓球桌给吸引了，于是我们就打起了乒乓球。

在日南的精心安排下，变成了中村&泉二人组VS竹井&日南二人组的对战组合。顺便一提，日南竹井组是因为竹井强烈希望这么组队才有的结果。唯独竹井是一直我行我素地在享受着合宿啊。

不过这段时间里，我们又能开作战会议了。

于是乎，水泽、深实实和我三个人聚集到了等候室的小桌子边上。

"我们刚才在男浴室有聊过，问题果然是……"

"啊，岛野学姐？"

在水泽进行说明时，深实实就像早已发觉了一般说道。

"哦，不愧是你。那就好办了。"

"好啦！毕竟那个学姐是出了名的问题少女啊。"

深实实苦笑着说。

"但是，如果是我们去说那个人有这样那样的不好，也只会让修二意气用事，所以我们在这次的合宿中，能不能用什么办法解决掉这个问题？"

"这该怎么做呢？"深实实思考了一会儿，"比如说，即使有证据也没办法吗？"

"证据？"

水泽饶有兴致地问道。

"我看看哦……"深实实拿出手机，开始摆弄起来，"啊，你们看，像这边这些。"

我看了一下，只见上面显示着名字是"美姬"的Twitter账号，而且还对很多人回复了"我最近跟男朋友处得不好啊""真不错呀，那就去台场吧""关友高中！你知道吗？"之类的信息。

"这是岛野学姐的……账号？"

我问了之后,深实实点了点头。

"这些回复的全部都是在Twitter上认识的、住在埼玉的男生。"

"唔呃,真的假的。"水泽抱住了头,"她终于开始对校外的人出手了吗……"

深实实露出了苦笑。

"不过,这本来好像是只有一部分女性朋友才知道的私密账号哦。可能是觉得不会暴露吧,最近好像才改成公开账号光明正大地在做了……这个现在可是在女生之间成了很热门的话题啊。光是回复就这样了,天知道私信会到什么地步……"

深实实将画面横向滑动,显示出了这个账号过去发过的图片一览。接着再往下滑——有脸的自拍、穿着高中校服照全身镜的自拍、穿着短短的制服裙躺在床上伸展腿的照片、以"展现项链"为名义的胸口特写、以"展现晒黑的腿"为名义的大腿特写——原来如此、原来如此,也就是说是这一类照片的大全集啊。

"这、这个……"我也吓了一跳,"比想象中还要厉害……"

"对吧?"

该怎么说呢,我感觉自己了解了为什么在LINE上聊到岛野学姐的时候,深实实会做出负面反应了。

"把这个告诉中中的话,就算是他,也应该会冷掉吧?"

对于深实实的提议,水泽有些面露难色地说:"虽然确实可能会那样……"

"哎,还有什么不妥吗?"

"呃,你想啊,那件事应该是我、友崎,或者深实实去告诉他吧?我觉得那样的话,修二对岛野学姐的留恋确实是会整个冷掉的。"

"嗯?那不是很好吗?"

"可是啊,在那样做之后,就算参加试胆的时候两个人独处……修二也不可能跟泉交往啊。"

"呃,是这样吗?友崎你听得懂吗?"

对于深实实的询问,我也回答:"不,我不懂。"

"因为啊,如果在我们告诉他这些事之后,他就马上去跟泉告白,会让我们觉得是'他知道了岛野学姐的那个账号之后,就马上转攻优铃'吧?"

深实实像明白过来了一般发出"啊啊"的声音。

"因为他的自尊心很强,所以不会去做会被我们那样认为的事情,对吧!"

"就是这样。毕竟修二他不喜欢被人嘲弄啊。"

都说得这么清楚透彻了,我也明白过来了。这样啊,就像是我现在面临的课题,"损人和被损"这个问题啊。

比如说,水泽把那个账号的事情告诉中村,如果中村在紧接着的试胆大会上面向泉告白的话,该怎么说呢,感觉非常有可能"被水泽嘲弄"啊。

更进一步来说,因为这次的合宿不知为何连我也在使劲损他,他说不定会觉得"连友崎都能损我"。至于我有没有好好地损他,就先放到一边不去深究了。

实属校内风云人物的中村,有必要维持"自己可以损别人,但是不能被别人损"这样的形象。实际上,虽然我不知道他是有意识还是无意识地在维持,不过我好几次看到他在关键时刻对别人损个不停,而且被别人损的时候会巧妙地带过去。

也就是说,如果是那样的中村,应该会避免这种明显"会被人损个不停"的状况吧。

那种行为乍看之下就像非常无聊的自尊心作祟一样,不过在现充的世界里——也就是从现充的价值观来看,是非常重要的事情吧。我也通过课题多多少少有了一些理解。

"那么,把这个账号告诉他的做法就挺微妙了。"深实实说道。

"话虽如此,如果在这里告诉他的话,在这次合宿结束之后,说不定很快就会有进展哦。"

"唔,那两人可是一直都举棋不定哦。光靠自己会有进展吗?"

"的确是啊……要是继续举棋不定的话,那么时间就越来越少了啊……"

"嗯。可是也没有其他办法,只能告诉他了吧?"

"或许吧。"

该怎么说呢,他们非常认真地为那两人在考虑。这些家伙真是好人呀。

我在作战会议的时候也有想过,现充该怎么讲呢,他们并不是只会考虑自己的事情,会为属于同一个集体的其他人考虑的人也很多啊。当然,并不是所有人都是这样,不过反过来说,正是因为拥有像这样为其他人的事情认真思考的内心,所以才会被许多人喜爱、接纳,从而成为现充也说不定。

这的确是一个人一直玩游戏很难发觉的事情啊。

"那么……他们在之后的试胆活动就很难有进展了啊。"

水泽露出了复杂的表情,最后像妥协一般这么说。

不过他们既然都让我看到这一面了,即使是我也会觉得必须做点什么才行了。我开动了脑筋——过了一会儿,终于想到了一个点子。

"我说啊。"

"……哦?"深实实对着我咧嘴一笑,"莫非智囊你闪现灵光了?!"

"不,并没到闪现灵光的程度啦……"

"嗯嗯,是什么、是什么?!"

深实实用充满期待的目光看着我。别、别这样。

"呃……刚才是说就算我们把这个账号的事情告诉他,中村也没办法行动对吧。"

"是啊。"

水泽露出试探一般的表情点了点头。

"怎么说呢，现在的状况啊，中村和泉是两情相悦的，岛野学姐其实也有会让中村冷掉的要素……这就代表用来通关的条件都凑齐了吧，接下来只要将这些全部串联起来就能通关游戏……"

"话是这么说没错……不过你怎么又说'游戏'了？"

"孝弘，友崎是玩家，这方面就不要追究了。"

"哈哈哈，说得也是。"

水泽一边说，一边点头。

"呃，呃……归根结底啊，将这些情况整理一遍，感觉这就像'如何不刺激中村的自尊心，并传达真相'的游戏了……"

"确实也可以说成是那种'游戏'啊。"水泽点了点头，"但是，具体要怎么做呢？"

我"唔"地犹豫了一会儿。

"如果告诉他这件事的人不是'我们'的话，是不是就能行得通了……"

"不是我们？"

我点了点头。

"你说什么啊，到底是怎样？"深实实问道。

"也就是说，那个……"我有所顾虑地将视线投向乒乓球桌那边，"交给竹井。"

"竹井？"深实实仿佛觉得非常不可思议似地附和我。

"我在想能不能巧妙地安排竹井去说出这件事，这样就能圆满收场了吧。"

我说到这里就停下来,等待两人的反应。

"那是什么意……"

"啊哈哈哈哈!"

深实实的疑问话语被水泽的笑声给盖过去了。

"……呃?"

我出声想确认他究竟是怎么想的。

"啊,没啦,那样确实可行呢。毕竟要是被那个白痴说了,那就只能接受了嘛。"

水泽像觉得很可笑一般咯咯咯地笑着。他的这番话让我感到安心了。

"也就是说……"

"值得一试!不过,那家伙绝对是不会演的,所以必须要把竹井也骗过去才行吧。"

"连竹井也骗?……这又是要怎么做?"

深实实目瞪口呆地向我和水泽发问。水泽开心地说道:

"总而言之,就是要巧妙地让竹井知道'岛野学姐也有对其他男生出手。是个非常糟糕的女人'。那样一来,那个白痴就会觉得修二被骗了!要帮帮他才行!然后就会跟修二说那件事了,他很爱多管闲事的。不过如果是竹井告诉他的话,修二也能接受,只要他觉得其他人都还不知道,那么在那之后应该也有办法向泉告白吧。"

我对水泽那完美理解了作战内容的说明感到佩服。搞不好比我想象的流程还要精练。

也就是说，让看起来像处于损人或被人损的世界之外的竹井去跟他说的话，就算是中村，也能坦率地接受事实，就是这么回事。

"啊，原来如此！是这么回事啊！"

深实实砰的一声敲打了一下手心，水泽则是一脸坏笑地看着我。

"我没说错吧？文也。"

"……是的。"

我一瞬间感到有些大脑空白，但还是点头回应了他。

"不过明明相处没多久，真亏你能了解竹井的形象啊。"

"没什么，毕竟……今天都看了一整天，想不了解都不行……"

不管怎样，在这次的合宿中莫名引人注意的就是竹井的那些愚蠢行为，像一个人悠闲地用手机拍照，明明没带泳裤却穿着衣服在河里全力玩耍，拿着螃蟹给泉看害她跌倒，之后拼命道歉，在温泉做高速俯卧撑，等等，那家伙是怎么回事啊……

"不过问题是要怎样让竹井知道……"

水泽一边说，一边看向我。

"关于那个，你也有什么方案了吗？"

"嗯——"我迟疑了一会儿，"毕竟是 Twitter 的账号嘛……"

我稍微思考了一下，开始说起自己想出来的方案。

——全部说完之后，从水泽和深实实那里得到了"嗯，感觉能行"的评价，也悄悄地用 LINE 将那个方案发给了日南。

但如果在这个时间点没看手机的话，就很难快速达成意见一致，不过真不愧是日南，她马上就发觉了，看起来是理解了我们制定的作战方案。她看着我们这边的三个人，坏坏地扬起了嘴角。

很好，既然有日南、水泽和深实实的帮助，那么应该能顺利完成。强大角色大集合啊。

* * *

然后作战开始了。

"就让我们组成大富豪最强双打组合吧！"

"哦，哦……那就上吧！"

首先是通过日南的完美演技和我像在念稿一般的话语，组成了我＆日南的双打组合。

然后是水泽接了下去。

"优铃，你是羽毛球社的吧？"

"嗯，嗯。"

"很好，一样是球拍，应该能行。"

"是那样的吗？！"

以这种感觉能巧妙地操纵氛围的能力而组成了泉&水泽的双打组合。这样一来，中村、竹井和深实实就变成待机人员了。

安排好了之后，我们先开始打乒乓球。

"虽然玩大富豪的时候是敌人……不过昨天的敌人是今天的朋友！"

和我一组的日南发球打向水泽&泉组合的台子上。

"不愧是葵！真是强烈的……"水泽举起了球拍，"发球啊！"

然后水泽也凶猛地回了过来。

"哦，哦哦……嚯嚯！"

我一边发出不中用的声音，一边将球轻飘飘地打回去。

"好！"

平时看起来笨手笨脚却意外地有运动神经的泉，精彩地把球打到了我们这边的台子上。

——而就在我们做着这种事情的期间。

"我说，我说！来拍温泉纪念照吧！"

深实实向竹井提议。不出所料，竹井说着"不错呢"答应了。

"那就拍啰！耶——！"

竹井随便喊了一声，然后拍摄他自己、中村和深实实的三人合照。

"啊，我去下洗手间！"

然后照片刚拍完,深实实就顺势离席。

"哦——""好——"

中村和竹井一边随随便便地回了深实实一声,一边开始懒散地玩起了手机。

然后再回来看打乒乓球的这边。

"接招!"泉大喊。

"呼。"我发出了丢脸的声音。

一边将意识放在竹井的动静上,一边继续着激烈的对战。

"……哦哦?"

我竖起耳朵,听到竹井好像在念叨着什么。上钩了吗?

他沉默了一阵子,一边滑动手机画面,一边专注地凝视着屏幕。

"说起来啊……"

"唔哎?!"

竹井发出轻轻的叫声盖住了中村的话语。我们装作没有察觉那边的情况,做出全身心投入打乒乓球的氛围中的样子。只有泉不是演,而是真的很投入。

"你突然怎么了啊?"

"修二,这个!这个!"

竹井一边说,一边把自己的手机交给中村,没过多久中村也吃惊了。

"……这是什么玩意儿。"

虽然看不见，不过手机屏幕上显示的十有八九是岛野学姐的Twitter账号。

我们关注着乒乓球和待机区的情况，同时尽可能体现出打得很激烈的感觉，不停地来回击球。泉则是很平常地在充满激情地打球。

"那家伙……竟然这样。"

然后，中村现在看的应该就是岛野学姐上传的一大堆那种照片，还有对各种男生发送的"下次一起玩吧"之类的回复吧。

中村用像有些受到打击一般，但同时又像有些看开了一般的语调，咬牙切齿地轻声说道："……好恶心。"

"修、修二，果然还是放弃那个学姐比较好……"

"……是啊。"

他带着干瘪的笑声轻轻地这么回复。

"不过竹井，你这是在哪儿找到的？"

"哎？呃，不知怎么出现在主页上的……大概是转推？"

"是谁转的？"

接下来竹井拿着手机摆弄了一阵子，然后说："奇怪，没有了。"没有找到。

"这算什么事啊？"

中村用有些傻眼的、但是并不是责备的语气笑了。

不过找不到是理所当然的。

因为那个转推已经消失了。

——我们的作战方案是十分简单的。

首先是诱导竹井去打开Twitter。

虽然我觉得现充一般都是稍微闲下来就会马上玩手机的，不过那种时候会看的东西有可能是LINE，也有可能是Facebook或instagram，每个人都不尽相同，所以很难预测。但是，唯独竹井是几乎毫无疑问会打开Twitter的。

所以只要让深实实在稍微聊过一会儿的时间点去洗手间，制造出让他玩手机的时机就可以了。

不过，光是这样还不够稳妥，所以就多下了一些功夫。

那就是在去洗手间之前让竹井"拍照"。

竹井打开Twitter的可能性本来就很高，再利用竹井"拍完照片后基本上肯定会打开Twitter"的这个习惯，我认为这样就几乎是稳妥了的。

接下来，深实实就在那个时间点转推岛野学姐添加了"那种照片"的推文。这样一来，因为竹井有关注深实实，所以在竹井的Twitter主页上就会显示那个添加了照片的推文。

而深实实用的是私密账号，岛野学姐那边是不会收到转推通知的。

这里重要的是让深实实改掉账号的用户名。

在Twitter的设计上，转推显示在主页上的时候，主要显示的是转推的推文，至于是什么人转的则只会在转推上面显示"XX转推"这样的小字。

举例来说，如果深实实很平常地转推岛野学姐添加了照片的推文的话，那么竹井的主页上就会显示出岛野学姐的推文，虽然在转推上面会有小字显示"七海深奈实转推"，但是头像、ID之类更多的信息都是不会显示出来的。

也就是说，只要把名字部分改掉的话，就能在表面上完全伪装成是别人转推的。当然，只要打开那个推文的单独页面，再点击"XX转推"这个部分的话，就能前往那个转推人的主页，所以并不是彻彻底底的伪装。

不过，究竟有多少人会做到那个地步呢？更进一步来说，竹井会那么做的可能性究竟有多大呢？

所以就先让深实实把用户名改成"Yu-*"这种没什么特色又不突兀的名字，再转推岛野学姐的推文。然后她躲起来暗中观察竹井，看到他有了发觉那个推文的动静后，就取消了转推。

如此一来，深实实转推过的痕迹就消失了。

最后只要将用户名恢复原样，那么深实实转推的痕迹就彻底消失了。

竹井被中村询问之后，继续找了一会儿转推的出处，不过没过多久就说着"先不说这个"，转而停下来开导起了中村。

"不、不管怎么说，还是放弃比较好吧！"

"……嗯，是啊。"

中村露出有些寂寞的表情点了点头。

"哦——"

差不多就在那个时间点,深实实回来了。

"喂,深实实!我跟你说,刚才……"

"竹井。"

中村用严厉的口吻和视线制止了打算把刚才发生的事情给说出来的竹井。

"哎,哦哦……呃。没啥,什么事都没有!"

"哦哦?!是有什么事情瞒着我吗?!"

"烦死了,这是男人和男人之间的话题。"

"男人和男人之间的?!那、那就没办法了……毕竟我是女孩子……"

深实实滑稽地假装啜泣着说道。

就这样,竹井也被打了"不能跟别人说这件事"的预防针。

很好,这样条件应该都凑齐了。毕竟没有影响中村的心情就成功传达了关于岛野学姐的真相,也营造出了"不能把那件事告诉其他人"的气氛。也就是说,中村不会因为这件事而"被人损"。

话说回来,深实实的演技太出色了。实在是过于自然了,女孩子真是可怕啊。

这样一来,挡在中村和泉之间的小障碍就被清除掉了。

然后另外一边。

"好,有机会!"

乒乓球桌这边,水泽的扣球杀到了我们的台子上。

"唔哦哦?!"

我没能对那个强势的击球做出反应,很干脆地漏掉了。

"好啊!"

"漂亮的扣球!"

水泽和泉击掌欢呼。

然后,水泽意味深长地咧嘴一笑,看着我的眼睛开口说道:

"……所以这个游戏,是文也赢了啊。"

"哎?……啊,啊啊。"

听到他么这说,我慢了一拍才反应过来,他是在夸奖我作战成功了啊。日南也笑眯眯地点了点头,只有泉露出了"不,这不太对吧"的表情。

* * *

作战和乒乓球两边都顺利结束的我们离开温泉,前往附近的小森林。

夜晚的森林。在这里要进行的,当然就是试胆了。

而且在某种意义上,这也是撮合作战的最终阶段。

明明是处在温热的空气之中,泉却摆出了仿佛要冻僵一般的姿势,颤抖着张开了嘴唇。她的眼睛完全充斥着恐惧。

"呜呜,真的要玩吗?"

"那当然了！不如说这才是重头戏啊！"

讽刺的是，因为觉得派不上用场而没让他参与撮合作战的竹井却说出了接近真相的话。嗯，确实这才是重头戏。

"真、真的吗……"

水泽轻轻地拍了拍步伐越来越慢的泉的背。

"好啦好啦，这条路白天是正常有人来往的，现在只是有点暗和毛骨悚然，感觉会有鬼怪出没而已。"

"我就是害怕那些啊！！"

泉拼命地诉苦。水泽的伶牙俐齿依旧健在。

"哦，是从这边出发啊。"

水泽完全无视了泉的抗议，他的视线前方是一条昏暗的小道。这里就是起点。

前往露营场的道路有两条：一条是我们来的时候走过的、可以通车的道路。另一条就是这边的小路，虽然也是铺设过的，但是要穿过一片缺少照明的树林才能抵达露营场。

也就是说，这次要分成两人一组或者三人一组，从这一片树林里的小路走回露营场那边。

这条偏离大马路的道路一看就很昏暗，坦白说那阴森森的感觉连我也不太敢一个人走。明明我应该并不怕那些恐怖的东西才对呀。

"我，我说……真的很黑啊。"

泉几乎是噙着泪水发出了纤细的声音。仔细一看，她的手已经伸向中村那边,轻轻地揪住了中村穿的运动衫。

眼尖的水泽马上指着那里发出了"啊!"的声音。

"还真是亲热啊!你们两个快点过去吧!"

这时日南也说着"是啦,毕竟都被那样对待了……"这样的话来助攻,催促他们快点走。

"哎,等等,我不是那个意思……"

泉慌忙地放开手指继续抵抗。

"算了,已经没用了……走吧。"

中村或许是察觉到不管说什么都不会有人听吧,就认命似的在泉前面带路。

"哎,等,等等,你等我一下啊,修二!"

"你太慢了。"

"哎,真、真是的!"

他们的声音逐渐消失在黑暗之中。

确认彻底看不见那两个人之后——

"孝弘,干得好!"

深实实笑容满面地竖起了大拇指。

"哈哈哈,还好啦。不过这样就……"水泽频频点头,"作战就全部结束了啊。"

没错,作战结束。接下来第二组的出发时间要晚几十分钟,制造出两人在终点独处的时间,就在那里采取什么行动吧,中村!这一连串行动就是为了这次合宿的最终作战。

日南和深实实也满意地点了点头。而我呢,也有种成就感。哎呀,真是做了不少事情啊。我衷心希望他们能有个好结果。

"我们都把舞台准备得这么妥当了,如果还是什么都没发生的话,中中就不是男人了呢!"

深实实嘻嘻嘻地笑了。

"说不定反而是优铃先出手呢!"

"一定要避免那种情况啊,修二!为了你的名誉!"

日南和水泽也跟着笑了。

"哎,什么?你们在说什么啊?"

我们一边无视竹井的声音,一边开始讨论接下来要出发的人是谁。

"好——我们走!"

"喂,深实实,注意脚下!"

"哦哦?!"

在泉和中村出发几十分钟后,深实实和水泽热热闹闹地出发了。我们用出石头和布来分组的方式,选出来水泽&深实实先出发,然后是我&日南&竹井晚点再出发。不过该怎么说,我、日南,还有竹井这个搭配真是非常有特色啊。

"嗯,其实是有那样的作战……"

"哎哎?!是这样吗?!怎么不告诉我呀!"

"因为竹井你是没法演戏的吧?"

"唔，确实是这样，没错啦！"

因为一切都结束了，所以日南就告诉竹井这次合宿的真正目的。"怎么这样啊！"他发出了像在哀叹一般的声音，对于只有自己不知道这次作战目的而感到悲伤。

然后在深实实和水泽出发之后过了差不多十分钟。

"嗯，差不多该出发了吧？……好、好黑啊。"

随着日南用仿佛在害怕一般的声音说出这番话，我们三个也出发了。

* * *

"呀啊？！"

竹井踩到的树枝发出了嘎吱的断裂声，这让日南做出了过度的反应。

"喂，葵你也太胆小了吧……"

竹井一边开心地咯咯笑，一边凑过来看着日南的脸。

"烦、烦死了，竹井！可怕的东西就是可怕啊！"

日南一边用有点不爽的语气说道，一边不断加快走路的速度。

"我一点都不害怕哦！怎样？我很厉害吧？"

得意忘形的竹井在大肆炫耀。日南说着"嗯，算是吧……"点了点头。

"不害怕这种东西的人可能确实非常值得依赖吧？"

对于日南这番小恶魔一般的话语,竹井绽放出了笑容。这个单纯生物是怎么回事啊。

"真的吗?我非常值得依赖吗?!"

"不过……"日南环视我和竹井,"也可能是因为有三个人,所以才不害怕吧?"

竹井使劲地摇了摇头。

"不!才不是这样的!"

"那么你一个人也能走?"

"轻松!"

"真的吗?"

"真的、真的!要是我一个人走过去的话,就很厉害吗?!"

"嗯,我会觉得不仅非常值得依赖,还很帅呢。"

"真的吗?!好——!"他一边说,一边卷起短袖,"那你就看好了哦!"

"哎,你真的能行吗?!"

"那当然了!"

竹井就这样一个人大步流星地向前进。

"好、好厉害——!"

日南一边轻轻拍手,一边说道。

"对吧!啊哈哈!"

我们两个人站在原地目送竹井,看着他的身影渐渐地消失了。

最后连声音都听不见,竹井完全走远了。
——呃呃,这是怎么回事?你这完全是诱导竹井先走吧,日南?

在黑漆漆的夜路上变成了两人独处,这有点……让人紧张。

"……你,你想做什么?"

心跳微微加速的我小声地询问她,日南满意地点了点头。

"毕竟机会难得,在这里开会也能节省时间吧。课题怎么样了呢?"

日南的语气彻底恢复到平时的状态了。

"啊啊……是这么一回事啊。"

所以才要把竹井这个碍事的人给赶走。这个过于合理的逻辑让我再次叹了口气,心跳加速真是亏了。

"……嗯?"

然而对于我的这个反应,日南不知为何开心地笑了。

"哎?你这话是什么意思?除了'这么一回事'以外,还能有什么事吗?"

日南明知故问地把脸靠过来,她的发丝戳碰到了我的脖子根部。哦,哦哦……

"没,没什么。"

"嘀?"

我一边感觉到脸颊逐渐发烫,一边让上半身躲避日南的攻击,日南则是满意地哼了哼鼻子。

"干、干吗啊？"

"那么……我们就在这里做个特训吧？"

说出这番话的日南脸上明显露出了戏谑的神色，我完完全全只有不好的预感。

"特、特训是什么啊？"

"就是那个，我刚才不是对竹井说过吗？'值得依赖是很帅气的'。"

"啊，啊啊。"

"所以，比如说——"

话音刚落，日南就发出"呀"的喊声，紧紧地抓住了我的手臂。

"哎，什么？！"

看到我表现出了明显的困惑，日南就用湿润的眼睛注视着我。

"这、这种时候……不表现得大大方方一点就不行了吧……"

那种纤细、柔弱，又有点勾起我保护欲望的可爱声音里面，也包含了一些像在戏弄我一般的成分，这时我理解了这家伙想做的事情。

"是做跟感到害怕的女孩子一起，大大方方地走路的练习，对吗……"

我感受着从日南的手掌心传递到我胳膊上的体温，一边心跳剧烈加速，一边说道。

闻言，日南就用那双担惊受怕的眼睛看向我，并点了点头。

"嗯……就是这样。我就依靠你了哦?"

然后她的双手抱了过来,将我的右臂搂得更紧了,同时整个人都贴了上来。

"哦,哦……"

那个感到害怕而对着我撒娇的表情实在是非常完美,如果没有看到她的嘴角一瞬间流露出的坏笑,那么我很可能就彻底误会了。

尽管我知道那是演技,但还是感到心跳在加速。我、我可不会输哦。

* * *

日南搂住我的胳膊,整个身体贴着我慢慢向前走。

"呜,呜呜,好黑……"

"是,是……啊。"

我配合着她的步调,整条手臂确切地感受到日南的体温,导致思考能力被夺走了。薄薄的T恤外面紧贴着的就是日南的肌肤。

"呀啊?!"

日南一边发出可爱的声音,一边更用力地抓着我的手臂。

"我、我说你啊……做得太过火了。"

为了让自己的意识不去那边,我站在客观的角度说道。然而日南却毫不介意——

"我说，友崎同学……"她抬起头和我对上了视线，"不要放开我哦。"

"……嗯，嗯。"

我屈服于那压倒性的、堪称暴力等级的女主角的"威胁"，回过神来的时候就已经在点头了。放心吧，我不会放开你的。我是这么想的。

不行不行！我在想些什么啊。这完全是被她玩弄在股掌之中啊。明明日南只是在戏弄我，让我困惑而已……可是，她的脸、表情，还有举止都很可爱，而且切实感受到了她身体的柔软以及体温之类的东西，这已经跟演技什么的没有关系了吧……更何况还是在这种黑漆漆的夜路上两个人独处……

不对。

"……好。"

我用左手轻拍脸颊，重新打起精神来。日南的手指像在划线一般触碰到我的侧腹。

"呀啊？！"

重新打起来的精神一瞬间云消雾散，我发出了丢脸的声音。

"友崎同学……你没事吧？"

日南像在担心我一样出声问道。不不，刚才分明是你搞的鬼吧。

不过也对，好歹是要练习大大方方的样子吧。"没事吧？"

是指我有没有表现得大大方方的意思吧？

"……嗯，嗯。我没事。"

我姑且是为了完成那个特训而前进。不管怎样，她毕竟是我的"人生"导师，尽管是为了戏弄我的可能性比较大，但还是要遵从她说的话才行。

实在是过于魅惑的氛围让我头脑昏沉地走着，这时眼前飞过了一只小小的虫子。

"唔哦？"

"怎、怎么了？！"

对我发出来的轻微声音反应过度，日南放开我的手臂，从我背后用双手抱了上来。

与我的整个背紧贴在一起的柔软感觉，还有微微颤抖的纤细手臂，让我的大脑彻底融化了。

"什……什么事都没有。有虫子，飞过去了……而已。"

"是、是吗……"

日南一边说，一边从背后松开手再次搂住了我的手臂。我抑制住不由得希望她能再多贴一会儿的想法，看了一眼日南的表情，发现她的嘴角稍微流露出了满足的笑意。喂，脸上都表现出来了哦，都表现出来了哦。

不过，可恶啊。要是一直就这么被玩弄在股掌之中，再怎么说也会觉得不甘心啊。我有没有办法做些什么来反击呢？

日南的头靠在我的肩膀上，这个重量让我觉得非常舒适，我对这个想法感到有些不甘,同时环顾四周,发现前面的地上有知了。

啊,就是那个!

虽然这个有一半是在赌,不过如果那个知了还活着的话……

在它旁边用力跺脚的话,它就会突然飞起来进行最终的攻击吧!

因为我是做好心理准备了的,所以应该不至于太过惊吓!

为了不被看穿这个企图,我将视线从知了身上移开,同时努力坚持不被日南用非常女孩子气的口吻说的"友崎同学的手臂筋骨意外地结实……很有男孩子的感觉哦"这类话所迷惑。

然后就这样撑了几秒钟,我们来到了那个知了的附近。

接招吧!

我用力在它附近跺脚,那个知了发出"吱吱吱"的叫声,飞了起来。

"呀,什、什么?!"

"呜哇?!"

日南用感觉跟之前有点不一样的、不太像装出来的语调发出了惊吓声。呵呵呵。除了我也呜哇地叫了出来这点之外,算是成功了。活该啊,日南。

我满意地坏坏一笑,看向了日南。

见状,日南一瞬间投来了像在瞪我一般的视线。怎样?

紧接着,她的双手放开我,用手捂住了嘴巴。

"吓,吓死我了……"

然后又用带演技的声音说话,当场一屁股坐了下来。

"喂,喂,日南……"

我向她搭话之后,日南就眼含泪水仰视着我,并且轻轻地摇了摇头。

"站、站不起来……"

这个演技是要怎样?是因为稍微被我吓到了,所以打算还以颜色吗?不过也没什么,毕竟我也用知了发动了奇袭,这里就正面应战吧。

"你、你没事吧?"

"我、我不行了……"

日南像在求助一般一直注视着我。

哎,呃,这也就是说……

"是要我扶你起来吗?"

闻言,日南轻轻地点了点头。

"……嗯,嗯。"

说完,她将双手抬起来,稍稍空出了腋下的部分。

哎,稍等一下。是从那边吗?这种情况一般来说不是应该拉手臂让她站起来吗?那个姿势感觉像是要让我将她从腋下环抱起来……真的假的啊!

"快、快点……"

日南用好像快要哭出来一般的表情说道。即使知道那是演戏，还是让我直觉性地产生了"不能让她哭泣，必须帮助她才行"这样的心情。这叫什么事啊。

"哦，哦……"

然后，我就听之任之地抱起日南。

接着。

日南就那样直接用双手搂住我的脖子。

"……哎。"

我的大脑死机了，而日南则是那样紧紧地注视着我的眼睛。

"干、干吗？"

但是日南还是注视着我，没有说话，像装傻一样微微一笑，然后诱人地轻轻张开嘴唇。这、这个魅惑的表情是怎样啊。

不过我都难得用知了反击了，所以也萌生了不想再输下去的对抗心，于是就目不转睛地注视回去。

然后缓缓地对搂住我脖子的双手使力，让脸靠近。

哦，哦哦。怎么了，怎么了。我一边这样想，一边依旧是带着无畏的对抗心注视日南。怎么可以再被你玩弄在股掌之中呢。要是在这个时候移开目光的话，那么之后就会饱受嘲弄吧。

我靠着气势和倔强让自己纹丝不动，日南的脸、肌肤、嘴唇在一点点地向我笔直接近。

从十几厘米渐渐变成十厘米，然后到了几厘米的距离，缓缓地、缓缓地占据了那个空间。从日南的嘴里微微呼出的温热吐息抚摸着我的嘴唇。

然后到了鼻尖和鼻尖几乎就要碰到的距离。

日南像要避开触碰一般,将脸稍微偏开了一点。

那个动作简直就是……

"唔哦哇?!"

我忍不住猛地移开了脸。

然后回过神来发现……我、我输了。

我将视线投向她,看到日南维持着刚才的姿势坏坏地歪着嘴角,摆出了胜利的表情。

"可、可恶……"

我看着那个表情,发出了声音。果然这家伙还是棋高好几着啊。

不过我这时突然发觉——咦?日南的嘴唇刚刚所在的位置是……

"你的修行还差得太远,那么我们快点走吧。"

日南说着就站了起来。我则是一边做出"哦,哦"这样的回应,一边跟上她。

可是,日南嘴唇最后所在的位置就是我的嘴唇原来在的位置吧。

如果我没有避开的话，会变成怎样呢？
这代表她确信我绝对会避开吗？

那样的事实让我的心跳再次疯狂加速，我们两人回到了露营场。

＊　＊　＊

在露营场的中心附近，另外五个人已经集合了。
"你们两个好慢哦，我一个人过来了哦，葵！"
竹井向最后抵达的我和日南发话。
"哎呀，并不怎么可怕呢……"
日南用轻松的语调这么说，并露出装傻的表情摆了摆手。我应该怎么理解这个才好呢。
"怎么会！明明超可怕的呀？！"
泉坦率地吐露感想，不过可能是已经过去了一段时间吧，感觉她已经恢复了活力。
"你像个笨蛋一样怕得要死呢。"
"哈啊？！笨蛋是多余的！"
"好的，好的。"
"你什么意思？！"
"好了，那就回去吧……"

中村干脆无视了泉,向着小木屋的方向走去。

"你等一下啦!"

泉慌慌张张地追了上去,走到他的旁边。

如果不是我的错觉——那两人的距离似乎比刚才还要近。

我们稍微跟他们保持了一点距离跟了上去。

"……我说,"日南对水泽小声说道,"修二和优铃怎么样了?你有问吗?"

闻言,水泽不知为何像觉得很好笑一样,发出"嗯……"的声音,酝酿了一番才开口。我则是在日南身边听着他们的对话。

"好像没有告白的样子。"

"哎?"

日南失落地垂下肩膀。

"不过……"水泽微笑着看向中村和泉,"他们有约好下次两个人一起玩哦。"

然后他看着日南,有些调皮地挑起眉毛笑了。

"……只是约好去玩?"

"嗯,只是这样。"

水泽维持着调皮的表情说道。

日南叹了口气,但同时也怜爱般地淡淡一笑。

"唉……真是拿那两个人没办法……"

水泽也点了点头。

"就是说啊……只会一点一点地慢慢推进啊。那两个笨蛋。"

然后他像是在恶作剧，但同时又像从心底感到开心一般，咯咯咯地笑了出来。

那是仿佛在守护怜爱的事物、祝福那跨越的小小的一步一般的温柔笑容。

"唉。真希望他能学学面对学姐都能顺利推进的孝弘啊。"

对于用插科打诨似的语气说话的日南，水泽装模作样地耸了耸肩。

"就是说啊。真受不了，那两个人长得都不错，也有聊天的头脑，推进关系这种事应该做得更加利落点才是啊……对吧？"

与那吊儿郎当的语调相反，水泽的眼睛好像在看着某个遥远的地方，显得有些寂寞。那个表情也仿佛在深深地品味着什么。

水泽有时候是会露出这种目光的，不过我并不清楚这种时候的水泽都在想些什么。

"好了，希望孝弘你和那位学姐也一切顺利吧！"

"哈哈哈，是啊。希望能一切顺利吧。"

而且不知道为什么，水泽的口吻果然有些事不关己的感觉。

* * *

"早上九点可以吧？"

"好啊。"

水泽回答了中村的问题。竹井把灯关掉之后，为以防万一，每个人都设定好闹钟并就寝……这是不可能的。

"哎呀,说起来穿着湿漉漉T恤的泉很厉害吧?!"

以竹井兴奋的一句话为开端,开始了今天的泳装感想会。

"是啦,那家伙只有身材很好。"中村用高高在上的态度说道。

"是吗?我更喜欢深实实那样的身材呢……"水泽也加入了。

"不不不,果然还是泉的身材更好吧?!"竹井继续力推泉。

"喂,友崎是在装睡吗?"

中村开玩笑似的这么说,看来不跟着聊就不行了吧……

"我没睡啦……"

"你小子觉得怎样啊?"

"我,我吗……"

还是不要跟大家目前已经提到的人重复会比较好吧?我产生了这样的想法。

"日南的姿势很好……算、算是戳到我了吧。"

我刚说完,中村就笑喷了。

"我可没听说你是姿势控啊!"

"文也果然挺奇怪的。"

"友崎你真好笑!"

"不,我并不是姿势控……"

被怒涛般的现充攻势所压倒,我越说越没底气了。

"为什么啊?听起来你很像啊。"中村嘲弄似的说道。

"确实……"水泽稍微停顿了一会儿说道。

"啊哈哈哈哈！"

然后竹井放声大笑。这、这就是男生之间的谈话！

不过，如果是这个战场的话……在这里我也是有一战之力的！

"姿……"

"哈啊？"

中村对小声吐露话语的我做出了回应。

"姿势控又不会有损失。总比被当做备胎的中村要好。"

听到我这么说，可能是因为都已经是第二次了吧，中村好战地坏坏一笑，从容不迫地开口了。

"嗬？虽然你是这么说，但是你从来没谈过恋爱吧？"

遭到如此干脆的反击，我不禁无言以对。

"唔……"

我的这个反应让水泽爆笑了。

不、不过，尽管立刻遭到了反击，那也第三次了！应该可以算作完成课题了！嗯！

然后这个阵仗持续了几十分钟，或许是终于累了吧，房间里渐渐安静下来了。

静下来的三个现充开始各自玩起自己的手机。屏幕在黑暗中发光，朦胧地照出了每个人的脸。

我也同样是在玩手机,努力地收集那些跟AttaFami有关的情报。

这时,日南突然给我发了一条LINE。

"还醒着吗?"

我心里想着是有什么事呢,打字回复了她。

"还醒着。"

"如果还没睡的话,我想开一下这次合宿的反省会,怎样?"

反省会啊。也对,虽然明天还有要做的事情,不过感觉重头戏就到此为止了。

"可以是可以,但需要现在专门开吗?"

"这个嘛,虽然结束之后约个地方开也行,不过反正都要开,就有效利用时间吧。"

又是很像这家伙作风的合理做法。

"唔,那么在哪儿开?"

"总之,你先到女生的小木屋前面来。到那边再决定吧。"

"了解。"

于是,我就找了"去上一下厕所……"这样的借口,离开了小木屋。

* * *

"你来了呢。"

日南在昏暗中亭亭玉立，如同丝绢一般的黑发在夜风的吹拂下轻轻飘起，用一如既往的平静口吻这么说。

"哦。"

"总之，我想想……就先到中心那边去吧？"

"……嗯？啊啊，也是，毕竟能坐下来。"

我和日南朝着中心走去。

就这么走了一阵子，抵达之后，日南就说"先等我一下"，而后消失在女厕所之中。哦，是忍了一会儿吗？那么直接在中心集合不就好了吗？我是无所谓啦。

然后过了一会儿，她回来了。

我和日南在等候室的椅子坐下，开始了会议。

"好了，那么就先做这次合宿的总结吧。"

"好的，有劳了。"

"首先是……关于'损中村或者进行反驳'这个课题的完成情况。"

听到这句话，我露出了发自内心的一笑。

"哦哦，三次都成功了哦。首先第一次是……"

我向她说了"备胎的事情""温泉时候的事情"，还有"刚才宿舍谈话"的事。咦？怎么三件事中有两件都和"备胎"挂上钩了？算了，毕竟是男孩子，这也是没办法的嘛！

"真、真无聊……"日南捂着额头，"不过，姑且算是合格……了吧。"

"太好了！"我用力地握住了拳头。

"不过，这样你就明白了吧？为了成为现充，无论是在搞好关系这个层面上，还是在缔结对等关系的层面上，'损人'都会起到非常大的作用。"

我点了点头。

"该怎么说呢，让我觉得人际关系真是可怕啊……"

"是啦，但是这种细微的操作会让群体气氛更好……"

这时日南中断了一下。

"哎？怎么了？"

"等一下。有人来了。"

那个冷静的口吻让我站了起来，想着应该躲起来会比较好吧，就躲进了旁边的茶水间。日南说着"也用不着躲起来啦"的声音刚传入我的耳中，自动门就打开了。

我透过门上的小玻璃窗窥视，发现从外面进来的人是水泽。

"咦？孝弘你也来上厕所？"

"……我还以为葵和友崎是在一起的……看来是猜错了啊。"

"……哎？"

日南发出了装傻充愣的声音，不过也能看出她多少带点警觉的神色。水泽走进男厕所，接着很快就出来了。总觉得事情变得很奇妙啊，这个状况该怎么办呢？

"嗯？是刚巧没遇上吗？"

"孝弘你不是来上厕所的吗？"

"不，该怎么说呢……算了，机会难得，就稍微聊一下吧。"

然后他发出"嘿哟"这样的声音，坐到了日南旁边。哎，是要待很久吗？

水泽的语气像十分放松一般，显得很松弛，但是总觉得气氛有点奇怪。

首先，我猜不透"稍微聊一下吧"这种意味深长的话语下面的真正含义，而且也不清楚"还以为葵和友崎是在一起的"这句不知为何会说中事实的话是基于什么理由。

我只能一边偷偷地观察情况，一边一个人在茶水间心焦如焚。

"话说那两个人能稍微有点进展真是太好了呢。"

日南像在试探一般，避开了某些事情而抛出话题。

"是啊……不过，我们都安排得这么周到了，最后却只是约好了一起去玩，这也太笨拙了吧？"

水泽用比平时更加沉稳几分的声音说道，接着像很开心似的咯咯咯地笑了。

"就是说啊！真是的，他们到底有多纯情啊！"

"对对对！那两个人又笨拙又纯情，真的是……好笨啊。"

"嗯嗯。"

日南用一如既往的感觉附和。

但是此时此刻的水泽，是用那种有点遥远、又带着些许寂寞的眼神注视着自动门的外面。

我果然还是看不透这种时候的水泽在想些什么。

过了一会儿,水泽缓缓地开口了。

"不过那种样子……说不定是相当厉害的呢,我会有这样的想法。"

"……嗯?"

对于水泽那句轻轻地落入寂静中的话语,日南发出了像觉得非常不可思议似的声音。

然后水泽依然看着外面,用像要掩饰害羞一般的轻佻口吻,或许是希望气氛不要搞得太过严肃吧,他的双手在头上扣在一起,用力地伸展了一下。

"唔,该怎么说呢?优铃也是,修二也是……还有,文也也是那样。总觉得他们都是做着自己想做的事情,有好好地对自己投入感情,真心地感到欢喜,真心地感到悲伤……该说是无论何时何地都是认真投入的吧。"

我对自己的名字被提到而感到惊讶。

不过在这时,我想起了水泽迄今为止好几次提到了我的"认真"还有"努力"。

而且在他提到这些事情的时候,一定会配套出现的——就是那个笑容。

那个看不透在想些什么的寂寞笑容。

我的脑海中重放了一遍水泽小声地、像在自省一般吐露的"也是啦,我确实不管什么事情都能做到啊。并不需要特别努力呢"这句话。

"……嗯。"

日南轻声地附和。水泽放开双手,无力地垂下来。

然后用轻佻的口吻编织起了话语。

"唉。说真的,优铃和修二只要稍微对上视线就会脸红,明明是两情相悦,却过于在乎对方了,所以才会完全没有进展……文也则是无论面对什么事情都会很认真,笨拙地想把事情做好,总觉得那帮家伙是非常开心的啊。"

"……确实,修二和优铃都是笨蛋呢……友崎同学他是那样的吗?"

日南一边呵呵笑着,一边点头。

"这个嘛。文也可能稍微有点不一样。"

然后水泽也噗嗤一笑。

"优铃和修二,他们俩是脑子不好使,所以很笨。"

水泽说起了曾经对我说过的话语。

"所以啊,我看着修二和优铃的那种恋爱……还有文也的那些方面,内心就有了一些想法。"

"嗯?……什么想法?"

日南用诚恳的口吻倾听水泽说的话。

"我是不是也该试着当个笨蛋呢?"

"……当笨蛋?"

水泽点了点头。

"我啊，用文也那样的方式来说——就是每天都像游戏一样对吧？可是我并不认真。怎么说呢，虽然是我在操纵，但是行动的并不是我。即使失败了，难受的也是被操纵的那个'角色'，而不是我。就算一切顺利，感到开心的也不是我……乐在其中的也不是我。"

水泽那仿佛在掩饰害羞一般的俏皮语气，渐渐地转为了认真。

"……意思是，你一直保持了一段距离观察自己吗？"

日南谨慎地消化水泽的话语。

"算是这种感觉吧。所以说，你想想，是有聊过我跟其他学校的学姐的事情吧？那个也是……我只是想着那个学姐很厉害，交往了应该很有好处，还有这么做大概就能顺利之类的事情。什么感动、害羞、喜欢、讨厌，自己真正想做的是什么，对于我来说可能就从来没有考虑过。"

日南咬住嘴唇轻轻点头。

水泽又露出了那种眼神，寂寞地笑了。

"我啊，只是单纯地会巧妙做事而已。"

在没有其他人的宽敞室内，回响着水泽那小声又真切的话语。

"是这样啊。"

日南看着水泽的眼睛,听他说话。

静寂之中,只有两个人的声音,还有在旁边发光的自动售货机那轻轻的运转声。

我可以听到这些话吗?

他的能力很强,什么事情都能做到,也就是强大角色。我为了成为现充甚至拿他作为参考的水泽,在某个层面上却有弱小的一面。

他的真心话里恐怕是对无法认真起来的自己抱持的愧疚感,还有忏悔。

我擅自以类似偷听的形式听到了那些话,这样真的好吗?

我的脚开始微微地发力。

水泽轻轻地叹了一口气。

"……所以啊,我是知道的。"

"知道什么?"

被这么询问的水泽笔直地看着日南的脸。

日南也牢牢地对上了他的视线。

短暂的沉默,认真碰撞的视线。

过了一会儿,像用指甲将那种紧绷的气氛弹开一般,水泽开口了。

"葵你也是那样吧?"

我倒抽了一口气,身体僵硬了。

因为刚才那句话就意味着……

日南平时作为完美女主角的那一面——其实是靠着算计和演技制作出来的面具。那句话等于揭露了这个恐怕没有其他人看穿的真相。

日南有些为难地游弋着视线,不知道那是演技还是出于真心。

"我也是保持着距离在看自己,并且将所有事情都做好,是这样的意思吗?"

"是的。"

水泽点了点头。在知晓了日南真心话的我看来,他指出来的这一点可谓一针见血。

扮演作为完美女主角的自己,为了成为学校里最受欢迎的人气角色,还有为了在学业和田径上都达到顶峰,为了这一切所付出的不懈努力而打造出来的面具。

毫无疑问是存在于日南那笑眯眯的完美表情上面。

气氛更加紧绷和寂静。

水泽没有因为尴尬而害羞地笑着避开,只是真挚地一直注视着日南眼睛的深处。

对于这样的视线,日南微微一笑。

"说不定确实是这样呢。"

——她肯定了。

日南面对着水泽，她的眼神非常认真，水泽也没有回避她的视线。我的注意力也无法从日南的表情、话语上面移开。

"嗯，果然……是这样啊。"

水泽笑着低下了头。

然后日南依旧是视线对着水泽，点了点头开口说道：

"我啊……"

我就像被夺走了思考一般，注意力都集中在了那个声音上面。

"你想知道的话，我就跟你坦白了吧。该说是备受期待吗？'那个家伙，日南葵无论什么都很厉害哦！'别人都是这么看待我的吧？"

——然而，日南说出来的那番话……

"所以就会下意识地压抑住自己……相比那些真正想去做的事情，扮演别人所期待的自己要更加重要，坦白说是有这样的想法啦。想着必须要回应大家的期待，所以做了很多努力吧。不过嘛，既然迄今为止有了这么多成果，也不想让大家失望啊！这种出于自尊心的想法，当然也是有的哦！啊！这个要保密哦！"

——并不是拿掉了面具，作为真正的日南葵说出来的话语。

"所以我也多多少少理解孝弘你的心情吧。并不是做着自己想做的事情，也没有好好地对自己投入感情……变成了想着怎样去做才会更好的感觉，这样确实是会越来越无聊呢。我也……嗯，有那种情况。"

——也不是平时那种理性又合理到了冷冰冰的地步的、过于正确的话语。

"可是啊，我觉得那种情况也是无可奈何的。像修二或优铃那种人才比较罕见。他们两个都有着强大角色的力量吧？但是，他们又很笨！另外，友崎同学也是个怪人吧？啊哈哈。所以那种一般来说是做不到的啦，做不到！我觉得一般人多多少少……都会用上演技。所以啊，比方说哪怕是只有一个也好，能够找到让你展现真实自我的对象之类的，我觉得只能用类似那样的做法来妥协……大概就是这样吧，我会那么做就是了！"

——而是戴着学园完美女主角这个"面具"编出来的敷衍话语。

我不禁呆愣在了那里。

因为日南，日南葵她……

自己隐瞒的真相，也就是平时让大家看到的形象全部都是面具，其实像玩游戏一样在操纵自己，只是一直在这么玩而已。

即使那个面具被别人突然从正面强行伸过来一只手想掀开。

她却完全不以为意，就像踹开杂兵们的魔王一样，轻轻松松、毫不费力地用魔法将别人捕捉到的真相转化为虚假谎言，完美地扮演了"真挚地接受了吐露烦恼的同班同学,作为学园的完美女主角倾听了他的心声"这样的角色。

在刚才编织的话语当中,不存在一丝一毫的身为NO NAME的日南葵。

"……哈哈哈。"
水泽发出了干瘪的笑声。
"哎,怎、怎么了?"
日南装出像感到困惑的声音,观察着水泽的表情。
"葵,你真的很厉害啊。"
"哎?不,我刚才没说什么大不了的事情……"
"你就别装了。"

认真的口吻让日南沉默了。就连那种行为都只能让人觉得是完美演技的一部分。

面对如此压倒性的魔王,水泽浮现出有些好战的笑容,很开心似的开口了。

"真奇怪啊。我啊,应该是在女孩子面前扮演对方理想中的形象,打听出对方的真心话,接纳对方,甚至将对方玩弄在股掌之中这种类型的人才对呀。"

在我的眼中,只觉得水泽是对这种状况感到兴奋不已罢了。

"……为什么刚才是我在坦露真心话,而葵你在演戏呢?一般来说应该是反过来才对吧？我还是第一次遇到这种情况哦！"

然后他像觉得很可笑一般，打从心底感到开心似的发出了咯咯咯的笑声。

"哎，哎哎？就算你这么说……"

日南浮现出了作为完美女主角的为难笑容。

"果然只有葵是我赢不了的啊。"

虽然是承认自己败北的话语，但是不知为何却带有满足的意味。

"这算什么，是在夸我吗？"

日南作为完美女主角，说出了有着恶作剧感觉的玩笑话。

"我啊，反正都已经把真心话给说出来了，你就再听我说一件事吧。"

"哎？什、什么？"

然后水泽咧嘴一笑，目光炯炯有神地说道：

"我大概是喜欢葵吧。总有一天想听听葵的真心话——我有了这样的想法。"

那番话让日南多多少少展露出了惊讶的表情。然后轻轻地嘟囔了一声："嗯，谢谢。"

"不过嘛，就算我说请你跟我交往，也是不行的吧？"

"……抱歉。"

日南垂下目光，轻声说道。水泽开朗地笑了。

"哈哈哈，毕竟我都说到这个份儿上了，你却连一点真心话都不肯说。那当然是不可能交往啦。"

"抱歉。"

日南像要将话语中真正的含义搪塞过去一般，又道歉了一次。水泽一边微笑，一边轻轻点头。

"哦，果然很那个呢。试着说了真心话却被否定……果然不太好受啊。"

"……嗯。"

水泽的那双眼睛看起来很悲伤，无法再维持从容，但是同时，他的嘴角似乎又带了一些满足。

"不过啊。"

水泽一边说，一边朝着天花板伸展双手，神清气爽地笑了。

"我舒服多了！"

然后水泽露出少年一般的亲和笑容，像觉得很好笑似的咯咯咯地笑了。我觉得这似乎是第一次看到水泽因为自己的事情而这样笑出来。

"总觉得很久没有这样了。像这样直面自己想做的事情，认真地去做些什么。"

水泽带着神清气爽的表情，挠了挠脖子那一带。

"啊，哈哈哈。也就是说，你对我认真到了那种地步是吗？"

日南作为拒绝告白后缓解尴尬气氛的女生，发挥了完美的演技。

"不过，既然我都说到这个份儿上了，是没打算放弃的。"

水泽的语气非常认真。

"这样啊，我可是很难对付的哦！"

日南俏皮地这么说，脸上浮现出了开玩笑似的笑容。

但是水泽完全没笑。

然后水泽他——维持着那个认真的表情，再次目不转睛地看着日南。

"我说，葵。"

"……什么事？"

向名为日南葵的魔王级怪物发动正面进攻。

"葵，你啊。"

"……嗯？"

吐露出了像在对面具后面的"日南葵"直接提问一般的话语。

"葵，你要待在那一侧到什么时候啊？"

水泽的眼中燃烧着仿佛是只想全心全意注视着眼前事物一般的强烈意愿。

　　　　　＊　　＊　　＊

　静寂之中，只有旁边发光的自动售货机那轻轻的运转声在响着。

　在这个奇妙的气氛当中，我一边屏住呼吸，一边思考，最后得出了一个结论。

　我在茶水间的门后面双脚使劲——解放了自己。

　"抱、抱歉！没想到会变成这个样子！"

　我从茶水间冲了出来。

　"……文也？"

　水泽吃惊地转向我这边，日南则是在他的视线死角像在看傻子一样捂住了额头。

　"不、不是啊，我是觉得如果产生什么奇怪的怀疑，就不好了，所以躲了起来，没想到会发展成这样……对不起！"

　我尽全力开动脑筋编织话语，以求能够尽量简洁地说明情况。

　日南也像在配合我一般开口了。

　"那个，刚才从洗手间出来的时候刚巧碰上了。刚稍微聊了一会儿，孝弘你就过来了，友崎同学不知为何躲了起来。然后他就有些不太方便出来了，差不多是这样吧。"

　"这算什么啊？"水泽无力地叹了一口气，"哎呀，被看到了奇怪的一幕呢。"

"抱、抱歉,真的是……"

我从心底感到后悔。

"不过嘛,你应该也没有什么恶意……话说,你也没想到我会在这种地方突然向日南告白吧?"

水泽开朗地笑了。

"是、是啊……哈哈哈。"

就像在配合他一样,我也笑了。

"话说回来,一般来说,会有人那么耿直地从门后出来吗?"

他一边说,一边像在忍耐一般笑着。

"不、不是啦,我觉得……还继续躲着有点那个……"

听到我语无伦次地这么说,水泽依旧是笑着,但是不知为何像有点不甘心似的嘟囔了一句:"就是因为这个样子吧。"

"哎?"

日南突然啪的一声拍了一下手。

"好了,这件事情就先当作没有发生过吧!总之,先回小木屋去!"

"也对。文也也走吧……"

"哦,哦。"

还没有从困惑当中出来的我跟水泽一起将日南送到女生的小木屋前面,然后就这么直接回到男生的小木屋。

"不过,我可不打算当作什么都没有发生过哦。"

在跟日南分别之际,水泽对着她向女生的小木屋走去的背影轻声嘟囔。不知道这句话有没有传进那家伙的耳朵里呢。

然后到了第二天。

在回程的公交车上面,闲聊的中村和泉看起来感情非常好的样子,日南和水泽也跟大家开心地聊着天,这一切都跟之前一样,缺乏变化都到了令人发笑的程度——不过我觉得日南的"没有变化",与中村和泉经历试胆之后也几乎没有改变的"没有变化",在性质上是完全不一样的。

合宿结束后回到家的那天晚上。

我躺在自己房间的床上，思考着各种事情。

虽然想了很多，但还是完全无法整理好思绪。

水泽和日南的对话一直在我的脑海里挥之不去。当然，目击了告白是很有冲击性的……不过更强烈的是——

通过合宿找到了答案的水泽选择了一条路。

那条路就是——舍弃一直戴着的面具，认真面对自己真正想做的事情。

而日南即使听了他的答案，也依旧是对自己的答案没有一丝一毫的动摇。她选择了另外一条路。

那条路就是——固执地守住一直戴着的面具，坚持以完美的演技走下去。

那两个人多多少少有点像——但是，在本质部分却有决定性的不同。

面具与真心话，演技与认真，玩家与角色。

对于这些，那两人选择分道扬镳，我觉得就像分界线一样。

是选择面具，还是选择真心话。

是继续扮演下去，还是认真面对。

是用玩家的视角来看待现实，还是用角色的视角去看待。

然后两人所得出的答案有分歧。

这不就跟我自己现在所处的状况有很紧密的联系吗?

我有了一种预感,同时直面到了这个预感带来的违和感。

知道那个答案的,恐怕并不是无论何时都正确无比的日南葵。

答案一定在——卡在我内心某处的那一句话里面。

那种预感也同时存在于那里。

然后就在刚才,日南给我发了LINE。

"在烟花大会的最后,向菊池同学告白。"

我不知道应该如何接纳这个课题。

详细问了一下她之后,说是从上次约会的情况来看,成功的可能性应该很高。而且烟花大会这种场合特有的仪式感还会进一步提升告白的成功率。另外她也说了,就算失败,也能当成经验,对于今后的训练起到正面效果的可能性比较高。

我从那些话语中感受到了很强的说服力,心想她说的应该是正确的,按照她说的去做应该是最有效率的,所以就接受了。

但同时感觉像被她告知了"只需要灵巧地将事情完成"这样的话一般,对此有种莫名的厌恶感。

但是,我应该给出的答案又是什么呢?感觉自己仿佛被丢进了黑暗之中。

明天晚上就是烟花大会了。

* * *

下午六点半,太阳几乎已经落下,是正从黄昏变化为夜晚的时间。

在户田公园站的前面,可以说是人山人海。

无论往哪个方向看都是一大堆人,感觉不管在哪里呼吸,都像在吸别人呼出来的空气,让人不由自主地吸得浅一些。一想到这些人几乎都是来看烟花大会的,不禁对烟花大会的集客能力感到惊讶。

这样的话,等人也会很辛苦吧——虽然我是这么想的,不过看来是不需要担心了。

要说为什么,那是因为菊池同学的魔力变成了平时的数十倍,在人群中是不可能看不到她的。

我在车站前面的路上东张西望,向着魔力的源头靠近。

"菊池同学。"

"啊!友崎同学!"

一发现我,她那直到刚才都惴惴不安的表情立刻变得安稳了。光是那样,就差点让我心醉神迷。

而且不仅如此——

"……浴衣。"

"啊……是的。"

菊池同学有所顾虑地低着头,像害羞似的后退了几步。木屐发出了咔嘟咔嘟的声响。

"毕、毕竟很难得……"

"嗯,说、说得也是啊。"

然后菊池同学像在观察我一样,抬起一直低垂着的头和我对上了视线。

"……所以我就穿过来了。"

"……嗯,嗯。"

那句话成为将我击倒的致命一击。尽管我竭尽全力在倒下去之前猛喝了一口瓶装的麦茶,让自己勉强维持住了意识,但是意识依旧是被夺走了。

"人好多啊。"

"是……啊。"

"……我们走吧。"

"……嗯。"

然后,我和菊池同学为了不走散,维持着比平时要更近一些的距离,开始向烟花大会的会场走去。

仔细看了一下,菊池同学是穿着以沉稳的藏青色为基调的有着日式纹样的浴衣,而且像要表现得更为醒目一般缠上了黄色的腰带,显得十分华美,整体营造出了非常优雅的形象,不知道这是不是菊池同学与生俱来的气质和清流一般的魔力所造成的呢?

从我身边发散出来的压倒性的夏日魔法以及不断吸引我注意的听起来很清凉的木屐声,仿佛要将我的灵魂都给吸走一般。在这样的情形下,我还得寻找正确的路线。

之所以会这样,是因为我想着"反正目的地都一样,只要跟着人群走就可以了吧"而疏忽大意的时候,从车站涌出来的大量行人已分成了好几个方向。咦,咦?

"这些人,都是去烟花大会的……应该没错吧?"

"我想……应该是的。"

也是啦,到会场的路径可能不止一条,为了不让人在一条道上挤得水泄不通,所以就自然而然地分散开了吧。总之为保险起见,我选择了人比较多的那条路。

"总之,我们跟着这边走吧。"

"嗯,嗯。"

菊池同学点了点头,迈着小碎步跟了上来。由于穿着木屐,所以她的步伐比平时还要小,不过那优雅的姿态实在是美如画。

娇小的身材和具有透明感的白皙肌肤,再加上日式纹样的浴衣。由于平时感受到的是妖精一般的梦幻氛围,所以我本以为她适合的是在咖啡店打工时穿的那身女仆装一样的西式服装,不过看到她穿浴衣的样子让我有了新的发现。也就是说,菊池同学不管穿什么,是妖精,也是天使,还是精灵。

被夺走了目光的我一不小心跟菊池同学对上了视线。

"那，那个……友崎同学。"

"……哎？"

我猛地回过神来，只见菊池同学像很害羞似的低垂着头。

"一直被看着的话……我会不好意思的……"

"哎！啊，呃，不是啦！抱、抱歉……我没那个意思……"

"好，好的，我知道……你没有，那个意思……呃……"

"嗯，嗯……呃，抱歉，不自觉就……"

"呃，好的……"

于是乎，藏青色浴衣和黄色腰带加上了红色的脸颊，使得菊池同学变得更加像美丽的妖精在那边舞动。

走了一会儿，道路两边开始出现了一些小摊小贩。

"啊……这个。"

菊池同学被苹果糖吸引了。

"要、要买吗？"

"……嗯。"

然后，菊池同学一边踩出漂亮的木屐声，一边走到那个摊位前面和店主搭话。不过我在她买那个之前，脑海里就被"苹果糖这个东西实在是太适合菊池同学了，我要是看到两者凑在一起的景象，会不会因为那样的美丽画面而停止呼吸呢"这样的担忧所占据。

然后没过多久——

"……买好了。"

菊池同学一边说,一边朝我这边走过来,她本来就拥有如同妖精一般的风采,还加上了尽管华美,但不失沉稳,优雅又有魅力的浴衣装扮。然后在此之上又增添了红色的如同鲜艳果实的可爱脸颊。

只有一句话能形容我的想法——这已经是完美状态了。

"……嗯,嗯。"我看得入迷了,"那,那我们走吧。"

我只能努力让自己尽可能冷静下来,并走在前面领路。

* * *

"哇啊,人好多呀。"

"非常热闹呢。"

我和菊池同学来到会场所在地——荒川河堤。

我们差不多是在开始放烟花的十分钟之前抵达会场,可以免费坐下来的地方几乎都已经坐满了人,于是只能去找看起来能坐下来的地方。宽广的河岸边人山人海,几乎毫无缝隙地铺满了草地垫。

不过菊池同学好像连这种状况都觉得很稀奇,开心地观察眼前这副景象。菊池同学果然是从天界下到凡间的时间还不久,所以才觉得这种人类社会的习俗很新鲜吧。

"噢,这边看起来可以!"

"啊!真的呢!"

我环视了一圈这块区域,发现在团体和团体之间有个应该能挤进两个人的空隙。于是就把日南让我带来的草地垫铺在那里,成功地坐了下来。

"啊……友崎同学,谢谢你……"

"哎,不,你客气了……"

菊池同学一边低垂着眼睛表达感谢,一边优雅地坐到铺好的垫子上。

关于观赏烟花的场所,按照日南的说法就是"虽然有好坏之分,不过基本上不管从哪里看都是很美的,所以没关系"。唔,既然那家伙都那么说了,应该就没问题了吧。

"我很久没有来烟花大会了……"

"是这样吗?不过我也很久没来了……应该是吧。印象中除了家人带我过来之外,就没有同其他人来过了。"

"我也是……我也差不多。"

然后对话结束了。

没错。今天的我只有一个表现和看电影的时候不同。

那就是,今天到目前为止,我一次都没有讲过背下来的话题。

更进一步来说,我甚至没有为了今天专门去背新的话题。

所以,沉默的时间跟一起看电影的时候相比增多了。

但是我想通过这个做法来确认那一句话的真相。

"啊!开始了哦!"

开场的小烟花照亮了会场,接着隔了几秒钟,响起了轰鸣般的声音。

"开始了呢……"

然后又有小小的烟花升起来。

菊池同学注视着夜空,脸被映照成了黄色。

根据事前在网络上查到的消息,户田桥的烟花大会和板桥的烟花大会是在同一天的同一时间举办,好像在各自的会场都能看到另一边的烟花。由于这两个烟花大会各自都有不小的规模,所以说两边燃放的烟花总数,是足以匹敌东京市内的大型烟花大会的。也就是说,尽管彼此之间的距离稍微有点远,但实际上两个烟花大会的规模加起来可以算是相当大了。

周围嘈杂的气氛令人觉得很舒服,虽然此情此景很难用静寂来形容,但即使人群聚集着,这里仍然让我觉得非常平静。

大多数人的视线都是望向天空,不过里面也有注视着手机屏幕的人、看着朋友的脸在谈笑的人、低着头吃应该是从小摊上买来的炒面的人——每个人都带着各自的思绪停留在这个地方。聚集了人群的场所总是令人感到有些热闹、有些疏远、又有些平静。

已经彻底暗下来的天空绽放着五颜六色的花朵。

红色、蓝色、绿色、粉色……色彩缤纷的细碎光芒重叠在一起,像在创造魔法一般,形成了充满幻想的瞬间。

以放射状扩展开,一边留下残影,一边缓缓落下纯白轨迹。

仿佛要覆盖住视野一般,将那种闪耀魔法全部包裹起来。

一个个小小的美好,以及大大的强劲气势。

还有将那一切全部融合起来的、纤细的美丽。

我不知不觉看得入迷了。

而菊池同学也好像和我一样。

"哇啊……"

"……嗯。"

"非常漂亮呢……"

菊池同学微微张开嘴,忘我地注视着烟花,她脸上的表情映照出了夏日色彩。

"很漂亮呢。"

在因为白天的余温和人群的体温而变得温热的河岸上,菊池同学的表情在昏暗中被魔法般的光芒照亮,显得非常美丽、神圣,而且清澈、透明。

时间在闪亮的环境中静静地流淌着。我没有急着寻找话题,而是感受着周围的气氛,并乐在其中。如果有想到什么的话,那么再直接说出来。

我在以这样的方式度过今天的时间。

"我说啊……"

我有件在意的事情想说出来。

菊池同学仰头看着我。

"……请说。"

听了日南和水泽的对话之后而想到的事情，想进行确认的事情——对于之前菊池同学说过的那一句话。

水泽直到那个时候为止，都是以"玩家"的视角俯瞰这个世界，过着不会让自己受伤的人生。

但是那个时候，水泽放弃了那个安全地带，忠于自己想做的事情，尽管会受伤，但还是选择了靠真心前进的"角色"世界。

所以，我才会去想。

我又是如何呢？

我按照日南的吩咐对菊池同学所做的事情，会不会并不是现在活在这个世界上的我这个"角色"选择的行动。

而是为了朝着名为"课题"的目标前进，保持距离以"玩家"的视角通过计算来做出选择的行动呢？

而且，正因为如此。

我才会——有所预感。

"之前，你说我有时候会不太好聊，那么今天……你感觉怎么样呢？"

说不定其实和原本以为的是相反的。

"哎。呃，今、今天？"

如果是那样的话，那么我可能一直都有些搞错了。

"嗯,就说今天。"

我想要确认这一点。

"呃……这么说来……"

菊池同学她缓缓地露出微笑。

"今天,一直都很好聊。"

——烟花大会终于迎来了高潮。

天空被照得通亮,仿佛在轻抚黑夜一般,绽放出非常大朵的花,并且缓缓地留下了光芒。

随着砰、砰砰、啪啦啪啦之类的声响,无数那样的花朵在空中绽放,浮现在视野中的光芒一点一滴地将整个夜空照亮。

一些重合并扩展开来的光芒渐渐增加了明亮度,到了将附近一带都照亮的程度,在周围舞动着的闪烁的橘色光芒如同灯饰一般装点着夜空。

我被那样的景象夺去了目光。

常言说,人到了夏天就会变得积极,也许正是因为有这样的景观。我觉得这或许是无可奈何的事情吧,毕竟看到了这样的景象,无论如何都会沉浸在浪漫的氛围当中吧。毕竟连我这个从来没有谈过恋爱,且一直不肯直视现实的人,都有了一点积极的心态。

烟花如同柳枝一般垂下,从天空朝水面缓缓蔓延,并且渐渐地消散。

我一边看着那个最后的魔法,一边回想起日南给我出的课题。

"在烟花大会的最后,向菊池同学告白。"

日南曾经说过这样的话。

"你已经能够付诸行动了。"

她说,尽管我靠自己的思考来行动依然是有不少弱点,不过将别人给出的课题付诸行动,我还是能做到的。

确实,我自己也是这么认为的。去跟女生说话,找深实实要LINE,还有约菊池同学去看电影和参加烟花大会。

如果是在遇到日南之前,我恐怕是根本无法采取这些行动的吧,而现在的我已经有办法做到了。同时我有把握说那就是成长。

而且这个光之魔法或许也在帮忙吧,也许是多亏了这个浪漫的氛围。

为了完成我的课题所不可或缺的那句话,应该是至今为止难度最高的,而我已经有办法在此时此刻说出口了。

那种感觉强烈地存在于我的心中。

没过多久,最后的魔法在水面上完全溶解,天空渐渐暗了下来,只留下被远方大楼的光线所照亮的白烟。

在寂寥而宁静的余韵之中,我怀着明确的自信,缓缓地开口了。

"菊池同学……"

而且，正因为那份自信是明确的，所以我以自己的意志选择了这样的话语——

"那么，我们回去吧。"

＊　＊　＊

我与菊池同学并行，在人潮中向着车站走去。

道路两旁排列着许多小摊，时不时能看见摊前亮着红光的灯笼。我看到一边面带笑容应对客人，一边将鸡蛋糕从模具里一个一个弄出来的中年男子；将大大的什锦烧整个拿着咬，嘴角被弄脏了的小男孩；彼此都没说话，只有手是牢牢地牵在一起的、穿着浴衣的年轻情侣；还有看起来像是刚下班回家，穿着西装看起来有些不开心地在人群中逆行的、像白领的年轻女性。

我感受着这个场合的各种气氛，还有菊池同学的表情和动作，以及自己看到这些事物而触动的感情和脑中浮现出来的话语、影像，并思考了起来。

我刚才明确地以自己的意志违背了日南的课题。

因为我并不是无法告白,而是没有告白。

$$* \quad * \quad *$$

和菊池同学分开后,我在离我家最近的北与野站下了电车。然后打开和日南的LINE对话页面,输入了信息。

"差不多都结束了。

"能通电话吗?"

简洁地发送了那样的内容之后,日南可能是察觉到了什么吧——

"如果有很大的变动,要不要见面讲?

"在北与野的话,我马上就能过去的。"

她回复了这样的信息。

日南似乎也去了烟花大会,现在正乘着从户田公园站开往大宫站的埼京线,所以只要在途中下车,就马上可以开会了。

我也接受了她的提议,因为还没从检票口出去,于是就约好了在月台碰头。

有一班电车到站了。

我坐在月台的椅子上,心不在焉地将视线投向从车里出来的乘客,一个没有朝检票口走去,而是朝我这边走来的人影映入了眼帘。

是日南。

"……哟。"

"是发生了什么事情？"

尽管日南的表情比平时要更加认真一些，不过开门见山直入主题的作风，还是一如既往的日南啊。

我从椅子上站起来，一边轻轻挠头，一边将视线投向自动售货机。

"啊啊，稍微等我一下，我口渴了。日南你也要吗？"

"……我不用。"

"……这样啊。"

我径直向自动售货机走去。

买了一罐冰可可后，我坐到日南身边的椅子上，打开了易拉罐。

我喝了一口，黏糊糊的甜腻感在嘴里扩散开来。

"那么，告白的结果是怎样？"

日南像在试探我一般问道。

"关于那个啊……"我笔直地面朝前方说道，"我没有告白。"

日南有些受不了地叹了一口气。

"我说啊，虽然那确实是至今为止难度最高的事情……"

"我并不是做不到。"

我打断了日南的话。

"……什么?"

日南静静地转向我,注视着我的侧脸。

我再次咕嘟地喝了一口可可。

接着和日南对上视线,开口说道:

"并不是做不到,而是没有去做。"

然后就那样持续与她对视。

日南那漆黑的眼睛牢牢地盯着我,就像将我言语间的意图以及背后的思考都放在天平上衡量一般。

不知道是在等待我接下来的解释,还是日南她自己也在犹豫该说什么才好,总之日南停顿了很长一段时间,但还是一直对着我的目光,一言不发地等待着,最后她终于缓缓地开口了。

"为什么?"

就像假人一样面无表情,用不带感情的平坦语调抛出来的简单话语。

不过在我的耳朵里,那番话就像抵在维系我与日南关系的那条线上面的刀子一般,有着无比锐利的声响。

我慎重地,不带任何虚假地,老老实实地说了下面这些话。

"……我啊,今天没有背话题就过去了哦。而且也没有讲任何一个以前背下来的话题，只是说了自己在想的事情而已。"

"……哦。然后呢？"

日南用冷淡的语气说道。

"然后啊，对话就理所当然是磕磕巴巴的，话题和话题之间也有很长的空隙……并不怎么顺利啊。"

"……我想也是。"

日南维持着冰冷的表情，做出附和。

"可是啊……我最后问了她一下哦。你想啊，看电影的时候，我有跟你报告过她对我说'友崎同学有时候会不太好聊'吧。所以我今天也问了她一下。问她'今天的我是不是不好聊'。你觉得她是怎么回答我的呢？"

日南已经不再回话，只是牢牢地注视着我的眼睛，听我说话。

"她跟我说，'今天一直都很好聊'。"

我等待着日南的回应，不过知道她什么都不会说之后，就又开口往下说。

"也就是说……之前被她那么说了的时候，我以为是我的技能不足而导致'有时候不好聊'，但是并不是那样的。"

我看到日南的眉毛抖动了一下，并继续说了下去。

"归根结底，其实是'因为使用了技能'才导致不太好聊才对吧。"

没错。菊池同学说的"有时候会突然变得很好聊,有时候又会突然变得不好聊"那句话。

我原以为那是"将背下来的话题顺利地讲出来的时候"就很好聊,"讲得磕磕巴巴,或者是在讲自己想的事情的时候"就很不好聊的意思。倒不如说,正常来想当然是会得出那样的结论。

所以我就去背了更多的话题,提升话题的质量,还有偷学扩展话题的方式。

我之前是认为必须要做那样的特训才行。

但是,其实是相反的。

"将背下来的话题顺利地讲出来的时候"是很不好聊的。

"讲得磕磕巴巴,或者是在讲自己想的事情的时候"才是很好聊啊。

我回想起水泽和日南的对话。

"……这个啊,就是说她本能地看穿了吧?看穿了我制造的'面具'。"

我现在打算说非常重要的事情。但是,究竟是为什么呢?

日南在用十分清醒的目光看着我。

"是啊,没错。"

那个声音仿佛要拒绝我的认真心意一般，显得非常平坦且慵懒。

"……日南？"

"既然如此，那么就能针对那点来拟定对策了吧。面对菊池同学的时候，就不需要去死记硬背话题，而是把说真心话当成攻略法……"

"我说。"

我打断了日南的话。

"能不要再说这种事情了吗？"

我焦急地挣扎着，想将自己心中所想的、最坦率的心情传达给日南。

"……你这是什么意思？"

日南像在试探我一般，又像看穿了我一般，注视着我的眼睛深处。

我目不转睛地正面承受她的视线，继续组织着话语。

"像那样……从'对策'或'攻略法'之类的东西开始又能怎样啊？首先要知道自己'真正想做的事情'是什么——也就是自己是不是真的喜欢菊池同学，不是应该从这一步开始思考才对吗？"

我像要一口气缩短与日南之间的距离一般，传达了自己的想法。

日南面无表情地沉默了一会儿，但是最终还是换上了冰冷的表情。

"你是中了水泽的毒吗？"

说出了这么尖锐的话。

我对她的那番话感到无比震惊。

毕竟我注入了真心，向她传达我内心的话语、想法。

却完全没有传达到日南心里，而且可以说是到了拒收我的想法的残酷程度。

"……这么说也没错。"

水泽确实是让我有了这么做的契机。不过，我想说的并不是那种事情。

"……这样啊。"

日南维持着冰冷的表情轻声说道。然后她就闭口不语了。

"你就没有什么想说的吗？"

闻言，日南将她那冰冷的视线从我身上移开。

"没有。像那样被'真正想做的事情'这种根本不存在的东西而迷惑导致无法前进，是弱小人物的典型心理，我并不会惊讶。"

她仿佛觉得很无趣似的，平淡地说出了这样的话语。

"……那是什么意思？"

我正面做出询问之后，日南像感到疲惫了一般叹了一口气。

"人们所说的'真正想做的事情'，那只是当下的自己暂时误以为的最佳状态的幻想罢了。所以被那种暂时性的误会所束缚，将目光从真正有生产性的行动上面移开是没有意义的。"

然后她像在试探我一般看过来。

我稍微思考了一下，觉得日南说的话十分有道理。

这家伙一直都是说着看似正确的活，并排除感情到了可怕的地步。

但是，真的、真的是这样吗？

"真正想做的事情"全部是"暂时性的误会"吗？

自己为了"真正想做的事情"而舍弃效率，优先去做想做的事情，这样的生活方式真的是没有生产性、没有意义的吗？

即使我经过了一番思考，也找不到合理的话来反驳日南。

不过，靠直觉、靠感觉，以名为 nanashi 的玩家之本能。

我觉得会不会"真正想做的事情"才是重要的呢？

"应该不是没有意义的。"

"……你什么意思？"

我知道我现在的这种想法，对日南是无法奏效的。

毕竟那当中并没有道理。

所以，那真的是没有意义的话语。

"……即使是那样，我也想优先做'真正想做的事情'。"

但是，我还是像笨蛋一样坚持自己的想法。

确实，人们就算在某个时候认为要做自己真正想做的事情，觉得应该要那么做，过了一段时间也有可能轻易地改变想法，采取跟之前相矛盾的行动。

那种事情一点都不稀奇，倒不如说很普遍。

如此一来，日南所说的"真正想做的事情"只是"暂时性的误会"，这种思考方式确实是合乎道理的。所以不被那种东西所迷惑，为了成长只专注于有生产性的高效行动才是"正确"的。

那个论调正确到了让人傻眼的地步。

也就是说，继续用语言来对此进行反驳，对那家伙也绝对是无法奏效的。

但是即使如此，我还是决定遵从 nanashi 的直觉。

毕竟我可是一直靠直觉来改变游戏规则的男人啊。

"应该以那个为优先……我是这么认为的。"

"……这样啊。那这么说，你想怎么做？"

日南露出冰冷的目光，用为了合理推进话题的语调询问我。

我对此感到无比悲伤。

"你想怎么做"那句话并不是为了问出我内心的真正想法。

只是单纯为了探询"如何将话题进展下去的"疑问句而已。

"你不知道自己是不是真的喜欢菊池同学，所以不想告白对吧？那么告白的目标是某个你能接受的人就可以了吗？那么，那个人是谁啊？"

日南依旧是十分理性地向我不断发问。

如果我的心中存在着感性的、不讲道理的壁垒，那个提问方式简直就像在寻找能够巧妙避开的方法一般，就是如此合乎道理。

我并不想听到那样的话语。

"并不是……那种问题啊。"

我感受到了价值观上的根本性不同。

不过,我再次和日南对上了目光。

"那你说是怎样的问题啊?"

"那是……"

并且,我明白这其中含有多么重大的意义。

内心某处预感到在这一点上,我恐怕是无法与这个家伙互相理解的。

但是,我还是觉得必须将那句话传达给她。

"要和谁搞好关系,或者是要向谁告白……类似这些跟人之间的'联系'。用'课题'或'目标'来判断,本来就很奇怪吧。"

在几乎无人的月台上,轻轻地响着车站的广播。

日南的表情没有一丝一毫的变化,毫无感情地将视线从我身上移开,只说了句"我知道了"。

"什么啊,你说知道了是什么意思啊?"

但是日南的视线依旧是朝向前方,一句话都没说。

时间就这么流淌着。

过了一会儿,响起了开往大宫方向的电车即将进站的广播,这时日南终于开口了。

"为了目标而努力是我和你的做法。然而,如果你要像这样放弃'人生'的目标,那么就等同于放弃了成长。"

那是仿佛要将界线划分清楚一般的话语。

"不,那是……"

我想要进行反驳,但是什么都想不出来。

"……那是什么?"

日南目不转睛地盯着我说道。那不太像日南会做出的行动——看起来就像在催促我快点找出回复她的话语来一般。

然而即使如此,我还是找不到合适的话语,漫长的沉默在我们之间持续着。

"……你也,不是呢。"

"哎?"

日南一瞬间咬住嘴唇,眼睛里似乎荡漾着悲伤的光芒。但是在下一个瞬间,那个神色宛如在一开始就不存在一般,仿佛巩固了某种决心似的消失在了眼睛深处。

日南从包包里拿出烟花图案的大型胸章,放在我的膝盖上。

"这个还给你。所以,我送你的那个背包也还给我。现在里面应该还放着东西吧,下次再还就可以了。你已经不需要了吧?"

已经不需要了。

我理解了这句话所指的意思,正因为如此,才不知道该说些什么。

但是,我觉得这个时候如果不说些什么的话,就真的会结束。

"可是,我……"

"放弃拿起手柄的话,那么游戏就没法玩了。这是理所当然的吧?"

日南一边打断我的话,一边站了起来。

她的眼睛已经看向了其他方向。

日南无论何时都只会说正确的事情,所以她现在也一定是在说正确的事情。

这种事情我当然知道,即使如此,我还是觉得应该讲出自己内心的想法才行。

只要像这样认真地去面对,说不定就有办法将那个决定性的分歧、那个鸿沟给填起来,而且是必须要填起来才行——不对,我是希望将那个鸿沟填起来再好好前进,这是我的想法。

然而,我并没有其他正确的话语、答案来和日南对抗。

所以我无法将那个分歧、那个鸿沟给填起来,只能像这样沉默地低着头,无能为力地看着那些成为无法挽回的事实。

然后,我思考着……

这一定是——因为我是弱势角色吧。

如果我能够更加巧妙地传达自己的想法，应该就不会变成现在这样了。

如果我能为自己的想法再找出道理来，那么甚至是有办法说服她的。

我第一次真心地对自己身为一个弱势角色而感到厌恶。

因为我是弱势角色。

所以会像这样和别人产生分歧，然后轻而易举地失去原本建立好的关系。

我为什么是弱势角色呢？

为什么会这么弱小呢？

我对自己在"人生"这款游戏中是如此无用的"弱势角色"而感到非常不甘心，觉得很丢脸。

不过我很清楚，这一切都要怪我自己至今为止没有去好好地面对人生。

所以我就连看着背对我搭上电车的日南的背影都做不到，只能默默地低着头，用力攥紧了拳头。

"……那么，学校见。"

在距离暑假结束还有段时间的八月上旬,日南说出的这番话带着比表面上要沉重且复杂得多的意义,牢牢地缠绕住了我。

我一直在玩 AttaFami。

在大白天就拉上窗帘的黑漆漆的房间里开足冷气,除了吃饭、洗澡和上厕所,就一直专心致志地玩 AttaFami。烟花大会结束后和日南在车站月台的谈话已经过去了一周,还是说过去了两周呢?总之我就是专心地在玩 AttaFami,甚至到了连时间都搞不清楚的程度。之前一直比较忙,能玩游戏的时间减少了,所以也有这方面的因素在里面。不过即使如此,我也很久没有像这样持续玩这么久了。

"砰——"

在那之后,日南就没有联络过我了。

既没有给我新的课题,也没有来确认我每天的练习进展。

是已经没心思做这些事情了吧。

既然如此,那我除了 AttaFami,也没有其他事情可以做了。

"砰——"

跟全日本的人对战,一点点地提升等级。

这样的话,我只需要思考 AttaFami 的事情就可以了。

现在的我感觉并没活在现实里,而是存在于 AttaFami 的世界中。

"砰砰——"

但是，这没什么大不了的。至今为止，我都是这么度过暑假的。

在黑暗中，一边注视着小小的老式显示器发出的光芒，一边不断地重复着对战。

不知不觉间，我驼起了背，嘴角也变得无力，而后呆滞地张开嘴来。

"咻砰——"

投入电视里的角色身上，集中精神，沉醉其中。

尽管我玩AttaFami的时候毫无疑问是坐在电视机前面进行操纵的"玩家"，但是即使如此，我也想要尽可能地接近"角色"，让自己全身心地投入进去。

"砰——"

我浸泡在如同停滞般快速流动的时间化作的液体之中。

为了让沉重、复杂的缠绕着我的锁链在感觉上能够多多少少变得轻一些，我在那个有黏度的温热液体中蜷缩身子，闭着眼睛漂浮着。但是那条锁链实在是太沉了，将我慢慢地拖向了底部。

那种既舒适又恶心的感觉，让我心衰力竭。

在那之后过去了多少个小时呢。

今天太阳也在我不知不觉中落山了，从窗帘照射进来的光逐渐黯淡下来。

我的房门突然被打开了。

"我说,我有敲过门哦,哥哥……额,你还在玩……"

我转过头,发现妹妹用仿佛在看脏东西一般的目光看着我。

"……哎,怎么……吃饭了?"

"嗯,晚饭。"

"……好。"

"快点哦。"妹妹转过身去,不过又马上回过头来,"……话说啊。"

她显得有些不太高兴。

"哎……"

然后,瞪着我的眼睛说道:"你为什么又变恶心了啊?"

"……啥?"

"我——是——说!"

她跺着脚表现出了烦躁的情绪。

"为什么你又变回不久之前的哥哥的脸了啊!"

我觉得自己能理解她话中的意思。但是,我却只能含糊地点点头。

"还行……吧。"

"啊啊!真是的!明明好不容易变得有点样子了!"

她一边说,一边粗暴地关上了门。

"啊……"

我发出了丢脸的声音。虽然有点不知道该怎么做才好,但我还是无力地站了起来，打开门准备前往客厅。然后就看到妹妹依旧叉开腿站在我的房门口。

"……带着帅气的学长学姐回家，说是自己的'朋友'，那个时候我也觉得那才不像我的哥哥呢，但是……"

"哎？"

她恶狠狠地瞪着我。

"带着这种无聊的表情在玩游戏什么的，这个样子才最不像我哥哥。"

说完这番话，妹妹就快步走到餐桌那边坐下，像在瞪眼一般看起了电视。

那番话似乎稍微扫去了我脑中的阴霾。这样啊。我现在是带着那样的表情在玩 AttaFami 吗？那样子可不好啊。

但是尽管如此，我还是有着仿佛不知道自己应该往哪边看、不清楚自己现在身处何方那样的混沌感觉。

仔细一看，父亲还没有回家，母亲则是在厨房收拾东西。我摇摇晃晃地走过来坐到了椅子上。

这时，妹妹好像回想起了什么一样，再次用力地瞪向我。

"……还有！"

她把我几天前就放在客厅一直没管的手机塞到我的面前。

"哎？"

"无视女孩子发来的LINE什么的，与其说是不像哥哥会做的事，倒不如说明明是哥哥，却还敢这么嚣张！"

"哎？"

那句话让我感到惊讶。女孩子发来的LINE？这几天有人发信息过来吗？不过，会是谁呢……应该不是日南吧。

在她的催促下，我看向了手机屏幕，只见上面显示着两天前的LINE通知。

"《温柔的小狗靠自己站起来》的发售日是二十一日。

"我想去大宫的书店买。

"你要不要一起去呢？"

是菊池同学发来的邀约信息。

然后我猛然醒悟，强烈的悔意和罪恶感向我袭来。

这个LINE是两天前的。

……我都做了些什么啊。

如果菊池同学有着与我类似的感觉，那么像这样给同年级的异性发送LINE，应该不是非常简单的事情才对。即使发送的对象是我这个校内首屈一指的弱势角色，我也觉得一定是要做出一番努力的。

可是，我却就这么把菊池同学发来的信息放了两天不管。

明明一开始是把菊池同学当成"课题"和"目标"才去主

动和她扯上关系，结果对方来找我的时候却被我擅自拒之门外，而且还放置了两天。

这算什么事儿啊。

之前很拽地跑过去跟日南说什么出于"课题"或"目标"之类的理由，而这在与人相处上根本就是很奇怪的，必须要更加诚实地面对"真正想做的事情"才对，我明明是为了传达这种想法而进行的反抗，结果自己却做出了这样的行为。

不管怎么说，也太任性了吧。

我再一次对自己的弱小感到了厌恶。

为了贯彻自己的想法，甚至还明确对日南的做法举起了反对旗帜，结果到头来，我的心气就只是这么回事吗？

我再次注视着 LINE 的画面。

应该不是这样的才对。

所以现在也还来得及，我至少要诚实地按照自己的想法来行动。

我那蒙上了一层阴霾的大脑想到这里，就开始构思接下来要怎样回复菊池同学的信息。

现在的我所想的，"真正想做的事情"是什么呢？

至少要基于这个想法，直率坦诚地做出行动才行。

我多多少少还带着阴沉的情绪，但还是想办法努力摆脱开来，同时输入了信息。

"抱歉！我最近没有看手机！

"二十一日，我们一起去买吧！"

竭尽全力就输入了这些字。

我不想连见都没见一面就逃避。

虽然契机是"课题"和"目标"，但是即使如此，既然菊池同学还想跟这样的我有所联系，那么我觉得就不应该忽视她的想法。

我不想再次经历跟曾经有过关联的人拉开距离的那种事情。

尽管那是一种类似依赖的感觉，但是更重要的是，我觉得在这种时候必须尽到自己的本分。

而且我认为，在变成这样的状况之后，那才是我"真正想做的事情"。

我发送完那条信息，就关闭了手机屏幕。

然后吸了一口气，将目光投向一旁，发现妹妹像在观察情况一般盯着我看。

"……怎么了？"

闻言，妹妹摆出了古怪的表情，并有些做作地耸了耸肩。

"好啦，我觉得你应该是遇到了不少事情吧……总之就好好加油啦！"

尽管妹妹是故意摆出了挖苦的语气这么说。

"……哦……谢谢。"

但是现在这个时候，我想感谢她。

                *   *   *

然后到了二十一日。我抵达了大宫站。

接下来，我跟菊池同学见面之后是要说些什么呢？我不知道。

我自己跟日南说了那些话，今后跟日南的关系会变成怎样呢？

我为了传达"真正想做的事情"这个想法，而不惜反抗日南，这个做法真的是正确的吗？还是说，就如同日南所说的一样，是名为"暂时性的误会"的幻想呢？

我从大宫站的检票口出来朝外面走着，脑海中一直思考着这件事。

尽管从心情出发是哪里都不想去，但即使如此，我还是选择来到了这里。

我到达约好见面的场所，环视四周。紧接着，目光马上就被吸引到了一个地方。

在视线的前方，气质优雅，且在人群中依旧格外显眼的菊池同学就站在那里。

我走到她的旁边。

"……你好。"

"……你好。"

有着一股距离感的问候，却让我觉得相当自在。为我那仿佛被扔进了十分宽敞的冰冷箱子里面一般的内心，注入了一道温暖的气流。

"唔，那么，我、我们走吧。"

我没有使用技能，感觉到自己的话语和态度变得有些磕磕巴巴，但依旧坦率地尽全力说了出来。

我有很多不了解的事情，也没有整理好自己的思绪。不过——

首先，就好好面对眼前的事情吧。

"……好咧！"

我们前往大宫站的西口。

目的地是位于西口SOGO里面的大型书店。

现在的我就跟去参加烟花大会时一样，没有去思考"要抛出背下来的话题维持场面气氛"，或者"今天要在这些地方赚取经验值"之类的事情。

这就是现在的我所能做到的，倾尽全部诚意的"真正想做的事情"。

另外服装也是，并没有穿日南帮我挑选的衣服。

因为我觉得那个也多少有点像"面具"。

"真让人期待啊！"

菊池同学的眼睛闪闪发光，聊起了安迪的未公开作品。至于我的服装很逊这点，她看起来是丝毫不在意的样子。

"是啊。会是怎样的作品呢……"

"光看书名的话,完全猜不出来呢。"

"嗯……不过,跟目前为止的书名相比,风格上有些不太一样。"

"啊!我也是这么想的……"

"……对吧?"

"……是的。"

对话中断了。我们没有交谈,就这样走了一会儿。

没有装模作样,而是将原原本本的自己展现出来。

如果不是我会错意的话,菊池同学应该也没有觉得这样很尴尬。

我们穿过车站,从西口到外面之后,菊池同学披上了黑色的开襟外套。

"啊……果然在外面走的时候会穿啊。"

"是的……"

菊池同学微微红着脸点了点头。

"不会热吗?"

"虽然有点热……不过被晒伤的话,皮肤会火辣辣的,那样子更热。"

"啊哈哈……那还真是不容易啊。"

然后,对话结束了。

尽管会像这样中断话语,但是我还是会聊聊自己的事情,或者想到什么在意的事情就问问菊池同学,就这么笨拙地进行着对话。

相处起来的感觉并不坏。

那是只用自己的真心话与人交流的感觉,回想起来,直到不久之前我都是一直这么做的。

"……嗯,我最近一直窝在家里玩 AttaFami。"

菊池同学嗤嗤地笑了。

"其实我也是,一直窝在家里看书……"

"啊哈哈。是室内派呢。"

"友、友崎同学你不也是!"

菊池同学有些着急地说道。然后又嗤嗤地笑了,我也跟着笑了起来。

这种无关紧要的对话就这么断断续续地持续着。

无论是对话会中断,还是服装很逊,抑或是一直窝在家里玩 AttaFami。

菊池同学全部会接纳,还对我说出真心话。

并且对于只会说真心话的我,菊池同学说很好聊。

光是这个事实,我就感觉冰冷的内心仿佛得到了温暖一般。

走了一会儿,我们到达了 SOGO。

"啊,真凉快。"

一边说,一边走进电梯,抵达书店所在的楼层。

"我喜欢书店的气味。"

菊池同学一下电梯就露出温柔的表情，用耳语般的声音说道。她的脚步比平时要轻快，在我眼里就仿佛是森林里的精灵心怀着期待在树枝与树枝之间轻盈地飞来飞去一般。

"嘀……是这样吗？"

喜欢书店的气味，我基本是没有这种想法的，不过该怎么说呢，感觉那非常符合菊池同学的风格。或许正是因为她有定期在书本的包围下恢复魔法，所以才会无论身处何处，无论穿着什么，都会显得十分高雅，有着别具一格的魅力吧。

菊池同学东张西望，开心地环视周围的书柜和导览板，而我则是跟在她的后面。不过，菊池同学那么自发地迈开步子往前走，这种情形感觉是有点罕见的。果然她真的很喜欢书啊。

"啊！……这个。"

菊池同学发出声音，进入了侧边书柜的通道。

"嗯？"

菊池同学把脸靠近书柜，看向的是将青少年作为主打群体的那一栏图书。

"这本书非常好看。"

她拿出那本书，对着封面露出陶醉的表情说道。我对此稍微感到有些意外。

"嘀……你也会看这种书啊？"

"啊……呃。是的……我会看……"

说着，菊池同学红着脸僵在了原地。

"啊，抱、抱歉……就是有点意外……"

"我，我也会，"菊池同学低垂着目光，"憧憬……这种的。"

她就那样红着脸、嘴巴紧闭、眼睛湿润地沉默了。

"……呃呃，那、那边？"

"啊！……是，是哦。"

她慌慌张张地把书放回书柜，这次则是在我身后隔了一步的距离走着。但是没过多久——

"啊！"

她又快步走进侧边的通道，注视起了书柜。

"这本，我看了好几遍……"

"这样啊。"

接着又——

"啊！……这本，我看得非常开心。"

类似的行为持续了好几次。我每次都觉得很是欣慰，并且也坦率地接受菊池同学所倾诉的对书的感情。虽然我至今为止都将菊池同学想象成妖精或者天使之类的，不过像这样和她相处了许多次之后，我察觉到她比任何人都要坦率，真诚面对自己"真正想做的事情"，是个十分直率的女孩子。

几分钟之后。我们到达了摆着《温柔的小狗靠自己站起来》的书柜。

"啊，就是这个……"

"哇啊……"

菊池同学从我身后冲了出来,两眼放光地拿起了那本书,然后露出有些惊讶般的感动表情注视着封面、书脊、封底等处。接着又紧盯着封面,小心翼翼地将书翻了又翻,最后她低着头很宝贝地将那本书捧在了胸前。

"……好像做梦一样。"

这么轻声细语。

那个饱含感情的音色、表情,还有举止,深深地打动了我的心。然后过了一会儿……我渐渐理解了,菊池同学只注视着她自己"真正想做的事情",那个行为实在是过于自然,甚至可以说她是以仿佛只有这样做才能活下去一般的沉静而强大的意志贯彻始终,所以我的内心才会被她打动。

那是非常实在的,作为"角色"的生活方式。

"……嗯。"

我轻轻地点了点头,然后就和菊池同学一起各拿着一本书去收银台结账了。

* * *

"这家店,我经常在打工结束后过来。"

我和菊池同学买好书之后,来到了一家离东口不太远的咖啡店。

不知道是因为这里是可以让她静下来的空间,还是由于买到书的满足感，菊池同学显得比平时更加沉静，露出非常自然的表情，轻柔地坐到了椅子上。

"哦哦，餐点看起来都很好吃呢。"

"就是这样！"菊池同学开心地发出了有点大的声音，又很快把音量降了下来，"……非常棒的。"

菜单上的每张照片都非常漂亮，例如西红柿的红色、甜椒的黄色、香芹和芦笋的绿色，不仅色彩缤纷，而且还能勾起食欲，有着美丽且不可思议的外观。该怎么说呢，感觉和菊池同学非常搭。

犹豫了一会儿之后，我和菊池同学都点了蛋包饭。

"哎呀……买到了呢。"

"……是啊。"

菊池同学买完书后，没有将书放进包里，而是一直提着塑料袋，现在将塑料袋折叠好放在了桌上。这说明她就是有这么重视这本书吧。

然后对话又突然中断了，我们点的餐也还没有要送过来的迹象。

"我去上厕所。"

我起身离座。尽管在被现充们包围的时候，我基本上是没办法将想上厕所的事情说出口的，不过在菊池同学面前就能这么轻松自然地说出来了。

这在我的心中留下了很深刻的印象，果然这就是保持原原本本的自己来与别人相处的状态吧。我有了这样的实际感受。

然后我到了厕所，在朦胧的满足感中解决了事情，并洗干净了手。

就在这个时候。

镜子中的自己映入了我的眼帘。

因为我今天是打算保持自然，以原原本本的自己来赴约，所以就没怎么考虑穿搭，头发也没有专门用发蜡。因此连镜子都没照，就这么维持着原汁原味的状态出门了。毕竟我觉得打扮也算是某种"技能"，感觉那么做也像在伪装自己一般。

而那个结果，就是镜子里映照出来的这副模样。

一个恶心的游戏宅。

驼着背，嘴角无力地下垂，还穿着缺乏整洁感，且根本无法用时髦来形容的衣服，用有点空虚的目光注视着自己——

我自己都对自己产生了厌恶感。

是因为已经看习惯了那个使用发蜡，还变得有点好看的自己的关系吗？

现在这压得扁扁、还乱糟糟的头发，看起来就像不讲卫生一样。

是因为被日南说过，从而学会了好好观察服装的关系吗？
不久前还理所当然似的穿着的这件衣服，现在却能明显看出不仅是变得松松垮垮了，而且到处都是皱巴巴的样子，可以说是到了连自己都会惊讶的程度。

是因为已经养成了无论在哪个瞬间都要挺直脊背、扬起嘴角的习惯吗？
自己现在的表情和姿势，有气无力，显得有些空虚且幼稚，简单来说，就是看起来很恶心。

连自己都不了解自己了。
我究竟是想变成什么样子？
脑海中回放着日南在车站月台与我分别之际对我说的话。

"如果你要这样放弃'人生'的目标，那么就等同于放弃了成长。"

我认为像日南说的那样，基于"以玩家视角设定的目标"来行动并从中获得成长的话，跟自己"真正想做的事情"是不一样的。

我觉得必须要遵循自己"真正想做的事情"来得到成长才行。

所以,比如说把衣服穿得好看、塑造表情、打理头发,类似这些"基于玩家视角设定目标而获得的成长",我认为是没有意义的。

对于那种成长,我觉得只是装扮自己的"面具"而已,所以我今天就像这样穿了以前就在穿的土气服装,也没有打发蜡,对于脊背和嘴角更是整个放松了力气。

我以为那就是诚实面对"自己想做的事情"而活下去的做法。

然而我现在,看到自己这种不加修饰、原原本本的样子。

并不是以保持距离的玩家视角,觉得这样很不得体。

而是作为活在这个现实世界的"角色"——友崎文也,觉得很厌恶。

然后我想起了和水泽、泉,还有日南一起去给中村买礼物时的事情。

突然在电扶梯看到镜子里的自己的时候。

那个样子看起来像"现充"的时候。

我从心底感到情绪高昂,开心了起来,还想着今后要继续努力。

并不只是那样。和水泽、深实实,还有日南在我家召开会议的时候也是。

我那个时候能很好地说话,并产生了强烈的成就感。

也就是说,我在基于"以玩家视角设定的目标"来行动并得到成长的时候。

是以活在这个世界上的"角色视角",从心底感到高兴。

作为活在这个世界上的角色,对自己的成长感到了高兴。

我明明认为通过"以玩家视角设定的目标"而得到的成长是没有意义的。

那么我到底是想怎么做呢?

尽管觉得必须忠于自己"真正想做的事情"来生活才有意义。

却对基于"以玩家视角设定的目标"而行动所得到的成长感到了满足,这样的我到底算什么呢?

就算不遵照"真正想做的事情"而行动也没关系吗?

我不清楚。

既有直觉认为应该优先"真正想做的事情"的我,同时也倾向于朝着"以玩家视角设定的目标"努力而获得成长的我。

我心怀那种奇怪的矛盾感,依旧想不明白具体的答案,离开了厕所。

*　*　*

"啊,蛋包饭来了呀?"

"来了哦!"

菊池同学这么说,不过她的蛋包饭一口都没有动。她或许是在等我回来吧。明明直接开始吃也没关系,不过她这么做让我觉得有点开心。

我坐到座位上,跟菊池同学一起开始吃蛋包饭,同时烦恼了起来。

然后过了一会儿,我看向了眼前的菊池同学。

这样子算不算是依赖呢?我现在准备找菊池同学咨询自己的烦恼。

只面对"真正想做的事情"而直率地活着,一眼就看穿了我那小小的"面具"——即使如此,依旧是接受了我的本性,我想跟这样的菊池同学说看。

"……我说啊。"

"……嗯。"

菊池同学和我一样,用比较缓慢的节奏做出了回应。我果然还是想依赖一下这种舒适的感觉,还有容易聊起来的氛围。

"就是那个……看电影的时候,你有说过我'有时候很好聊,有时候不好聊'吧?"

"哎,嗯,嗯……"

菊池同学不知道是不是因为我又提到了这个话题而表现得有些惊讶,同时点了点头。

"我想,那大概是……有理由的。"

我尽管还有些犹豫,但还是开口了。

这个行为就像招认了自己曾经在脸上戴着"面具"一样。

"其实我最近……有某个人教导我各种各样的做法,做了聊天的练习之类的……怎么说呢,比如用数码录音机录下自己的声音,检查有没有发出预想中的声音,模仿班上擅长聊天的同学,比如水泽的说话方式,做了很多类似的事情。"

我只隐瞒了日南的名字,老老实实地将自己的情况说了出来。

"某个人……"

菊池同学稍微对这个词有点在意,但还是露出认真的眼神听我说话。

"然后啊,对话作为其中的一环……你想啊,对话需要话题才能开始吧。所以用单词卡之类的东西,按照不同的说话对象……把话题给背下来这样的。"

我觉得把这些都说出来的话应该就会被讨厌,由于很害怕变成那样,所以越说就越没自信,但是尽管如此,我还是在努力地继续说明。

"在和菊池同学去看电影之前也是……做了相当多的那种准备,把'关于日南的服装''和深实实之间的事情的来龙去脉'这些事情都背下来,而且也确实用上了那些话题。"

"……是。"

菊池同学不禁流露出了惊讶的表情,但还是紧紧地注视着我的眼睛,认真地听我说话。

"不过,在烟花大会的时候,还有今天,我都没有用背下来的话题,也没有努力地去扩展话题。结果,菊池同学你跟我说这种时候的我是比较好聊的。"

"……原来是这么一回事啊。"

菊池同学像理解了一般,露出了温柔的微笑。

"所以,我对于那样依靠耍小聪明的技术来对话的做法,多多少少产生了一些不协调的感受……心想菊池同学会觉得我不好聊,是不是因为感受到了那种不协调感呢?是不是因为我的'面具'、我的不诚恳被看穿了呢?"

我像在摸黑捡起掉落在自己心中的感觉一般,组织起了话语。

"但是我……比如说跟水泽、日南,还有深实实一起聊天,靠着那些背下来的话题,让自己能够顺利聊天的时候,就会产生类似成就感的感觉。那不是骗人的,而是真真正正的成就感。"

"这样啊……"

菊池同学轻轻地频频点头,继续听着我说话。

"所以说,是继续照那样努力磨炼技能比较好,还是保持自己原原本本的样子比较好,究竟哪个才是自己'真正想做的事情'……我已经搞不清楚了。"

听到我这么说,菊池同学像不知如何是好似的垂下了目光。

我一下子回过神来了。

"啊……抱歉,说了这种奇怪的话。这么突然,你也听不懂我在讲些什么吧。"

我再次进行反省。我为什么就这么弱小、这么狡猾呢?

说不定我只是希望无论怎样都会接受我的菊池同学,连我自己讨厌的弱小自己也一并接受了吧。

对于低垂着目光的菊池同学,我应该怎么搭话才好呢?我陷入了迟疑。

——但是,下一个瞬间抬起头来的菊池同学的脸上却是十分坚定且温柔的表情。

"我……"

菊池同学和我对上了视线。

"我会觉得跟友崎同学很好聊……是因为友崎同学说的话会在我的脑海中浮现出画面。"

"……画面?"

出乎意料的话语让我感到惊讶。菊池同学用力地点了点头。

"友崎同学你啊,说话的时候好像经常会将自己脑海里浮现的事物原原本本地讲出来……所以这样一来,虽然不知道是不是和友崎同学所想的一样,但是我的脑海中也会浮现出影像。简直……就和看小说的时候一样。"

"像看小说一样?"

我将视线投向放在桌子上的塑料袋里面的书。

"啊,那个……并不是像小说的情节一样在说话的意思……而是友崎同学把看到的东西直接不经过加工传达出来的那种感觉……感觉就像将当时的氛围、感情、最直接的感受等都直白地、原封不动地传达出来一样。"

菊池同学一边像在空中塑造出什么形态一般地动着双手,一边编织着话语。

"所以,那大概是因为友崎同学的性格使然……才会让我觉得很好聊……"

"谢、谢谢……"

"嗯、嗯……"

菊池同学的脸红了起来,但她还是没有停下话语,继续表达着自己的想法。

"不过,也有画面传达不过来的情况……那大概就是用单词卡背下来的话题吧……我现在是这么想的。"

"啊,啊啊……"

在我的心中,事情一点一点地连接起来了。

"所以，我觉得不好聊的情况就是那么一回事了。"

如果是这么一回事的话，那我就能理解了。

但是，这也就是说——

"那么，果然是因为靠努力掌握的'技能'不好……"

"但是啊……"

菊池同学露出认真的表情，用湿润的眼瞳注视着我的眼睛。我仿佛要被吸进去了一般。

"……但是？"

然后菊池同学维持着湿润的眼瞳，像充满慈爱的天使一般温柔地笑了。

"我觉得，友崎同学最近确实有了很大的变化。那个……虽然有时候会变得不好聊……不过相比那个，还有更明显的。"

"更明显的？"

其他的变化。除了"技能"以外，我还有什么地方变化了吗？

"从第一次和友崎同学说上话的时候开始，我就一直觉得跟这个人说话，有时候脑海中会浮现出影像，真是不可思议啊。"

"……嗯。"

我像被菊池同学的话语吸引过去了一般，点了点头。

"……不过，那些影像都是黑白的。"

"……哎。"

菊池同学说出来的是我完全没有预想到的话。

"和友崎同学说话的时候，会看到没有色彩的影像，那是有些寂寥的世界，不过……和我所见的世界多少有些相似。"

"菊池同学……所见的世界。"

菊池同学注视着自己的掌心，然后有些寂寥地笑了。

"我啊……相比看到的现实世界，有时候会觉得看书时浮现在脑海中的世界要更加美丽。所以每次看着那种书的时候，我都会想，写了这本书的人是不是看到了这么色彩缤纷的世界呢？真是让人羡慕啊……"

菊池同学一边温柔地抚摸着放在塑料袋里的书，一边微笑着说"特别是安迪的作品"。

"然后……和友崎同学聊天时看到的世界也是黑白的，和我很像……所以我听说友崎同学你喜欢 AttaFami 那个游戏的时候……就会想，友崎同学会不会和我一样，觉得那个游戏里的世界更加色彩缤纷呢？"

"……嗯。"

她应该是没有说错。

我曾断定现实是垃圾游戏，从而全身心投入 AttaFami 的世界。

这两个世界对我来说，确确实实是灰色的世界与彩色的世界。

"我觉得的确是这样的。"

"不过……你听我说哦。"

像要柔和地矫正我的话语一般，菊池同学静静地注视着我。

"我后来也和你说了好几次话……友崎同学你聊到身边事情的时候，传到我这边来的影像……就是那样哦。"

然后，她就像在念美好的童话一般，温柔地对我述说。

"渐渐地变成了彩色的。"

这句话简直就像将我内心重要的部分，掉落在脚边的重要事物给捡起来一般。

我恐怕已经理解了那句话所指的事情以及其中的意义。

"我对此感到惊讶。我从小就一直觉得自己看到的景色是灰色的，那种情况即使到成为高中生，也一直没有变化……所以我觉得今后也会一直是这样，一直都是灰色的样子吧。"

"嗯……"

确实，我也有过那样的想法。

"但是友崎同学在短时间内……"

那一定是在这几个月发生的，非常不得了的变化。

"就改变了自己所见世界的颜色啊，我是这样想的。"

对。是的。

不久之前我还一直觉得现实是垃圾游戏。

断定现充们的亲密来往是非常无趣的。

后来,经过一点一滴地积累与努力,渐渐地提升了自己的能力。

慢慢地改变环境,改变与他人之间的关系。

像那样减弱先入为主的观点——确实改变了我感受世界的方式。

在现实中的努力,的确可以增加自己能做到的事情,也可以改变周围的环境。

不过,更重要的是——

"自己所见世界的颜色有了翻天覆地的变化。"

我真切地体会到了,那才是真真正正重要的事情。

我没有说话,而是在专心地听着菊池同学的话语。

"所以,我认为友崎同学努力去改变自己的这个行为是非常美妙的事情。"

说着,她轻柔地绽放出了仿佛要拥抱世界一般的笑容。

"是……这样吗?"

我拼命点头,就像整个人都被击中了一般。

我觉得在菊池同学刚刚对我说的话里面,有着我一直在寻找的"答案"。

"说不定……是这样的吧。"

我断断续续地发出声音。

"还有,虽然只是我的猜测……"

菊池同学像想起了什么似的这么说,然后露出思索的表情,稍稍垂下了目光。

"……嗯?"

听到我的疑问,菊池同学就从塑料袋里拿出了刚才买的那本迈克尔·安迪的书。

"如果在友崎同学的世界里,在那个不久之前还是灰色的世界里……"

然后,她温柔地将那本书抱在怀里。

"有一位增添了缤纷色彩的美妙魔法使的话……"

菊池同学看着我,浮现出了充满人情味的、率直温暖的笑容。

"请你要好好珍惜那位'某个人'哦。"

她又教导了我重要的事情。

我目不转睛地看着菊池同学,没办法从她身上移开目光,最后——

"……嗯。谢谢你,菊池同学。"

我坦率地说出了发自内心的真心话，而且正因为是真心话，为了能够确确实实地传达给对方——所以我使用了"认真的语调"这个"技能"，表达了感谢之情。

闻言，菊池同学温柔地摇了摇头。

"你教会了我即使从现在开始，也有办法改变看世界的方式，所以这只是小小的回礼。"

不知道是不是我的错觉，感觉她的眼睛里闪烁着与平时不一样的色彩，同时对着我微微一笑。

6
只有女主角才能装备的道具有着特殊的效果

在大宫和菊池同学分开后，我回到家，拿出了手机。

然后打开了在那次之后有两个星期以上没有动过的LINE对话窗口。

菊池同学教给我的重要的事情。

我必须将那件事传达给那个无论何时何地都保持玩家视角的"某个人"才行。

因为我是发自真心不希望就这样结束一切。

"对不起。

"我想再跟你聊一次。

"最近有空在哪里见上一面吗？"

我发送了这段文字，等待着日南的回复。

过了十几分钟。

"要聊什么？"

收到了毫无感情的简短信息。字里行间散发着些许拒绝的意味。

但是我选择了要继续前进，并且下定决心即使要使用"技能"来作为手段也在所不惜。

"我想了很多。

"想再跟你聊一次。"

刚发出去就马上显示为已读。

"我没什么好跟你聊的。"

传来了冰冷的文字。但是我只是在做"真正想做的事情"。

"你让我把包包还你对吧。"

我发过去之后,可能是有些出乎她的意料吧,从显示为已读到发来回复之间,稍微隔了一段时间。

"我是说过了。"

"那个拿到学校去有点累人。

"要带的东西变多了。"

"哈啊?"

在我的眼前浮现出了日南傻眼的表情。

"所以,就让我在暑假还给你吧。"

然后我紧接着又发了一条信息。

"不然的话,我可能就没法还你了。"

消息马上就显示为已读。当然,我说的只是表面话。

不过,日南曾经说过。

为了达成目的,就算是要伪装表面上的说法,也要让自己的意见通过。

如果不这样做的话,那么就只会是一无所获地结束。

既然如此,那我就这么做了。首先要站到她的擂台上去战斗。

这样一来,从那家伙重视正确性的性格来看,应该是不好拒绝的。

然后，消息显示为已读后又过了一段时间。

"那么，送给你也没关系。"

哎，哎哎？来这招？被杀了个措手不及的我开始思考新的战斗方式。

就在这时，日南又发了一条信息过来。

"算了，既然你这么坚持的话。

"明天十八点，在大宫见。"

好耶，我开心地握拳摆出了小小的胜利手势。虽然无法否认她多少有点对我做出让步的感觉，但是重要的是达成了目的。如果是因为看不起人而放水的话，那就是她自己的问题了。

"知道了。"

确认那条信息显示为已读后，我就关掉了手机。

我一边再次回想自己"真正想做的事情"，一边开始思考明天该如何向日南传达我的想法。

* * *

次日。

我拿着要还给日南的包包，来到了大宫。

我挺直了脊背，翘起嘴角，打理好头发，衣服穿的是日南帮我选的那套。

这些并不是"面具"，对我来说这是必需的"装备"。

约好的时间是十八点。我提前五分钟到达了"豆树",带着有些心神不定,但是又有着坚定觉悟的奇妙心境等待着日南。

日南几乎是准点到的。

她在我面前停下脚步,并没有在瞪我,也没有在观察我,只是目不转睛地注视着我的眼睛。

我为了不被她削弱气势,就主动开口了。

"唔,这里不太方便,换个地方吧。"

说完,我没等她回复就朝着东口走了过去。

日南没有说什么,用笔挺的姿势在我身后拉开一步的距离走着。

出了东口稍微走了一会儿,我发现了。

"……啊。"

我在一家便利店前面停下了脚步。

那是没有任何特别之处的、车站附近的普通便利店。

但是,这里对我来说是一切开始的地方。

那是和NO NAME线下聚会时作为碰头地点的便利店。

也是我第一次和"真正的日南"说上话的地方。

我自然而然地停下了脚步。

虽然不管在哪里都可以。不过,我毫无理由地觉得这里比较好。

我转头看向日南,深深地吸了一口气。

"我想跟你说的事情是……"

然后我开口了。

"你想到了什么新的借口吗？"

日南依旧是面无表情地说道。但是，我为了不输给她这冰冷的态度，拼命地拼凑着话语。

"不是什么借口，而是我意识到了啊。"

"意识到了……什么啊？"

我从菊池同学那里学到的事情——或者说是从这家伙身上学到的事情。

我回想起日南教导我的事情，还有赋予我的东西。

我要将自己的"答案"传达给日南。

"我喜欢游戏。"

"……现在提这个做什么？"

日南露出有所警戒的目光。

"我喜欢 AttaFami，也喜欢 RPG。还有和你对战的学生会选举这个游戏，虽然最后是输了，还让深实实受了那么大的罪，所以可能不应该拿来讲，但是如果还能再来一次的话，我仍旧是想再尝试一次，我就是这么喜欢。"

我将内心的一句句真心话就这样讲了出来。

"……这样啊。"

日南的表情没有变化。

我一边回忆着不久之前的灰色记忆，一边说道：

"但是，对于 AttaFami，我始终是个玩家。在电视机前面拿着手柄，操纵着画面里的角色，是属于游戏之外的存在。是无论如何都无法进一步靠近游戏里的角色的。"

"那是理所当然的吧。"

我点了点头。

"但是即使如此，为了能够与角色合二为一，我依旧倾注了自己的灵魂啊。因为这样做的话，游戏中的世界就会越来越闪闪发光了。"

我有些情绪化地传达着自己的想法。

"不是动画，不是小说，也不是漫画，游戏之所以比任何东西都要吸引我……唯独游戏的世界看起来比任何东西都要闪耀的理由是非常简单的。"

那是动画、小说和漫画都没有的，是游戏所独有的特征。

"如果是在游戏里面的话，我可以让角色按照我自己的所想做出行动。"

只要在游戏里，我就能够成为强大角色，能够投入感情，能够闪闪发光。

因为在游戏里面，不需要体会自己的弱小、无助，因而感受不到不讲理和无可奈何的自我厌恶。

在这个意义上，相比现实世界，我甚至可以说是作为游戏里的"角色"在生活。

"所以对我来说，游戏的世界是闪闪发光的。觉得现实就是个垃圾游戏，一点都不好玩，是因为我根本就无法自由操纵现实世界里的'友崎文也'这个'角色'。"

我回想起几个月前的灰色"人生"。

"明明没有想发出那种声音的，结果录下来听了发现，自己说话的时候是含糊不清的。明明自己没有想垂下嘴角，结果照了镜子才发现，自己的嘴角是松弛无力的。而且我也没有故意想摆出难看的姿势，也不是故意讲话磕磕巴巴的。"

这些都是让我的人生变成灰色的重要原因。

并且那些都是我独自一人绝对无法明白过来的事情。

"怎么做才能发出自己想要的声音，才能做出自己想要的表情，才能摆出自己想要的姿势——要怎么做才能随心所欲地操纵自己。这些关于人生这个游戏的操作方法，让人生变得闪闪发亮所必要的事情……"

我带着发自肺腑的感情——

"都是你教给我的。"

我回想起了各种各样的事情。

那大概是日南赋予我的新色彩。

是几个月之前的我所不知道的色彩。

比如说，过来向我报告说玩 AttaFami 的技术变好了的弟子脸上开心的表情。

想尽办法去解决问题，笨拙地挣扎了一番，最后从深实实那里得到了太阳一般的笑容。

实际感受到自己水平提升了的时候，那种直击心灵的原始的兴奋感。

感觉无比耀眼的，看似无聊却又很热闹的，大家一起烧烤的片刻时光。

大家一起让中村和泉有了进展之后的，有些心痒痒的，又很满足的、奇妙的联系感。

与菊池同学相识并进行深入交流之后，所带来的雪融般的温暖喜悦。

这些记忆都有着色彩缤纷的闪亮光辉，如同装点漆黑夜空的光芒一般，留下了淡淡的余辉，刻印在了我的世界里。

这大概就是魔法了。

"所以，在'人生'这个游戏里，我也想作为'角色'待在里面。

"因为多亏了你，让我也喜欢上了'人生'这个游戏。"

我的话语中没有虚假。

和这家伙相遇后开始的努力、汲取的经验，还有因此而产生变幻的景色。

为现实世界增添色彩一般的，崭新的闪亮瞬间。

日南对我的世界所施加的色彩缤纷的魔法。

如果说一点魅力都没有，我实在是无法承认。

虽然很多时候无法称心如意，有时候也会觉得非常不自在。

虽然也会有因为自己的弱小而受伤，内心仿佛被撕成了碎片一般的情况。

尽管如此，我还是想作为"角色"待在"人生"这个游戏里。

因为我是对于喜欢的游戏，绝对不会放水的、日本第一的玩家啊！

"也就是说，这是我'真正想做的事情'。"

我说到这里，接下来就只是等待日南的回应了。

说到底，我作为玩家所贯彻的态度，我"真正想做的事情"就是这样而已。

全身心投入喜欢的游戏里，彻底地乐在其中。

正因为喜欢，所以比任何人都更想成为真正的"角色"。

这恐怕是我唯一能向日南提出的，与日南不同的正确事物。

但是过了一会儿，日南摇了摇头。

"'真正想做的事情'这种东西是不存在的。"

那是在否定我的话语。

"你现在只是陶醉于理想，沉浸在伤感里而已。"

并且，我明白她又在说正确的话。

"你似乎认为'想成为角色'是自己'真正想做的事情'，但是那并不是'真正想做的事情'。单纯是在感情上误以为那是理想，实际只是'自以为是'罢了。"

她用一如既往的冷静语气说出了这些话语。

日南依旧是没有动摇。

"如果那个真的不是'自以为是'的话，如果你非要说那是货真价实的'真正想做的事情'的话，只要你无法证明那就是正确的，就没有任何意义。"

因为她拥有自己长年累月积累起来的理论和行动，以及所带来的结果，并且还有因为这些积累而产生的自信。所以她坚信不疑自己所想的就是正确答案。

归根结底，我觉得强大角色就是这么一回事。

通过结果而积累起来的自信。

通过一点一滴的努力后产生结果，然后形成自信，最后内化为信念。

我感觉到自己的"等级提升了"的时候，尽管只是稍微一点点，但还是感受到了这一点。

然后，正因为这方面的积累比任何人都要多，所以这家伙才能成为比任何人都要强大的角色吧。

但是，反过来说——

"是啦，我猜到你会这么说了。"

如果能够突破这一点的话——

"证明不了的话，那确实是毫无意义的。"

听到我带着自信的话语，日南沉默了一会儿，然后——

"你是想说自己能够证明吗？"

将锐利的视线朝向了我。

不过不知道是不是我的错觉，在那个视线里感觉不到什么恶意。

"'真正想做的事情'确实是存在的哦。"

我就像顺应日南的期待一般说出这句话来。

"……嚯。"

日南今天第一次笑着扬起了嘴角。

"那能劳烦你来说明一下吗？那个能够证明'真正想做的事情'确实存在的证据。"

听到她的这番话，我也笑着扬起了嘴角。

"你在说什么啊？你真的什么都不明白吗？"

"……哈啊？"

日南发出了怪异的声音。

我像要进行追击一般，继续堆砌着话语。

"毕竟,'真正想做的事情'的是由好几个规则复杂地交缠在一起。那么,怎么可能简简单单就说得清楚呢?"

那是某人曾经对我说过的正确道理。

这正是在"日南的擂台"上展开的合理说教。

日南目瞪口呆地僵住了几秒钟,接着傻眼似的轻轻笑了。

"嗝……那么,你打算怎么做?"

"那还用说吗?"

我故意用滑稽的语调说出来。

"我问你,如果你买了新游戏,想把那款游戏玩好的话,你会怎么做?"

这也是被某人教过的正确道理。

最为合理且有效率的步骤。

日南或许是理解了我想做的事情吧,她叹了一口气。

"……是玩玩看,对吧?"

我点了点头。

"没错。光是听'真正想做的事情'确实存在的证据,也还是找不到'真正想做的事情'的。为了找到自己的真心而挣扎,全心全意地前进,那样才能找到'真正想做的事情'啊。"

日南皱起了眉头。

"我说你啊……"

"听好了哦,日南。"

我充满自信地用上了像在传授什么事情一般的语调。

"你一直都是在'巧妙地度过'人生,一直都是用'玩家'视角来看待世界,不知道真正的'乐趣'吧?"

我用挑衅的语调对她说。

"……你这算什么意思?"

"听好了哦。"

我用高高在上的嚣张语调对她说出下面的话。

"我来教你一件事。你的确是强大角色。但是现在,关于享受'人生'这个游戏——我的认知可是在你之上。"

日南露出了无畏的笑容。

"嘀?"

然后我指向日南。

"所以啊,我从今天起要逐一教导你全身心投入游戏里的方法。怎样做才能找到自己'真正想做的事情'。怎样做才能过上比现在更加开心的人生。不过话虽如此,我不像你那么擅长用话语将想法讲述出来,所以应该需要慢慢来吧。"

日南故意愣愣地歪了歪脑袋。

"我说,你怎么就自顾自地在推进了?说到底,我根本就不相信既不是'自以为是',也不是'愿望'的'真正想做的事情'是真实存在的哦。你得先从这里说起吧。"

我点了点头。

"说的也是。不过,你试着这样去想想呢?"

日南像来了兴致一样托着脸颊,好战地笑了。

"……什么啊？"

"我至今为止都是使用了'真正想做的事情'这个燃料在玩游戏。"

"……嚯。"

然后我竖起了一根食指。

"所以我才在AttaFami这款游戏中成为日本第一——而且你赢不了我。"

日南一瞬间睁大了眼睛。

"我说，你不觉得奇怪吗？学习、运动、校内的排名，各种各样的游戏。不管在哪里都维持第一的你，唯独在AttaFami无法成为第一。既然有这样的'结果'，那么其中应该是有'原因'的吧？"

有果必有因。这是规则，是让现实像"游戏"的理由。

这是我和日南对"游戏"，不可动摇的共同见解。

"当然会。但是，那单纯是努力的量……"

"并不是哦。"

我打断了日南的话，并摆了摆手。

"……那是因为什么？"

日南一边说，一边不愉快地握住了我的手指。

"你已经知道了吧？造成我和你在AttaFami上实力差距的东

西正是——"

我再次指着日南说道。

"——是否拥有'真正想做的事情'啊。"

"那种东西……"

我打断了日南的话语。

"'你赢不了我的这个事实',就是'真正想做的事情'确实存在的最有力证据。不过,那是只有在 AttaFami 成为日本第一的我才能看到的景色,所以你可能不懂吧?"

然后我像要给出致命一击一般,冲她咧嘴一笑。

"如果觉得不甘心,那你就试着在没有'真正想做的事情'的情况下,在 AttaFami 战胜我呀。"

我用手指对着日南比划出放马过来的动作,引诱她进行反驳。

"不……"

日南用否定的语调出声了,但最终是无话可说。

不过,这是理所当然的。

因为这家伙的战斗方式就是站到对方的擂台上,使用远超对方的努力积累出的实力和经验,从正面击溃对方,这种超级强势的风格。

并且那个努力的程度,是从没有输给过任何人的。

所以，应该没有人能够赢过她。

但是，唯独我是不一样的。

毕竟我和这家伙——

不仅是友崎文也和日南葵，更是 nanashi 和 NO NAME 啊。

所以——

在"只要将 AttaFami 追求到极致就能明白"这个从某种意义上来说乱七八糟的擂台上。

在"有怨言就先在 AttaFami 上面赢了我再说"这个毫无合理性的擂台上。

只有我能将必胜甩在这家伙的脸上。

这是我为了达成自己的目的而搭建起来的，本来除了我之外，就不会有人站上来，真的是非常任意妄为的擂台。

但是这个家伙，唯独这个家伙是会站上来的。

因为这家伙总是会选择站到对方的擂台上，从正面击溃对方，有着天生不服输的性格。

"……原来如此啊。"

日南疲惫地叹了一口气。

"你想说什么啊？"

"想让别人认同并不存在的东西，你这么做可以算是诡辩了吧。"

"诡、诡辩……"

然后日南像感叹似的,又像傻眼似的,呵呵地笑了。

"不过,我确实无法反驳。虽然你并没有做出证明。"

"算是吧。"

我坦率地点了点头。

我只是试着用微妙且有说服力的方式说出了"只是因为你看不到而已"这样的话,并没有证明"真正想做的事情"是确实存在的。

"也就是说模棱两可吧。那么,我也妥协一半好了。那个'真正想做的事情'——虽然我不承认它是存在的,但是也不会断定它就是不存在的。"

终于,那个日南葵有史以来第一次稍稍屈服了。

听到这番话,我情不自禁地露出了笑容。

"日南……"

"但是……"

日南指着我用严厉的口吻说道。

"既然你都说到了这个份儿上,那么即使要花上很多时间,你都要证明它的存在。并且要让我发自内心地去接受。"

听起来像无解的难题一般。

但是,为了贯彻自己"真正想做的事情"。

并且在贯彻的同时,还要和这个理性且完美主义的"坏心肠"女人有所来往。

我觉得自己只能去做了。

"啊啊。我知道了。"

确认我点了头之后，日南放松了表情，接着疲惫地按住了额头。

"……唉。"

"……怎么了啊？"

"没什么，那么……说到底，你今后究竟想怎么做？"

日南罕见地用无力的语气说道。

"啊，啊啊。"

对哦，这一点是最重要的。

我放弃了日南给我的"目标"，那么今后想怎么和这家伙相处呢？这件事我还没有告诉她。

不过，我当然是有事先想好答案。

所以接下来只需要将那个答案告诉她就好。

"我想……跟之前一样继续攻略'人生'。"

我从心底希望继续和她一起"攻略"。

"……这样啊。"

日南罕见地突然将视线从我身上移开，并且还有些尴尬地噘起了嘴巴。

"你教给我的'技能'对于让我成为真正的'角色'是有必要的，这与我'真正想做的事情'也不矛盾，所以我想继续。"

"……但是根据情况，有时候也会和'真正想做的事情'产生矛盾吧?"

我点了点头。

"我希望能取消掉与'真正想做的事情'产生矛盾的'目标'。"

"也就是说……你希望在运用'技能'的同时,能够基于'真正想做的事情'来指定目标,是这个意思吗?"

日南一边说,一边像对我的要求感到厌烦一般皱起了眉头。

"差不多就是这样。总而言之……"

然后我一边稍微联想起水泽在TENYA对我说的话,一边说。

"我的游戏方式是'技能'和'真正想做的事情'的混搭型。"

我看着日南的眼睛,对她咧嘴一笑。

看到我这个样子,日南又叹了一口气,轻轻地嘟囔了一声:"既然你都说到这份儿上了,那还真希望你能证明呢。"

"这个嘛,虽然没有多少自信,不过就包在我身上了,NO NAME。"

我一边说,一边像扮演自己最喜欢的游戏里面那个最喜欢的"角色"一般——

就像在模仿Found的"Attack"一般,我抬起右臂摆出架势。

毕竟在我跟她之间，相比这种语言上的交流，还有更加高效的交流方式。

见状，日南可能是彻底傻眼了吧，她略显开心地轻轻呼了一口气。

"那么，虽然我不怎么期待，不过就交给你了，nanashi。"

尽管多少有些收敛，但她也抬起了右臂。

日南稍稍扬起了嘴角，脸上浮现出了熟悉的嘲讽神色。

我觉得她果然是最适合这样的表情了。

我们的拳头在同一时刻伸出去，那并不是为了证明正确性，也不是为了拒绝弱小。而是像要接受彼此的想法一般缓缓接近，最后——

我们的手背在空中温柔地碰触在了一起。

*　　*　　*

像这样说了很多话之后。

在用脑过度而感到疲惫的我的提议下，我们去了附近的餐厅。

"我就吃盐烤青花鱼套餐吧。"

"真巧。我也想点那个。"

尽管点餐时有着这样谜一般的一致性，但是我们并没怎么

说话，只是就这么吃着晚餐。仔细想想，和这家伙之间有沉默的时刻，也没有什么不协调的感觉。倒不如说这样才正常。

"嗯。"

日南吃了一口青花鱼。

不过吃日本菜的样子也很适合这家伙啊。用筷子把鱼肉分开，再夹到嘴里的动作。拿起碗，优雅地喝着味噌汤的样子。一举手一投足都十分美丽，就连这家伙夹起来的米饭也看起来格外饱满。

"……怎么了？"

"啊。"

被日南瞪了一眼，我想起来了。

我今天还有一件想做的事情。

既然想到了，我就从自己原本那个很逊的包包里面拿出了日南之前送给我的黑色背包。

"今天本来是为了把这个还你才见面的吧？"

听到我用挖苦的语气这么说，日南满不在乎地"哦"了一声。

"嗬，你不要了吗？既然你打算继续攻略人生的话，那么你拿着也没事哦。反正都绽线了，我是不会拿来用的。"

她一边说，一边又吃了一口青花鱼。

"还是要还你。我会用自己的钱买个类似的……我想这么做。"

"……这样啊。"

日南简短地说完，接过我递给她的背包。

然后日南看向了她在意的绽线的部分，然后轻轻地笑着说了一声，"你是笨蛋吗"。

"笨蛋？不不，我希望你能夸我聪明啊。"

日南目光所看向的，本来应该是背包绽线的部分。

但我用日南在车站月台还给我的烟花图案胸章，将那里本来因为稍稍破掉而垂下来的黑线给漂亮地遮挡起来了。

"这两个都还给你。"

我一边喝着茶，一边生硬地这么说。日南戳了戳胸章。

"你都要还我背包了，怎么连胸章也给我？这个应该是当时作为我送你背包的回礼才给我的呀？"

"没关系啦。"

然后我再次开口传达自己坦率的心意。

"你为我的世界带来了缤纷的色彩，这是小小的谢礼。"

我努力忍住因为害羞而想移开视线的冲动，认真地看着日南的脸这么说道。

日南眨了眨眼，沉默了一阵子，之后轻轻地嘟囔了一声"这样啊"。然后用手指弹了一下那个胸章。

"好吧，既然是这样，那我就收下了。"

日南这么说着笑了起来，在她的背包的角落，小小烟花就像要点缀漆黑的世界一般，色彩缤纷地绽放着。

后 记

新年快乐。我是屋久悠树。

《弱势角色友崎君》系列终于来到了被认为是有着各种分界线的第三本了，真的是可喜可贺。而且似乎是在朝着能够继续出下一卷的方向进展，我觉得这都得感谢大家的支持。

那么，我自己在这里能够做些什么呢？为了感谢大家的支持，我在这里该说些什么呢？经过认真的思考，最后的结果正如大家所想的那样，得出了只有一件事情可说的结论。

那就是关于本书封面菊池同学穿着的衬衫的"一点点透明感"。

首先希望各位看的是封面右侧，从菊池同学那一边看过来就是左臂袖子部分的阴影。我相信大家应该能看出来，在那个地方延伸出来了与表现衣服褶皱和光影的阴影有所区别的，仿佛沿着菊池同学的手臂线条一般的，为了表现手臂透出来的感觉的阴影。

那条非常适合菊池同学的纤细手臂，还有通过"透出"那条手臂刺激了我们的"保护欲"而带来的压倒性魅力，当然是让我受到了强烈的冲击。不过更加打动我的是，在与第一、二本相比所显现出来的一个事实。

各位如果现在手边有第一、二本可以拿来确认的话，我觉得只要比较一下就能明白了，第一、二本封面中的日南同学和深实实的衬衫并没有透出肌肤来。

我一开始并不理解其中的意义——后来当我发现了真相的时候，就陷入了仿佛被锤子给击打了一般的，大脑在剧烈晃动的感觉。

那就是冬季制服和夏季制服在"布料上的差异"。

第一、二本是长袖，也就是冬季制服。所以布料比较厚，不会透出肌肤来。

但是第三本变成了短袖，由于布料变薄了，所以肌肤就透出来了。

尽管是我自己在写这部作品的角色们，但是这个充满了真实感的封面通过这种微小的区别，让我产生了"我有想过角色穿着的衬衫的布料吗"这样的想法，也为我提出了"'衬衫的布料'对我来说究竟算什么呢"这样的问题。

接下来是感谢词。

绘制插画的Fly老师，从内文的插画到特典赠品，一直以来都非常感谢您。今后也请您以"生鱼片"为关键词继续努力。我是您的粉丝。

责编岩浅先生，地狱般的年底工作辛苦了，非常感谢您，真的很地狱呢。

还有各位读者，非常感谢大家看了这部作品，并且予以支持。另外，虽然很多时候没有回应，不过我有看大家的回复或感想。真的是非常感谢大家。

如果大家愿意继续陪伴我到下一本，那就是我的万幸了。

屋久悠树

图书在版编目(CIP)数据

弱势角色友崎君.第二卷:全两册/(日)屋久悠树著;(日)Fly绘;方宁译. -- 武汉:华中科技大学出版社,2023.9
ISBN 978-7-5680-9263-0

Ⅰ.①弱… Ⅱ.①屋… ②F… ③方… Ⅲ.①长篇小说 – 日本 – 现代 Ⅳ.①I313.45

中国国家版本馆CIP数据核字(2023)第048754号

JAKU CHARA TOMOZAKI-KUN LV.3
by Yuki YAKU
© 2016 Yuki YAKU
Illustrations by Fly
All rights reserved.
Original Japanese edition published by SHOGAKUKAN.
Chinese (in simplified characters) translation rights in China (excluding Hong Kong,Macao and Taiwan) arranged with SHOGAKUKAN through Shanghai Viz Communication Inc.

湖北省版权局著作权合同登记 图字:17-2021-248号

弱势角色友崎君:第二卷(全两册)	[日]屋久悠树 著 [日]Fly 绘
Ruoshi Juese Youqi Jun:Di Er Juan (Quan Liang Ce)	方宁 译

策划编辑:周永华 陈心玉
责任编辑:陈心玉
责任校对:王亚钦
责任监印:朱 玢
出版发行:华中科技大学出版社(中国·武汉)
　　　　　武汉市东湖新技术开发区华工科技园
印　　刷:北京美图印务有限公司
开　　本:787mm×1092mm 1/32
印　　张:20.5　　插　页:16
字　　数:401千字
版　　次:2023年9月第1版第1次印刷
定　　价:89.00元(全两册)

出版统筹:贾 骥 宋 凯
　　　　　张泰亚 王瑞丰
　　　　　白卓瓒
装帧设计:张恺珈 王 艺
电话:(027)81321913
邮编:430223

本书若有印装质量问题,请向出版社营销中心调换
全国免费服务热线400-6679-118竭诚为您服务
版权所有 侵权必究

弱势角色友崎君 Lv.4
目　录

1. 提升普攻威力会让冒险一下子变得轻松许多　P.1

2. 搜集情报时不会感到无聊的游戏才是好游戏　P.51

3. 在攻略困难的任务后潜在能力可能会觉醒　P.107

4. 就算是看起来无解的Boss也一定会有弱点　P.179

5. 那些很久之前就立起来的Flag大多会被突然回收　P.221

6. 就算达成了"圆满结局"人生还得继续　P.251

Original Design Yuko Mucadeya + Caiko Monma
(musicagographics)

———————— 每本书都是一座传送门

次元书馆

暑假的结束并不意味着夏季的结束,九月一日,天气依然炎热。

在有些老旧的教室里,我打着呵欠,毫不掩饰我的困意,这是许久未曾早起的结果。而我的对面是精神抖擞的日南,她端正坐姿,一本正经地看着我。我们就这样面对面地坐在椅子上。

明眼人也许一眼就能看出我们在干什么。没错,我与日南正在开会,时隔一个多月,我们又一次来到了老据点——第二服装室。

"咱们开始吧,在进入正题之前,我想先确认几件事。"

日南还是老样子,说起话来直奔主题。

"确认?"

我一边回应她,一边有些怀念地环顾教室。

也许是因为每次来到这里,我们都会下意识地擦掉桌椅上的灰尘,并将桌椅移到方便谈话的位置。和我们第一次来的时候相比,这间被遗忘的教室已经有了些许人的气息。当然也有某个人和这里温馨的氛围格格不入,态度还是和那时一样自以为是。

"暑假期间你有去打工培训吧?进展如何?"

日南将带有光泽的头发轻轻地撩到耳后,用清晰利落的声音问道。

"哦,那件事啊……我就去了五天,每天两小时,跟着店长和店员学了一些东西,其实没什么要特别交代的。我也跟水泽近距离接触过,但没怎么说话就是了。"

"是吗?也就是说在那之后没有任何进展……嗯。"

日南用粉笔记下后,继续说道。

"这样的话,咱们今天要做的就是把第二学期的新目标定下来。"

"嗯。"

她说得没错,我现在需要一个新的"目标"。

暑假期间发生了太多事,我们为了撮合中村和泉跑去合宿,我向菊池同学表明了自己的态度,以及我与日南闹掰后重修于好。我们还能够像以前一样在这里一起讨论,是跨越了诸多困难的结果。

"不过嘛,你那个培训不是只有五天吗?我原本还以为你会再加把劲,自觉地给自己定个特训计划什么的……看来我还是高估你了。"

"是是是,都是我不好。虽然我个人是很想那么做啦。"

"嚯?难道是因为反抗我,搞得你没精力做其他事了?"

"呃……"

"被我说中了?你还是那么容易被人看穿呢。"

"行了行了,这种事我自己也心知肚明啦。"

聊天内容主要围绕如何让我成长,有时也会夹杂些无关紧要的互怼。这种莫名谈得来的氛围果然也跟那时一样。

——不过。

"算了,还是先说今后的目标吧。"

"哦。"

在这之中,有一点不同。

"上次的'小目标'是'跟我以外的女孩单独出去',这个已经达成了……那下一个目标差不多该挑战'跟女孩子分享彼此的秘密'了吧。"

日南说到这儿,有些不自在地移开目光,然后面无表情地继续说道。

有一点不同。虽然只是一个微小的细节,但确实发生了变化。

"……关于这个目标,你有什么问题吗?"

——那就是日南开始就"目标"的内容征求我的意见了。

"没有……"

我在心里反复咀嚼她那句话后,继续说道。

"如果你不再要求我为了完成那些所谓的'课题'去向某人告白,或是说些口是心非的漂亮话,那我对此也没什么问题。所以,我想再深入了解一下。"

而我也回应她的邀请,直接向她说出了我的心中所想。

对于我毫不避讳的语气,日南面露惊讶,但很快便恢复了她一贯的冷静。

"行吧。我说的这个目标,其实就是字面意思。跟对方分享彼此的秘密，这种行为容易让双方认定彼此是特别的，也是你们互相信赖的证明。若是能够达成，那你就等于向中目标——'升上三年级之前交到女朋友'迈进了一大步。"

"原、原来如此。"

"'互相分享'是重点。不能只是单方面陈述，或单方面倾听。重点在于彼此都认为对方是特别的，值得自己敞开心扉。"

说到互相分享秘密这件事，我想起了菊池同学的"在写小说"这个秘密，但这不是"互相"，应该不能算。不过这样一来，只要我向菊池说出自己的某个秘密，就能达成目标吧？

就在我还在思考的时候，日南突然凑过来，半低下头，用一种楚楚可怜的眼神望着我，然后用撒娇一般的口吻说道：

"就好比我和你这样，拥有这种不可告人的关系……明白了吧？"

"什……"

这冷不防的一下弄得我的脸上发烫，日南则是看着我调皮地笑了起来。

"怎么了？"

她似乎不打算就这么放过我，继续用她那双大眼盯着我看。

"没、没什么……"

"是吗？"

堵得我哑口无言后，日南露出了满足的笑容。但她随即便冷静下来，用手指着我说道：

"看样子,今后还必须提高这方面的防御力。现充女子很擅长和别人拉近距离,像你这样动不动就尴尬,会被人小看的。"

"你、你这家伙……"

就这样,日南又一次把我耍了,而我却什么都做不了。可、可恶,为什么我在这方面完全没有防御力!怎么能够输给她!

"剩下的就不用我多说了,每天的课题你要尽全力去消化。当然,你也别忘了你的小目标和中目标,要有意识地去推进。最后,最重要的一点莫过于……"

"我知道!"

夹杂着被耍之后的不满,我用一句话干脆利落地将她打断。

"你是想让我自行评估,一旦发现有能够积累经验值的状况,就积极地去做……是这个意思对吧?"

听我说完,日南有些惊讶地眨了眨眼。

"……知道就好。"

"哦。"

我得意地向她挑眉,以此挑衅。如果是不久之前的我,估计连怎么做出这样的表情都不知道吧。扳回一局,这下舒服多了。

日南有些愤愤不平地抿起嘴唇,但下一秒又变得笑眯眯的。

"既然你知道该怎么自我提升,那接下来就好办了。"

我能感觉到她话中有话,但我并不清楚她的意思。

"或许……是吧。"

我点点头,只好顺着她的话说下去。

"当然是了。"

看到我点头,日南露出了满意的笑容。我注视着她的表情,一个想法突然涌入我的脑海:"我是不是一直没能翻出她的手掌心。"也许事实上就是这样吧。我果然还不是这家伙的对手。

可我也不能老是输给她,这样太窝囊,多少也得反击一下,于是我又补上一句。

"不过嘛,自行领悟该怎么提升自己,感觉还……蛮开心的呢。"

日南有些诧异地皱了下眉,嘴里"哦"了一声。

"原来你觉得开心啊!"

她用疑惑的目光将我从头到脚打量了一遍。

"没错。"我用力点点头,"毕竟开心才是最重要的。"

说完,我冲她挤出一个笑容。

——自从在车站的月台与日南撕破脸后,我们的话题再次来到了那个一切开始的地方。

我向这家伙挑明了。

今后决定我该如何行事的最重要因素必须是自己"真正想做的事"。

而我真正想做的,是变成游戏里的"角色",也就是全身心地投入喜欢的游戏,彻底地乐在其中。

所谓"真正想做的事"并非"一时的冲动",也不是"偏执"——而是真实存在的。

虽然这毫无根据,也没有证据可以证明,只是空口说白话罢了。

但我硬是把这些话说了出来,还说得理直气壮。

所以,迟早有一天,我必须向这家伙提出根据和证据来证明我的观点。虽然不知道这一天什么时候会到来。

想到这里,我感觉自己没法再笑得那么从容了,开始担心"该怎么办……"。笑容本身也沦落为掩饰这份尴尬的干笑。唉,接下来该怎么做才好。

日南似乎看穿了我的想法,用抖S[①]一般的眼神盯着我。

"你可别忘了你还给自己留了一个超难、无解的作业……我期待你的回答哟。"

"知、知道了……"

被人下通牒,无从反抗的我只能点点头。

看来这事是没法蒙混过去了,毕竟谨慎的日南同学容不得半点暧昧。

"不过嘛,这事先摆一边。"

"啊啊,也是。"我点头道,"要先定下今天的课题,对吧?"

日南咧嘴一笑。

"是的呢。你暂时先观察班上的情况。"

"观察班上的情况?"

日南点了点头。

[①]网络流行词,指有严重的虐人倾向,与抖M(受虐倾向)相反。

"回想一下我们都做过哪些训练。比如提升表情、说话方式等基础能力，比如练习操控群体的气氛，比如学会与他人构筑对等的关系，对吧？"

"是那样没错。"

我锻炼过脸部和臀部的肌肉，使更好看的姿态成为一种习惯。在上次去给中村买礼物时，我也做过"使自己的意见通过"的特训，帮助深实实在学生会选举那次更是对这种能力的一次考验。通过进行数次调侃水泽和中村的特训，我与他们的关系开始变得融洽。这样想的话，我确实做过各种尝试。

"之前都是在打基础，你接下来要做的，是学会运用这些能力。"

"运用吗？"我懂她的意思。"不过……你之前说的'观察'有必要吗？"

"当然有。"日南再次点点头。

"你的能力已经提高了不少，基本规则你也掌握了。有了这些打底，你又学会了一些基础技能，并且有实操经验。换句话说，基础的东西你差不多都具备了。"

"该有的都有了吗？"

被我这么一问，日南在黑板上写下"但你的熟练度还远远不够"，然后继续说。

"也许你会觉得该有的都有了，但是学会了基础，还要学会应用。应用不是你一直学习新的东西就能掌握的，而是需要你不断打磨、融会贯通已经学过的基础，然后灵活应用。这才是应用的本质。所以你接下来要通过反复练习来打磨学到的基础，提高熟练度，并且提升判断力，要知道什么情况下该用什么技能。这两条是重点……你应该知道我在说什么吧？"

"这个嘛……"我说这话时想到了 AttaFami，"我懂你的意思。"

确实，AttaFami 也是如此。将操作方法基本掌握了之后，接下来需要做的就是在实践中不断提高操作精确度以及提升判断力，以便灵活自如地应对各种状况。能坚持下来的话，实力自然会提升。当人们口中的'连招'和'套路'在自己这里不过是普通技能的时候，就证明自己的实力就已经远超一般人了。

"'反复练习'以及'情况判断'。在这两大要素中，'反复练习'没有捷径可走，只能埋头苦练。但另一个'情况判断'，只要你有意识地去捕捉生活细节，不就能锻炼到了吗？"

我稍微想了一会儿，觉得她说得有道理。

"啊啊，原来是这样。所以才叫我去观察啊。"

日南嘴角上扬，看来我说对了。

"没错。谁在什么时候说过什么话，他的意图又是什么；班上的人际关系网是什么样子的，为什么会形成这样的关系网；当一个群体在集体行动时，又是谁在背后推动的。你要仔细观察、分析一切，然后试着用语言描述出来。"

"简单来讲，就是要我观察别人……应该说观察群体比较准确吧。好好观察班上的情况，用这种方法磨炼自己判断情况的能力……对吧？"

当我说完，不知为何日南起身向我走来，接着嘴唇贴近我耳边，小声说道。

"鬼正。"

"哇啊？！"

我甚至能感受到她呼出的气息。

看到我吓一跳，还满脸通红，日南满意地露出了抖 S 的笑容。

"总之，差不多就是这样。你要是能同步分析那些现充在使用的技能，将它们具体化为自己的武器，那当然更好了。"

她就像平常那样口若悬河地说着，就好像刚才什么都没有发生过一样，反倒显得我反应过度。这种迷人的恶作剧也只有她——日南葵才干得出来了。

* * *

"早啊，文也！"

为了不被人发现，我和日南先后离开第二服装室。当我来到教室时，正在教室后方靠窗处，与中村、竹井一起聊天的水泽注意到了我。他向我举手示意，并用爽朗的声音向我搭话。

"早啊，水泽！"

我有意模仿水泽的动作，一面露出微笑，一面用感觉比较帅气的手势和他打招呼。反正水泽本人都知道我在模仿他了，那我也无所谓不好意思了。也许我还做不到像水泽那么帅气，但是嘛，我自认为跟过去的自己相比，现在的自己已经很有模有样了。虽然还只是自认为……

我从教室后方慢慢走过，思考着接下来该采取什么行动。

需要考虑的是，我是否应该趁机更多地接触水泽，然后顺势加入中村军团。如果是为了多少赚取一些经验值，那就应该加入，我个人也想尽可能地提升等级。可是话又说回来，虽然我和他们有过合宿经历，但这不代表我在学校也能和他们混在一起。就怕他们说出'合宿是合宿，学校是学校'之类的话，最后搞得大家都尴尬。毕竟对象可是我。

我为了争取更多的思考时间，慢慢放慢了步伐。必须趁现在想清楚今后的行动。

正当我还在脑海中挣扎时，竹井突然异常兴奋地指着我。

"小明明，你走得也太慢了吧！你是企鹅吗？！"

"闭、闭嘴，要你管！"

我条件反射般地意识到这是一个吐槽的机会，也算是没白白浪费。毕竟日南说过，老是被人欺负也不好，而且之前也有过几次实践经验了。最重要的就是抓住这种机会反复练习吧。还有竹井的声音也确实比一般人大，就算我骂了句"闭嘴"，也不会显得突兀。真得感谢竹井的嘴这么臭。不过他当着这么多人的面大声叫我小明明，是真的尴尬。

就在我为自己的机智而得意的时候，第二波攻击却来了，只见中村像个傻子一样嚷嚷道：

"连走路都那么迟钝，真不愧是文明。"

我犹豫了一下，思考着应该怎么反驳他，不过在这种时候，比起反驳的内容，反驳的速度和语气应该更重要吧。得出这个结论后，我深吸了一口气。

"你骂谁迟钝呢！"

"哎？当然是文明你啦。"

被我吐槽，他又补了一刀。这、这就是中村的实力吗？能面不改色地使出远超我承受范围的连击。

不过我可不能在这种时候怂了。正是这种也许再加把劲就能赢的紧要关头，才具有挑战价值。更何况还能够赚取经验值，我应该感到庆幸才对。

因此我决定再度反击。我在脑海中寻找合适的台词，思考着要如何才能比较强势地说出来，要如何才能避免打结巴。就在我还没来得及说话的时候……

处在三人谈话小圈子中的中村，很自然地朝旁边挪动了一小步。

于是，大约一个人大小的站位给让了出来。

这个动作，就好像是在邀请另一个人加入他们一样。

"……哎？"

难道说……

然而他的这一举动却似乎没有引起任何人的注意,三人依然在继续交流。

为此感到震惊的我,结果错过了反驳他的最好时机。我加快脚步,硬着头皮向三人的小圈子走去。然后……

填补了空出来的站位。

如此一来,新的小圈子形成,中村、水泽、竹井以及——我。

总感觉有点不搭的四人就这样聚在了一起。

突然我感觉到有什么在碰我的腰。我一转头发现是水泽,他露出恶作剧般的笑容,用拳头轻轻地戳我。很明显的他是在捉弄我,但我讨厌不起来,甚至莫名感到有些开心。

我再一次将目光从他们身上一一扫过。水泽、中村和竹井。他们看我的眼神……充满了调侃和戏弄。不过嘛,至少我没感觉到他们带有明显的恶意,想要排挤我。

我至今为止都是独行侠,但说不定……

加入这样的小团体后,校园生活会变得更加和睦、有意思。

突如其来的惊喜让我有些意识模糊,还没等我反应过来,一声"咔嚓"将我拉回了现实世界。

我定睛一看,是一个套着夸张红色壳的手机,正对着我拍摄。

"好嘞!偷拍到小明明的蠢脸了!看我把它上传到 Twitter 上!"

"喂、喂,你先等一下!"

这才刚开始呢!我要收回我刚才那句话,这样哪里"和睦"了?

＊　＊　＊

几分钟后，我费尽唇舌终于说服了竹井，没让他把相片传到Twitter上。接着我们四人一起走出教室，穿过走廊，一路上互相怼来怼去，走着走着就来到了体育馆。按照高矮顺序我们四人各自找位置入列排队，然后便是开学典礼。对了，后来我独自一人匆匆回到教室，这点就别计较了。做特训也是需要中场休息的。

上第一节课之前。我刚回到自己的位子上，隔壁桌传来"呀嚯"一声。

我一抬头，发现是泉在和我打招呼。她将手举在胸前轻轻挥舞，脸上挂着有点调皮的笑容。她的表情和举动依旧那么亲切，可见她的社交能力有多强。

"……哦、哦哦，泉，好久不见。"

我努力对这次"偷袭"做出应对，向她回礼，并刻意扬起嘴角，装出自然的笑容。

"好久不见！上次我们见面还是合宿的时候呢。"

说完之后，泉不知为何露出了好像突然想到什么的表情，有那么一瞬间，她目光游移，似乎有些害羞。呃……我一时间没看出这个反应代表什么意思……啊啊！我懂了，我们合宿的目的就是撮合泉和中村呀！

试胆大会结束后，中村邀请泉去约会，我们的合宿也算是取得了小小的成功。听日南说，她事后告诉过泉，这次合宿其实是为了撮合他们两个。据说泉虽然害羞但也非常感谢我们。还有就是中村目前仍然被蒙在鼓里。我也觉得这样比较好。

"这个嘛……好像是那样呢……"

泉开始露出破绽了。既然这样，眼下是否有机会"捉弄"她？要是平时的话，仅靠我现在的实力，想要"捉弄"她是很难的，既然她都露出这种破绽了，那就等同于我可以直击她的要害，就算是用不锋利的武器也能造成伤害。这样想的话，运用我自己的技能说不定也行。不过，在考虑武器够不够锋利以前，如果武器本身太弱的话，那一切都是空谈。当然，我也不想面对这种可能性。

短暂思考后，我在脑中列出所有关于泉的已知情报，并调整语气。

"对了，你在那之后跟中村进展如何？"

"哎？！这、这个嘛！"

我用周围的同学听不到的音量询问后，泉的脸一下子就红了，她紧张地环视四周，估计是怕被人听到吧。哦哦，这太有效了！虽然是靠攻击别人的弱点来占尽优势的卑鄙手段，但至少证明了我对泉的捉弄多少也是有效果的。

"修、修二他暑假期间好像在忙家里的事，我就不太好意思约他出门……"

"啊、啊啊,是这样啊……"

话题就这样看似很自然地展开了。

"就是……这个样子……不过……"

"不过?"

泉犹豫了一下,还是支支吾吾地说了出来。

"下周末……我和他约好一起去买东西。"

"噢噢,那挺好呀!"

我打心底里为他们的进展感到高兴,所以我像运用"技能"一样有意识去控制自己的表情和声音,尽量诚实地表达那份情感。为表真心却借助技能,这就是我混搭型的游戏方式。

"是……是呀。"

话说回来,暑假就做了约定,一直拖到九月的第二个星期才第一次出去玩。这两人的龟速进展令人不禁苦笑,不过也算是熬出了头,可喜可贺。他们这一对的话,就算是现充,我也认了。

"厉害啊!"

"嗯……好不容易走到这一步了,更要加油!"

看着她"嗯嗯"地点头,我感觉她这话像是对我说的,又像是对她自己说的。

"是呀……确实不容易。加油!"

为了让自己的话听起来不那么敷衍,我真诚地回应了她的鼓励。不过,就在我还沉浸在喜悦中的时候,她却出其不意地问出了那句话。

"对了!那友崎你呢?"

"哎,我?我怎么了?"

"还能有什么事!肯定是问你有没有喜欢的女孩子呀!你最近很可疑哦?"

"没、没有……"

突然被人这么一问……老实说脑海中确实浮现出了某张脸,但我没敢跟泉坦白,所以眼神飘了一会儿……

"我怎么会有呢……"

"啊,你刚才犹豫了!"

"你、你想多了……"

"哦,是吗?"

泉还是老样子,一讲到恋爱八卦就两眼发光。还有,她说的"很可疑"到底在暗示什么……

"呀嚯!你们两个在讲什么?难道是……一些不能说的?"

背后突然传来超有活力的声音。能讲出这种话的人,不用看也知道是谁,不过我姑且还是转过头去确认了一下,果然是深实实。

"深实实,你听我说呀!其实刚才友崎他……"

"泉,你、你、你别瞎说!用不着说明!"

"哎哟——我果然没猜错!看样子友崎真的在讲不能说的!"

"都说了不是那样了!"

"喂！"

就在她们闹得正欢时，教室前方的座位传来斥责声。我朝那儿一看，发现跟我们隔着好几排座位的地方，小玉正表情严肃地用手指着深实实。

噢噢，原来是小玉，一个暑假没看到她了。她的个子还是那么娇小，栗色的头发闪闪发光，会坐在教室前排应该也是个子太矮的缘故。

"女孩子家怎么可以在公共场合说出这么下流的话！"

她因为个子太矮，就算斥责别人也完全没有魄力，但她伸手指着人的样子，倒是一如既往地理直气壮。

还有深实实，真不愧是她，被斥责反而一脸幸福，完全一副抖M的样子。

"啊啊啊……小玉的责骂，太治愈了……"

"不要那么奇怪，好不好！"

小玉一个劲地教训起深实实来，光是看着她又凶又萌的样子，我都不自觉地开心起来了。顺便说一下，深实实虽然是被训的一方，但是看起来却比小玉要亢奋得多。真搞不懂这两个人到底想怎样。

"小玉！让我吸一口嘛！"

说着深实实直接冲了过去，一把抱住小玉。嗯嗯，她平时就是这样的。

"等……深深你这个笨蛋！"

不顾小玉的抵抗，深实实直接将脸埋在了小玉的颈边，一脸幸福。

过了好一会儿，深实实才慢慢抬起脸。不过她的表情莫名地认真，一直看着小玉的侧脸。

"那个，小玉……"

她像在确认什么似的，用手摸摸自己的鼻子。

"……哎？"

"你该不会……"

她眼神不安地游移，嘴唇微张，似乎有些难以启齿。

"我……我怎么了？"

看到小玉如此紧张，深实实一本正经地与她四目相对，然后缓缓开口。

"你换沐浴露了吧？"

小玉被震惊得几秒钟都说不出话来，不过最终她还是涨红了脸，用手指着深实实，做出了她标志性的动作。

"不要去记人家身上的气味啊！"

"啊哈，抱歉！"

深实实吐了吐舌头，做出一个调皮的表情。该怎么说呢？总觉得深实实的奇怪程度与日俱增，可能是我多心了。不过再这么下去，真不知道她会做出什么事，得留心啊！

二人吵吵闹闹了一阵之后，又像平常一样感情要好地闲聊起来。嘻嘻，这下总算能安静下来了——就在我这么想的时候。

我刚一回头,就发现泉两眼放光地看着我的脸。

"那我们继续刚才的话题吧……友崎,你的恋情进展如何?!"

"都、都说了没有啦……"

也算是见识到了泉对这种话题的执着程度,不可大意啊!

* * *

好不容易躲过了泉的连环追问,这时,上课铃响了。

伴随着上课铃声,班主任川村老师进入了教室。泉冲我"切"了一声,但还是带着满足的笑容结束了对话。感觉她根本就无所谓真相,就是想调侃我。

"好了,大家就座。铃声已经响了。"

她说话非常干脆,一看就是那种女强人。听了这句话,大家都乖乖地坐到了位子上。

就这样,第二学期的第一堂课——一个超级长的班会开始了。川村老师在讲台上拿着一摞约半张 A4 纸大小的资料,咚咚咚地在桌子上敲了几下,接着语重心长地说道:

"我们开始吧。虽然各位还是二年级学生,但是别忘了你们都是要考大学的人,希望大家都重视起来。我相信你们在暑假期间都有用自己的方式自主学习。学校这边今后也会针对升学考试的内容来进行授课。因此,我今天会就'毕业去向调查'以及'今后的选课'进行一个说明。"

川村老师的语气还是一如既往地充满自信。说完,她将一沓沓资料分发给了每组的第一个学生。我大概看了下传到我手中的资料,发现都是些以"升学"为前提的调查问卷,从这里可以很明显地看出这所学校的教学方针。这里虽然是埼玉县,但我们学校的升学率还算高。

"首先大家要针对应考科目选课……"

她说明了很多,大致意思就是今后的课程比起单纯完成教学大纲的内容,会更以应试对策为主,因此大家会根据所选的课程在不同教室上课,老师也会针对考试科目集中进行授课等。

也是,毕竟再过一年多就要参加升学考试了。我并不讨厌读书,但我对将来的事确实没规划过。"努力读书,争取考个大学"就是我一直以来的想法。也许是时候要认真思考未来的路该怎么走了。

说明部分结束后,川村老师留了点时间给大家填表,然后把问卷收了上去。

她将问卷确认一遍后,表情逐渐放缓。

"嗯……我们的时间还很充裕,顺便说下另一件事吧。三个星期后学校将举行球技大会。"

话一说完,竹井就大声喊了句:"我就等这个!"惹得班上同学小声窃笑。噢噢!只一句话就能让班上学生发笑。既然是值得参考的技能,就应该学为己用——想是这样想,但要我直接照抄好像还挺有难度的。假如是我在这里说出——"我就等这个！"大家肯定会觉得莫名其妙，因为这不符合我的形象，而角色形象需要长期的积累培养。硬要说的话，我算是不起眼的性格阴沉的角色吧。好悲哀！总之就先照日南说的做，多观察。

"我怎么会把你忘了呢，竹井你期待很久了吧？不过剩下的时间不多了，接下来就只够……把男女队长分别定下来了。"

川村老师在黑板上写下"队长"二字。

"队长要做的大概就是出席队长会议。各个班级的队长聚在一起决定哪个年级要比哪种球技，讨论场地的使用顺序。再就是要做一些实际的工作，比如比赛当天帮忙准备场地和道具。当然，在比赛中还要以队长的身份担任指挥。男女需要各派一位，有人要报名参选吗？"

"我要当！"

话音刚落，竹井条件反射般地举起手来，这让班上同学又开始窃笑。竹井的这种能力与其说是技能，其实更像一种才能，就好像角色自带的特性一样。如果要给竹井的这种特性起一个名字，我觉得应该是"单细胞"。

"好，若是没有其他人参选，男生这边就决定让竹井来当。"

"好耶！我一定会争取到足球赛！"

竹井为这光荣的使命燃起斗志，用手比划出"V"的胜利手势。中村则补上一句："你去年也这么说，结果猜拳猜输，害我们要比排球，还记得吗？"这句嘲讽把班上同学再次逗笑了。我这才意识到，原来去年也是竹井当选。

不过中村刚才的嘲讽,我看懂了。我边观察边思考。

若是把刚才的嘲讽当作"技能"并归类,它应当属于"捉弄"那一类技能的应用。对单体发动"捉弄",再让群体看这个结果,借此让大家发笑,就是这么一回事吧。

我也针对"捉弄"这项技能做过损人的特训了,或许还可以再挑战一下。问题在于是否有勇气实施,若是我来做,可能会让别人觉得莫名其妙……嗯,这样太危险了,还是先多多观察、多多练习比较好。

"无所谓吧,那件事都过了多久了你还提!另外……葵,就由你来做我的搭档吧!"

竹井得寸进尺地向日南发出邀请。

"嗯?但我应该不是合适的人选,对吧,老师?"

日南歪着头给竹井送去了小恶魔般的笑容,然后又将视线投向老师。竹井似乎有被她的这一举动惊艳到,目不转睛地看着日南。刚才那一瞬间发动的技能是怎么回事?这种一瞬间就能精准地让男人心跳加速的技能,只能用神乎其技来形容。如果要给日南的这种特性起一个名字,那只能是"变换自如"。

"啊,也对。日南从这个学期开始要担任学生会会长,很可惜,我不能让她兼任球技大会的队长。"

"不会吧?!我以为葵一定会自告奋勇地报名参选,所以我才举手的啊!"

这句话又惹得全班同学哈哈大笑,就是这种想什么说什么的单纯表现让大家发笑的吧？把内心的想法直接讲出来，这点我也很擅长，但能够表现得如此喜感，也算是一种"技能"。要是我打算模仿的话，得先练习用欢快的语气说话才行。

话说回来，竹井好像很喜欢日南呢。去外面合宿的时候，他也是尽可能地想和日南凑成一对。不过也不只是竹井，大家都很喜欢日南就是了。

"哈哈哈，关于这一点，你还是死心吧。还是说——你不想干了？"

"不是！就算知道不能和葵一起……也还是交给我吧！"

竹井很配合地摆出胜利的V字手势。

"哈哈哈，是吗？那就交给你了，竹井。那么男生的部分就这么决定了……女生那边是……没有人想参选吗？"

川村老师朝班上女生环视了一圈。可是女生们似乎都不太积极，并互相窥探彼此的行动。

我努力去观察那些视线和氛围。我这次要做的不是观察某个人的"技能"，而是感知整体的"气氛"。

我能看出来，刚才被竹井一连串动作炒热的气氛正在逐渐冷却。说真的，队长这种职位也确实没人愿意担任。就像刚才老师说明的那样，工作内容并不有趣，而且净是些麻烦事。只能说竹井是个特例吧。

我还以为深实实会跟竹井一样积极表现，自告奋勇地举手，但她居然一点毛遂自荐的意思都没有。别看深实实平时总是乱来，其实她做事之前都会深思熟虑。

场面一度陷入了沉默。紧接着，水泽似乎打算打破这阵沉默，他略为夸张地叹了口气，同时转头看向竹井。

"别在意，大家只是不想跟你搭档罢了。"

"哎？！是这样吗？！"

竹井激动地发出悲鸣，这种热血的反应让班上男生都笑了出来。噢噢，这是中村刚才也用过的手法，当着大家的面"捉弄"。而且他的语气和表情都很完美，真不愧是水泽。

我又试着观察那些女生……大约有一半的人确实在笑，但剩下的一半感觉像在苦笑。

原来如此，确实会变成这样。虽然不是在讨论什么很严肃的事情，但是照眼下状况看来，自己还是有可能被迫担任队长的，没办法安下心来笑。毕竟大家都讨厌麻烦事。

那么这种状况下，班上的"女王"绀野绘里香又在干什么呢？想到这里，我偷偷朝她看去，只见她无聊地拨弄着发尾，脸上表情毫无波动，整个人懒洋洋地靠在椅背上，嚣张地跷着二郎腿。噢噢，好强大的气场。她的特性肯定是"女王的威严"。要是跟她对上眼就糟了，所以我立刻将视线移开。

"嗯……女生这边都没有人愿意吗？"

想也知道，大家都对这句话毫无回应。

"……嗯。看样子没人自愿，那只好改天再议了。反正距离球技大会还有一段时间，队长的工作应该是……下星期才开始，在那之前要是有人想当队长就来找我报名。那今天的班会就到这里……"

川村老师正要做总结。

"要不干脆让优铃做吧？"

女王语气尖锐地说道。

"哎！那个……要我来做？"

也许没想过会被人点名，坐在我旁边的泉似乎毫无防备之心和还手之力，看起来一脸困惑。

"我听说啊……优铃在一年级的时候担任过二班的队长，是有这回事吧？"

"啊……嗯……我……有做过。"

泉不知所措地摸摸自己的后颈，同时客气地回应着。

"哈……果然是这样！反正你驾轻就熟，不是正好吗？"

"啊……这个……"

有了"驾轻就熟"这个冠冕堂皇的理由，也许让绀野觉得有了几分胜算，她提高了音量，似乎打算针对这一点杀出一条血路。而泉则含糊地回应着。

嗯，怎么说呢……大概能猜到这是怎么回事。

我上学期曾在泉的房间听她倾诉过，她说自己"容易在意他人的目光"。这样想的话，恐怕泉去年被选上队长也是受环境

所迫，毕竟如果她不接受，就等于是把这份苦差交给下一个倒霉蛋，间接得罪了人家。

绀野绘里香擅长强行扭转"氛围"，继续照这样发展下去，她一定会"逼迫"泉再次接下队长一职……

就在我替泉担心的时候。

"可是，我不想……"

"你说什么？"

泉看起来有点紧张，眼神摇摆不定。

"我是说，我今年不想当队长……"

虽然很小声，但她表达了自己的意见。

看到这一幕的我很是惊讶。

我从泉的眼中能看出她的胆怯，但即便如此，她还是毅然决然地与满脸不悦的绀野绘里香正面对峙。泉曾说过她想改变自己随波逐流的性格。刚才那一幕，就是她这一决心的体现吧。我不禁钦佩起她的勇气。

在旁人看来，或许这不过是一次无力的呐喊，但我确实从中感受到了她希望前进的意志。

在一阵短暂的沉默后，绀野绘里香也许觉得烦了，从泉身上移开了视线。

"喔，是吗？那就算了……"

她不屑地吐出这句话后，再次无聊地用手撑住脸颊。

泉"呼"地吐出一口气，因为紧张而僵硬的肩膀也放松下来。她眼睛水汪汪的，估计都快被吓哭了，也许她早就撑不住了，但刚才一直在逞强。这样都能忍下来，泉你真不容易。

托她的福，我也……应该说班上大部分同学也不用再被这种莫名紧张的氛围束缚，都松了一口气。不过话说回来，光靠语言和眼神就能让氛围紧张成这样，绀野绘里香对氛围的支配能力果然是压倒性的强大。我不由得开始思考"那么强大的能量究竟是怎么产生的"？

然而这种好不容易轻松下来的氛围并没有持续多久。还是那个托着脸颊的绀野绘里香，她百无聊赖地盘着自己的发尾，发出第二次攻击。

"那就……让平林来当好了！"

"……哎？"

发出那声不知所措的惊呼的，是突然被点名的平林。

她有着一头黑色长发，额前留有齐刘海，在班上算是看起来比较文静的女孩。虽然也曾看到她跟朋友待在一起，但基本上是以单独行动居多，也就是所谓的有些孤僻。为什么她会被点名呢？我有思考过其中的缘由，但得不出答案。

"交给你了，平林……你应该很擅长做'准备'这一类的事吧？"

说完，绀野绘里香"噗"地笑出了声。虽然这句话不长，但从她那句阴阳怪气的话中能感觉到满满的歧视，把人当成土包子。

绀野绘里香组的成员见状，也开始起哄。

"确实，你看她那样子就像个老实人。"

"老实人是什么鬼。啊哈哈！"

"这工作你再适合不过啦……"

虽然没有明说，但她们的每一句话、每一个不屑的眼神，都是在催促平林同学去担任队长。这简直就是利用"氛围"向人施展无形的暴力。

"反正总得有人做嘛……"

"没错！所以让擅长的人做更好。"

"所以'擅长做准备'到底是什么鬼。啊哈哈！"

那群起哄的人居然因为这种奇妙的话题聊起了天，而绀野绘里香则是一副理所当然的表情看着这一切。

"所谓'氛围'，就是那个群体当中的善恶基准。"这是日南的观点。所以我根据她所教的"规则"观察着目前的状况，并从自身角度进行思考。

绀野绘里香她们所做的事也许并不复杂。她们不过是利用了班上既有的"氛围"，间接地攻击了平林同学。

估计在这个班上早已形成了"土就是原罪"的这种"氛围"。土包子不如时髦的人有地位，就是这样一种善恶基准。

绀野正是利用这种氛围，凭借"擅长做准备"这句话给对方贴上"土气"的标签，拐弯抹角地羞辱对方，从而建立上下级关系吧。

然后再趁机把麻烦事推给被贴上"下等人"标签的平林同学。

仔细想想，有这种氛围的存在是真的令人难受。

所以我观察的同时，也在思考。在这种情况下，要怎样运用自己的技能，才能介入这种"氛围"？也就是我能否改变这种"氛围"？

我在脑海中整理我所拥有的技能以及到目前为止观察到的情况，思考该如何扭转当前的局势，然而……

我越想越觉得眼下情况光靠我自己根本搞不定，而且我从来没有试过去缓和整个班上的氛围，现在一上来就考虑这么高难度的事，我怎么可能做得到。

如果我失败了只影响到我自己的话，那或许还能赌一把。但现状是，我的行动很可能会害平林同学陷入更加被动的状态。虽然很不甘心，但我还是决定先静观其变。

"怎么啦，平林……到底要不要做？不想做就直说嘛……"

绀野绘里香慢条斯理地放出狠话，她这么做是为了维持这种紧张的氛围吗？她的那些跟班也时不时地跟在后面起哄。而此时，同属于绀野绘里香组中的泉什么也没说，只是一脸担心地看着平林同学。

平林同学犹豫了好一会儿，但她最终露出了苦笑，然后慢慢地将手臂举到脸旁。

"那就……我来做吧。"

她向川村老师说道。

"……平林，这种事不能勉强哦！而且就算今天定不下来也没事，我们还有时间。"

老师似乎想开导她，但平林同学轻轻地摇摇头。

"……没事的……我明白。"

平林同学说完露出了无奈的笑容，似乎想化解这种尴尬。

"……我知道了。"

老师皱起了眉头，看起来不大能接受的样子。但既然当事人都这么说了，她也只能接受。

"那么——本班球技大会的队长就决定是竹井和平林了，大家都没意见吧？"

"没！问！题！美雪，请多指教！"

"啊，这、这个，嗯……请多指教。"

竹井这句充满干劲的话似乎给了平林同学安慰，在最后她微微露出了自然的笑容。

就这样，第二学期第一天的漫长班会落幕了。为了完成课题，我一直在用自己的方式仔细观察，不过，感觉今天看到了不太好的东西。他们对集体氛围的操控，给我感觉就像现充之间在用技能互殴一样。做到那种地步已经完全可以说是肉搏了。说真的，我不擅长这种打斗，可我毕竟是在攻略人生，这种技能还是必要的吧。

话又说回来，竹井看起来少根筋，却能将班上女生的名字记得清清楚楚，还能跟对方友善地交谈，这说明他在交际方面还是值得我学习的。他就像是在格斗赛的中场休息时间暖场的吉祥物一样的角色，很蠢但是又让人讨厌不起来。这就是他是现充的原因吧。加油吧！竹井，我看好你。

＊　　＊　　＊

第一节课用来开了班会，结束后即将进入课间时间。

铃声响起，师生相互敬礼后，学生们陆陆续续从座位上起身，去找跟自己要好的小群体。我看了一眼旁边，发现泉依然坐在位子上，有些不安地低头看着桌面。这让我有些在意——既然这样，就跟她搭话吧。最近怎么说呢，总觉得"自己想做的事"与"特训"之间的界限越来越模糊了。

"……泉？"

"哎？……啊，友崎。"

泉回过神来看向我这边，随即在脸上堆起笑容。我打算调侃她这一点——当然现在不是调侃她的时候，我是利用这种方式制造话题。

"你是在想……刚才平林同学的事吗？"

"这个嘛……嗯，算是吧，"泉尴尬地笑了，"……都写在脸上了？"

"算、算是吧。"

我给出肯定答复后，泉表情复杂地叹了口气，用明显更消沉的语气说道。

"我觉得……很迷惘……"

"你是说……迷惘？"

泉的目光一瞬间停留在了绀野绘里香身上，然后苦笑起来。

"你在后悔当时为什么没有去帮她，对吧？"

"……对。"

泉的话语和眼神让我有所察觉，毕竟我当时也在想类似的事情。

"想帮她太难了。碰到那种情况，我们都无能为力。"

泉点点头。

"是啊……而且绘里香其实也并没有做特别过分的事，没有到大家都看不下去的程度……"

"……确实。"

我点头表示认同。

正如泉所说，绀野绘里香和她的跟班们只是口头上催促平林同学"你来做呀"。没有强迫，也没有威胁，而且推给她的工作不过是"球技大会的队长"。说真的，也就只是做起来有点麻烦罢了，绝对谈不上是个苦差事。要是这个工作真的那么十恶不赦，那自告奋勇担任队长的竹井又算什么？要按这个逻辑的话，那竹井就真是个白痴了。

"绀野并没有强迫她。"

"说的也是……"

如果绀野确实有威胁过,那就可以定她的罪。但事实上最终导致平林同学当选的理由,在于她主动说了"我来做"。虽然背后有"氛围"这种隐形的推力,但因为看不见,所以很难给氛围的操纵人定罪。

"所以这事你别太放在心上,我们当时确实帮不了她。"

"……是这样没错,"她似乎有些开心,偷偷地露出了笑容,"不过……"

"……不过?"

"嗯……其实我在想,要是我代替她当队长,这事就解决了。"

"……这样啊!"

确实,这样的话,就能帮到平林同学。

"但我有我的考量,我不能那么做。"

"……不能是指?"

我不明白她的意思,便又问了一句。

"嗯……你想想看,要我代替她当队长其实并不难,不过……"

"……不过?"

她咬了下嘴唇,继续说道。

"我要是那么做了,不就顺了绘里香的意了吗?"

我听到这里才明白过来,脑海中又回想起了泉在她的房间里对我说过的话。

"……原来是这样。"

"我想改变这样的自己……所以我……那个时候才会……"

这话说得有些模糊。但我大概能猜到,她口中的"那个时候",应该指的是我和中村在旧校长室对战 AttaFami 的那次。为了保护被绀野军团围攻的中村,泉选择了站在绀野的对立面,笨拙地为中村说话。

我点点头,深有感触地回应了一句"是啊……"

泉稍微压低音量,悄悄说道:"然后,我今天不是也……试着反抗了一下嘛。我当着她的面说,我不想当队长。天啊,我做了什么!绘里香真的超可怕!你不觉得她的目光超恐怖吗?"

"确实,我在一边看着都吓出一身冷汗。"

"对吧?!"

我们两人都开始窃笑。哦哦,我居然只是通过很普通的交谈就把人逗笑了。像这样没有刻意去安排笑点,却能让人开心的交谈真舒服。还有这种分享悄悄话的感觉也很不错。不不不,我在瞎想什么。

"我这样都能忍下来,是不是很厉害?快夸我!"

"不是吧,姐姐,有你这么夸自己的吗?而且你的眼神根本就是在飘吧!"

"唉……好过分!不都是因为绘里香太可怕了吗?"

我一边努力调侃她，一边从对话中找寻下一个话题，突然意识到了一点。

每天奋力挣扎着向前的不是只有我这个弱势角色，身为现充的泉也一样。

"原来……是这样。泉也在，慢慢改变……"

"哎？是、是这样吗？"

我一不小心说出了心里话，泉听到后便两眼放光地盯着我的脸。别、别这样，太近啦。那种现充女孩儿特有的年轻氛围……我还习惯不了。谁叫我魔法防御力几乎为零呢！

"是、是啊！"我语无伦次地应道。

"这样啊……"泉说着望向了自己的手掌，似乎在确认什么。

"友崎，你之前这么和我说过吧，'现在开始改变也来得及'。"

"……对。"

之前听泉吐露过心声，她说她讨厌那个在意他人的目光、随波逐流的自己，然后又坦言自己或许没办法改变。于是我便对她说出了那句话。

"所以在那之后，我偶尔也有在努力尝试喔。"

"……我看到了。"

泉点点头，对我露出调皮的笑容。

"再说……那些话可是敢对绘里香破口大骂的友崎说出来的呢。让我看到了你那么帅气的一面，我哪还能坐得住！"

"哎，是、是这样吗……"

我差点被"帅气"这个词冲昏了头,但还是勉强做出了回应。能够毫不犹豫地说出这种话,真不愧是现充。说者无心,听者有意,明知这句话没有别的意思,但对弱势角色还是很有效的,甚至可以说效果拔群。

"嗯……我现在还是觉得,要是那个时候我屈服了,接受了队长这个职位,到头来又会走上老路,所以我当时才会选择那么做吧。"

"……确实。"

的确如泉所说,那时大家互相推来推去,都不想当队长。若是迫于绀野绘里香的压力接下那个职位,那就等同屈服于现场的氛围,屈服于周围的目光,更何况泉本身就对随波逐流这件事很抗拒。

泉不由得接上一句"是吧",然后疲惫不堪地叹了一口气。

"……想合群是真的难。"

听到泉这么说,我突然意识到了什么。这几个月以来,为了完成日南布置的课题所吃的那些苦头,在我的脑海中像走马灯一样闪现,结果一下没反应过来说漏了嘴。

"你说得对……是真的、真的很难……"

"你、你怎么一副好像很有感触的样子?"

听完我那句仿佛经历了很多的感叹后,泉用一种嫌弃的眼神看着我。

* * *

时间来到放学后。今天是第二学期的第一天，学校只上半天课。

今天放学后不方便和日南见面，所以今天的会议自然也就取消了。课间时，她给我发了一条语气非常官方的 LINE，告诉我她要跟深实实她们一起去吃午餐，抽不开身。

那我就干脆早点回家，多出来的时间全部用来练习 AttaFami 吧——本来是这么打算的，但不知道为什么，几十分钟后，我来到了学校所在车站附近的游戏中心。

"天呐！小明明好强！"

竹井在我身后看着我玩，不时地发出惊呼。中村坐在对面的机器前与我对战，水泽则站在他后方观战。

放学后其实我正准备回家，却被中村派出的"自动追踪型兵器"——竹井给拦截了，就这样被他们绑到了游戏中心"CRUZ"。

"你刚才那动作简直帅爆！"

"别烦我，竹井。"

"小、小明明好过分……"

吐槽归吐槽，不妨碍我再次赢得胜利。怎么说呢，总觉得最近老是忍不住吐槽竹井。真多亏了他傻呵呵的，也不会跟你计较，就算对他说话重了点也无妨。谢谢你竹井，拿你练习真是太方便了。

当屏幕显示出胜利的画面时，我松了口气，然后开始环顾四周。这里跟我偶尔会去的大宫游戏中心不一样，比较像个人经营的小店铺。感觉附近的高中生会比较喜欢在这里聚集，说白了这里就不是我该来的地方。

"你也太强了吧。你真是把我给恶……算了，当我没说。"

中村懊恼地挠着头从座位上起身，跟水泽一起走了过来。与他对战后我能感觉到，虽然中村实力不如我，但他肯定是下了功夫，针对这个"斗犬4"格斗游戏练习过的。

他那句"恶心"没说出口，不过这也不怪他，我一贯玩游戏都很强势，但今天没有穷追猛打。没有"恶心"到那个程度，这算是一个很大的进步吧。不过我居然会用恶不恶心来评价自己，光是对方不觉得恶心，就觉得自己"进步很大"，想想就觉得自己好惨。

中村快步走到我这边，然后一屁股坐到我身旁。游戏中心老旧的椅子发出咯叽声。接着他粗暴地张着腿，把我挤开。面对这种蛮横行为，我不由得缩了缩身子，把位置让给他。虽然心里慌得不行，但我仍故作镇定地开口道："这游戏，我多少还是有练习过的……"

"哦。"

中村头也不回地哦了一声。旁边的水泽盯着游戏画面，一脸钦佩地点点头。

"原来文也除了AttaFami外，其他游戏也很强……"

"算、算是吧。毕竟这游戏挺有名的。"

刚才大致看过一遍，这里的游戏基本上都是那些人气作品。因为店面小，没什么空间摆放太多游戏机，所以才偏好人气作品吧。如果都是这类游戏的话，那我不管玩哪个，都不会输吧。毕竟我的私人时间基本上都花在游戏上了，哈哈哈。

"啧，明明这附近没一个打得过我的。肯定是你这家伙练得太勤，你就不能多出门玩吗？"

中村的语气还是那么有压迫感，好可怕。

不过就算是这种时候，我也要努力完成"观察"的课题。我注意到了刚才那句"多出门玩"，其实跟今天绀野绘里香的"你应该很擅长做准备吧"的用法类似。

绀野正是利用这种氛围，凭借"擅长做准备"这句话给对方贴上"土气"的标签，拐弯抹角地羞辱对方，从而把对方踩在脚下。

同理，中村也在用"多出门玩"这句话试图给我加上"土气"的标签，最终也是为了让我显得比他低一等。话是这么说，不过中村承认我很会玩游戏，态度上倒是比绀野绘里香要好上不少，但他们实际上是同一类人。我估计这种利用氛围借刀杀人的做法在现充看来，不过是基本操作吧。

"啊哈哈，不好意思。比起出门玩，我还是更喜欢打游戏。"

作为一个以现充为目标正在努力的弱势角色,在这里做出这种宅男宣言,真的好吗?当然不好,但没办法,这就是我的真心话。我要按自己的步调前进。我不会放弃我喜欢的游戏,我要以玩家身份攻略自己的"人生",去享受攻略的乐趣。

"是吗……那文明,接下来玩这个。"

"哦,好的。"

"文也,你也不容易啊!"

"小明明加油……"

就这样,我的玩家宣言被他一带而过,之后我作为他的练习对象,又被迫陪他练了好久。

* * *

中途,我们去附近的"Gusto"吃午餐,休息了一下,然后又回去接着打。回过神来时,已经下午六点了。也就是说,我们大概打了五个小时游戏,太拼了吧。

"修二,你还想打多久啊?"

水泽苦笑着说道。

"我说修二,差不多该回去了吧?"

竹井也带着些为难的语气问道。

"啊……那你们先回去好了,我还想再玩久一点。"

"那个……其实我也想回家……"

中村好像擅自认定了"友崎还会继续陪我练习",所以我必须向他表明自己的意愿。如果回去太晚了,就很难向父母交代的。

"啊,行啊!那你就走吧。"

"喔,好的。"

出乎意料,他二话不说就放人,我还以为他会命令我留下。好吧,这样也好。

看到中村那个样子,水泽似乎察觉到了什么。他叹了口气,朝我跟竹井说了句"那我们走吧",便带头向游戏中心的出口走去。我跟了上去,然后回头望了下留在原地的中村。

在游戏机前方,被屏幕照亮的中村面无表情地盘着手。在这个散发着昭和气息的昏暗游戏中心里,他顽固的身影甚至让人觉得有些可怜。

我们三人离开游戏中心朝车站走去。中午明明那么热,到这个时间却暑气尽消、温度适中,舒服的风抚过全身。

走着走着,水泽再次叹了口气。

"修二……这回估计又是因为'那个'。"

这话让竹井突然回过头,颇感认同地指着水泽的脸。

"你也这么想,是不是?他们吵架了吧?"

我没明白他们在说什么。

"只能让时间去淡化了,毕竟佳子不好对付。"

"也就是说,这种状况又要持续一阵子了?"

我一脸茫然地听着他们两人的对话,决定针对那个陌生的名字提问。

"请问……你们说的佳子是?"

我们班上有名叫佳子的女生吗?就算有这号人物好了,他们为什么会提到这个女孩子?

"这个嘛……他家里的情况有点复杂。他妈妈对他有点过度保护,也就是所谓的直升机父母[①]。一旦成绩下滑,或是玩得太疯、回家的时间太晚,他就会被骂个狗血淋头。因为佳子真的很强势。"

"原、原来是这样。"

原来佳子是中村的母亲啊!竟然直呼别人家长的名字,这也是现充的特征吗?

不过话说回来,我对"中村的妈妈很可怕"这事确实有印象,上次在我家开撮合作战会议的时候就有提到过。

"所以那家伙八成是在跟母亲吵架。"

水泽边说边用手机确认着电车时刻表。

"原来是吵架啊……可是像他现在这样故意晚回家,不是会把事情搞得更糟吗?"

被我这么一问,水泽又露出了人畜无害的笑容。

"你也这样想对吧?这就是修二麻烦的地方。"

听到水泽这么说,竹井"嘎哈哈"地笑出了声。

---
①指望子成龙心切,像直升机一样盘旋在上空监控孩子的父母。

"呃……你说的麻烦是指什么？"

"我的意思是……"水泽一边憋笑，一边说，"每次发生这种事，修二打死都不会回去，倔得不得了。"

我不由得苦笑。

"也就是说……因为和母亲吵架了，所以不想回家，又或是想故意气对方，是这样吗？"

"对，就是这样。"

水泽潇洒地指着我说道。这让我不禁叹了一口气。

这事说白了，就是"那个"吧。他其实是……

"他是小学生吗……"

"哈哈哈！说得好！"水泽大声笑了出来，"听说他会跑去亲戚朋友家住，或者很晚才回家，故意不跟父母见面。"

"真、真的好幼稚……"

不过话说回来，这倒挺像中村会做的事……我有些哭笑不得地用手捂住脸。竹井似乎深有同感，哈哈大笑起来。

"说得太对了！修二根本就是个彻头彻尾的小学生！"

我抓住机会立刻吐槽道。

"不是吧，竹井，你有资格说他吗？"

"你！你好过分！"

我很自然地用调侃的语气将自己的想法说了出来。经过不断地练习，我现在已经能表现得既流畅又自然了。这就是再三练习的成果吧。这种感觉就像是在打游戏的时候，对空的升龙拳[1]练到了能靠条件反射出招一样。

"总觉得小明明今天好像在针对我？！"

"哈哈哈，不过你确实没资格说那种话就是了。"

"连孝弘你都这么说！"

在放学回家的路上，能和一群人热热闹闹地聊天，这种感觉……真好。

* * *

大家解散后，我回到家里。"你晚回来还真是稀奇。"我把妈妈的这句话当耳边风，吃完晚餐便去洗澡了。

泡在浴缸里，我开始回想一些事情。

该怎么说，今天放学后我跟那些现充一起去了游戏中心，跟他们吐槽来吐槽去，就这样玩到晚上。

虽说我一直在坚持观察，但作为课题的"观察"，却没有成为我的负担。不知为何，只不过是在坚持做课题，很自然地，我的校园生活就热闹了起来，这种感觉好奇妙。

如此巨大的变化，这是几个月前的我根本无法想象的。但这种蜕变的背后，必然是日积月累的努力，这点我比任何人都更有感触。

也就是说，我在人生这个游戏里没有重新建号，没有作弊，

---

[1]格斗游戏招式。

也没有走捷径。

只不过是每天都向前进了一小步。当有一天你回头望向后面时，会发现离起点已经很远了，仅此而已。

不过，照这样想的话——

我想起了某个人，她早已到达了更远的地方。

那家伙——日南葵究竟是从什么时候开始努力的？究竟脚踏实地走了多远的路？

那家伙离我实在是太过遥远，她现在到底站在什么位置，我无法想象。

但就算是那个日南葵，也一定经历过我现在的这个阶段。

那应该是非常久远的事了，久远到我连她之前走过的痕迹都找不到。

不过可以肯定的是，那家伙没开传送也没有用魔法，而是像我这样老老实实地积累着一个又一个"必然"的结果，一步一个脚印地前进。

可是——

我觉得自己跟日南有一个很大的差异。

那就是——我每走一步，都会用脚底去感受地面的温度，我每到一个新地方，都会欣赏那里的景色。

我乐在其中，因此才会有动力继续前进。

可是那家伙——日南葵她……

就好像前进本身就是她的目的,她不会去享受她走过的每一步,不会去欣赏沿途景色,更不会回头看。

她只顾着前进,眼中只有那个遥远的目标。

在我看来,她就是这样一个人。

既然这样——

是什么支撑她坚持走下去的呢?

我一直想不明白。

"嗯,这是个好趋势。"

隔天,在第二服装室。

我向日南报告了关于我昨天放学后没费多少心力就成功调侃了竹井一事。

"好趋势?"

"没错。"日南爽快地肯定道。我突然意识到,这家伙每次来这里之前,都有参加田径队的晨练吧。但她不仅看起来一点也不累,而且身上也没汗臭味,甚至还有一股好闻的气味。这家伙到底是怎么做到的?

"调侃他、吐槽他、跟他聊天,你现在都能简单办到是吧?"

"对。"

"我想你自己应该也清楚吧,那些需要你刻意去做才能办到的事,现在能在无意间办到,这就是你反复练习的成果,就是你真正'掌握了该技能'的状态。"

我边咀嚼她那句话边点头。

"……确实就像你说的那样。"

我自己也有这种感觉,实战的时候,那些"技能"用得越来越顺手。

"另外,你观察得怎么样?有什么发现吗?"

"啊啊,这个嘛……"

我向她说明了选举球技大会队长时,某些人对"氛围"的操纵有多可怕。绀野正是利用"土就是原罪"这种氛围,凭借"擅长做准备"这句话给对方贴上"土气"的标签，从而把对方踩在脚下。同理，中村的那句"多出门玩"也是类似用法。

"所以我就在想，这可能是现充的惯用手法。"

听到我这么说，日南不知为何突然高兴起来，一脸欣喜地看着我的眼睛。

"嗯，不愧是 nanashi。"

"哎？"

日南脸上带着满意的笑容，还冲我"嗯嗯"地点头。

"就算是'氛围'这种抽象的东西，只要告诉你如何去定义的话，你就能在某种程度上去分析。一旦教过你游戏规则，就算有'非现充'这个不利条件，你还是能靠自己的力量推导出潜藏在背后的用法……嗯，nanashi 果然有两下子。"

"哦、哦哦？"

不知道为什么，她说了一大串话夸我。虽然"非现充"这句话让我有点不是滋味，但这也是事实，我也没什么好反驳的，争论下去只会自讨没趣。

"听好了，这种感觉是一种特殊技能，拥有这种技能的人不会被既存的规则左右，反而可以站在游戏规则外去仔细观察。"

"游戏规则之外？"

"嗯，说起来一言难尽，但你本质上也算……"

也算是"这边"的人，日南口里念念有词地小声说着。我还来不及做出反应，她又接了句"还有……"立刻转向下一个话题。喔喔，好随兴。

"你的分析大致正确。在一个'土气'和'老实'被定义为原罪的氛围内，给人贴上弱势的标签并大肆宣扬，建立自己的权威，同时还能借此来贬低他人地位，从而建立起主从关系。不过嘛，不管在哪个团体里，都会出现这种现象，这就是传统的'氛围'风俗。"

日南毫不避讳地剖析着这些人性的恶，我听了连连点头。

"好吧。虽然我没能像你那样分析得那么透彻，但可以肯定的是，我就是因为讨厌那样的'氛围'才会变成独行侠……不过，今后我会试着跟它抗衡。"我士气高昂地说着。

想要打通"人生"这个游戏并乐在其中，我就逃不过"氛围"这一关，如今我是这么想的。等我进入了这个关卡以后，到时再来判断它的"规则"是否值得我遵循。只要我还没有能力去破坏或是无视这些"规则"，我就先在这个"规则"下去试着战斗。当然，得是在这个游戏不是垃圾游戏的前提下。

"说得对。不选择逃避，正面挑战那些规则，这才是'玩家'应有的样子。"

我认同日南所说的。

"确实。规则是死的，但人是活的，在规则的限制下想办法打通关，这才是身为'玩家'该有的做法。"

日南开心地点点头。

"……对，你说得没错。"

在这种地方一下子就能获得共识,这就是同为玩家的优势。

"……那个,今天的课题是什么?"

我主动向她请示课题,这让日南面露诧异。

"……你这是怎么了?今后都打算主动找我要课题吗?"

"哎?"

我这才想起来,昨天也是我主动询问的。

"啊啊,我不是那个意思……可能我最近比较有信心吧。"

确实像她说的那样,我一开始很少会主动这么做。

我在完成之前那些课题的时候,虽然并非出于强迫,自己也有想把事情做好的意思,但总感觉很消极、很被动。一开始的时候甚至有一种别人在掐我屁股的感觉,我是说物理上的。

可现在我觉得自己能看得很透彻。通过每日攻略课题这样的锻炼,我明显感觉到我变得更加自信了。

至于为什么会产生那么大的变化,我能想到的理由只有一个。

"估计是因为,咱们之前……闹掰的那件事。"

"哦……所以是那件事让你有信心了?"

日南一脸不以为意的样子。

"也不是,该怎么说呢……大概是我找到努力的意义了吧,就类似于找到了最终的目标。接下来要做的就是全身心地投入,好好地享受游戏的乐趣。"

"……就是你所谓的'真正想做的事'吧?"

日南有些疑惑地皱着眉头说道。

"对。我已经想通了，行动的时候不会再迷惘。"

不知为何，这话一出，日南便用不带感情的目光看着我。

"我不是很懂。"

她小声说道。

"……是吗？"

刚才的日南，与其说是"不认同"我说的话，更像是"没法理解"我说的话，这让我有些诧异。她见我不再继续解释，便说了句"算了"，开始进入正题。

"今天的……或者说你最近一段时间的课题，就是针对你刚才提到过的'氛围'做特训。"

"嗯？啊啊，你是说针对氛围的特训是吧。"

她突然转变话题，弄得我一下子没反应过来。

原来如此，下一个课题是关于"氛围"的。也是，考虑到"氛围"这一关在人生游戏中的重要性，攻略这个关卡意义非凡。

"想要变成现充，那你在团队里必须做到比其他人'说话更有分量'，以及拥有更大的'权力'，这点你应该多少都有体会到吧？"

"啊啊，我懂你的意思。之前去给中村买礼物时，我们也讨论过类似的话题。"

"是。"日南点点头。

"你当时应该也有感受到，这里头还有另一个重点，就是'责任'。照理说，权力的大小，取决于你能承担多大的责任。

这是操控一个团队的基本原则。而且，如果你想承担更多的责任，你所能做的就是提升自身能力和水平。但这不是一朝一夕就能办到的。"

"嗯。"

她说得对。想要拥有操控他人的权力，就得担起相应的责任。可是要做到这点非常困难。

"不过，也有不依靠权力，而是通过某种手段就可以巧妙地操控团队，从而获得'发言权'和'话语权'。要做到这一点，你必须拥有……"

"操控氛围的能力。"

当我打断她的话后，日南非常不爽地瞪着我好一会儿，接着叹了一口气，不情愿地说道："好吧，鬼正。"

"简单来讲就是，你可以靠操控'氛围'来间接控制团队。所以，就算是目前还没有'权力'去直接操控团队的人，但只要拥有'操控氛围的能力'，就能够掌握那个团队的实权。若是能够熟练使用这一技能，你的权力就会越来越大——换句话说，你将会越来越接近现充。"

"……原来如此。"

拥有强大的权力能够操控团队的人——也就是"大 boss"。想要成为那种人，就得锻炼自己"操控氛围的能力"。

"所以说，从今天开始，我要训练你'操控氛围的能力'。"

"OK，放马过来。"

见我干劲十足,日南竖起食指说道。

"那咱们说说具体事项……马上就要举办球技大会,对吧?"

"是啊!"

"那从今天开始,你的课题就是——"

日南稍微顿了一下,继续说道。

"让绀野绘里香那帮人对球技大会拿出干劲。"

我试图理解她的这句话,字面上的意思我是听懂了,但脑子里就是无法浮现画面,这让我有点困惑。

"那个。她们看起来确实是没什么干劲,不过……"

"不过具体该怎么做,你完全没概念对吧?"

"啊、嗯。"

她正好说出了我的疑问,我听完点点头。

"没概念就对了。因为你这次课题的重点就是这个。"

"哎?"

她这句话又让我一头雾水。

"听好了,之前给你的课题,像'跟女孩子说话''调侃中村'这些,具体要做什么,都很明确对吧?"

"确实。"

"那是因为当时的目的是'提升基础能力',所以我给出的那些课题,只要你按要求完成了,就能提升技能等级。"

"嗯。"

也就是说,到目前为止的课题都只需要我无脑去执行就可以，只要按要求完成了，就能达到"提升基础能力"这个目的。这种程度的要求对那时的我来讲，已经足够了。

"可是这次我们要训练的'操控氛围的能力'会更加复杂一些，这项技术需要你具备自我思考能力。要做到这一点，我们需要一些实践性的训练。"

"……就是你刚才说的'让绀野绘里香那帮人对球技大会拿出干劲'吗？"

"对"。日南点点头。

"你一开始肯定不知道该怎么办，所以你必须得先摸索尝试对吧？这个'摸索尝试的过程'，对你本身就是一种训练。"

"……原来如此。"

我恍然大悟地点点头。也就是说，我要改变执行课题的模式，从以往的无脑执行课题，切换到需要仔细思考的应用类课题，而这么做则有助于提升"操控氛围的能力"。

"意思是，思考如何去摸索和尝试本身也是训练的一环？"

"没错。"日南点点头，接着煞有介事地开口道：

"而且……其实你已经在实践这个课题当中的一个要素了。"

"哎？"

"哎呀，你没意识到吗？"

日南见我一脸困惑，便笑着解释道：

"那就是——观察呀。"

说完，日南换上了抖 S 的笑容。这样一来，话题就和昨天的课题接上了。

"……啊啊！原来是这样。"我苦笑着说道。

昨天的课题是"观察班上的情况"，今天它的重要性就体现出来了。也就是说，她提前就想好了怎么安排这几天的课题，真不愧是效率狂人。

"就这样吧，从今天开始，你的目标就是'让绀野绘里香那帮人拿出干劲'，要用自己的方式多多观察并进行分析。"

"还真是面面俱到……"

其实听她这么一分析，我感觉这事情也不难。如果比作AttaFami的话，那就是到目前为止都是在练习连招和技巧，而且已经练得有模有样了。因此，接下来就是在实战中练习，这样才会真正地提升实力。

"话虽这么说，你也可能会碰到一些光靠观察解决不了的事情，到时你照自己的想法行事就好……说不定这是迄今为止最像游戏的课题。"

"……最像游戏……吗？"

"是啊！"日南不知为何露出了意味深长的笑容。

"总之，这次时间上还很充裕，我希望你能够在某种程度上长期实践这个课题。这两个星期，你就先别采取什么行动，观察情况就好。"

"原来如此……好的。"

总之，算是弄明白了课题是什么。我试着去思考该采取什么样的行动，不过完全没有头绪。

"……感觉课题的难度又提升了。"

看我露出苦恼的表情，日南则一脸愉悦。她的性格真的是太坏了。

＊　＊　＊

离开第二服装室，我来到了教室，这时距离开始上课还有一点时间。

我环顾四周，发现了异样，于是走向了正在教室后方靠窗处聊天的竹井和水泽。

"中村还没来吗？"

印象中平常这个时间他早就来了。水泽听到我的话回过头，嘴里应了声"是啊"。

"现在都没到，估计请假了吧。"

"……真的吗？"

说起来也不是不可能。虽然现在天气热，但毕竟是换季的时期，这种时候最容易感冒。

"他肯定是翘课了吧？！"

这时竹井大声地插上一句，我则附和道："哎，是这样吗？"

"昨天不是说过吗？佳子的事！大概是为了这件事翘课了吧……"

"是、是喔。"

我有点困惑地出声应和着。跟父母吵架就翘课不来上学吗？真不知道该说他大胆，还是该说他幼稚。

"没事，你不了解修二，等他想来的时候自然会来。"

"这、这样啊！"

听他们的语气，想必中村就没少干这种事。总觉得……他真的很我行我素。不过话说回来，我完全不知道中村会时不时地翘课，这说明我迄今为止对班上的情况都漠不关心。这种事情其实只要平时多留个心眼，不可能察觉不到。

这时，班上的某个现充也凑了过来。那个男生身材高大，留了一头黑色短发，言行举止给人的感觉就像是搞体育的。唔喔，这种情况很反常。我想想——他的名字好像叫橘。不清楚他具体是哪个社团的，估计是篮球队的。

"修二请假了？"

见他这么问，水泽用半开玩笑的语气回复道。

"是呀，八成是跟父母吵架了。"

"啊，又来？"

橘哈哈大笑起来。看来佳子的事在班上都传开了。

说起来，只不过是突然有一个不太熟的人加入进来，我就感到压力倍增。不过换个角度想，这也是一个赚取新经验值的好机会。

好吧，那我就干脆积极一点加入这场对话。首先就由我来制造话题。

做好心理准备后，我带着少许不安，刻意用轻快的语气说道：

"那个……这种事经常发生吗？中村跟他父母吵架。"

橘转过头来对我点点头。

"算是吧……友山同学，你居然不知道这事？"

"那、那个，我不是友山，我叫友崎……"

"哎？是这样吗？抱歉抱歉！"

第一次和他搭话就被他调侃了，一旁的水泽跟竹井看了后捧腹大笑。

多了橘这个现充加入后，和他们对话的难度倍增，弄得我好几次都接不上他们的话。就这样坚持了数分钟后，上课铃声响了，莫名感到有些虚脱的我才终于有机会回到位子上。真该奖励一下自己。好，等我回家我要多玩会儿 AttaFami。

今天还只是第二学期的第二天，每堂课都差不多是在讲解暑假作业，或是进行开学之初的小考等等，总体来说应该会很轻松。明天是周末，下周一才开始上新课。

课程顺利地进行着。当第三节课即将结束时——我感觉自己对那个课题已经束手无策了。

从今天起，我要开始着手"让绀野绘里香那帮人对球技大会拿出干劲"这个课题。

为了实现这点，究竟该采取什么样的行动？我不管是上课时间，还是休息时间，一直在想这个问题，却得不出答案。日南说过，"观察"似乎是重点所在，但我不清楚具体该观察些什么，又该如何观察。

不过，毕竟是那个日南葵，她应该不会给出"我完成不了的课题"。

这样想的话，我缺少的恐怕不是"技能"吧。

所以实际上应该是——情报吗？

分析到这里，我突然想起日南说过的一句话。"说不定这是迄今为止最像游戏的课题"。

原来如此，她是这个意思。既然情报不足，那么作为玩家，该做的事就只有一个。

其实，这个课题就是一个RPG（角色扮演游戏）！

想明白了之后，我决定立刻展开行动。当第三节课结束的铃声响起时，我便向邻桌搭话。

"……泉。"

"嗯！怎么了？"

我顿了一下，接着说道：

"我想向你打听一下绀野绘里香的事。"

没错。玩RPG碰到卡关的时候，解决方法永远都只有一种，那就是"去镇上搜集情报"。而目前的状况是，绀野绘里香就是我要讨伐的关底boss，我需要去附近的城镇打听她的弱点以及打倒她的方法。这样想的话，那最能问出情报的人就是boss身边的跟班。哦哦，真的像在玩游戏一样！这次的课题估计会很有趣。

"嗯？想问绘里香的事？"

泉一脸怀疑地看着我。这不怪她，毕竟我平时跟绀野绘里香没什么交集，突然说出这种话，不管是谁都会觉得奇怪吧。需要考虑那么多因素，"人生"这个游戏果然比其他游戏要困难一些。如果是RPG里的村民，肯定会主动告诉你，"对了，雨天时就没听说过有人被砂龙袭击呢……"一听就知道弱点是水。

"其实也没什么……我在想绀野应该对球技大会那种活动没什么兴趣吧。"

"什么？"

我能从泉的语气中感到她的困惑，不过她还是开心地笑了起来。为了问出情报，首先得思考怎么问。当然，现实中是不可能像RPG那样凭空出现选项的。

"嗯，绘里香对那种事完全没兴趣，甚至觉得参加那种活动很掉价。"

意料之中的回答。

"哈哈……我想也是，"我苦笑着附和道，"那你觉得要怎么做，才能让她拿出干劲？"

"嗯……该怎么做呢？"泉稍微想了一会儿，"……好难喔。"

"果然没那么简单啊……"

我"唉"地一声叹了口气。想想也是,这里的村民大多数是被 boss 欺压的一方,没什么机会得知她的弱点也很正常。不过,如果连 boss 身边的跟班都不知道的话就难办了。

况且绀野绘里香这个级别的 boss,根本就不是我这种杂鱼靠普攻就能打倒的。要是找不到她的弱点,肯定打不赢。

"……对了,你是怎么了?怎么突然问这个?"

"啊,这个嘛……"

我就知道她会问这个,还好我这次早有准备。

"……就之前那件事,平林同学不是被选为队长了吗?"

"嗯?对啊!"

泉露出一副疑惑的表情,小脑袋一歪,我瞬间就被她的可爱击倒了。这种不经意间的小动作也那么有杀伤力,这就是现充的实力吗?就好像她的普攻自带属性伤害①一样,而且还是那种耀眼的光属性,对我这种阴暗角色效果拔群。

"平林同学看起来就不是很擅长做这种事,如果连班上的女王——绀野绘里香都带不动,那她想管住这个班就很难了,特别是女生。"

而且,她比较孤僻,在班上基本上没什么朋友,情况只会更严重。

"啊……你说得对,"泉感触颇深地点点头,"如果不先搞定绘里香的话,那就没法叫得动其他人了。"

---
①角色的属性(如光、水、火等)在攻击时带来的伤害数值。

估计她已经联想到那会是怎样一种状况了吧,只见她露出了苦涩的表情。

"就、就是啊……"

从泉的反应中我感到了女孩子世界里的难处,也许她们的痛苦只有她们自己知道。我继续说道:

"我不奢求什么,只希望能有一个普普通通、开开心心的球技大会……所以我就在想能不能帮帮她,让她渡过这个难关。"

我将事先想好的借口解释给她听。

不过,虽说是借口,但刚才那番话并非全是假话。平林同学作为"氛围暴力"的受害者,我是真心想帮她。而且我最近好不容易开始能体会到校园生活的乐趣了,像"球技大会"这种大型活动,我也是真心希望能够办好。虽然我不擅长运动,但这不影响我参与其中。

就在我看着泉的眼睛等她回我话时,那双圆眼深处突然闪烁出光芒。

"我也是!"

"哎?"

她突然兴奋地表示赞同,把我吓了一跳。

然后泉兴致勃勃地凑过来,刻意压低音量,悄悄地对我说道:

"我其实也和你的想法一样,像球技大会、文化祭这种活动,就应该尽情地去玩,不然将来肯定会后悔的……不过嘛,我觉得后不后悔还是次要的,能不能玩得开心才重要,对吧?"

"喔、喔喔，说得对。"

我一边被她的话牵着走，一边附和。

"所以说啊，这种时候，班上的同学要是不团结就很麻烦不是吗？像我的话，正好跟绘里香关系比较好，而且……平林同学的处境又那么困难，我觉得我更应该做点什么。"

"……确实。"

对这些视而不见，办成什么样反正不关自己的事——这也可以是一种选择，但肯定不是最好的选择。

"所以我才会问你'有没有办法让绘里香拿出干劲'。"

"啊……原来是这样。"

女王因为自身的影响力会间接地在班上制造一种"参加那种活动很掉价"的氛围。哪怕是有人真心想参加，多少都会介意班上人的眼光，所以实际上是比较难的。还有泉虽然跟日南那群人玩得不错，但她主要还是属于绀野集团。不过就算不属于任何群体，像平林同学这样的人，也会成为氛围的受害者。嗯……群体这种东西是真的很复杂。

"我也想过反正绘里香一点干劲都没有，那干脆就让那些想参加的人去参加就好。不过估计这样也行不通……"

这话让我有些好奇。

"行不通是指？我觉得要是叫上日南她们一起帮忙的话，也不是做不到……"

我刚说完，泉便条件反射般地猛摇头。

"不行不行，绝对不行！特别像我这种，要是绕开她去参加这个活动，绘里香肯定会很生气……你是不知道女孩子的世界有多可怕。"

说到这里，泉不由得缩着身子微微耸肩。

"原、原来如此。"

我不太能理解她的感受，但还是同情地点点头。

"所以我是真的没有办法了……友崎，你好厉害！"

"好、好厉害？"

她突然夸我。我一下子没反应过来她为什么夸我，我刚刚做了什么很厉害的事吗？

"你想想看，要是你打算瞒着绘里香偷偷进行，或者说万一穿帮了找个借口搪塞过去，这样我还能理解，但你居然打算让绘里香拿出干劲，一般人都不会这么想吧！"

"喔……喔喔。"

听她这么说，我才意识到确实是这样。一般人不会选择"正面突破"。对于不习惯这么做的人来说，想必很新鲜。当然我也是这么认为的。但毕竟这是师父日南给出的课题，是从她那里继承来的，所以被夸奖的人应该是她，不是我。我一点都不厉害。

"不过这个问题也好难啊——到底该怎么做才能让绘里香拿出干劲呢？"

泉边说边思考起来。然而数秒后她便皱起眉头，眼神失焦。看来她的大脑已经宕机了。

"那、那个……绀野平时有没有对某些事情比较积极？如果有的话，或许能作为参考。"

有了我这个提示，刚才还一筹莫展的泉瞬间眼睛一亮，爽快地开始解说。

"这个嘛，她对自己的穿着很讲究。我对那些服装店还蛮了解的，所以绘里香经常会叫我陪她买衣服，然后一直在我面前试穿，问我的意见。"

"这样吗……"

这还真是出人意料，没想到绀野绘里香也有这样的一面。她大概是想通过这种方式向外界展示她对衣服的品味。这个关底 boss 怪物的属性越来越清晰了。

"还有她对化妆也很有研究。会试不同牌子的化妆品，还会去学各种化妆技巧……偷偷跟你说一件事哈，我个人喜欢用'超平化妆品'，要是被绘里香知道了，肯定会被她嘲笑的，你可千万别让她知道……"

"超、超平……？"

我重复了一遍这个让我感到陌生的词。泉"哎"了一下，估计没反应过来我在说什么。

"啊啊啊。那、那个是便宜的意思。"

便宜、超平……哦哦，是超级平价的意思啊！原来如此，涨知识了。话说回来，就是因为我对现充的事情一点都不了解，才导致了我在这种支线部分磕磕碰碰。这就是身为弱角的劣势。

"抱歉，你继续……"

"啊，好的。还有就是……嗯……大概就这么多了吧。简单来说，她特别喜欢打扮！"

泉轻轻地点了几下头，似乎对自己的总结很满意。

"嗯，原来如此，喜欢打扮是吧……不过这跟球技大会好像没什么共同点……"

"啊哈哈……说的也是。"

泉苦笑着说道。

"不过，要是能根据这点联想到什么的话……"

我把得到的情报代入游戏规则中思考。嗯……完全没有头绪。

在我烦恼了一会儿后，泉一脸认真地开口了。

"要不……准备一些奖品。比如获得冠军的话，可以拿到香奈儿的口红，怎么样？"

"这、这种做法还蛮大胆的……"

还真是奢侈的针对性建议。嗯，现充的想法果然很天马行空……不过这种点子估计也只有泉才想得出来。

* * *

第二天是星期六。

今天不用上学，但是要打工。结束培训后，这是我第一天正式上岗。

我站在自家的洗脸台镜子前，抓起头发，按照水泽教我的手法做造型。那之后我都会定期去日南介绍的美容院剪头发。我现在穿的衣服也是按日南的要求直接照着模特的穿搭买的。准备完毕，嗯，光看外表应该能勉强装一下现充。

我在镜子前对这身行头做最后的确认，这时背后突然冷不防地冒出一声："喂！"

"哇啊？！"我不由得回过头，"搞什么……原来是你啊！"

"怎么了？不能找你吗？"

妹妹噘起嘴，满脸写着不悦。

"什么事？"

我向她询问来意，结果她把我从头到脚地打量了一遍。

"感觉你特意打扮了。怎么了？要去约会？"

那种事跟你没关系吧。我其实很想这么说，但实际上就不是去约会，所以这次就直接否认了。还有她看出来我特意打扮了，太好了。

"不是，我要去打工。"

"哈啊？！"妹妹惊得下巴都掉了下来，"你开始打工了？"

"是、是啊。"

她难以置信的表情就好像是看到了世界末日一样。

"……我那个社恐哥哥居然要打工了？"

"喂喂喂，我好歹也是你哥，不至于这么说吧。而且我想去打工，也很正常吧。"

我虽然嘴上这么说，但心里虚得很。我是应日南的要求才开始打工的，实际上自己并不想去。而且我现在其实紧张得要命，但我不会表现在脸上。毕竟我这个做哥哥的还是要面子的。

"嚯？"

这家伙……怀疑都写在脸上了。

"对了，我在大宫的卡拉 OK 打工。你来玩的话，给你打对折。"

我憋着心里的不爽发出邀请。啊啊！怎么办？在妹妹面前就莫名其妙地想逞强，难道做哥哥的都会这样吗？

"我又不会去。"

然后被无情回绝。我果然被她小看了？

"好吧……"

在我无力地回应后。"话说——"妹妹突然改变了语调。

"你跟之前那个女孩子怎么样了？"

"之、之、之、之、之前那个女孩子？"

我试图用弱角自带的"结巴"属性蒙混过关。

"就是之前用 LINE 给你发消息，问你要不要一起去买书的那个。"

"你这家伙居然擅自偷看我消息……"

"总比你一直窝在房间不回消息要好吧？"

"呃……"

这句话我无法反驳。好吧，现在想想估计这家伙正是因为擅自偷看了菊池同学传来的LINE，她才用些狠话来激我的吧，不过也正是她这些话拯救了我。我那时因为跟日南吵架，把自己关在了房间里，要是没有这家伙在旁边啰唆，我就会错过跟菊池同学见面的机会了吧。妹妹啊，哥哥没你可不行。

"你们之后有去哪里玩吗？愿意邀哥哥出门的女孩子可是非常稀有的，你要好好珍惜喔！"

"你，你别多管闲事。"

我逞强地说了这些话——心里想的却是"她说得没错"。

见识过水泽的假面具，又因为类似的观点跟日南起了争执。

所以我不想做虚假的告白，已经下定决心要真诚地与人交往。然而打从一起去过书店后，我就再没跟菊池同学好好说过话。我不太好意思主动去找她，总觉得有些对不起她。

我不想只是为了完成任务去向她告白，因为"我还不清楚自己是不是真的喜欢她"。但她在我心目中的重要性不会因此而改变。更何况，她还是我的恩人，教会了我什么才是真正重要的。

原来是这样。

就像为了传达心底最真挚的感情，可以借用"调整语调和表情的技能"。

同理，如果某个人对自己很重要，为了不失去他，为了将自己的心里话告诉他，那每一次行动就很有必要精心设计一下了。

如此理所当然的道理,被妹妹教训了两次之后我才意识到。

"我是在多管闲事吗?"

妹妹看着我眼眸深处,用略带调侃的语气试探道。

"不……谢谢你,我最可爱的妹妹大人。"

我也用略带调侃的方式表达谢意。

"哼,那就好。"

*　　*　　*

"早上好——"

正午前,我赶到了打工的地点——卡拉OK "SEVENTH"。不管几点上班都要用"早上好"来打招呼,这是日本公司的奇怪礼仪。

"你来啦,友崎,从今天开始就正式上岗了吧。靠你咯!"

"是!"

被店长叮嘱过后,我接下钥匙前往更衣室,快速地换好制服,然后回到柜台那边。

"你先过来切静脉吧。我教过你做法吧?"

切静脉,乍听之下好像很可怕,但其实就是利用手指的静脉打卡上班。在打工的地方大家都会面不改色地说些莫名其妙的字眼,像"out""up""drinker""no-gues"等等,乍一下没听懂,还以为是自己知识匮乏,结果却是公司自己造的专门用语，让人一头雾水。对了，这些字眼的意思好像分别是"打扫房间""提供食物或饮料""调制饮料的人""没有客人"。当然这些知识就算知道了也没什么用。

"啊，是的！有教过！"

"是吗？那你打完卡来这边，你今天先学一下怎么站柜台。"

"好的！"

就这样，我打起精神工作，努力去学工作上的事。

几个小时过去。

"大家早安！"

成田学妹来打工了，她懒洋洋地向我们打着招呼。成田鸫——我来这边面试的时候遇到过这个女孩，她比我小一岁，给人感觉异常地放飞自我，令我印象深刻。

"啊，友崎学长。好久不见——"

像我这样的弱角，光是能被只见过一次面的人记住名字，就已经感激涕零了，但如果就这样表现出来估计会恶心到人家，于是我就故作镇静地说道：

"早呀，成田学妹——"

我希望自己能够表现得像一个独当一面的学长，于是便模仿水泽的举动和语调做出回应。顺便说件事，水泽好像会用比较轻浮的语气叫她"鸫鸫"，这个我实在学不来。

"啊，在这边基本上没人会叫我成田学妹，你叫我鸫鸫就好。"

试炼来得如此之快，就好像她有读心术一样。我记得这女孩就是这样的,之前她还主动提出来要我不要对她那么客套。身为弱角,真是连做心理准备的机会都没有呢。像这样欺负弱者可不好。

但我好歹是个男人,而且是下定决心要好好攻略"人生"这场游戏的玩家。既然如此,就没什么好犹豫的了,就算前方是刀山火海也要前进。如果是之前的我大概不敢直接叫"鸫鸫",而是会保守一点改叫她"小鸫"。然后我会说服自己,"已经没再叫她学妹了,这是很大的进步"。可是现在我不能止步于此……

"那……我知道了。请多指教,鸫鸫。"

我刻意用爽朗的语气说出来。怎么样?感觉就像水泽的低配版吧。

"好的,那么请多多指教!"

成田学妹——更正一下,鸫鸫当然不会知道我刚才内心做了多大的努力,她懒洋洋地回了句礼,就接受了我对她的这个称呼。行吧,现充在这方面的接受能力是真的强。还有我刚才是硬着头皮这么叫她的,这让我有强烈的违和感。要是平常都要像这样直呼她的名字,估计我会很难受。还是叫她小鸫好了。

* * *

几小时后。

"饮料调好喽,麻烦友崎学长送过去了!"

"好——"

一开始并不觉得有什么不对劲的地方。

"啊,十四号包厢要加钟,麻烦你了!"

"OK——"

慢慢地,我开始发现一件事。

"啊,客人来了!友崎学长,你已经学过怎么站柜台了吗?"

"啊、嗯,今天学的。"

"那就拜托友崎学长了,有不懂的地方可以去问店长!"

"了解——"

我发现这个小我一岁、名叫小鸫的女孩……

"啊,你有去检查厕所吗?"

"我还没去。"

"那现在刚好没什么事要忙,就拜托友崎学长了!"

——我发现她根本就没在做事。

"还有要洗的东西也攒得差不多了,有空麻烦洗一下。"

"……我说。"

"有什么事吗?"

这种时候如果是水泽的话,会怎么调侃对方呢?我稍微思考了一会儿,准备趁她下次偷懒的时候警告她。

"好好工作!"

我用稍微夸张的语气朝她发话，这样说应该没什么问题吧？

"呀……被你发现了？"

"什么叫'呀……被你发现了'！你有在反省吗？"

她不以为意的态度让我想笑，但我还是努力拿出了学长该有的威严去吐槽她。太、太好了，对方没有做出奇怪的反应，看样子没有失败。但我好像没有戳中她的笑点，感觉也不能算是成功，还要继续反复练习。感觉这女孩跟竹井很像，就算不小心对她说了重话也没关系，应该是挺好沟通的人。

"哎呀，能摸鱼为什么要工作呢？"

好家伙，居然厚颜无耻地说出这种话。

"……唉。"

我听了不禁发出叹息。这家伙我搞不定，她那副德行不是弱角能驾驭得了的。

"哎？友崎学长你怎么了？啊，该不会是想上厕所吧？想上厕所就去，没关系，我就是这么做的！还有偷偷跟你说一件事，店长不在的时候，厨房里的饮料可以随便——"

"啊，不用，我不想去。"

总觉得她满脑子都是摸鱼，这方面我真的甘拜下风。

时间又过了一小时。

"呼……"

在卡拉OK"SEVENTH"的某个包厢里。

我将手机收进口袋，大呼一口气。

今天是正式上岗的第一天，真的累死了。下午五点的时候，店长要我休息，于是我就跑到了这个包厢里。身体的疲劳占两成，精神上的疲惫占八成，我瘫坐在那里，无所事事地过了三十分钟。再过约半小时就要回去把剩下的工作做完。

话说回来，打工还真是累人。其实大部分时间都很闲，要做的事并不是很多。可是身为店员要不停地接待陌生客人，这对弱角来说还是负担太重。不过嘛，跟这些比起来，跟摸鱼的小鸫斗智斗勇，反而更消耗体力。

就在我喝着公司的免费饮料休息时，门突然打开了。

"啊，友崎学长，你辛苦了！"

"嗯？喔喔……辛苦了。"

被她吓了一跳的我差点没反应过来。小鸫则像回自己家那样径直走了进来，然后整个人懒洋洋地瘫在了我旁边的沙发上。

"你、你怎么了？"

"啊，我已经打卡收工了。我有点累，想先坐一下再换衣服。"

她用软趴趴的声音说着，半个身体陷入了沙发里面，四肢无力地瘫，看起来就好像与沙发融为了一体。原来人类在完全放松的情况下，能够软成这个样子，真是开了眼了。

"哦……这样啊。"

说起来，今天打工的时候也是光站在那里就喊累，而且不止一次。她的体力是比我这个整天宅家的豆芽菜还差吗……不，她应该是思想方面的问题更大。

"那个……你这么早就收工了？"

我突然意识到，小鸫今天可是比我来得还晚。

"啊，是的。我一般只排三小时班，我这种人很少见吧！"

小鸫稍微坐起身来，打趣地朝我摆摆手。

"什、什么……是怕累吗？"

我不禁带着苦笑问道。

"是的！"

她笑嘻嘻地在胸前竖起大拇指。我不明白她是什么意思……既然都这样想了，我就干脆直接问她，当然得带上调侃的语气。

"你竖大拇指干吗呀？"

"唉，你不觉得打工很累吗？我想尽量用轻松的方式赚钱嘛。"

"话是这么说没错啦……"

又是那种不知道算成功还是算失败的奇怪感觉。好吧，至少我尝试过了。

"对吧！怎么舒服怎么过，这就是我的原则！请多指教！"

"喔、喔喔……"

这番话与我正在努力尝试的"攻略人生"背道而驰，让我不禁陷入思考。怎么舒服怎么过吗？

"哎？你不这样觉得吗？"

小鸠用她那圆圆的眼睛懒洋洋地看着我，兴致盎然地等我回答。我不过是犹豫了一瞬间而已，就被她敏锐地捕捉到了，这家伙果然也是现充。

不过嘛，既然她都这么问了，那我就把心里的话直接说出来吧。

"呃……我觉得靠自己的努力赢来的人生更有意义，个人想法……"

这种话说出口让我感到有点不好意思，小鸠听后一脸惊讶。

"原来如此，友崎学长是那种类型的人啊。"

"那、那种类型是指？"

我用带点吐槽的语气回应后，小鸠"嗯"了一声，盘起双手。

"就是那种会很积极地参加合唱比赛、文化祭或运动会之类的人。"

"……喔喔。"

她这样讲，我就懂了。到去年为止，我都还不是那样的人。但就目前来看，我确实就像她说的那样没错，甚至还在想办法让毫无干劲的女同学拿出干劲来。

"也许是吧……"

"还有，感觉你对工作的事情也特别上心，你真厉害。"

"没有、没有，过奖了……"

竟然说我真厉害……

"因为我对这些事基本上都是得过且过。我不想努力,不想走路,不想太累,只想休息。大概就是这样,请多指教!"

这句话莫名地有节奏感,估计她不是第一次这么用了。怎么说呢,感觉她的每一句话都是槽点满满,拿来练手简直完美。于是我决定再次调侃她。

"小鸫,你这个人很没用呢。"

"对啊,我就是很没用。"

"好、好吧。"

我再一次体会到了那种不知道算成功还是算失败的奇怪感觉。难道说她有吸收调侃的特殊体质?还是说我的调侃没有很到位?总之,她跟单纯的竹井不一样,想捉弄她很难就是了。

"好烦喔,我们高中最近要搞文化祭,不知道为什么班上的人都好积极,好烦。"

"是吗……"

在附和她的同时,我突然意识到一件事。对班上的活动不感兴趣的女孩子……难道说,我正好碰上了一个可以收集情报的突发事件?

理清思路后,我便在脑海中整理需要问的问题。

好,放马过来吧!RPG情报搜集Part2!

"我想问一下——你为什么对文化祭完全不感兴趣呢?"

为了引出我想知道的答案,我开始斟酌用词。真希望像RPG一样有选项可选。

"我哪知道啊。"

"这么问吧……你对文化祭完全不感兴趣,肯定是因为它缺少能够吸引你的东西,你觉得那是什么?"

为了让绀野绘里香提起干劲、为了打倒那个特殊的大魔王,我现在等于在其他人身上搜集情报。从刚才的对话来看,估计小鸫拥有跟魔王类似的属性。虽然表面上绀野绘里香和小鸫截然不同,但"懒得努力"这种特性是相通的。这就好比从蜥蜴人身上类推出龙的弱点一样,毕竟蜥蜴和龙算是远亲。

"哎!你这是在做什么?是想要让我拿出干劲吗?拜托你别这样,我是不会努力的。"

不知为何,小鸫警惕地用双手遮住胸部,就好像被人骚扰了一样。干吗反应那么大……我只是在问问题而已吧。

"啊,我不是那个意思……"

"那为什么要这么问?"

她生气地瞪着我。好吧。

"呃……"我犹豫了一下,最后还是决定老实招了,"也没什么特别的,最近我们学校要举办球技大会,其中有个女同学没什么干劲。"

"啊……原来是这样。"

小鸫恍然大悟地放开胸前的手。什么啊,对这家伙来说,要她努力就等同于骚扰她吗?

"我其实是想尽可能让班上所有人都拿出干劲来……才问你

那个问题的。"

听我解释后,小鹅突然用一种嫌弃的眼神看向我。

"友崎学长是那种人吧。"

"哎?"

她眉头紧锁。

"就是那种不光自己努力,还想让别人一起努力的人,这太可怕了。在我看来,你根本就是外星人。"

"不是吧,有那么严重?"

没想到会被人说成这样,感到困惑之余,我努力挤出一句吐槽的话。

"就是那么严重,友崎学长,我根本就不可能做出你这种事,太奇怪了。不过嘛……也行,我可以当你的咨询对象。感觉你做的事也不会波及到我嘛。"

"真、真的吗?"

"当然是真的。在友崎学长看来,我大概就像外星人,所以我可以告诉你我们星球的知识。算是异文化交流吧。"

说完,小鹅给了我一个眼神。

"异、异文化交流……"

还真是奇怪的用词。原来这个RPG游戏的舞台是宇宙吗?

"没错,你明白我在说什么吧。总之,这种事尽管问我吧,论偷懒,我可是专业的。"

小鹅边说边露出微笑。该怎么说呢,这句"论偷懒,我可是专业的"给人感觉莫名的可靠。

* * *

"啊……听起来很难办啊！"

我大概说明了一下情况——绀野绘里香的性格、她在班上的势力范围以及被迫担任队长的平林同学。小鸫听了后，用手指摸着额头想了一会儿，然后摇摇脑袋。

"很难办吗？"

小鸫看着我的眼睛，说了声"是"。

"虽然我不知道具体情况，但你说的那个平林，估计是被绘里香盯上了。"

"是的……"

我也想到了这种可能性。绘里香应该不会平白无故地去针对平林同学，这背后或许有什么原因。

"如果是这样的话，那只要队长还是平林，我想 queen 就会和她对着干。"

"queen……女王吗？"

这个称呼听起来居然完全没有违和感。

"不过，嗯……听你的描述，queen 应该也是怠惰星的居民吧。"

"怠、怠惰星……那我是勤勉星吗……"

"啊哈哈,你很懂嘛。"

小鸫笑得非常随意,轻轻点头。

"也就是说,如果没有特别能吸引她的东西,queen 是绝对不会努力的。"

"果然是这样吗……"

这句话让我苦恼起来。

"这个对手还真是棘手呢!"

小鸫笑得没心没肺的。

这家伙,没看到别人在苦恼吗……

"你刚才说的'特别能吸引她的东西'是指?"

"嗯……"小鸫稍微犹豫了一会儿,接着说道。

"我觉得最重要的是性价比。"

"性、性价比?"

小鸫点点头。

"就比如说我,我明明不想努力,不也在这里打工吗?你觉得这是为什么?"

莫名其妙的问题。不过我估计她选择来这里,肯定是因为在这里打工能得到她想要的东西。

"嗯……我不太清楚?是跟性价比有关系吗?"

"回答正确!你可以嘛!"

小鸫的小手啪啪啪地拍了起来。喔、喔喔。

"嗯……所以?"

"你想想,这里的时薪还不错吧?而且工作又轻松,排班又自由。"

"啊……原来你是这个意思。"

我没打过其他的工,只是按日南的要求才来的这里,所以没法比较。不过既然连水泽那么精明的人都选择在这里打工,估计这里的待遇算好的。

"哈……你终于懂了,说真的,人活一辈子想完全不努力也不现实,有些必要的努力还是得做的。毕竟想过得舒服,也需要经济基础嘛。像这种时候,怠惰星的居民就会选择最轻松的方式,来获取最大的利益。"

"啊……所以才要重视性价比对吧。"

"没错,就是这样。"

所以小鸫才会选择这份干活不累、时薪不错、排班灵活的工作,赚钱足够使用的必要金钱。

"这么说来,绀野绘里香的情况也和你差不多?能不努力就不会去努力?"

小鸫露出满意的笑容。

"没错没错!如果你想让 queen 有所行动,就必须提高性价比!"

"原、原来如此,努力的性价比……"

"啊,而且我估计 queen 应该没我这么懒。这样的话,这事也不一定办不到。"

"哎,是这样吗?"

小鸫夸张地点点头。

"我觉得是的。那个人在班上作威作福对吧？那她的内心肯定很强大。作威作福把人踩在脚底下不是很累吗？完全不想消耗体力的人是做不来的。"

"啊啊……确实是这样没错。"

她这话听起来特别有说服力。我已经能想象出来，假如给小鸫权力，让她去作威作福，她一定会说："我好累，我不想做。"

"所以我觉得她肯定跟我不一样，是一个有各种欲望的人。我这个人无欲无求，说得更贴切点，'不想努力'就是我唯一的欲望。"

她边说边懒懒地将上半身瘫在桌上，已然是液体状态一般。

"原来是如此……欲望吗？"

"没错，就是欲望。正是因为有欲望人才会努力。没欲望的人就什么事都不想干，我就是最好的例子，对吧？"

这话从瘫在沙发上的她的口中说出来有莫名的说服力。这水平在怠惰学界至少是个权威吧。

"可是话又说回来，queen 的欲望是什么啊？"

被我一问，小鸫"唉——"地叹了一口气。

"我说你啊，友崎学长！"

"哎？"

小鸫一脸认真地看着我的眼睛说道。

"我自己都没欲望,我怎么会去管别人有什么样的欲望呢?"

又是这种莫名有说服力的语气,但又感觉她好像什么都没说。

"哦,这样啊……"

"那我差不多该回去了!希望能帮到你。"

"喔、喔喔。"

我不由得朝她挥手道别,目送着她飞速离去。

怎么说呢,感觉她说起话来莫名其妙,但也确实得到了一些只有她知道的情报。努力的性价比,是吧。话说回来,她还真是随性……

* * *

打工结束,已经是晚上八点多了。

因为我还跟人有约,于是在大宫车站内的"豆树"前等着。

虽说是室内,但因为各个出入口的门都是敞着的,空调开了就跟没开一样。这种"半吊子"的温度给人感觉就像埼玉这座"半吊子"的城市一样。当然,如果真是有意这么设计的,那可谓表现得恰到好处。

检票口处出入的人络绎不绝。我茫然地注视着他们。为了缓解紧张情绪,我做了个深呼吸。嗯,好多了。

冷静下来的我再次朝四周张望,发现东口那儿有某个神秘力量正在接近。

简单讲就是——菊池同学来了。

"啊……"

菊池同学注意到我,迈着小小的步伐哒哒哒地靠近,对我露出腼腆的笑容。

被妹妹说过之后,我想了很多关于菊池同学的事。日南的事、课题的事、真正想做的事——经历过这么多,我再次意识到菊池同学对我来说,与其说是朋友,更像是恩人,她教会了我非常重要的事情,我不想失去她。

而且仔细想想,我跟菊池同学都在大宫打工。既然这样,只要哪天打工结束的时间都差不多,我们就能顺便见个面。刚才休息时间的前半个小时中,我试着用LINE联络她,结果发现今天菊池同学比我晚一个小时下班,那就择日不如撞日,一定要开口问一下了!所以我鼓起勇气试着邀请了她,事情的来龙去脉就是这样。对了,我有顺便跟日南报备了这件事。

"那个……友崎同学,晚上好。"

"哦、嗯。菊池同学,晚上好。"

菊池同学手中抱着用来抵挡充斥人间邪气的天使羽衣——不对,是用来防晒的轻薄黑色罩衫。

她穿着比平常更休闲一点的衣服,白色半袖衬衫配上深绿色的裙子。整个人仙气飘飘的。

"谢谢你……约我出来。"

菊池同学有些紧张地用一只手反抓住另一只手的袖口，似乎不太好意思看我的眼睛。啊啊，她的声音就好像福音一样庄严，震撼我的耳膜。

"那个……"我紧张得心脏怦怦跳，"菊池同学，你肚子饿了吗？"

"唔、唔嗯。好像……饿了。"

"那、那我们……"

我试图主导我们接下来的行动，在脑海中搜寻着应该要去哪间店。

呃……这附近我知道的好店有……想着想着，我开始着急起来。完了，连一家都想不到。我有印象的只有拉面天妇罗之类的店。不过就算去那种店，菊池同学大概也会说："天妇罗好好吃。"然后开开心心地吃下去吧？不过这可是关系到男人的尊严。要是日南知道了，肯定会白我一眼，然后嘲讽道："跟女孩子单独约会还去吃这种店，你这也太掉价了。"行吧，虽然这也不算是约会……

我开始后悔为什么我没有事先做好调查。虽然我下定决心不再强行背话题与人尬聊，或是戴着面具与人交往，但现在觉得这种事先调查还是有必要的。前阵子我跟日南一起去附近的西餐厅吃午餐，我有看到晚餐的菜单，印象中价格非常高昂，让我实在下不了手。那要不就再去一次之前买完书光顾过的咖啡店吧，连续去两次会不会不太好。日南啊，你这种时候怎么不出来帮帮我。

呃……如果有家庭餐厅的话也行,但是大宫好像没什么家庭餐厅吧。不不,应该只是我不知道而已,这种成群结队去的店一向与我无缘。以前我读书的时候,好像还是去过家庭餐厅的吧?我记得我喜欢去那栋大楼里的"LOFT",还有车站东口的"樱屋"我也喜欢……啊啊啊啊,我到底在想什么!

我脑子一片混乱,但问题总得想办法解决,于是我打开手机地图,试图力挽狂澜。这时我看到了日南传来的LINE信息,里头贴着一段链接。

这是什么?我疑惑地点开后,是一间咖啡店的主页。从大宫车站东口走几分钟就能抵达,价格也不贵。

"噢、噢噢……"

"怎么了?"

"没、没什么……"

菊池同学小脑袋一歪,有些疑惑地望着我,但我没法跟她解释。就这样,我将菊池同学带去了日南说的那家店。不过说真的,这已经不是"考虑周到"的级别了。

* * *

我们来到咖啡厅。

打开店门的那一刹那,映入眼帘的便是昭和混搭着西洋的风格，内部装饰非常独特。

复古的红色沙发旁边摆着大型观叶植物，感觉好华丽。收银台前方的桌子上随意摆放着许多裸妇石像和色彩缤纷的酒瓶，墙壁上挂着蒙娜丽莎的画像等装饰品，氛围上走西式华丽路线，但是每件物品又散发着怀旧风情。可能是因为这样吧，整体给人的感觉与其说是西式的店面，倒不如说它更像刻意走西式路线的昭和咖啡厅。

"真是……不可思议的店。"

"……我也觉得。"

说到不可思议，我倒是觉得菊池同学更加不可思议。不过在这里把这种话说出来，她肯定觉得莫名其妙，万一听明白了，估计会觉得我恶心。好吧，这种玩笑开不得，我也是知道的。

"这里的氛围好棒。"

菊池同学说完，露出了笑容。啊啊，我仿佛感受到了天使的呼吸。

"嗯、嗯嗯……是啊！"

看到她治愈的笑容我有些不好意思，同时也心生感谢。谢谢你帮我，日南……

我们两个人面对面坐到位子上，开始看菜单。

"他家菜很多呢。"

"是啊……"

菊池同学开心地翻阅着菜单，脸上的神情逐渐放松下来。

"那我就点……那不勒斯风味意面好了。"

"我要蛋包饭。"

我想起上次在另一家店吃饭时,菊池同学也点了蛋包饭。

"你很喜欢蛋包饭呢?"

我流畅地打出了一击升龙拳,这是我反复练习的结果。当然,我带上了点调侃的语气。这让菊池同学不禁捂嘴偷笑。

"当我回过神,已经选了蛋包饭。"

"你是说,直到点完才发现?"

"就是这样。"

我们两人一起偷笑。跟菊池同学一起度过的时光很安静、很自然,而且很温暖。

就着这个氛围,我把店员叫来,将两个人的餐都点了。我在努力尝试着主导我们的行动。完事后,我喝了杯冰水压压惊。

菊池同学露出温和的微笑看着我,感觉她看起来比墙上的那张蒙娜丽莎更温柔。

"上次……谢谢你陪我去买书。"

"啊,我才要谢谢你……帮了我很多。"

"……你客气了。"

"……嗯。"

在动物都冬眠着的森林深处有一个被薄冰覆盖的精灵之湖,一片静谧。我现在感觉就像坐在那样的湖畔,安稳又庄严的氛围抚慰了疲惫的心。

"这样的安静氛围能让人静下心来呢。"我环顾了一下店内的装饰说道。

菊池同学面露微笑。

"友崎同学最近很努力呢。"

"哎,我很努力?"没想到她会这么说,于是我等她继续解释。

菊池同学点点头。

"嗯嗯,感觉这两天总是看到你跟别人有说有笑的。"

她十指交叉放在桌子上,语气十分温和。啊啊,听她这么说,好像也确实是这样。

暑假结束才两天,我身边一下子发生不少事情。周围的人确实会那么看我吧。特别是菊池同学的座位在我斜后方,那就更不用说了。

"哈哈,也许吧。人多热闹……但也会很吵。"

我边说边苦笑。

"是……这样子吗?"

她真诚地看着我的眼睛问道。

这让我突然意识到一件事。

我再一次审视自己的内心,在害怕、自嘲的退路上找到了那个准备逃避的自己……不对,我不能这么做,面对菊池同学,我应该将我内心的真实想法直接表达出来。于是我再次开口。

"不过……我觉得很开心。"

话一说完,菊池同学便放松下来,露出了开心的笑容。

"那太好了。"

就像这样,我在菊池同学面前总是能够毫无保留地和她沟通,最主要的原因还是在她这里我会觉得温暖和放松。这让我重新认识到她的存在对我来说是多么重要。

点的餐到了,我们两人一面用餐,一面闲聊。

我决定问菊池同学一件事。

"我想问一下。"

"……嗯,想问什么呢?"

正在吃东西的菊池同学慢慢将嘴里的食物吞下,淡定地回应着,这一举动让我感觉"真不愧是菊池同学"。如果我在吃东西的时候突然被人搭话,我大概会囫囵吞枣地把嘴里的食物硬吞下去,然后在食物还噎在嗓子眼里的时候,就赶紧回复人家,估计会很没形象吧。

"那个……咱们班上的绀野绘里香,你知道吧?"

"绀野同学……吗?"

我点点头。

"菊池同学,你觉得……绀野绘里香这个人怎么样?"

目前情报还是不足。从泉那里得知了绀野的小嗜好,从小鸫那里得知了绀野有"欲望",想要她行动起来,需要性价比和诱因。可是光知道这些还不够,我还没法拟定作战计划。

所以才想顺便问问菊池同学。在 RPG 游戏里面,收集情报时尽量多问一些人可是铁律。而且菊池同学总是给人一种能看穿人心的感觉，就像居住在森林深处的妖精一样，想要打倒恶龙的话，就得请教她们。

"她是什么样的人？这个好难回答……"

"啊啊，也是，呃……"

是问题太抽象了吗？我重新思考了下该怎么提问，接着说：

"怎么说呢，我其实想问的是绀野在什么情况下会愿意努力……就好比这次球技大会的事，绀野完全没干劲，对吧？那么绀野在什么情况下才会拿出干劲？"

菊池同学听完后点点头，似乎理解了。

"你想说的是这个吧，能让绀野同学努力的动机。"

"啊……对，就是这个意思。"

动机，确实能这么理解。话说回来，之前菊池同学看日南每天都那么努力，她也问过一句话——"日南的动机是什么？"好像因为她在写小说，对这种事情比较敏感。

"嗯，我这么说可能不太好……"

"嗯？"

菊池用手撑着脸颊，有些犹豫。数秒后，她偷偷抬起眼睛窥探我。她那双眼好有魅力，仿佛漂浮着魔法花瓣的水池一般闪闪发光，温柔地将我的思绪溶解。

她那对薄唇微微轻启。

"不想被人小看——我想她最大的动机是这个……吧。"

她刻意没有把话说得那么死，可是单就内容来看，她对绀野绘里香的评断可是毫不留情。"不想被人小看。"好尖锐的一句话。

不过，她确实说得有道理。

"不想被人小看……吗？"

"是、是的……"

菊池同学似乎对自己刚才说的话很在意，不自觉地缩成一团。再加上她那楚楚可怜的气质，整个人看起来就像松鼠一样。

"听你这么一说……好像确实是这样。"

我表示赞同。

比如她在班上促成"土就是原罪"这种氛围，同时让自己看起来很潮，可以说是避免让自己被人小看的一种防卫策略。泉说过的"她特别喜欢打扮"也是同样道理，不想被人小看才特别在意外表。她那种盛气凌人的态度和魄力也跟这点有关吧。原来如此，这样一想确实，绀野绘里香的行动都依循着某个方针——就是"不想被人小看"。

只是有一点我想不通。

"既然如此，她为什么会不想在球技大会上努力表现？"

假如绀野绘里香的行动方针是"不想被人小看"的话，那么像"球技大会"这种会分胜负、赢了就能出风头的活动，她自然是不会错过的，可现实不是如此。

当我问完，菊池同学继续用有些委婉的语气说道：

"我想一定是因为……先贬低球技大会的话,不管输赢都不会被人小看……吧"

"……原来如此。"

一针见血的回答,仔细想想确实是这么回事。只要把球技大会贬得足够低级,就算没拿到冠军,也不会被人小看。甚至为这种事情努力,也会显得很蠢。这确实是绀野绘里香用她的脑回路能干出来的事。

话说回来,菊池同学都不需要思考就能回答我,一定是她平时就有仔细观察班上的人,然后将自己的感受转化成语言记在心里吧。感觉和日南给出的"观察群体"课题差不多。嗯,果然多跟不同的人打听情报能学到不少东西。真的就像在玩RPG一样。

"不、不过绀野同学还是很为伙伴着想的,性格也比较直爽,我想她应该也不是那么坏……"

"嗯、嗯嗯。"

可能是因为在背后对人家有所议论产生了罪恶感吧,菊池同学慌慌张张地为绀野说些好话。

"先贬低球技大会……吗?"

"是、是的……"

我突然发现刚才那些话跟小鸫说过的"欲望""努力的性价比"能联系上了。

绀野绘里香讨厌努力,同时又不想被人小看。

然而她身处在"班级"这个有限的空间里，若是没有作为女王处在金字塔的顶端，就会被人小看。

所以她才会摆出不可一世的态度吧。

毕竟她不得不这么做。

否则，"不想被人小看"的"欲望"就得不到满足。

不过，球技大会这事就不能这么解释了。

的确，像球技大会这种活动，她完全可以通过自身努力拿到好成绩，从而满足她"不想被人小看"的欲望。

可是这种做法对她来说缺少"性价比"。

因为她根本没有必要费时费力地去备战球技大会，只需要在班上制造出"蠢货才会为这种比赛努力"的"氛围"，就能保证自己的地位不被撼动。

这种方式的"努力"对她来说，更具有"性价比"。

所以她才不打算为球技大会努力。

这样一来，就都说得通了。

"不想被人小看"的"欲望"通过"最具性价比的努力"来满足。

虽然还只是推测，但估计八九不离十了。

这是我从泉、小鸫以及菊池同学那儿打听到情报后，自己总结出来的"绀野绘里香的行动准则"。

"……嗯，完美。"我小声地喃喃自语。

这是光靠我自己一个人无法解决的事情,但我通过搜集情报,总算是找到了突破口。虽然事情还没解决,但比起之前像无头苍蝇一样到处碰壁,我现在至少有了明确的方向。

既然绀野绘里香利用"操纵氛围"制造出那种让大家觉得"没必要为了球技大会去努力的氛围"——那我只需要用某种方法改变那样的"氛围"就行了。

也就是说,想要打倒绀野绘里香这只恶龙,不可或缺的就是——

某个关键道具,能够让绀野绘里香觉得"在球技大会上输掉了就会被人小看"。

同时它也是这个大 boss 的"弱点"。

只不过,我目前还不知道这个道具在哪里,也不知道万一碰上了和那个道具有相同效果的魔法或武器,我能否使用,要是能告诉我使用条件就好了,这样我至少有一个前进的方向。

面对用一般的战斗方式无法战胜的特殊 boss,我通过搜集跟她有关的情报,终于发现了她的弱点。

那么接下来就要去找能够对付这个弱点的道具!

嗯,果然深入地玩下去才会发现,"人生"也是一个很不错的游戏。

我就这样沉浸在自己的世界中思考了一会儿,等我回过神来的时候，我发现菊池同学正微笑地看着我，就像在守护一个孩子一样。

"友崎同学，你看起来好开心呢？"

"哎……有、有吗？"

是因为我在想游戏的事吧？菊池同学露出调皮，又莫名有些欣慰的微笑。

"这才是我认识的友崎同学。"

"嗯、嗯嗯……"

面对菊池同学那种包容我一切的笑容，我不由得害羞起来。

* * *

这之后我跟菊池同学聊起安迪的作品，聊到在暑假做了哪些事情，还有班上的人以及未来出路等等。在闲谈之间，我们度过了一段安稳祥和的时光。在这样的时间里，我果然可以做最真实的自己，不用说自己不想说的话，也不用戴假面具。

聊到差不多的时候，菊池同学小声自言自语道。

"我也要……好好加油了。"

"哎？什么加油？"

我不禁反问，菊池同学则露出调皮的笑容。

"从我们之前一起去买书那时算起，也没过多久……但感觉友崎同学又变了很多。"

那抹笑容感觉比平常更有人情味，那段简短的话语似乎蕴含着她身为一个女孩子的多愁善感。

"是、是这样子吗……"

自从那天以后，大概过了两个星期。她是在说我这段时间变化很大吧？

只见菊池同学轻轻点头。

"我觉得……你变得比以前更积极了。"

听她这么一说，我想起自己曾经跟日南吵架的事。

的确，从那个时候开始，自己的前进方向、该走什么样的路，好像更明确了。

"……这样啊！"

菊池同学的话让我颇有感触。

她说的那些其实我自己也感觉到了。真的不得不佩服菊池同学，她看人的眼光好厉害。

接着菊池同学伸出纤细白皙的手掌，优雅地放在自己的胸口上。

"所以我也要……一步一个脚印地前进。"

菊池同学如此宣言道。

"……嗯。"

虽然不太明白她所说的"前进"指的是什么。不过既然菊池同学想靠自己的意志朝某个目标前进，不管她的目标是什么，我都会为她加油。

新的一周，星期一，我来到了第二服装室。

"汇报一下吧，课题的进度如何？"

日南还是一贯的精神抖擞，完全看不出来她刚做完晨练。我准备简单地汇报一下现状，于是开口道：

"嗯，这个嘛，我感觉已经找到攻略的方法了，差不多就是这样。"

日南佩服地点点头。

"嚯！如果真是这样，那进度可比我想象中要快呢。"

"是这样吗？"

因为我去跟很多人打听了消息，所以才进展得这么快吧。

"反正时间上还很充裕，你想怎么攻略，我就先不过问了。期待你拿出成果。"

"啊！你不帮我参考一下吗？"

"不用。总之，一开始还是让你多试错比较好。"

果然，这次的课题日南不会过多干涉，主要还是靠我自行思考并决定该如何行动。

"反正就是要我靠自己是吧？"

"没错。"

简短的回答，一句废话都没有。看来她这回是铁了心不会帮我。

"原来如此，我懂了……顺便问一下，我这次找了很多人商量对策。这样应该没问题吧？"

日南满意地点点头。

"倒不如说这么做才是这次课题的正确解答方式。这种攻略套路在游戏里很常见吧？这次 boss 的攻略难度很高，当你的能力不足以应付时，就需要借助他人的力量，这是非常重要的方法。是否能够看清这点也是课题的考验之一。"

"也就是说，你反倒鼓励我这么做？"

"是。"

"……我知道了。"

我想起之前遇到深实实的问题时，全是仰赖小玉帮忙解决的。

也就是说，可以和那个时候一样，假如我能想到某个作战计划，但没有足够的实力去执行，这时就可以借助他人的力量。

"不过，要是你连制定计划都交给别人做，那样就本末倒置了。你要记住玩游戏的人始终是你自己，你要是把手柄都交给别人了，那样就一点意义也没有了。你应该明白这个道理吧？"

"啊啊，当然明白。"

就这样，我在她这里确认了这次课题的规则，可以着手拟定今后的作战计划了。

* * *

结束早会，我离开了第二服装室。

我一走进教室,立刻注意到了一件事。

我来到水泽和竹井身边。

"中村他……今天也不来吗?"

被我这么一问,水泽皱起眉头。

"应该吧。发LINE给他,结果是这副德行。"

他边说边给我看他的手机屏幕。

"你今天也不来上课吗?是因为佳子的事吗?"

"我去,稀有恶魔也太难打了……"

"把我当空气是吧。你还在玩斗犬?"

"对啊!记得跟川村说我在发烧。"

"喔、喔喔。"

还真是霸道。只说自己想说的话,对别人的信息直接无视。前阵子我跟中村一起去游戏中心玩过"斗犬"这个游戏,没想到他还在玩。又是AttaFami,又是斗犬,他还真是忙。不过从一个玩家的角度看,喜欢玩游戏倒是个好倾向。

"你也看到了,情况就是这个样子,只能暂时随他去了。"

水泽的声音里透露着无奈,竹井也跟着点点头。

"这种时候的修二真的很难搞!"

"原、原来是这样……"

我观察了一下他们对这个事情的反应,在心里估摸着哪些问题可以问、哪些问题不能问。

水泽"嗯……"地思考了一下，继续说道：

"可是他上次请假是在上周五吧，中间隔了周六、周日，然后今天又要请假。这次吵架也吵得太久了吧。"

"哎？之前不是这样吗？"

水泽点点头。

"像之前的话，他大概会休息一天，第二天就好像什么都没发生过一样跑来上学……像这样连周末都一直在吵架的情况，估计也是第一次吧？"

"也许吧，到底是什么原因呢？"

"鬼知道……反正等他来了再问吧。估计他八成不会说就是了。"

"那不就只能等啦！"

"是啊！总之在球技大会开始之前一定要让他回来，那家伙可是我们班的一员大将。"

"哈哈！孝弘，你也太没人情味了吧！"

"哈哈哈。"

两人开着玩笑把这个话题轻松带过，又像平常那样闲聊起来。怎么说呢，能感觉出来他们在担心中村，但还是默契地不会过多干涉别人的私事，这大概就是男人之间的友谊吧。这种感觉是我至今为止不曾体验过的。

隔天，星期二早晨，上课前，教室里。

"嗯……刷新最长纪录了。"

这话水泽是皱着眉头说的。

从上周五开始一直到今天，中村还是没来。现在连我都有点担心了。

最近这几天早上都有跟水泽、竹井待在一起，不过今天的气氛明显比昨天的更凝重。

"他这次翘课时间也太久了吧。"

竹井说话的语气虽跟平常一样，但能感觉到他在担心。不过更让我感到惊讶的是，竹井居然也会有"担心"这种感情。

"他还发了这样的 LINE 过来。"

说着，水泽将手机屏幕打开给我和竹井看。

"总之，这周都当我在发烧吧。"

看着这段文字，我不禁开口道：

"这样下去不妙啊。"

水泽点了点头。

"是啊……咱们都是要考大学的人了，还动不动就翘课。而且现在的课程都是以应试内容为主，说真的，老是缺课很吃亏的。"

"……我也觉得。"我点点头。

最近几天学校会发一些新的讲义跟教材，然后会在课堂上讲解该如何运用这些资料以及今后的学习方针。缺了这些课的话，虽然不至于致命，但肯定会对今后的学习有影响。

"修二这家伙真是的！到底在想什么！"

竹井烦躁地挠起头发来。

水泽见状嘴角有些上扬，然后一脸认真地说道：

"还真说不准修二在想什么。说实话，先行动后思考，才是那家伙的一贯作风。"

他用手指挠挠后脑勺，然后盘起手陷入了沉思。

第一节课上完了。

接受了数学课的洗礼，头昏脑涨的我正在尝试冷却我的大脑。

这时，我的左边肩膀突然被人戳了一下。

"哇啊！"

我大叫一声把泉吓得向后一仰。

"干吗这么大反应？"

她一脸嫌弃地看着我说道。

"啊，抱、抱歉。"

最近已经很习惯跟人聊天了，甚至还能时不时地吐槽、捉弄一下对方，我还以为对此我已经相当熟练了。但在我毫无准备的情况下，突然来这么一下，我还是会手足无措。暴露了我其实是弱角的事实。

"那个……有什么事吗?"

当我问完,泉似乎有些不好意思开口。她稍微低垂着头,但仍用余光看着我说道:

"其实也没什么,我就是……想问下你修二的事。"

她一脸认真,脸颊微红,这个样子估计会让很多人心动。这就是现充的实力吗?太狡猾了。不过我早就看透了现充装可爱的那一套,所以不好意思,这招对我不管用。

我淡定地回复道:

"喔、喔喔……你是想问……他请假的事?"

泉动摇了!果然,一提到中村的事,她的反应比我想象中还大。这样一来,我算是扳回一局,一比一扯平了。

"嗯,对。"泉轻轻点头,"刚才看到你有跟阿弘他们聊天,我在想你是不是知道些什么。"

我这才注意到泉在叫水泽名字的时候用的是"阿弘",看来他俩关系不一般啊!

"……这个嘛,我们在担心他动不动就翘课的事,这样下去会很麻烦。"

"果然……是这样。"泉看起来有些消沉地点点头,"不知道要持续到什么时候……"

我想起中村传给水泽的那条LINE。

"他还发消息说,这周都当他在发烧,要我们帮他请假。"

"是他本人发的?"

"应该是吧。"

"……翘课一个星期?这样不会落很多课吗?"

泉纠结地"嗯"了一声。

"是啊。我们都是要考大学的人了,更何况最近的课都比较重要,没来的话很吃亏的。"

"啊……确实,这也是个问题。"

泉的声音带着迷茫,可我有些在意她说的那个"也"字。

"也?你的意思是还有其他问题?"

"啊,没什么……我只是在想……"

泉用食指挠挠鼻头,继续说道:

"修二其实经常和他家里人吵架。这次是从上个星期开始的,所以是已经吵了将近一星期了,而且还没吵完对吧?他不来上学我是很担心……但我更担心他和家里人的关系怎么样了。"

"……原来如此,我没想到这么远。"

我知道泉是个很体贴的人,没想到她连中村家里的情况都考虑到了,不得不佩服。这应该跟她喜欢中村也有关系吧。

"你说的这点……确实也很重要。"

"是吧……"

见我同意她的观点,泉轻咬着嘴唇,露出担忧的表情,然后开口道:

"唉，要是修二能来上学就好了，我一定要问出原因。可是他一直这样翘课的话，我就……"

泉无奈地叹了一口气。看到她这样，我决定拿出昨天跟水泽他们聊过的话题试试。

"在球技大会开始之前……他应该会过来上课吧。"

"嗯……也许吧。但我希望他回来。难得有场比赛，我希望能够跟大家一起。"

"是啊……"

"嗯。"

泉认真地点点头。

"刚才跟水泽他们聊天时，我们说到中村容易冲动行事。"

"啊，这个我也觉得。"

泉用手指轻轻指着我的脸说道，看来她也颇有同感。听到这句话，我不禁露出苦笑。

"果然中村平常就是那个样子呢……"

连泉都这么觉得。但就算知道这一点，她还是喜欢中村，恋爱中少女的包容心真是不可小觑。

"不过我不介意，哈哈，要是不冲动就不是修二了。我们从去年开始就同班，已经习惯了。"

泉说这话时乐在其中，一副拿修二没办法，但是又喜欢得不得了的样子。

我淡定地吐槽道：

"你这话说得……就好像老夫老妻一样。"

泉的脸刷地一下就红了。看到了吗？我刚才那句捉弄人的话说得很自然吧！因为我刚才并不是为了捉弄人才说的，我只是很自然地说出了自己的想法，结果碰巧就捉弄到她了。就好比打游戏时无意中按出了升龙拳，却正好打中了对手一样。总之，就结果而言是OK的。

* * *

时间来到今天的第六节课。

这是今天最后一节课，又是一个漫长的班会。

"我们在上星期的班会选出了队长，今天来继续商量一些关于球技大会的事项。"

川村老师一面宣布，一面在黑板上写下"期望比赛项目"。

学生们纷纷开始了讨论。

"跟去年一样，每个年级男女生各决定一种比赛项目，跟同级的其他班级比赛。去年比过的项目好像是足球、篮球、躲避球、排球、垒球……但除此之外，只要场地能够安排上，在某种程度上大家还是能自由选择比赛项目的。差不多就是这样。首先，就让队长带领大家一起讨论一下。竹井，平林。"

老师说完，分别朝他们二人招手，要他们到前面来。

"纯爷们儿就应该选足球！对吧？！"

在班上同学的窃笑声中，竹井精神抖擞地走上讲台，平林则躲在他后方安安静静地站着。很明显，平林同学不习惯做这种事，不过这种时候我也没办法帮她，只能指望竹井了。希望竹井足够清醒，能知道拉她一把。

"先说一下，在队长会议上大家的第一志愿不一定能被选上，所以在这里我们把第二志愿和第三志愿也定下来。毕竟我听说，竹井猜拳好像很容易输。"

"哎！怎么连老师你都这么说？！"

班上再次笑成一片。我将目光投向平林同学，虽然她还是很紧张，但她已经被这种气氛所感染，露出了开心的表情。很好！就是这样，竹井！

对了，我有偷偷观察绀野绘里香，她也在跟着笑。也是，队长都选出来了，她也不需要咄咄逼人了吧。其实单看脸的话，像这样面带笑容的她还是蛮可爱的。为什么她平时的表情跟态度那么可怕呢？

话说回来，要我们选自己想参加的项目啊！我的课题是让绀野绘里香拿出干劲来。想要达成这点，我感觉比赛项目的选择很关键。要是第一志愿选中了绀野绘里香讨厌的项目，用"性价比"来解释的话，那就是"努力的成本"提高了。

"……对了，泉。"

我压低声音，跟和我有共同目的的伙伴——泉，搭话。

"嗯？"

泉也小声回应我。

"你觉得绀野会对刚才提到的哪个项目比较感兴趣？"

"啊……"泉犹豫了一会儿，"应该是垒球吧？"

"哎，居然是垒球。"

说真的，我已经做好了心理准备，哪怕她告诉我"哪个都不喜欢"，我也能接受。像这样直接就把答案告诉我了，还真是走运。

"嗯……像躲避球、排球、足球或篮球这类会被球打到脸和身体的运动，绘里香好像都不喜欢。"

"啊，原来是因为这个啊……"还真是消极的排除法，"那她还有其他喜欢的运动吗？"

"这个嘛……她运动神经不错，但感觉她好像不是很喜欢运动。"

"这样啊……"

"嗯。所以如果想让绘里香拿出干劲来，就只能选垒球了。"

"我想也是。"

见我点头同意后，泉用鼻子深深呼出一口气，一副干劲满满的样子。像这种"既然要做就全力以赴"的态度，作为玩家，我还是支持的。不愧是我的徒弟，我也得加油了。虽然在女生的期望项目上，我也做不了什么就是了。

"好，那接下来的这二十分钟……也就是到两点三十五分，由队长带领大家讨论。要是能讨论出结果来，就再好不过。要是没办法达成共识,我们就投票表决。就先从男生这边开始吧,现在可以开始讨论了。"

"还用讨论吗?男生就选足球吧?!"

老师的话音刚落,权力到手的竹井就开始跟全班喊话。怎么说呢,这与其说是现充的实力,倒不如说是竹井个人厉害的地方。

不过男生这边,竹井在当选队长的时候就放话说要选足球了,当时也没人提出异议,所以根本用不着讨论吧,男生期望的项目早就已经决定了。

——我原以为是这样。

"不,我觉得应该选篮球!"

有人跟竹井唱反调,是之前跟我一起聊过天的橘。我当时就觉得他给人的感觉像篮球社的人,看来被我猜对了。不过,我倒是没想到他会在这里提出反对意见。有意思,看来我得好好观察一下这背后的原因了。

"哎哎,不会吧,为什么不选足球?!"

我感觉竹井与其说是在"带领"我们讨论,不如说他只是在单纯地用"自己的方式"表达意见。估计他完全没想过去履行好队长的职责,真不愧是竹井。

"啊,那我比较想选垒球。"

有人出来补了一句,是跟橘经常在一起的人,名字叫什么来着——好像叫清水谷。他剃了光头、体格壮硕,看起来像棒球社的人。总觉得我最近老是喜欢通过外表去评价别人。

"垒球吗？垒球其实也蛮有意思啦！"

然而竹井也没去回应各方意见，只是自顾自地说出感想罢了。干得漂亮，竹井。下回别再做队长了。

不过原来如此，事情在朝这个方向发展。之前竹井就放话说，"我一定会争取到足球！"再加上处于班上权力顶端的中村是足球社的人，基于这样的关系，我原以为选足球是顺理成章的事，但怎么会变成这样……

我突然意识到一件事，"中村不在"。原来是这样。

说起来，刚才说要选篮球跟垒球的那两个人，他们都属于班上搞体育的小团体。虽然也算是现充，人数也不少，但在班上的地位却不像中村他们那么高、话语权也没有中村那帮人那么大。

换句话说，在这种情况下，要是中村在场的话，那些中间阶层的人就会顺从中村的意思，但现在负责支配氛围的中村不在这里，所以他们就从团体分散成个人，开始各自表达自己的想法，于是大家意见便出现了分歧。这样想似乎就说得通了。而且属于这个阶层的人很多，处理起来很麻烦。原来如此，这样看来，中村的影响力果然很大。

"我们班有很多篮球社的人，应该有胜算吧？"

"确实是那样没错……"

"可是棒球社的人也很多啊！"

"好吧，两边都人多。"

搞体育的小团体内部也有不同的意见。感觉大家的态度都不是很强硬,而是在顾虑彼此的感受,试图磨合出一个结果。这跟中村平时那几乎可以说是在逼迫他人的自我主张相比,大家的行事风格都算是比较客气。这个团体恐怕缺少像中村那样的核心人物,因此才没有一个强硬的、属于整个团体的大方针。

见大家都在说,来不及整理各方意见的竹井急了。他有些不知所措地向大家发问:

"这下该怎么选啊?是足球、篮球,还是垒球?"

"投票表决不就行了?"有人喊道。

"有道理!"竹井点点头。

就这样,讨论时间都还没用完,我们最后变成用投票表决。竹井在黑板上写下大大的"足球""篮球""垒球"三个选项,让大家开始投票表决。

"有想选足球的纯爷们儿吗?!"

竹井说这话的同时,将手高高举起,可是包括他和水泽在内,举手的男生总共只有四个。顺带一提,我也没举。虽然我不擅长运动,但为了尽量玩得开心点,我打算选篮球。这是因为不擅长运动的人会比普通人更不擅长用脚或棍棒控制球。会这样考量都是为了让我自己好过点。抱歉竹井,抱歉中村。

只见竹井失望地喊道"不会吧……"然后在"足球"二字的旁边用数字写上大大的"4"。怎么说呢,像这种时候通常都会用"正"字来计数吧。看到他用这种笨办法,我差点笑出声。

好险好险。

之后我们继续进行了篮球跟垒球的表决,结果篮球得到九票,垒球得到六票。就这样,男生们的比赛项目顺序确定了,没想到足球变成了第三名。关键在于中村没来控场,导致中间层的票数分散,以及那些平常比较低调的同学大多把票投给了篮球吧。那些比较低调的同学之所以会集中把票投给篮球,倒不一定是因为他们的想法跟我一样。不如说是因为篮球需要上场的人数比另外两个项目少,所以自己被迫要参赛的概率比较低。我直到去年为止,对类似的活动都是这种比较抗拒的态度,所以很清楚大家这么选择的理由。

"可恶,算了,就这样吧!那就按照篮球、垒球、足球的顺序来吧!"

就这样,男生的讨论只用了五分多钟就结束了,这位直到最后都对结果不满的队长骂骂咧咧地离场了。带领讨论这个任务自然就轮到了平林同学。

"那、那个,接下来,我想请大家讨论一下女生这边的比赛项目。"

跟刚才相比,现在教室显然要安静得多。这或许只是因为先前竹井一直用大嗓门说话造成了落差,才让人有这种感觉也说不定。然而事实上越是安静,大家就越是不敢说话,积极讨论的氛围在逐渐消失。我悄悄观察周遭的人,感觉大家的表情好像变得僵硬了。也许是我想多了。

我很好奇在这种时候，绀野绘里香会做出什么举动，于是朝她那边看去，结果发现她正将支撑着脸颊的手慢慢放到胸前交叠，整个人靠在椅背上，看起来很不爽。喔喔，这种肢体语言还真是好懂。她周围的人光是看到她这副样子，都会害怕吧。

"……唔哇。"

我隔壁的泉不由得小声发出感叹。

"……是因为绀野绘里香吗？"

我悄悄向她问道，于是泉便带着那对亮晶晶的圆眼睛猛点起头来。看起来就像小狗一样乖巧。不过说真的，绘里香不爽的情绪那么明显，是个人都会注意到吧……想到这里，我突然灵光一闪。

搞不好这也是绀野绘里香用来支配氛围的一种手段。

就算不通过语言，用眼神、姿态、举止等各种方法也能不言而喻地表达意思，她正是凭借着这种肢体语言形成的压迫感来支配现场氛围。说起来，日南最开始教我的也是表情和姿势的管理。

现在就是这个样子，由于绀野绘里香发挥了她的支配力，班上女同学很难公开表达自己的意见，但现场讨论氛围并没有因此完全处于停滞状态。

"我先说，我想选篮球！有葵跟我在一起，肯定能打赢！"

第一个元气满满地举手的是深实实。

对此，日南苦笑着回应道：

虽然有些不知所措，但平林同学还是在贯彻老师的方针——先讨论。

"那先从夏林同学开始吧，你有什么理由吗？"

被这么一问，小玉稍微犹豫了一下。

"因为……我想比这个。"

这句太过直接的话被小玉说出口后，现场顿时沉默了一下。

"不是吧，你这也算是理由吗？！"

立刻就有人半开玩笑地吐槽她。仔细一看，原来是深实实，她正从座位上朝小玉的方向滑稽地伸出手。这让班上笑声四起。

喔喔，原来如此，想让别人发笑可以这么做，在有人说了奇怪的话之后赶紧吐槽。我一边分析这项技能，一边在脑海中模拟这种状况，以备不时之需。但问题来了，我怎么也想象不出来我要是这么做会是怎样的一种形象。嗯，看来我离掌握这项技能还远着呢！

话说回来，刚才的深实实还真厉害，能够让整个群体发笑。我曾经听小玉说过，自己因为性格太直接没法融入班级，都是因为有深实实的保护，才有了现在的她。刚才那一段互动似乎就体现了这点。假如刚才深实实什么都没做，尴尬的氛围很可能会持续下去。

"那么，接下来轮到泉同学……"

讨论还在进行中，教室里突然响起一道不悦的声音。

"搞这么麻烦。反正意见都不统一，直接投票表决不就行了。"

这句话是女王说的，语气里满是对平林同学的责备。

"啊，那、那个，话是这么说没错……"

被这句充满敌意与压迫感的话说中后，平林同学瞬间吓得乱了阵脚，说话都变得结结巴巴，眼神无助地在老师和同学之间游离着。

捕捉到那道目光，在一旁监督的川村老师开口了：

"……绀野，你先别这么说。我个人认为，一开始就用投票表决的方式不太好。我只是想看看，让你们通过开会讨论能不能达成共识。算了，从这里开始就由我来问吧。嗯，首先是……"

这段话说完，川村老师等于把平林同学的主持给抢了过去，变相地保护了平林同学。老师不愧是女强人，好帅气。平林同学算是有机会松一口气。后来老师问泉有什么理由，她则说出了不至于得罪大家的动机。我偷偷观察绀野绘里香的反应，发现她跟刚才没两样，看起来一脸无所谓，整个人靠在椅背上，还跷着二郎腿。

陈述完理由的泉坐回椅子上。我朝她那边看去，视线刚好跟泉对上。

"……绘里香好可怕。"

"是啊……"

我悄悄跟泉互动之后,继续观望会议的进展。

大家经过讨论后,最后进行了投票表决。结果是篮球六票、垒球五票、排球两票,篮球变成了第一志愿,我期望的垒球只排在第二。嗯,果然没那么容易。

对了,我本来以为绀野绘里香不管是哪个项目,都不打算投票的,但她因为刚才的事被老师盯上了,嚣张的态度似乎收敛了一点,姑且投了一票给垒球。也就是说,泉的预测是对的。不愧是懂得察言观色的女人。

讨论会结束,现在是休息时间。

泉疲惫不堪地趴在了桌子上。

"……辛苦了。"

我看到她刚才这么努力,所以就出言安慰。泉稍微抬起头,一脸傻笑地看着我。

"谢啦。"

"喔、喔喔。"

这个毫无防备的表情让我不禁看得入迷。我赶紧将目光移开,试图不被干扰。

"话说绀野简直毫无破绽啊……我不觉得她会拿出干劲。"

"啊哈哈,说的也是。"

她仿佛对我敞开了心扉一般,露出了天真无邪的笑容。拜托你不要做出这种表情好不好，会害我一不小心也把心交出去的。不对，这样好像也没什么不好的。

"不过就目前来看，不管是篮球也好，还是垒球或排球也罢，想让她拿出干劲都比较困难呢。"

"说的也是。所以我觉得绘里香也加入进来，让全班团结在一起，这个目标还是不太现实。唔……嗯，不过这样一来，平林同学就会很辛苦了……"

说着，泉"唉"地叹了一口气。

"或许我们应该想一些作战计划……"

当我说完，泉愣了一下。

"作战计划啊……也对。有什么好点子吗？"

"唔、唔，嗯……"所谓的作战计划，就是要找到能对付她弱点的方法，"我……想一下。"

"嗯，OK。"

泉做出 OK 的手势。

不过话说回来，如何制定作战计划也是个难题。

我得想出一个策略来点燃绀野绘里香的干劲。我需要一种方法，要让她觉得"如果不在球技大会上努力，就会被人小看"。或者说，再找一找绀野有没有其他"欲望"。

之后我又向泉打听绀野绘里香的其他情报，不过也没什么特别的新发现，还是想不到任何计策。唔嗯，感觉还差那么一点点，就能找到眉目。

＊　　＊　　＊

　这天放学后，我有一个会议要参加——但此会议非彼会议。

　这次的"会议"不在平时常去的第二服装室，而是在教室后方靠窗处，中村那帮人平时总是在那里闲聊。

　水泽、竹井和我正在闲聊的时候，平常不会参加的泉和日南也加入了对话。自然而然地，我们开始讨论中村的事。今天学校老师要参加校外研讨会，所有的社团活动似乎全停摆了。

　议题当然是关于中村的——"要继续对中村放任不管吗？"

　"……话虽这么说，但我们能做的事实在有限。"

　水泽率先打开话题。听到他这么说，日南苦笑着回应道。

　"也对，修二什么都不告诉我们，这样很难办呢。"

　"就是说啊！"泉也点头表示赞同。

　水泽皱起眉头来。

　"既然这样……我们基本上就什么都做不了了。"

　他刚这样一主张，泉便困惑地问道。

　"哎？为什么？要是有能够帮上忙的地方，就应该帮他呀！"

　听到泉这么说，竹井也跟着点点头。

　"优铃说得很有道理啊，要是修二遇到麻烦，我们一定要帮他！"

　"话是这么说，可是……"日南带着委婉的笑容说道，"那是他们家的问题，修二好像也不希望外人介入……"

"重点就在这里。"

水泽也点头认同。

确实是这样,没错。虽然我们都想帮他,可是我们作为同学,对于他家里的事情究竟能干涉到什么程度?这是个非常微妙的问题。

日南的脸上透露着不甘心,跟着点点头。

"嗯。要是他不希望我们介入,我们却强行干涉,那就是我们一厢情愿了……"

接着又是一阵沉默。

刚才日南的这些话,是作为面具下的完美女主所言,还是讲究合理性的 NO NAME 所想,我不得而知。但我隐约感觉到,那应该是她的真心话。因为这就是日南说过的"权力与责任"的问题。

"权力的大小,取决于你能承担多大的责任。"

假如我们这次擅自介入中村的个人问题,单方面采取某种行动,到时引发不好的结果——这个责任将没人能担得起。也就是说,若是无法负责,我们就不该擅自插手。

我个人也觉得,这才是面对问题该有的态度。

过了一会儿,泉率先打破了沉默。

"怎么会……这样。"

她似乎想通了什么，但又感觉她的语气带着些许迷惘。

"好吧，既然孝弘跟葵都这么说了，那就这样吧！"

竹井看起来还有些犹豫，但他似乎决定相信他们二人的判断。

"所以，我们不要擅自采取行动，最好先听听中村怎么说，我是这么想的。"

日南这句话就像在开导泉和竹井似的。

"嗯……好吧。"

泉看起来很沮丧，但还是缓缓地点头。就算知道自己做不了什么，泉还是会想帮忙吧。对她来说这应该就是"她真正想做的事"吧，但在日南眼里，这种想法就属于不合理。所以日南才戴着完美女主的面具去安抚泉的情绪，她是在试图制止这种行为吧。

平静的对话下，二人的意见产生了分歧。

日南所做的，不过是不断地选择合理的行为，这是她行动的绝对方针。虽然极端，但这种行动方针使日南在多个领域都获得了第一。所以当她看到泉只是因为"一时脑热地想做什么"的时候，便出手去制止泉的这种不合理行为。

不过，我觉得——

我跟日南不一样。

我最根本的行动方针只有一个。

那就是——为了享受"人生"这场游戏，我要做"我想做的事"。

既然这样。

现在我该做的,就不应该像日南那样选择合理的手段。

我要做的其实很简单,就是做"自己想做的事"。

也就是说,如果我打算去享受"人生"这场游戏,比起考虑这么做合不合理,我更应该先去思考"自己想做的事"是什么,要先把它找出来。

……

我感觉脑袋里有一些凌乱的想法,但没法用语言组织起来,我得整理一下。

这个时候,我应该把自己的感受摆在第一位。找到方向,找到想做的事。

我自己在心中摸索了一阵子,又看了看眼前面露沮丧的徒弟,得出一个结论。

这是一个跟日南主张的"合理性"相去甚远的结论。

我觉得必须要在此贯彻它。

而要达成这点,我所需要做的恐怕是"操控现场氛围"。

我在自己心中暗自策划着,慎重地斟酌字句,接着向大家开口道:

"我也觉得现在不该贸然介入中村的个人问题。"

这个时候,照理来说,等待确实是我们最好的选择。要等到中村主动找我们商量、找我们帮忙,这才是解决这个问题的合理方式。

但是"正因为如此",我才要继续把话说下去。

"不过……"

"不过?"

接我话的那个人不是泉,而是日南,她似乎对我接下来的内容感到好奇。

我组织了一下语言,开始讲述。

"确实,中村又没找我们帮忙,我们却想擅自介入他的私事,我也觉得这样不太好。可是,我们完全可以提前做些准备,这样万一他哪天过来向我们求助了,到时候就能帮到他。"

"提前做准备……吗?"

日南小声重复我的话,似乎不太认同我的观点。

"哎,什么情况?你这话是什么意思?"

泉似乎看到了希望,眼睛马上亮了,继续向我询问细节。

我琢磨了一下,开始向他们解释。

"要是中村没有主动要求的话……我们也不能来硬的。像是强行把他带来学校,或是直接找他妈妈沟通,这样肯定是不行的。不过,在不会让状况更加恶化的范围内,我们可以试着了解目前的情况。要是我们知道有哪些东西能帮到他的话,我们就想办法把那些东西先弄到手。如果只是进行这类'准备工作'的话,我认为是可行的。我们不用主动去介入中村的私事,但当他主动来拜托我们的时候,我们已经准备好了。"

就算他本人没有求助，我们也能提前做准备。

当然，也有可能这些付出都是白费功夫。

其实我在这里找到的"自己真正想做的事"非常单纯。

那就是尊重泉的这份心意，这份"想为中村做点什么"的心意。

这就是我刚才在心中摸索得出的结论，这就是我"真正想做的事"。

"我懂了，原来有这招！也就是说可以预先做准备，说不定就能派上用场！"

泉用充满感激的眼神看着我，附和道。

"我就是这个意思。"

我对她点点头。

然后我偷瞄了日南一眼，又将目光拉回泉身上，继续说道：

"既然是真心想去帮他，那就该全力以赴。"

这句话既是对泉说的，也是对日南说的，还带了点讽刺日南的意思在里面。不过我真的就是这么想的，波及了完美女主日南葵，还真是不好意思。

"就是说啊！不愧是友崎，真明事理！"

泉的声音里充满了雀跃。

"你这个做法嘛……也行吧……"

日南说这话时有些犹豫，但并没有直接否定。好吧，事实上，我说的话并不是毫无根据的，估计她一时也找不到反驳的理由吧。也许中村不会向我们求助，也许到最后我们的付出会派不上用场，但这不关我们的事。既然我们想帮他，我们就应该找一些力所能及的事情做，而不是一味地等待，这才叫作"全力以赴"。

我对日南现在想什么清楚得很。

目前中村不愿意让我们介入，照他的性格看来，这点确实很难改变。

也就是说，在这种状况下的努力，或是预先做的各种准备，到最后很有可能都沦为徒劳。

换句话说，在这种状况下努力，或是预先做准备是非常没有必要的。目前来看就不该选择那么做。如果有时间做那种事，还不如把时间花在确实能够做出成果的事情上。所以在掌握真实情况之前，我们应该先观望。

说得更直白一点，这是中村自己闯出来的祸，自己闯的祸就该自己负责，我们也没有义务去帮他。

估计日南就是这样想的吧。

身为一个玩家，很能理解日南的这种想法，甚至可以说我与她看法几乎一致。

但我觉得，比起合理性，我更希望能够做"我想做的事情"，因为那样人生会过得更开心。

我曾经嚣张地对这家伙放话，"我来教你该如何享受人生。"我那时想告诉她的，其实就是我刚才的想法吧。那就让你见识一下吧，日南。虽然我不知道这么做对不对，但请你先别挑刺，看完了再说！

"总之，大家先试着做做看吧，好不好！"

泉用纯粹的目光看着大家。"想帮助他"，这是恋爱中的女孩子最纯粹的想法。我想这大概是世上最难改变的"氛围"之一吧。虽然这次被我拿来利用了，可是这样一来，大家就不得不在这样的氛围中选择尊重泉"想做的事"。这就是日南所谓的合理性吧，却被我拿来做不合理的事。当然最重要的是，我这么做，是真心想帮助中村，也只有这样大家才会愿意支持我吧。

"好吧，既然文也都这么说了，我们就来试试看吧。"

水泽无奈地笑了笑，第一个站出来支持我和泉。

"嗯！那就这么办吧！"

泉顿时高兴起来。

紧接着竹井也点点头，说道："我也支持小明明。"

如今大局已定，就算日南再怎么不愿意，也没办法了吧。

我挑衅地朝日南坏笑。只见日南目光锐利地瞟了我一眼，看来她是真的生气了。

"有道理，确实值得试试看！"

她戴上完美女主的面具，用开朗的声音如此说道。不得不佩服她的演技是真的好。估计她现在心里想的是"竟然做这种毫无意义的事情……"但碍于完美女主的人设，她只能把这种想法憋回去。哈哈，叫你平时那么装，遭报应了吧。

就这样，日南被迫与我们一起"同流合污"。

"那我们就尽量试试看吧。"

水泽最后简单地做了下总结。这下大家的行动方针就算是定下来了。

"那么——"这时，日南看了看大家，若无其事地说道，"首先我们应该做的是……"

让我没想到的是，她居然率先站出来主持大局。但我并不觉得惊讶，毕竟她是日南葵啊！就算事与愿违，一旦方针确定，就会马上高效率地去执行。在她这里一切都是规划好的，绝不允许"想做什么就做什么"这种不合理的事情发生。所以，就算不开心，她也不允许自己被情绪左右，立刻又振作起来。这就是她强大的地方。

顺带一提，要是待会儿日南质问我"为什么做出那种提议"，我打算回答她"这样能累积一些经验，之后攻略绀野绘里香能派上用场"。那样的话，日南应该就不会太生气。讲究说话的策略也是一种智慧呀！

* * *

我们开始以日南为中心展开讨论。

"总之,不知道修二那边是什么状况的话,我们就什么都做不了。大家有没有办法收集到情报?我暂时只能想到两个方法,一是想办法从修二那儿套话,二是直接问修二的母亲,大家觉得如何?"

日南的话让水泽有些惊讶。

"直接问他母亲?这不太好吧?这等于我们要去他家拜访,我就怕把事情闹大了。"

日南"唔嗯"地思考了一下。

"打个比方……这几天学校新发的教材和资料,都堆在修二的桌子里了,对吧?"

"嗯?对啊!"

"还有,修二是不是发过LINE,说他一个星期都不能来上学?那我们可以把这件事告诉老师,然后就有借口送学习资料去修二家,这个办法我觉得可行性很高。而且他整整一个星期都没来,我们去他家探望一下,也没什么奇怪的吧!"

"啊啊……确实,这样的话很自然。"

水泽心悦诚服地附和道。

"而且呀,修二因为跟母亲吵架,根本不可能待在家里,我们就有理由问他母亲修二为什么不在家!然后很自然地就能聊到他们为什么吵架!另外,我们这么多人一起去他们家打搅也不太好,派一个人当代表就行,得找一个会说话的人……要不就我去吧!"

在说最后那几个字的时候，日南突然摆出一个充满自信的样子。

烦琐的内容被她逻辑清晰地娓娓道来，听起来一点都不觉得烦，这就是日南的实力吧。虽然被迫卷入了非合理之事，却在这非合理之中运用合理的方法冲锋陷阵，试图用最快的速度解决问题。

说起来，在这之前我还真没见识过这家伙认真解决问题的样子。她总是站在给我各种试炼的立场，却没有向我展示过属于她的解决方式。这家伙的做法，要是值得学习，我肯定得偷学过来。毕竟"观察"也是课题的一环。

不过刚才她那一番操作，简直可以用精彩来形容。她迅速整合目前已知的情报，逻辑清晰地提出现在立刻就能执行的方案。速度这么快，让人不得不佩服。而且，估计她早就准备好了 Plan B 和 Plan C。就算目前的方案到后来发现行不通，她也有办法继续试错，直到达成目标。

"有道理，那样或许能问出一些东西……那么葵，就交给你去办咯？"

眼看水泽打算再次整理意见。

"这个工作——可以交给我吗？"

这话是泉说的，听起来很客气，但能感觉到充满了信心。

"这个嘛……"

日南欲言又止,看起来颇有顾虑。不过大概能猜到她在想什么。是在想要怎么拒绝泉的提议,又不至于引起争执吧?还是说害怕泉不靠谱,在计算其中的风险?然而在日南还没想出答案之前,泉先一步开口了。

"我想做。"

能看出来她的眼神比刚才更坚定。这一次她没有随波逐流,而是坚定地表达自己的意愿,我从没见过这么强势的泉。难道说,这就是爱情的力量?

泉会这样一定是为了中村。不过,她一定没有好好考虑过这么做的合理性。她应该只是单纯地想为中村做点什么,然后就把内心的想法直接说出来了。然而她的意志无比坚定,让人不敢小觑。

也就是说,比起高效率地解决问题,泉完全把"自己想做的事"摆在了前面——这是"极度地欠缺合理性"。

对于这样的不合理,日南当然会面露难色。

"嗯嗯,这个嘛。"

日南的语气依旧开朗,但她没有马上做出回应。被卷入不合理的漩涡中,她要做的当然是用最快的速度逃出来。然而第一个不合理的状况还没解决,第二个不合理的状况又挡在了她面前。

不仅如此,尽管泉的主张一点道理都没有,却是出于对中村的爱慕。身为完美女主的日南葵，怎么能对少女的爱情嗤之以鼻呢？所以她难以拒绝。这太有意思了，日南肯定恨死我们俩了。果然，恋爱中的女孩"气场"是无敌的。

日南犹豫了一会儿，接着开口道：

"OK！那就交给优铃处理吧！"

就这样，日南再一次被卷入了"不合理"的漩涡。毕竟她平常都在扮演完美女主，被迫做出不合理的选择，应该也不是什么稀罕事，但是像这样要具体"解决某个问题"的时候，却不得不做出不合理的选择，这与日南葵的行动方针是背道而驰的。

这时，竹井半开玩笑地开口道：

"优铃你可以吗？还是交给葵比较妥当吧！"

真没想到会从竹井口中听到这么合理的话，这让我惊讶了一下，不过这不重要。只见泉竖起大拇指朝竹井使了一个眼色。

"包在我身上，我最擅长看场面说话了！"

说完，泉朝我露出一个得意的坏笑。这、这是在干什么？有这么自嘲的吗？而且只有我知道这个秘密，也就是说，她这句话是专门说给我听的。不过话说回来，既然她能把自己的缺点拿出来自嘲了，说明她已经不是特别在意了。这是好事，而且我最近也确实感觉到她越来越敢说了。

恋爱带来的经验值的增长真是让人惊叹。虽然我也没有刻意去和她比较，但也给了我一种紧迫感，不能再这么慢慢悠悠地混下去了。

"嗯，那就朝这个方向去做吧。"水泽用这句话收场，会议到此结束。

"那我们就先去跟老师讲吧！"

日南一声令下，作战计划开始启动。

　　　　　　　＊　　＊　　＊

一小时后。

获得老师的许可后，我们在水泽的带领下来到中村家附近。跟中村母亲谈话的任务交给了泉，其他人则在他家旁边的便利店前等待。

时间过去了十五分钟。

"好像有点久？"

听日南这么说，竹井频频点头。

"她们到底在说什么啊？！"

"搞不好修二在家，她们就只顾着说话了。"水泽接了这句。

我们就这样有一句没一句地随便聊着，不知不觉又过了十分钟。这时看起来疲惫不堪的泉朝这边走来。

"喂！优铃，怎么这么久才回来？！"

竹井一边喊一边大力地挥手，泉则将手举到胸前无力地回应着。

"我问到了……应该说是修二他妈妈一直在跟我抱怨修二的

事……"

她有气无力地笑了起来。

"辛、辛苦了……"

看她那个样子,我不禁出声安慰。

"嗯……谢谢你。"

"话说……"

日南单刀直入地想切入正题。

"你是想问吵架的理由吗?"

见泉这么说,日南点点头。

"我问到了,其实我也没开口问,是对方主动告诉我的……"

泉说着,面露苦笑。

"……原因是什么呢?"

日南有些紧张又有些期待地看着泉。

然而不知为何,泉突然叹了一口气,皱起了眉头。

"他玩AttaFami玩得太疯,家里不让他玩,结果就吵架了,他妈妈是这么说的……"

一阵短暂的沉默后。

水泽和竹井都无奈地叹了一口气。

"这可能是我这辈子第一次见到比竹井还蠢的人……"

"喂，你、你这样讲太过分了吧！"

看他们两人这样，泉也深深地叹了一口气。估计这时她心里想的是，这理由未免也太蠢了吧。

可是此时，在这样的氛围下，我能感觉到。

在这个空间里，恐怕还有一个人与我有着相同的感受。

我偷偷看向日南，结果发现对方也在看我。接着我们便互相点头示意。

果然是这样。在听到他们吵架的理由后，日南此刻的心情想必和我一样——

"居然禁止他玩 AttaFami，这也太过分了吧！"

当然，心里想想就行，这种时候也不适合表现出来。

* * *

我们一行人来到了附近的家庭餐厅。

"不过说真的，不管理由是什么，在这种时期翘太多课了，真的会很麻烦……"

为了鼓舞我们的士气，水泽再次强调了我们的目的。

"就、就是说啊，这样下去会很麻烦的。就算他们吵架的理由很无聊，但毕竟还是吵架了……"

泉似乎也在为自己打气，嘴里念念有词。

"说、说的也是。"

竹井似乎对这个结果挺失望的，完全失去了热情。

"啊啊，没错。对于这个问题，一定要想办法解决才行。"

"我也觉得！自己喜欢做的事情不让做，他肯定会很难受的！"

我跟日南的情绪反倒比刚才更加激动了。

"你们两个……怎么回事？"

水泽大概已经敏锐地察觉到这点，向我们投来了疑惑的目光。日南见状，立刻转移话题。

"既然知道情况是这样，我们就有很多办法了。"

"哎？！什么什么？"

听到日南这么说，坐在旁边的泉立刻挪到了日南旁边，等她说出后面的话。

"我想修二的母亲应该是觉得，修二越玩AttaFami会越笨吧。"

"啊……嗯，我听她抱怨的时候好像有这种意思在里面！"

"这个问题嘛……友崎同学，你来说明一下。"

日南突然叫我。

"哎？我吗？"

"嗯……友崎同学，你上次期末考大概考第几名？"

"哎，期末考……这个嘛，差不多四十名。"

准确说是第三十八名。这所学校的每个年级都有两百多人，我个人觉得我的排名还算不错。在学习方面，我还真不是个弱角。不过，为什么要问这个？

"也就是说，排名比修二还要靠前对吧？"

当日南说完，水泽点点头。

"应该是吧。那家伙的成绩也不差，排名估计在中间吧。"

他一说完，日南便露出坏笑。

"我想说的是……其实我最近也经常打 AttaFami 喔！"

"这样吗？这游戏最近这么火吗？"

水泽不禁苦笑。其实也不能说是最近，半年前我就在联机的时候注意到 NO NAME 这个用户了。不过以玩家的角度来看，算是最近，没错。

"嗯。也就是说，我跟友崎同学都在玩 AttaFami 对吧？而且我们两个人成绩都不差。所以说，如果能旁敲侧击地把这件事告诉修二的母亲……"

"……啊！"

这时，水泽恍然大悟般露出了笑容。我也明白了她的意思。

日南似乎很满意我们的反应，继续说道：

"这样一来，玩 AttaFami 就会变笨的误会不就解除了？"

该怎么说呢，这种笨办法听起来就不太靠谱，但万一成功了，所有问题都会迎刃而解。这两个在玩 AttaFami 的人成绩也很好哦——用事实来说话，确实是简单明了的做法。

水泽似乎有些不太能接受,但还是摸着下巴思考了起来。

"好吧,这招确实不赖……而且凭我对佳子的了解,跟她说'全年级第一名也在玩这个',确实足够有说服力。"

"……确实。"

我点点头。佳子应该就是那种对游戏有偏见、对孩子控制欲很强的直升机家长。要是告诉她"班上成绩好的某某也在玩这个游戏哦",像这种身边的、真实的、别人家孩子的例子,估计对她的说服力会很强吧。

要是只有我这一个玩AttaFami的例子那肯定靠不住,毕竟我的成绩排名就挺微妙,但是加上全年级第一的日南葵,那说服力可就不一样了,甚至能让人觉得玩AttaFami可以锻炼脑力。这简直就是等级压制①,不过站在顶点的日南葵也确实有资格用这招就是了。

水泽也跟着点了几下头,然后说道:

"也就是说,到时候就让葵去跟修二的父母说,是吧……可是开学都这么久了,现在还提第一学期的考试好像有点怪怪的。不过葵应该有办法吧?"

听到水泽这么说,日南表现得有些犹豫,不过就在她打算开口的一瞬间,我看到日南的嘴角似乎略微上扬。是我多心了吗?我不由得有些紧张。

"唔……确实就像你说的那样,现在还提这种事会显得不自

---

①在游戏中,当双方等级差到一定程度时所额外产生的压制效果,比如额外伤害、增加防御等。

然……还是找点别的话题比较好。"

"别的话题?"水泽问道。

日南先是"唔嗯"地犹豫了一下,接着不知为何看着我的眼睛开口道:

"后天有数学小考,对吧?"

"哎……好像是有。"

我回这话的时候,心中隐约有种不祥的预感。果然,日南露出了坏笑。

"那就好办了,我们就像今天这样把考试卷子给修二送过去,顺便……带上我跟友崎同学考了九十分以上的卷子给他做参考!"

"哎、哎哎?!"

我算是被她这句发言给震惊到了。等等,要我考九十分?

"我、我的数学不太好……"

见我这么没底气,日南面露微笑,但看我的眼神依旧是那么抖S。

"我知道。但这也是为了帮助修二,你就努努力吧!"

"喔、喔喔……"

刚才我打着"为了中村"的名义把日南拖下水,现在被她用同样的理由以牙还牙,弄得我无话可说,只能点头答应。

"那个……我也有话想说!"

这时,泉突然支支吾吾地发声了。只见她小心翼翼地将手举到了脸边。

日南一时间似乎不知道该说什么,眨了眨眼。

"怎么了,优铃?"

泉似乎有些不好意思开口,但还是说了出来。

"我最近……也在玩 AttaFami。"

"哎,是吗?"

泉用力点点头。

"友崎说我再加把劲,就能当修二的陪练,所以最近一直在练习!"

"唔、唔嗯?"

日南心不在焉地回应着,似乎有所顾虑。

紧接着,我发现泉的眼神变了。她一改刚才迷惘的眼神,变得率直又坚定,目不转睛地看着日南。

"所以我也想努把力,后天的小考拿个好成绩,多一个人,效果会更好吧。"

说完后,她一脸认真地看着日南,默默地等她的回复。这次泉又提出了她"想做的事"。

这时,日南偷偷给我使了一个眼色。她是想确认泉刚才那些话的真实性吧。也有可能她觉得我们两个去完全够了,用不着再带上泉。不过这样一来,泉的努力会显得毫无意义,这种不合理的事,日南肯定是会反对的吧。仔细想想,也确实不需要这么多人,光是有日南葵在就十拿九稳了,再加上我这个凑数的，其实已经很有说服力了。而且毕竟是这家伙亲自出马，她肯定会想办法巧妙地说服对方。

换句话说，根本就不需要泉出面，我们也可以把事情搞定。所以，如果泉打算做什么的话，日南肯定会劝退她。

既然如此，我决定先拿这句话堵住日南：

"泉这段时间确实很努力地在练习AttaFami。我是他师父，她水平怎么样，我还是知道的。所以我觉得可以带上她一起，人越多，越有说服力嘛。"

日南看着我不说话，有那么一瞬间，她的眉头皱了一下，但马上又变回了她平时的笑脸。日南肯定也有她自己的打算，但我已经决定了，我要尊重泉对中村的心意，优先考虑泉"想做的事"。因此，这种时候日南所说的合理性是次要的。毕竟我很清楚，泉希望这么去做的愿望是多么强烈。

"啊……原来是这样！"

说这句话的同时，日南"啪"地将双手合十，语气还是一如既往地阳光开朗，但我估计她心里想的是"你小子翅膀硬了是吧"，待会儿私底下她会怎么整我已经不敢想了。

"那我们就三个人一起把数学考到九十分以上吧！然后像今天这样把考试卷子给修二送过去，顺便暗示一下修二的母亲，我们也在玩AttaFami。就这么安排，可以吧？"

"嗯！"

"……应该没问题。"

泉跟我都点头表示同意，水泽和竹井也跟着点头。

日南露出了笑容，说了声："很好！"心里有所不满却还能笑得这么灿烂，这家伙真是不得了。

"那么接下来就是确认修二的意思，看他支不支持我们这么做吧？"

"嗯，确实应该先问问他。"

水泽露出苦笑。

我们之前所做的只是打听情报，实际上并没有导致现状恶化，但接下来的事就不一定了。要是我们未经中村许可，擅自拿着高分考卷去他家"炫耀"——"伯母，就算玩AttaFami，头脑也不会变差喔！"要是中村知道了，八成会气死。

所以，我们得先说服中村才行。

"我们先想想该怎么说服中村吧。要怎么做，他才会……"

"我可以试试看！"

泉再一次自告奋勇地站出来。

"这个嘛，嗯。那就交给你了！"

看来吃了几次瘪之后，日南学乖了，这次毫不犹豫地就将任务安排给了泉。看来泉在坚持自我意志这件事上终于有了成果，已经到了连日南都不得不让步的地步。恋爱果然会使人变得强大，甚至压过了"完美女主"。

不过客观分析的话，这个任务确实更适合泉。毕竟她和中村的关系已经到了双向奔赴的地步。

"但现在有个问题啊!修二不太肯跟我们见面,不是吗?"

当竹井说完,泉颇有自信地笑了起来。

"我之前已经跟他约好,这周末要见面了!虽然发生了这种事,但修二应该不至于会临时爽约!"

她如此断言道。但说完之后,又不太自信地补了一句:"应该吧……"

说起来,我之前确实听她说过九月的第二个星期末和中村约好了见面。

"不是吧,这么没底气吗?"

我抓住机会吐槽她,就是想把大家逗笑。当然,效果很好,水泽也笑出了声。

"不,应该不至于临时爽约吧。"接着水泽也调侃地补上了一句,"应该吧……"

"哎,阿弘,怎么连你都这么说!"

泉的夸张反应让大家笑出声来。嗯,果然像这样放在一起作比较,就能感觉到我和水泽在调侃功力上的差距。我要加油。

这时,日南将手撑在下巴上对泉说道:

"我需要说一下——小考时间是在后天,也就是星期四喔,我们要不要在开始学习之前,先跟修二确认一下?"

日南的意思是,在没有确认中村的意思之前,就跑去猛学的话,有可能之后派不上用场——换句话说,要是中村不愿意,我们的努力可能就白费了。

但这不重要。因为泉的回答只有一个——

"嗯。就算最后派不上任何用场也没事,我现在能做什么就去做。"

"……这样啊!"

就算知道努力可能白费,泉还是选择这么做,是因为她把对中村的心意摆在了第一位吧。你看到了吧,日南!这就是更看重"想做的事"的人的活法。

就这样,事情暂时告一段落,日南开始针对这次事件做总结。

"那接下来就看修二怎么想了!要是他被优铃说服,我们就照刚才的作战计划走,去说服他的妈妈,想办法解决这件事情。假如行不通……我们再想别的办法!"

"好啊!"

泉满脸开心地回应道。作战会议到此结束。

* * *

这天夜里,我坐在自己房间的桌子前,一边复习数学,一边回想今天发生的事。

我被日南对合理性仿佛有强迫症一般的执着吓到了。但更让我印象深刻的是,泉对于"想做的事"的坚持。

这次泉的动机,是她"想要帮助中村"的那份心意,我原以为这份对中村的感情是泉特有的,但实际上我应该在某个其他人身上也看到过。

也就是说,不仅仅只有泉才……

我想起了菊池同学在咖啡厅说过的那句话,如果联系上这次泉的动机的话。

"……原来如此。"

还真是意外的发现。

这是有别于"不想被人小看"的另外一个线索,如果我的假设是正确的,那就等于我又拥有了一个攻略绀野绘里香的强大武器。

如果是这样的话,那我考虑问题的方向也得改变了。

但我现在的准备恐怕还不够周全。刚才那些发现或许能用来对付绀野绘里香的另一个弱点,但威力不够强大,不足以一击毙命。不过是一把威力尚可的弓箭罢了。

所以我现在是要强化这把弓箭呢?还是说……

想着想着,夜也深了。

* * *

隔天放学后。

我们没有开会,不过却因为别的目的聚在了一起。

那就是为了我和泉特意安排的——日南的数学辅导课。

"啊,对对,只要将它代入那里……是不是就可以了?"

"原来是这样。"

不愧是日南,连教学都那么厉害。她一眼就能看出我的问题,然后给我一个提示,而不是直接将答案告诉我。这样一来,我就能自行领会、自行解决,而且印象深刻。感觉她挺适合做家教的,更何况她还长得漂亮。

嗯,有这么好的老师在,不管是谁成绩都会突飞猛进吧——就在我这么想的时候,我旁边却有一个例外。

"那、那个……是代入这个 X 吗?"

泉眉头紧锁地看着题目,脑袋都快冒烟了。

"嗯、嗯嗯。接下来,你试下用刚才说过的公式 2 就可以了……"

"公、公式 2!我看看……这、这个是什么意思?"

"嗯……这是……"

"对……对不起。"

没想到泉学起数学来会这么艰难,她自己也越来越没信心,最后甚至开口道歉。气氛逐渐变得尴尬。

看到泉越来越没状态,日南用半开玩笑的语气调侃道:

"优铃……你是怎么考上我们高中的?"

"不是吧!我有那么笨吗?"

二人开始窃笑,气氛也缓和了下来。

喔喔,这段互动看起来没什么特别的,但是效果拔群,真厉害。

简单来讲，刚才泉因为觉得自己跟不上日南的教学，为此感到很抱歉，但日南没有用"不要紧，没关系"这种话来安慰她，反而调侃她"笨"，用这种方式缓和了气氛。这应该属于高级社交技能。

不过说真的，这种调侃的态度反而给别人一种"没关系，小问题"的感觉。若是真去安慰对方的话，反倒会让人更介意，很容易使场面变得更尴尬。这招一定是需要声音和表情的完美配合，对现在的我来说太难了，学不来。要是我用的话，估计就像往人家伤口上撒盐一样，只会让事情越来越糟糕吧。

泉将双臂举到头顶，伸了个懒腰，然后说道：

"我是碰巧在北辰考试中取得了好成绩，然后被推荐进来的……而且志愿学校只填了这里。"

"啊，原来是这样。"

我在旁边听到这段对话，想到了埼玉县谜一般的升学系统——推荐入学。

这里每年会定期举办好几次北辰考试。县内的中学生会一起参加这场考试，只要在这个考试中取得好成绩，再拿着这个成绩去参加中考，几乎就能确定会被志愿学校录取。这是一种特殊的升学通道。

成绩可以选考得比较好的两次进行平均，数值若超过学校规定的偏差值[①]，几乎可以确定能上这所学校，大概是这个样子。

[①] 在日本，从偏差值中可以看出每个学生在所有考生中的水准顺位。偏差值越高则成绩越好，越低则成绩越差。

顺便说一下，比起填多项志愿，只填一项志愿的情况下，分数要求会降低。泉估计就是运气好，两次成绩都不错，再加上她只填了一项志愿，于是就被推荐来了这里。这就是埼玉谜一般的地方。

"我慢慢搞懂了！不愧是葵老师！"

这时，日南突然面露难色。

"嗯……可是我差不多该去参加社团活动了。优铃，你也得去吧？"

"啊！确实差不多该过去了！"

泉边说边慌慌张张地打开书包，开始做准备。

"那之后大家就各自回家去学吧？"

这句话说完，日南迅速把笔记本收好，将早就准备好的书包背到肩上。她做事永远都是这么有效率。

"好、好的……"

泉有些不安地合上笔记本，将它收进书包里。

怎么说呢，就刚才的情况看来，如果靠泉自己一个人的话，她就算从现在开始学，到明天也考不到九十分。恐怕日南早就料到了这一点吧，所以一开始就没对泉抱有期待，反正只要我跟她两个人都考到九十分就够了。因此也没必要再在泉身上投入时间去折腾数学题了。好吧，她这样确实也能解决问题，还省事。

不过这样一来不可避免地，泉"想做的事"就落空了，也就是说，如果泉没考到预期的分数，她就做不了"她想做的事"。虽然我的这种想法毫无根据，但我有种不祥的预感。

　　所以——

　　"那个，日南。"

　　"……嗯？什么事？"

　　在做出回应前，日南微妙地停顿一会儿，然后才转头看我。估计是怕我又要算计她了吧。如果你真是这么想的，那你就猜对了！NO NAME！

　　为了憋住笑，我特意装出一副为难的表情，然后提议道：

　　"其实是这样的，有些地方我还不是很有把握，等社团活动结束后，你可以再教教我吗？随便找个家庭餐厅就行。"

　　"……这个嘛，可是我的社团活动会弄到很晚喔！"

　　日南说这话时有些犹豫，

　　"没关系，反正我打算在图书室学习，等你练完，我再过去找你。"

　　"啊，这确实是个办法。"

　　日南虽然嘴上这么说，脸上却是一副不太能接受的表情。不过我不会就此罢休，接下来才是重头戏。

　　我给泉使了一个眼神。

　　"要是没把握的话，泉，你要不要一起来？"

　　泉瞬间感激得泪眼汪汪。

　　"要是葵也同意的话，请务必让我参加！"

　　她那双闪闪发光的眼睛真的很好懂，感觉就像会说话一样，很明显能看出来她是打心底里希望日南能帮她。

到了这个地步,想要拒绝泉几乎已经不可能。毕竟昨天已经试过好几次了。

"……好,那待会儿大家就一起学吧!"

日南用完美的笑容接受了这个提议,但心里八成在咒骂。随便她怎么想吧,反正泉的成绩能快速提升就行了。

就这样,我借助无敌状态下的泉的力量,再次成功说服了日南。后来我一个人在图书馆自习,一直等到她们二人结束社团活动,之后我们在某个家庭餐厅集合,在日南的辅导下继续学习,最后才回到家里。

好了,能做的事都做了,就剩明天的考试了。

话说回来,优先做"想做的事",果然能让人乐在其中,甚至连周遭景色看起来都变得闪闪发光。这肯定不是我的错觉。

* * *

考试当天,在数学课开始前的课间。

泉焦虑到浑身紧绷。

她的黑眼圈很明显,可能是想赶走睡意,她手里拿着一罐黑咖啡,一直小口小口地喝着,每喝一口都会皱起眉头。估计她根本就不习惯喝那个,但毕竟熬夜复习了,不买罐咖啡犒劳一下,感觉对不起自己。

"呜……真、真的没问题吗……"

她像只小狗似的一边瑟瑟发抖,一边不断地翻看昨天复习时的笔记。

"应、应该没问题吧?!我也紧张死了!"

"我说友崎同学,你这时候不是应该鼓励优铃吗?"日南吐槽道。

"哎?啊啊,说、说的也是……嗯,加油,泉!一定没问题的!"

"你这样完全没有说服力啊,喂!"

"总之,优铃,我昨天帮你押题,你最后再把那部分看一看会比较好。"

"嗯!好、好的!"

"说、说的也是。"

"这话又不是对友崎同学你说的……"

我和泉抓紧最后的时间在那儿狂翻笔记,不一会儿,休息时间结束了。

一上课,数学老师就把试卷发了下来,开始考试。

我开始写下密密麻麻的全是数字的答案,感觉比平常要紧张一些。

跟之前那些小考相比,这次的难度好像比较高。不过因为接受过日南的辅导,题目做起来也算是得心应手,还有好几道题都被日南押中了。嗯,虽然我的数学不是很好,但这次应该考得还不错。

考试时间结束,卷子都被收上去了。老师一边收,一边确认考卷数量。

趁这个时间,我小声找泉搭话。

"……考得怎样?"

泉把嘴巴抿成一条直线,连连点头。

"也不能说没自信。嗯……不好说。"

说了等于没说,她到底想表达什么?

"总之……等成绩出来再说吧。"

"嗯,也对。"

"……嗯。"

可能是因为考了数学,一下子用脑过度了吧,也可能是因为担心考试成绩,我现在整个人是懵的状态。我没有多余的精力再去关照泉,于是将注意力拉回到课堂上。

就算是低空飞过也没关系,希望泉这次能达成目标。

* * *

时间来到第二天。

这下我无地自容了。

"恭喜你——优铃!不愧是我的学生!"

"谢谢你,葵!这次真的是多亏了你帮忙!"

泉过去抱住日南,日南则摸摸她的头当作夸奖。

这节课后的休息时间,我们叫来了水泽和竹井,然后我们五个人聚在一起开始确认成绩。

最关键的成绩来了——

日南一百分。

泉九十分。

我八十五分。

也就是说除了我之外,另外两人都达成了目标,作战计划也算成功了。我之前还担心泉,"希望她这次能达成目标,就算是低空飞过也没关系"。结果搞了半天,我自己连"低空飞过"都没做到。

"小明明,别在意!"

"没事的,文也……好吧,其实你考的分数也不差嘛……"

"啊啊,烦死了!都说我数学很烂了!"

我怨气满满的吐槽引得四人哈哈大笑。喔,大家都很买账。估计是因为经过我反复练习,所以吐槽技能慢慢提升了。再接再厉的话,也许我能逐渐培养出可以影响整个班级的强大技能。

日南看起来似乎挺高兴的,她开口道:

"总之,九十分以上我们凑够了两个人,至于友崎同学嘛……虽然没有达到目标分数,但也算是好成绩,这样应该能够顺利说服中村的妈妈!"

我现在很确信,她为什么那么高兴了,不是因为凑齐了两个九十分以上的分数,而是因为只有我一个人考低分。

我向泉点头示意。

"那么……接下来只要告知中村这个作战计划就可以了。"

"嗯!"

泉向我点头回应。办成了一件大事,她看起来似乎轻松了许多。

话说回来,她真的好厉害。原本数学烂成那样,但是为了中村能够努力到这种地步。该怎么说,感觉这是泉特有的才能。当然三人中考得最烂的我,也没资格评价她就是了。

这时,日南将手放在泉的肩膀上。

"这个周末就拜托你说服修二了,优铃!"

"嗯!包在我身上!"

泉拍着胸脯说道。总觉得她变得可靠了,在成为强角的路上仿佛又上了一个台阶。

* * *

新的一周,星期一。我照例向日南简单汇报之后,来到教室。包含日南在内的计划成员已经在教室后方的靠窗处交谈了。上个周末泉应该去见了中村,大家是在问结果吧。

"小明明,你也太慢了吧!"

"喔、喔喔,抱歉。"

其实是为了避免被人看到我和日南在一起，于是让日南先回教室，才会变成这样……想到这里，就觉得有点委屈，但，这也是没办法的事，所以我就老实道歉。

"我都跟修二说了！我还告诉他，虽然我数学不好，但还是拼命读书考到了九十分。结果他居然对我说，'你傻吗？'我真是服了他了，考了九十分还骂我傻？"

"不不，我想他应该不是那个意思。"

我抓住机会吐槽，泉听了立马笑开了花。

"还有，中村同意了。他说，'随便你们！'所以我打算今天要去修二家执行作战计划。大家觉得如何？"

"哦哦，那太好了！"

"我同意！"

原来中村的"随便你们"表示"同意"啊，现充的语言还真难懂。不管怎么说，我为这个好消息打心底感到开心。

我看着一脸开心的泉，突然想起还有另一件重要的事情没问。

"对了……约会还顺利吗？"

我直截了当地问了。

"那又不是约会！"

一提到这个，泉就满脸通红，果然恋爱话题是她的弱点。不不，应该每个人都是这样吧。

"我也很在意这件事！优铃，你们到底发展得怎样？"

"不是，这、这个嘛……"

泉正含糊其词——突然间，一只大手放在了她头上，把她漂亮的茶色秀发弄得乱糟糟的。

"哈喽。"

我定睛一看，按住她头的那个人是中村。什么？中村？！我下意识地又确认了一遍，就是他没错。

在大家的注视下，中村的手从泉头上挪开。至于竹井，他已经变得泪眼汪汪。

"修二——"

竹井冲上去抱着中村的肩膀猛地摇晃，中村的脑袋也随之晃来晃去。虽然中村的表情看起来超不爽，但还是乖乖地接受了这一切。

"……够了，再不住手，小心我扁你！"

他边说边用手指轻戳竹井。

"好痛！"竹井虽然嘴上这么说，脸上却挂满了笑容，看起来超开心。

中村，你终于来上学了。

也就是说，日南用不着实行作战计划了，因为就在这一刻，问题已经解决了。

"哟！大概一个星期没见了吧？"

水泽的嘴角带着微笑，向中村打招呼。

"我说你们几个，不过是翘课罢了，有必要搞这么大阵仗吗？还有说服佳子和努力读书有什么关系？莫名其妙。"

中村一边胡乱挠着头发，一边抱怨。

"哎，你怎么这么说话？大家为了帮你，可是做了很多努力的喔！"

日南用手肘轻轻撞中村，同时调侃道。

日南果然是能很自然地调侃中村的极少数人之一。我之前为了完成课题，也捉弄过中村好几次，却没办法做得那么自然。

"那还真是得谢谢大家了。话说你这家伙就算不复习，也能考满分吧。"

"哎，不是，不是，我这回是负责教，为了教他们，我可是很努力哦。"

"好啦，知道了。真是的，我又没拜托你们……"

中村在感谢的同时，也不忘抱怨几句。感觉他就是那种就算自己做错了，也绝对不会向对方低头的类型。皇冠会掉是吧，我学到了。

而一旁的泉正红着脸，手足无措地偷看中村。

"……早上好。"

可爱的声音，带有温暖的气息以及少女仰视的目光。

"……早。"

这下就连中村也扛不住了，他有些害羞地移开目光。

你们两个只是互相道个早安也能这样，这交流能力到底是有多强啊！不过吐槽归吐槽，即便是那个迟钝的中村，他应该也发现泉这几天有多为他着想了吧。怪不得会害羞。

但中村很快就找回了平时的状态。

"我说你啊,管得也太宽了吧?小考得九十分还特地跑来我这儿炫耀,是想怎样?"

他又开始咄咄逼人了。真是一点都不坦率。

"你说什么?!亏人家那么担心你,居然说这种话?!"

"你以为我不知道你啊,每次都在不及格边缘。在这方面努力,你傻吧。"

中村泼她冷水。可是,是我多心了吗?在那眼眸深处有着莫名温柔的光芒,这不是我认识的中村。

"你这也太过分了吧?!说到底还不是因为你翘课!"

"我知道,我知道。总之,我之后不会再翘课了,这样你就用不着再做什么奇怪的事了。"

中村用开玩笑的语气说完这句话后,用手指弹了一下泉的额头。

"好痛!讨厌!"

泉出声抗议,等她回过神来,中村已经开始和水泽聊别的事情了。泉气鼓鼓地望着中村的背影,但下一刻,她似乎放下心来。

看到这一幕,我意识到一件事。

中村之所以会回到学校,与其说是日南讲求逻辑的作战计划成功了,倒不如说——

都是因为泉埋头努力。她单纯只是想帮助中村,而她的这份感情中村本人也感受到了。原因其实就在这里吧。

总觉得，她的成功让我非常开心。

没过多久，上课铃声响了。大家看起来似乎还想继续聊下去，但也不得不各自回到自己的座位上。

老师还没来，教室里到处都在叽叽喳喳地讲话。这时隔壁桌传来一声"对了……友崎"。

"……嗯？"

我转头一看，发现泉盯着自己的桌子发愣，感觉她有什么话憋在心里，似乎不吐不快。

"那个，你怎么啦？"

当我这么问时，她很明显地握紧了手中的自动铅笔。

"那个，刚才我思考了一下。"

她似乎回过神来了，整个人看起来很冷静，但我能从她的语气中感觉到她现在内心很激动。

"思考了……什么？"

"跟你说……"泉慢慢看向我，与我四目相对。

她的目光异常坚定，虽然她最近变得能够坚持自己的立场了，但像现在这般强势的眼神，我还是第一次见到——这让我想到了之前菊池同学在大宫的咖啡厅对我说过的话："我觉得……你变得比以前更积极了。"

这就是泉现在给我的感觉。

"之前我一直拿不定主意……不知道该不该帮平林同学。"

"嗯？啊，是有这回事。"

我点点头。

"我完全可以代替平林当队长。可是那样一来，我就等于向绘里香屈服了，等于是回到了那个在意他人的目光、随波逐流的自己。"

泉笨拙地组织着语言，但看得出来，她很努力地想把心里话讲出来。

"嗯……你有提过。"

看到泉这个样子，想必她心里已经有了答案。那我该做的事就只有倾听了——也就是说，这种时候，我要乖乖地回到弱角该有的样子，不去打岔，用心把她的话听完。

"可是……我现在不那么想了。"

"为什么不那么想了？"

这时泉用左手紧紧握住右手的手指。

"我这段时间想帮助修二……不是做了不少事情嘛。"

"是啊。"

"都是我自愿的，我自愿提出帮他，自愿熬夜学数学，虽然很多时候其实是大家在帮我……我感觉自己这样挺傻的，不计后果地乱来……是不是有点努力过头了？"

她似乎想掩饰自己的害羞，最后半句话带上了调侃的语气。

"确实，你那时候挺乱来的。"

我不禁苦笑。

泉前段时间做事莽撞得不得了,连日南都不得不让步。为了拿高分,也是拼了命地学。

"啊哈哈,我就知道你会这么想。不过我也在反省就是了,自己都觉得有点不正常了……"

"哈哈哈……在反省就好。"

从某种意义上来讲,导致她的行为失控的其中一个原因是她把"合理性"这件事情完全抛到脑后了。

"不过,经过这么多天的努力……然后今天修二回来了,我终于想明白了。"

"……明白什么?"

她低下头,目光落在胸前,像在审视自己的内心。

"这么说可能有点奇怪……我会帮修二是因为想帮他,对吧?"

"……是啊。"

"并没有人逼我这么去做吧?都是我自己的意愿。"

"嗯,没错。"

泉深吸一口气。

"所以我觉得对平林同学的事也一样,按这种方式去处理就好了。"

"……按这种方式去处理是指?"

在我反问之后,泉用力点点头。

"虽然绘里香也有逼我当队长,但这不关我的事。如果我决定帮助平林同学的话,那一定是因为我想帮助她。我觉得这个理由就足够了!"

这句话让我有些惊讶。
"这样啊……也就是说,做自己想做的事情就好,是吗?"
泉再次坚定地点点头。
"嗯,没必要被氛围影响。想帮就帮,想做就做!"
泉的语气柔中带刚。
这时,泉将视线投向了教室前方的平林同学。
"所以,虽然为时已晚,但我还是得告诉她,'我愿意替你当队长。'要是她坚持想当的话,那就交给她做。不过说到底,毕竟是被绘里香强迫的,我想平林同学应该很难受。"
仿佛一切都豁然开朗一般,泉的话语充满了决心。
"……这样啊,那么做或许是更好的办法。"
"是吧……谢谢你,友崎,听我说了那么多!你放心,我已经没事了。"
声音虽不大,却很有朝气,泉巧妙运用这样的语气向我道谢,然后对我露出了如太阳般灿烂的笑脸。
"那个……别客气。"
"嗯!啊,还有一件事。"接着她压低声音,"让绘里香拿出干劲那件事,咱们也要加油喔。"

她露出调皮的笑容,同时半开玩笑地对我竖起大拇指。

现在的她就如同向日葵一样充满朝气,总觉得这才是泉该有的样子。

此时老师进到教室里,开始上课。我抓紧时间,朝泉点头回应:"好!"

泉露出微笑,随后便面向前方。

不过,我算是弄明白了。

我不自觉地点了好几次头。

那时候整个班级处在一种没人愿意当队长的氛围下,估计所有人都希望能把这份麻烦差事推给别人吧。

结果泉被班上的女王直接点名,差点赶鸭子上架变成队长。

然而泉自己也并没有很想做这份工作,不如说其实是想尽量避免的。

也就是说,若是她接下了这份工作,那就等同于委屈自己去做不想做的工作。

这是前提。

但是,如果是为了"帮助某人",而"自愿选择这么做"的话——

这不是随波逐流,也不是受谁所迫。

而是出于自身坚定的意志,主动做出的选择。

这个道理，泉是靠自己的力量悟出来的。

旁人也许根本看不出来泉的身上发生了如此巨大的改变。

"帮助有困难的人""接下大家不想做的工作"，从这种角度来看，可能会让人觉得做这些事情的泉跟不久前的她没两样，是在开倒车。

但我知道，泉其实是在主动地做她"想做的事"。

所以泉不再迷茫。她一定会怀抱着坚定的信念，走上属于自己的道路吧。

靠自身的力量就能做到这一步，我第一次对泉优铃这号人物——

"不……应该称她为强角。"

——由衷地感到佩服。

中村来上学让大家十分兴奋，现在是第一节课的下课时间，中村组的三人加上我、日南和泉，我们聚在教室后面的靠窗处，聊起了之前没聊完的话题。

这时，教室前方突然传来又尖又亮的声音。

"修二，你总算来了！翘课也翘太多了吧！"

说话的人是绀野绘里香。她跷着二郎腿坐在桌子上，大声地笑着，完全就是一副不良少女的样子。

"看心情。"

中村语气强硬地回了几个字后，绀野绘里香便直接从桌子上跳了下来，带着两个跟班大大咧咧地朝这边走来。

"我说你翘课，是想干吗啊？就那么讨厌学校吗？"

就这样，绀野组的人也加入了我们的谈话。也就是说，现在这里的成员有日南、中村、水泽、竹井、泉、绀野以及女王的两名跟班，再加上我。哇——总共有九个人，却只有我是弱角，还让不让人待了啊！这种场合让我感觉浑身不自在，甚至开始怀疑自己是不是不该在这种场合发言。

"翘几天课怎么了？能考上大学不就行了。"

中村的语气充满了压迫感，就和之前在旧校长室和他打游戏时一样。总觉得他们之间的对话杀气很重……

现在这个状况简直就像把游戏难度开到了最高。要说现在的我能做什么——大概就只有观察吧。我倒是很想帮他们缓和下气氛，但还是不要自讨苦吃了，毕竟我曾经狂呛这位女王，

而且到现在这事都没有结束。这样想的话，我现在岂不是很危险？如果可以的话，我真想从原地消失。

"话说，友崎为什么在这里？你飘了吗？"

就在我还在思考要不要回避的时候，绀野的一句话就戳中了我身为弱角的痛点。快住手！这种事我自己也很清楚，不要在伤口上撒盐！其实想也知道，绀野绘里香应该还在为那时候的事记仇吧，毕竟我当时把她骂得挺狠的。

"少、少啰唆，我才没飘，我这不站在地上吗！"

我一心想着怼回去，还特意用上了经过打磨的调侃语气，却说出了非常无聊的话。能用这么无聊的话怼人的家伙，估计也找不到第二个了吧。

"……哈啊？你有病吧？"

她向我投来了仿佛是关爱弱者的眼神，那眼神让我斗志全无。感觉自己就好像被蛇盯上的青蛙，不对，应该是被恶龙盯上的村民 B。我不行了，完了，完了。

水泽看到我这副惨样，苦笑了一下，然后抬手指向绀野绘里香的头发。

"对了，绘里香，这是你自己烫的？"

"啊，这都看得出来？不愧是孝弘。"

绀野摸着自己的头发回应道。

"当然看得出来。你的手艺不错啊，仅次于我。"

"哈啊？你给我闭嘴！"

对话就这样流畅地进行下去。话说水泽果然厉害,除了对准绀野的兴趣点"美容"打开话题外,还用绝妙的手法混杂一点调侃,在对话中顺利掌握着主导权——这就是我刚才观察到的。我最近已经能够将观察到的情况分析之后,用语言描述出来了,或许因为自己成长了吧。现在已经习惯对身边的状况都留个心,也正是因为这样,我才能注意到一些以前看不到的细节吧。

"怎么?烫头发的钱都舍不得吗?"中村继续说道。

"哈啊?我只是想多省些钱来买衣服,对吧,优铃?"

"嗯,我们前阵子才一起去买过呢,我最近不知道为什么老想买东西……"

"我懂!我最近也不知道为什么老想吃东西……"日南跟着接话。

"你这不算吧,葵,你只是喜欢吃芝士吧?"水泽吐槽道。

"啊,哈哈,被发现了?"

"我也注意到了!跟葵一起出去玩的时候,她点芝士的概率真的超高!"

他们就这样飞快地推进话题。我在旁边虽然插不上嘴,但努力观察还是做得到的。不过我也因此注意到了几个细节。

这是我从他们的目光、说话内容以及当下的表情,加上之前获得的情报综合推测出来的,虽然还只是推测出了一个大概。

当然,假如我的猜测是正确的,直觉告诉我,这便是完成"课题"的最后一把钥匙。

* * *

这天要换教室前,有段休息时间。我来到了久违的图书馆。

最近都在为那个课题奔波,再加上平时周末也能约菊池同学见面,所以我有一段时间没来过图书馆了,但今天不一样,我有事想跟菊池同学说。

我慢慢把门打开,朝里头张望,菊池同学就坐在她平时常坐的位子上,静静地看着书。总觉得她被书本环绕时,身上会散发出一种充满智慧、神圣、纯净又温和的独特气场。如果把她比作圣火的话,应该比较好理解吧。所以与其说"菊池同学在图书馆里",倒不如说"有菊池同学在的地方,她的光芒就会把周围的氛围变得像图书馆一样"。

当我踏进菊池同学的世界,她便抬起头来,与我对上了眼。

我缓缓地走到她身边,坐到隔壁的椅子上,深吸一口气后,我再次与菊池同学四目相对。她那抹温和的微笑仿佛秋日的夜空,直接俘获了我的心。

"……你好。"

菊池同学向我打招呼。她的声音就好像用指甲轻轻敲响的教会钟铃,听起来清脆又轻灵,却又不失高雅,让人身心舒畅。

"……你好。"

所以我也不能失礼。我努力控制自己的发声,用尽量浑厚的声音向她回礼。

在她面前我特别放松,甚至有一种回家的感觉。

"中村同学能来,真是太好了。"

菊池同学道出这句话时,脸上带着温和的微笑。

她提起的事就发生在今天,菊池同学果然在仔细观察整个班级。

我点点头:"是啊……太好了。"

接着,菊池同学露出了有点调皮的笑容。

"这事也少不了你在背地里帮忙吧?"

语气里带了点调侃,但是很温暖。最近菊池同学开始会用这种语气和表情说话了。给人的感觉不像小恶魔,也不像天使,我只看到了菊池同学调皮又亲切的笑容——我很高兴,总觉得她在慢慢对我敞开心扉。

"这个嘛,应该算有吧……"

"噗……果然是这样。"

菊池同学露出甜美的笑容,对我肯定地点点头。总觉得她这样子看起来好慈祥。

"辛苦你了。"

接着便是慰劳我的努力。

虽然并没有肢体接触,但她温暖的言语甚至让我有了一种好像在被人摸头的错觉。我很快就冷静不了了,整个人都害羞

起来。当然我不能让她看出来,于是便慌慌张张地开口道:

"不、不过……这次最主要还是泉在努力。"

"泉同学……"

语毕,菊池同学将书本顶端轻轻地贴在下巴上,暂时陷入沉默。

"……怎么了?"

我问道,接着她不知为何满脸通红,偷偷环视了一下周围。虽然周围人不是很多,但还是有一些的。

菊池同学用手上的书挡住嘴,就这样将脸凑近我耳边悄悄地说道:

"泉同学跟中村同学互相喜欢,是吧?"

这带着吐息又过分惹人怜爱的嗫嚅声,让我瞬间激动起来,就这样我变成了一个只会点头的机器。

"嗯。"

头脑发热的我光是要挤出这个毫无感情的"嗯"字,就费尽心力,除此之外完全没办法思考别的事情。我的精神值越耗越少,掉到几乎快归零,就好像是被过于强大的白魔法恢复到超过了自己的承受上限的程度,反而造成了反效果,造成血条归零。现在就类似于这样的状态。我到底在说什么。

菊池同学将书抱在胸前,扑哧地笑了起来。

"希望他们进展顺利,我还真有点羡慕他们。"

菊池同学的笑容没有半点虚假,那确实是她发自内心的祝福。此外菊池同学也对恋爱抱持憧憬，这是多么崇高的一件事啊！感谢生下菊池同学的双亲，不对，必须感谢这颗星球，我不禁认真思考这件事。其实我是为了让滚烫的脸冷却，我才不得不拉大格局来转移注意力。

扯远了，对了，今天我想问的其中一件事就跟中村有关。

于是我打起精神来，开口道：

"那个……我今天来，也是想问问菊池同学的意见，可以吗？"

* * *

那天放学后，我去第二服装室报到。这是中村来上学之后，我首次跟日南开会。

会议才刚开始，日南突然叹了口气。

"好了。中村的事也告一段落，简单回顾一下就好，之后希望你继续专心处理跟绀野有关的课题。"

日南用手轻轻抚摸落在肩头上的头发，有气无力地说着。该不会因为之前她好几次都被迫做不合理的事情，搞得她压力很大吧？

"那就来回顾一下吧。虽然做的事一点都不合逻辑，但结果倒是非常圆满。"

我语带挑衅和挖苦，这让好战的日南露出了笑容。

"哟！口才变好了？不过，你倒也挺会带节奏的，把大家往努力可能会白费的坑里面带。"

对方面不改色直接怼了回来。

"那还真是过奖了。"

"不过话说回来,我这次确实对你有意见。"

她指的是我那种"以自己想做的事情为主"的行动方针吧。

日南思考了一下,向我投来了有些认真的目光。

"你所谓的'真正想做的事',就是做这种'不合理的事'吗?"

日南试探性地说完后,紧盯着我的眼眸深处。

我的直觉告诉我,现在这一刻很关键。

我那时对她放话,要向她证明"真正想做的事情"是真实存在的。然而此刻,她对"真正想做的事情"的意义产生了怀疑,需要重新评估一下这种行为是否值得自己去追求。

因此,我若是在这个节骨眼儿上说出"光讲究'合理性'很无聊,又没人情味,所以偶尔会想追求'不合理'"之类的论调,估计日南当场就会和我绝交吧。

我默默在心里整理了一下,在确定自己不会说错话后,接着开口道:

"怎么说呢,这只是其中一种假设……"

"……嗯。"

日南摆出聆听的姿态并点点头。看来我用"证明"的口吻展开话题是对的,至少她愿意听我继续说下去了。这是她的底线，如果我想证明自己，就必须按这家伙的游戏规则走，也就是必须用理论来证明。

"你这次为了解决中村的问题，提出了很多合理又有效率的行动方案对吧？"

"没错。"

"可是我跟泉时不时地乱来，导致你没办法走自己想走的合理性路线。"

"就是那样。也不想想你坑了我多少次……"

日南边说边叹气，看来她是真的累了。希望这能够成为剥下那家伙面具的第一步。

"是啊，我坑了你好几次……不过……"

"不过什么？"

日南凝望着我的双眼，似乎在试探什么。

那我就干脆把话说穿吧：

"假如你不妥协，坚持要用自己的方式做到底……不觉得中村的问题得花更多的时间解决吗？"

日南眨眨眼，愣了下。

"……你在说什么，那是当然的吧？我原本就主张等到中村主动来拜托我们。"

我听了后摇摇头。

"不只是一开始的时候，之后的事也是。"

"……之后？"

所谓的之后是指——我们对"就算中村本人没有求助，我们也能提前做准备"这一点达成一致之后。

然而就算是被迫做不合理的事，日南还是打算用合理的方式去完成。

"如果之后的事全部按照你说的去做，说不定问题到现在都还没解决对吧？因为你想做的是去说服中村的母亲，想让她放下对'AttaFami'的偏见。当然这确实是合理的想法，哪里有问题，就解决哪里。"

"你这话是什么意思？那时该解决的问题不就只有这个吗？"

我冲她摇摇手指。

"可是到最后——'禁止玩AttaFami'的问题也没有解决吧？"

日南不禁嘴角上扬，又一次缓缓点头。

"原来如此，你想说的是这个。"

我跟着点头回应。

"看来你已经明白了。对，说到这次作战。吵架的真正原因——'禁止玩AttaFami'这个问题并没有解决。不过展开作战计划后，都还不到一个星期，中村就回学校了。按你的合理性路线来走的话，不会找到这条捷径。"

"嗯……原来如此。"

日南露出了开心的表情。

"我想你也看出来了,解决问题的关键是这个——泉'想要帮助中村'的心意。正是因为这份纯粹的心意传达给了中村,虽然问题本身并没有解决,但中村还是来上学了。照你的方法做的话,只能先解决问题,再把中村叫回学校。也就是说,进度不可能这么快。"

"你这么说也没错。"

日南虽然用手撑着脸颊,眼里却燃着熊熊斗志。我与她四目相对,继续说道:

"总归一句话,你的做法归纳起来是这样——从头到尾只对自己订立的'目标'做出合理安排,不会超出自己设定的路线。不过,靠直觉或'真实意愿'行动,就有可能发现单靠'合理性'无法看到的捷径。就好比这次。"

当我讲完,日南再次点头。

"嗯。你的意思是,你跟优铃坚持'想做的事'在找出捷径方面起了作用是吧?"

"对。"

我给出肯定答复。

日南将手指放在嘴唇上,思考了一会儿,然后就又带着小恶魔般的笑容开口道:

"还行,算你六十分。"

"唉——"我不由得叫出声。

"怎、怎么才六十分?"

日南一脸从容地说道:

"你想想看,比起'合理性',你更主张将'想做的事情'摆在第一位对吧?"

"哎?是啊,我刚才就是那样主张的。"

听我这么回答,日南摇摇头。

"那不就很奇怪了?你之所以认为把'想做的事情'摆在第一位比较好,理由是'能找到捷径'对吧?"

"……所以你到底想说什么?"

日南叹了口气:"还不明白?"

"如果你将'想做的事情'摆在第一位的理由是'能找到捷径',那你这个逻辑的本身就是'合理'的。说白了,其实你也是因为觉得这种做法'合理',才会这么做。"

到这里我才恍然大悟。

"你其实是想告诉我'真正想做的事'——也就是'不合理的事'有多棒,对吧?可是照你刚才的主张听来,就像在说'跟你的做法相比,我有更合理的方式'不是吗?这样一来,你反倒成了比我更激进的合理主义者。"

正如她所说。

我应该向她证明的是,"做真正想做的事"能够得到"只讲求合理性"得不到的好处！因此，我应该向日南展示靠她的方法得不到有价值的东西。然而不知不觉间，我的主张却变得好似"优先去做想做的事情也不失合理性"！到头来还是被"讲求合理性较好"这套价值观给绕进去了。

"你、你说得对……"

我瞬间气势全无。

看到我哑口无言，日南很是满意。她笑得好邪恶。

"看样子你好像理解了，其实你论述得还不错，继续加油。下次再想主张'真正做想做的事情'有多棒的话，你得拿出'单靠合理性得不到的证据'证明给我看，明白吗？"

日南说话的语气就像一个大姐姐，她一边用手戳我的脸颊，一边温柔地纠正我。

可恶，真是屈辱。

"但、但是，要靠'合理性'找出最有效率的做法，不容易吧。有些做法不是要先'照自己的想法去行动'，然后才能发现吗？你看，事实上，照你的做法走，这次就没有结果……"

我开始死缠烂打。

"听好了，不是'合理的做法'本身有瑕疵，只是我这次在设定目标的时候不够严谨。简单来讲，我这次把焦点放在了'解除 AttaFami 禁令'上，所以才会变成那样，若是把目标定位在'早日解决中村翘课问题'上又会如何？那结果就能跟这次一样，通过精心策划让优铃的真心诚意感动中村，能用的方法

多得是,你说对吧?"

日南露出得意的笑容:"至少我能想出不少。"

"呜……"

我无话可说。

这家伙确实做得到——就拿这次来举例好了,假如把目标设定成"早日解决中村的翘课问题",然后就像她刚才说的那样,让泉打电话向中村传达自己的心意,或是利用单纯的竹井去做些什么,我也想不到其他点子,但总之她应该有办法,最后达成目的的速度也会跟这次一样快吧。

这家伙,恐怕只要没在设定目标的时候搞错方向——只需要死磕"合理性",就能达到常人难以企及的高度。我这次能够胜过她,真的是靠运气。

——没错。这就是她认可的"正道"。

有的人在设定目标时只追求"机械化、数值化"的效率,忽略"人是有感情的",只顾着贯彻"错误的合理性"。

而有的人就连"感情"都能"机械化、数值化",将所有的一切都放在所谓的合理性的框架中去思考,这就是魔王日南葵。

对这家伙来说,"非合理性"是多余的。

日南愉快地用食指敲了敲下巴。

"会给你六十分的理由就在这。总之，比那种临时拼凑起来还瞎传道的观点要强点，我的意思是——你以前是自己都不明白自己在说什么，还在那里瞎说，现在至少试图去证明了。有进步有进步。"

日南说这话时是一副盛气凌人的态度，我却无从反驳。

"……可、可是，那这次你为什么会设错目标。中村能够回学校才是最重要的，你漏看了这点对吧？这就是因为你在思考的时候太过讲究合理性才导致的，我没说错吧？"

当我说完，日南嘴角高高扬起，我从没想过她笑起来的幅度能有这么大。

"恰恰相反……这个嘛，反倒该说是因为'缺乏合理性'害我错失重点呢。"

"……你、你是什么意思？"

日南得意地说道：

"因为有人觉得'打AttaFami会变笨'，我必须纠正她的这个想法。"

说完，她笑了，果然还是那个抖S日南。

"呜……"

这次反倒是因为"对AttaFami的爱"这种"非合理性"心

理作祟，才导致没办法那么快解决问题。行吧，她甚至拿出了AttaFami来试图说服我，就和我那时拿AttaFami来说服她一样。我彻底惨败。不行，太强了。

* * *

时间来到当天晚上。

跟家人一起吃晚餐的时候，我开始对课题进行思考。

因为泉的关系，我发现了绀野绘里香的另一个弱点，等于是我又多了一种能够伤到她的武器，但威力不够强大，不足以一击毙命。不过是一把威力尚可的弓箭罢了。

若想用这个对付绀野，还需要花点功夫。

绀野绘里香"不希望被人小看的欲望"，以及中村来上学之后，绀野行为上的违和感。

我整理着思绪，补完了脑海中的作战计划。

不过我想出的这个作战计划实在是过于低端，是有很大概率会被日南鄙视的。

但没办法，对我这种弱角来说，要想对付绀野绘里香这种boss，就只有那个办法可用。

其实作战计划非常简单。

如果一支箭射不死——那就不停地射，直到boss死为止。

我坐在床上整理思绪，在脑子里确认自己该做些什么，然后便闭上了眼睛。

隔天。

早上是与日南的例会。我打算从今天开始和她讨论该如何攻略绀野绘里香。

"关于课题,我想跟你确认一下。"

"确认?"

我在脑海中复盘了一遍作战计划,然后开口道:

"前阵子开会的时候,你说过当自己的能力不足以应付时,大可借用其他人的力量,对吧?"

日南点点头。

"没错。毕竟是对付绀野绘里香那样的强敌,光靠你一个人的技能应该不够用吧。"

"我也觉得。"我跟着点头,"……既然这样,你所谓的'借用他人的力量'。"

我停顿了下,接着缓缓开口道:

"这个'他人'也包括你吗?"

这话一出,日南有些诧异。

"你说的'借'是什么意思?"

"啊……那个。我其实不是来找你商量'该怎么办'的……我是希望你能'照我说的去做',所以我现在是向你确认我能不能来找你帮忙。"

换句话说，我现在是手握操控杆的人，我希望能把日南变成一个可操控的角色，那样我就能以"玩家的身份"对待这次课题。

"……原来是这样。"日南似乎能接受我的理论，接着她稍微思考了一会儿，答道：

"没问题。"

"真的吗？"

日南点了点头。

"真的。只不过有个条件。我不会给你任何建议，就算听了作战计划觉得不好，我也不会干预，只会听命行事。这样你能接受吗？"

我点头做出回应：

"好，这样就够了。"

"很好。如果不这样的话……"

日南说到一半，我插嘴道：

"这个课题就没意义了，对吧？"

"……嗯，我就是这个意思。"

看我这样得寸进尺，日南的语气里透露着不爽，但我并没有放在心上，反正我早就知道她讨厌我。

"啊，不过，就是不知道到时候其他人会怎么看你，麻烦你先确认一下。"

"这还用说。如果有问题，我一开始就不会同意。"

"那就好。那么,我的作战计划是这样的……"

——我向日南告知了自己的作战计划。

日南脸上的表情没有变化,只是轻轻地点头。

"嗯,只是要我做这点事情的话,没什么问题。那从今天开始,我就照你说的去做了。"

"OK!那就拜托你了。"

就这样,日南也应允了,这天早上的会议到此结束。行吧,今天还要再做些准备才行。

早上的会议结束后,我来到了教室。

我环顾整个班级,发现泉已经来了。她应该是刚到教室,正将书包放到桌子上。就是现在,这个机会我可不能放过,我得去跟她说话。准备工作第二弹开始。话说不知道平林同学的事怎样了,顺便问一下吧。

"泉。"

"啊,友崎!"

当我搭话时,泉突然用很大的音量回应我。

"你、你怎么了?"

就在我感到困惑的时候,泉严肃地向我敬了一个礼。

"我,当上队长了!"

"……喔喔!!"

也就是说,她昨天去找平林同学谈过,然后代替她成了球技大会的队长,真是言出必行。知道自己的路该怎么走的泉果然很强大。

"你居然真的把当队长的任务接过来了。"

"嗯。我看平林同学好像很难做,而且比赛当天,队长好像还要负责安排选手上场和计时之类的——她说自己对这些真的很没把握。"

"……这样啊,你愿意帮她真是太好了。"

"就是啊!"

她语气有些奇怪,是因为太兴奋的关系?

"啊,对了,友崎,你有什么事?"

"啊啊,其实……"

我把声音压低。

"嗯?"

"我想问绀野绘里香的事……"

——接着,我开始讲述用来对付绀野绘里香的作战计划。

泉听了面露难色。

"……唔嗯,光靠这样真的能成功吗?"

她似乎不太认同我的做法。不过,这也在我的意料之中。

"你会有这样的疑虑很正常,不过作战计划可不是只有这样而已……"

紧接着,我针对这场作战计划的核心——也就是"连击"的方法进行说明。

"原来如此!你这么说我就懂了,说不定真的会成功!"

"真、真的吗?!"

我激动地问道。

"你、你可以的,要对自己有信心呀……"

"说、说的也是。"

估计刚才反应太大了,泉现在一脸嫌弃地看着我。她说得没错,我要对自己有信心。但毕竟对手是绀野绘里香这样的超级强角,我没办法确信自己能够做得到……

不过没关系,已经找到日南和泉帮忙了,再就是找水泽谈谈了。

"希望一切顺利!"

我对她的祝福点头示意。

"嗯!那我等一下把这事也告诉水泽。"

"啊,还没跟他讲吗?那就现在说吧。"

"哎?"

"阿弘——"

没想到泉对这事比我还积极,打算现在就把正在和中村他们聊天的水泽叫过来。反应这么快,不愧是泉。

"干什么?"

水泽也不愧是水泽,他马上结束那边的对话,朝这边走过来。现充在沟通这方面果然很干脆利落。

"跟你说,我现在跟友崎同学正在为球技大会拟订一些作战计划……"

"为球技大会？这是干什么？男生跟女生是分开比赛的呀？"

水泽一头雾水地看看我的脸，又看看泉的脸。虽然在气势上我比不过他，但我还是振作起来，开始向水泽说明。

"嗯……其实我们的意思是……"

当我说明完毕，水泽面带苦笑地开口道：

"我偶尔会这么想，'你其实是一个腹黑的人吧？'"

"别、别扯这些。"

他说的也有几分中肯，所以我的吐槽就显得很无力了。日南是那种为达目标不择手段的人，和她待久了，我好像也有点被她传染。

不过这次的目标还是根据我跟泉"想做的事"——"希望大家都能开心地参与球技大会"而设定的，这不是什么不好的事，所以对方也就比较难找到理由反驳我。果然定什么样的目标很重要。

"原来如此，原来如此。行吧，我同意。我只要跟优铃一起做一些事情就可以了吧？"

"对，不好意思麻烦你们了，拜托了！"

"包在我们身上！就让你看看'察言观色组合'的实力！"

"哈哈哈……OK，交给我们吧。"

就这样，我顺利委托这三人在背地里做些小动作——其实我要做的事情也到此为止了。

没错。这次的作战计划是我想的，但执行的部分全部交给了其他人。应该这么说，我这种等级很低的弱角就负责四处奔波，搜集打倒恶龙不可或缺的道具，之后就交给几位高手去使用那些道具除掉恶龙了，大概就是这样。感觉自己做得有点过分了，虽然是自己在指挥，但关键的部分全部交给其他人来做。不过这样的作战计划已经获得日南批准了，我应该算是用心在做课题了吧。

我沉浸在了短暂的成就感中。

我的脑海中浮现了昨天在图书馆跟菊池同学打听到的一些事情，那些都成了这次作战计划的关键。

* * *

"那个……我今天来也是想问问菊池同学的意见，可以吗？"

在得知菊池同学也在观察班上的情况后，我如此询问道。

我要问的，是之前在咖啡厅和她聊过的，关于绀野的情况。

"好的……什么事？"

她大概察觉到我的语气很认真，于是便在书里夹上书签并将它放在桌子上，接着面向我。

"呃……谢谢。其实要聊的事跟之前一样，与绀野绘里香有关……"

有三件事在我心里仍处于推测阶段，需要更多的情报来确定真伪，我开始思考该从哪里讲起。

这次的作战计划如果是我自己去执行的话，就还好，但问题是我打算完全依赖他人的力量作战，所以想先证实自己的推测是否是正确的，再去委托他人。基于这样的想法，我打算咨询一下菊池同学，因为她平时就有仔细观察班上情况的习惯。另外，如果这些只是我一个人的推测的话，那可能没什么可信度，但若还有人也怀有相同的看法，那我的推测的可信度就会高多了。

"嗯，该从哪里问起呢……"

"嗯。"

"前阵子在咖啡厅里，你曾说绀野绘里香'很为伙伴着想'对吧？"

"是的……"

菊池同学微微地点了点头。

"为什么……会这么认为？"

前阵子菊池同学说过"她不想被小看"，之后可能觉得自己说得太过了，像要给自己的话打圆场一样，补了一句"不过绀野同学还是很为伙伴着想的"之类的话。

我一开始以为这句话只是单纯在打圆场，认为那并不是什么真心话。可是仔细想想，就算是在打圆场好了，菊池同学也不是会轻易乱说话的人。直到后来我看到泉为了中村拼命努力，见识到那善解人意的一面，我才意识到现充都有一个共同点。

例如那次在我家里，水泽和深实实他们真心为泉和中村的恋爱问题烦恼，还有上次日南送我背包的时候，大概怕我会不好意思，主动提出要"交换胸针"，再比如深实实为了守护小玉就一直装傻。

换句话说，现充——尤其是在团体里威望较高的人，他们往往在本质上都比较会体贴他人，这是我个人得出的经验。

当然也是有例外的，或许只是我身边的现充碰巧是那样罢了。不过，绀野绘里香怎么说也是班上的女王。

虽然绀野平常会让人感到畏惧，但我觉得她一定也有我不知道的一面。

"这个嘛……"

菊池同学犹豫了一下，露出微笑。

她看起来有些难以启齿——我立刻就猜到原因了。

"举例来说，如果跟绀野要好的人被欺负了，绀野就会帮她出头……还有就是如果跟她要好的女孩子被男生甩了，她会去攻击那个男生……"

"啊……哈哈。"

以牙还牙，加倍奉还，原来如此。我不由得苦笑。这勉强也算是为同伴着想吧，虽然是在攻击他人，但也算为了同伴才采取的行动。能够看出这一点，菊池同学果然厉害。

于是就在这一刻，我想到了第一个作战计划。

——让泉当面告诉绀野绘里香"希望大家都能开心地参与球技大会"。

这就是我做出的第一支箭。泉陪她去买过好几次衣服，在我看来，在绀野的小团体里，跟绀野最要好的就是泉。要是由泉当面提出，"希望大家都能开心地参与球技大会"的意见，那样多少会有些作用吧。如果绀野"真的为同伴着想"的话，就更不用说了。

虽说就是一句话的事，看起来很简单，但毕竟对象是绀野绘里香，所以这个任务的难度其实挺高的。

但泉已经有所成长了，敢明确说出自己的意见，所以我才敢制定这样的作战计划。

换句话说——正是因为泉变强了，我才能做出这支箭。

要感谢泉的等级提升。

"谢谢……另外还有别的想问。"

"嗯……"

确认菊池同学点头后，我接着提出下一个疑问——

"绀野绘里香似乎很在意日南，是把她当成竞争对手了吗？"

我说完，等着看对方如何反应。

菊池同学似乎在犹豫该怎么回答才好，她朝斜下方看去，目光游移不定。

"应该是吧……我也这么认为。"

她同意了。很好，这下第二个推测也确定了。

"果然是……这样。"

这是在那天早上，绀野绘里香带着两个跟班加入我们的聊天时，我察觉到的。

中村、水泽、竹井、日南、泉、绀野，加上那两个跟班，这么多现充在一起聊天，作为弱角的我根本插不上话，便在一旁观察他们聊天。结果发现绀野和日南几乎没有相互交流过，明明这两个人说的话都挺多的，她们甚至都没有正眼看过对方。这种感觉很不自然。这么说来，她们应该是在刻意避开对方。

也就是说——这两个集团的首领互不相让，那一份看不见的对峙就隐藏在其中。

此外，假如双方真的暗中较劲，绝不可能是由日南先起头，单方面打造这种氛围的人是绀野，日南迫于无奈只好配合。

不知道绀野对日南抱持的是敌意还是恐惧，总之就是这类负面情感，导致她拒绝跟日南有交集。不过归根结底，都是因为绀野绘里香的那种"欲望"，也就是"不想被人小看"。照这个情况来看，她应该是为了"避免被比自己强的人小看"。

换句话说，在班上所有的同学里，绀野唯独特别敌视日南葵。

如此一来，第二支箭就完成了。

——要让绀野绘里香觉得"如果没有在球技大会上做出成

果，就会被日南小看"。

这是日南用来解决问题的方法，例如这次针对中村事件，她想借着自身优异成绩去提升中村的家人对于 AttaFami 的评价，还有上次在学生会选举上利用自己在田径方面的成绩达到宣传效果。像这样利用"自己一直以来积累的成就来说服对方"，就能发挥出很大的作用，这倒启发了我。所以这次，我要借用"日南在班上的地位"来达成目的。

接下来就是把事情都丢给日南做，让她巧妙地刺激绀野，使绀野萌生"不能被日南小看"的那种想法就好。可以直接跟绀野的跟班说"绘里香要去参加比赛吗""要是懒得参赛交给我就好啦""绘里香在这方面不太擅长吧"之类的话。这些话由跟班再传达给本人，多少能刺激到她。多谢日南愿意为我去演这种戏。

不过，不一定能产生很大的效果。

这是因为，绀野若能将球技大会本身贬得一文不值，那"被日南小看"就没有任何威慑力了。只需要在班上制造出"蠢货才会为这种比赛努力"的氛围，就能保证自己的地位不会下降。

所以我还需要准备第三支箭。

我向菊池同学请教第三个问题：

"还有就是……"

"……请说。"

我不知道该怎么开口,思考了一会儿后,说道:

"……绀野绘里香大概还喜欢中村吧?"

当我问完这句,菊池有些犹豫地轻轻点头。

"……我也这么觉得。"

接着她给出了肯定答复。很好,这样所有的碎片信息都拼凑起来了。

我会这么想的原因很简单:一是曾经在旧校长室听说她向中村告白过;二是这阵子一直在翘课的中村回学校了,绀野绘里香有过一些不寻常的举动。

当时她主动走到我们这边来,加入我们的小圈子。特地过来我们这边——这点就足够让人觉得奇怪了。不过仔细想想,这背后的原因很单纯。她只是想跟很久没来学校的中村说话吧。不是把别人叫过去,而是自己特地过来,不惜放下女王的身段也想过来和中村说话,这足以说明中村在她心中的分量。

不管怎么说,这下,最后一支箭也完成了。

——让水泽旁敲侧击地告诉绀野绘里香,"中村好像喜欢爱运动的女生。"

听起来好像不太靠谱,但正是因为比较单纯,才会更有效。

这点用不着再多做解释了吧。就是要让她觉得"在球技大会上努力了,就有可能被中村喜欢"。

说真的,利用这一点好像蛮可恶的,但是为了达成目的,这也是没办法的事,我就不钻牛角尖了。

以上就是我准备的作战计划,当然,会准备三个是有原因的。

因为在卡拉OK"SEVENTH"跟小鸫商量的时候,她跟我说过那句话。

攻略绀野绘里香的关键点是什么,与绀野同为怠惰星人的小鸫最清楚了。

"要想让 queen 有所行动,就必须提高性价比。"

没错,就是努力的性价比。
我所有的行动都是围绕这一点展开的。

欲望一:想让自己的伙伴——泉开心。
欲望二:不想被日南葵小看。
欲望三:希望能给中村好印象。

这些都是我通过搜集情报后得知的,绀野绘里香很大概率拥有这三个欲望。

而我所做的就是要创造一个有性价比的环境,只要她肯

"在球技大会上努力",就能一次性满足三个欲望。

这样一来,"在球技大会上努力"就很具有性价比了。

也许将每个动机单独拿出来,都不足以驱使她行动起来,但三个欲望加在一起就不一样了,会显得为此努力的性价比很高。

只要性价比够高,就算是怠惰星人,也会采取行动。

这就是我在许多人的协助下,制定的绀野绘里香攻略计划。

暂时就这样吧,接下来就是见证我射出去的三支箭能否顺利改变班上的氛围的时刻了。

*　*　*

绀野绘里香攻略计划执行后,又过了几天。

班上女生对球技大会的态度出现了剧烈的——虽不至于到这种地步,但确实出现了变化。

"我说优铃,比赛项目定了吗?"

"啊,已经决定了!下一次开班会就会通知,我们要比垒球!"

"啊,是吗?"

"嗯。其他年级也想比篮球,然后我猜拳猜输了。后面的垒球不用猜拳,所以马上就定下来了。"

"哦,这样啊,了解。"

正在向泉打听比赛项目的不是别人,正是绀野绘里香,可想而知班上氛围的改变有多大。原本对球技大会漠不关心的绀野，现在却刻意跑来问泉比赛的项目。虽然她那句"哦，这样啊"听起来懒懒散散的，但也有可能她说话风格就是这样。总之，不可否认她对球技大会的态度发生了很大的变化。

"那投手要让谁当？由纪？"

"哎！我是有打过垒球，可是只当过三垒手！"

"但是又找不到其他人！"

绀野组的成员在女王的带动下讨论起来，慢慢展露出参与球技大会的意愿。那里面应该有一部分人愿意顺着绀野的意思，但肯定也有一些人原本就很想参加，因为害怕绀野，才不敢表现出来吧。

总而言之，创造氛围的人一旦转变态度，团体氛围也会随之转变。之前的讨论会中村不在，男生这边就像一盘散沙。而现在则与那时恰恰相反。核心人物若是明确指出一个方向，整个团体就会团结起来。

如此一来，基本可以断言，班上女生会对球技大会燃起干劲了。

这当然有我的功劳在里面，虽然最后的准备工作几乎都是由日南、水泽和泉完成的。但更令我惊喜的是，泉也打出了我意料之外的"爆击"，那就是她主动当上了队长。

随着作战计划的推进，绀野绘里香的态度从一开始的"抗拒"，逐渐变为"要不试试看也行"，像这种犹豫不决的时候，作为队长的泉正好可以在背后推她一把，那肯定效果拔群。

此外，如果平林同学被绀野盯上的推测是正确的，要是由她来担任队长的话，那绀野肯定会跟她对抗到底，我的攻略作战说不定就前功尽弃了。而身为绀野的伙伴的泉，则没有这方面的问题。这样看来，更换队长应该起了不少作用。最终还是要感谢泉有所成长。

总之就是这个样子，各种因素积累起来，才让绀野的态度有了180度反转。其实仔细想想，我的"人生"，或者说所有的游戏都是这样子，不断努力，最终才会量变引起质变。

这事告一段落，接下来，就是备战球技大会了。

*　　*　　*

距离球技大会还有三天，这天放学后——

"嗯，看样子课题是顺利完成了。"

球技大会还未开始，日南已经对我给予了肯定。

"哦哦，这样就可以了吗？"

"对。"

不过确实是这样，前儿天就看到绀野在班上询问比赛项目，现在又过了几天，她对球技大会已经可以说是完全投入了。像她这种领导角色，一旦开始做什么，就会做到底，要不然不好向周围的人交代吧。这点倒是跟中村挺像的。

"接下来情况应该不会再次恶化了吧……不过,就算发生那种事也无所谓了,你能让绀野做到这种地步,不管怎么说,那个课题都算是达成了。"

"耶!"

我开心地比出一个胜利的 V 字。哎呀,真的费时又费力,可是这个课题真的就像一场游戏,其实也挺有趣的。

"这是你的成就,其实你可以趁着这个势头在球技大会上好好释放一下,但你的体能堪忧呀!"

"呜……"

这算是我的痛点,我自己当然清楚,但没想到她会直接说出来。只见日南一脸满足地冲我坏笑。

"不过嘛,你倒是让我见识到了 nanashi 的解决方式,还挺有意思的。本来是打算给你个难题,没想到你处理得比我想象中还好。"

"喔、喔喔,是吗?"

突然得到了日南的表扬,我就这样在毫无防备的状态下接下这句话。啊,怎么办,突然感觉好开心。

日南估计是感觉到我的飘飘然了,接着又露出散发着些许成熟魅力的笑容,水润的唇瓣微微轻启。

"做得好。"

糖衣炮弹继续向我砸来。呵,好你个日南,我知道你是故意要让我害羞,我可不会吃你这招。

"那、那、那接下来的课题是什么?"

我在她蛊惑的目光下苦撑着,想快点逃离这个话题,便询问接下来的安排。日南见我紧张到话都说不清楚了,脸上挂起了抖S的笑容。

"你怎么了?"

"没、没什么,我只是在问接下来的课题。"

"哦,是吗?"

"是、是啊!"

她就这样追着我不停地问,弄得我更紧张了。不行了,这样下去,我可是连一丁点儿的胜算都没有。好吧,我承认这种方式对我超有效。

最后日南似乎终于玩够了,又换上了冷静的表情。

"不过也是,继续观望的话,也没什么意义,还不如抓紧时间做别的……绀野绘里香的事就先别管了,我们进入下一个课题吧。"

"……好的,我知道了。"

我也重拾心绪并点点头。观察情况的这几天刚好没事做,我也休息够了,来吧!

"球技大会还有三天才开始,所以这三天的课题就是……"

"哦!"

我屏气凝神等她说完。

"练习带球上篮。"

她一脸认真地说出这句话，把我听懵了。

"……哈啊？"

日南露出了恶作剧般的笑容。

"好不容易全班都拿出干劲来了，干脆再拿个第一名不好吗？"

"……哈哈。"

出现了，这家伙对第一名的执着。看到她这么有冲劲，我也莫名觉得开心。男生那边的比赛跟日南一点关系也没有，她其实大可不必这么做，但估计她是想让班上拿到双料冠军吧。

"总之，女生这边，我会想办法拿到第一名。学生会那边的工作还没有很忙，所以我有时间安排这边。绀野绘里香愿意拿出干劲，这会成为一大战力。男生那边，现在中村已经回来了，你们也要加油。照这样的阵容看来，要拿到冠军不是梦。"

"真、真的吗？"

"还有，虽然你的成长对大局不会有什么影响，但至少能填一个坑。"

"坑……？"

尽管是事实，但是听起来还是很受伤。我其实挺想享受这场比赛的，不过，照这样想的话，我是不是不出场比较好……

"可是……只练习三天，不会有太大的改变吧？"

日南嘴里"啧啧啧"的同时，摇摇手指。

"听好了，我不是要你做综合性的篮球训练，你只练习带球上篮就可以了。练熟了之后，你只需要一直在篮框下面等待机会，等人传球给你，然后上篮。只要能进一球，你就赚了。而且我觉得八成不会有人防你吧。"

我不由得苦笑。这个课题太真实了，还考虑到了我的体能和实力。

"行吧……可是这样好吗？之前一直都是以'成为现充'为目的来行动的，现在却换成那种课题。"

听我这么说，日南得意地笑了。

"你在说什么啊？这个当然也有效果啦！"

"哎？"

日南又换回了平时那种理性的语气。

"虽然你目前已经可以跟中村他们说上话了，但还是跟班里一半以上的同学都没得聊吧。我听说了，前阵子橘还把你的名字搞错了呢！"

"这、这个……"

也就是说，我目前在班上还是一个不起眼的小角色。

"不过，如果只看与人对话沟通相关的技能，其实你已经有足够的能力跟班上的其他男生正常交流了。你现在只是缺少和他们搭上话的'契机'。确实，将三天时间都用在跟提升沟通能力无关的事情上，是有一点浪费，可是能够在短时间内给你一个和他人聊天的'契机'，就冲这点来看，效果绝不算差。"

日南说完，一脸骄傲，嘴角向上扬起。

"呃……也就是说,要我趁这个机会多和搞体育的同学交流……"

"对,差不多就是这个意思。"

"原、原来如此。"

而且这次的课题不只有助于我们班在球技大会上争排名,还把我在班上的地位也一并考量进去了。真是不得不佩服她。

"再说那个课题将打造全新的环境,就像打开了新的游戏地图,又能累积经验值了,对吧?"

"……是啊!"

听到她这么说,我想起了几天前的事。那是橘同学第一次加入我们的对话,我非常紧张,每一句对话都让我觉得很新鲜,对我刺激很大。也就是说,我们现在就是要在日常生活中刻意打造这样的环境,然后获取经验值。

"想实现这一点,这次不就是一个很好的机会吗?"

"听、听你这么一说……确实是那样。"

到头来我还是被她说服了。

"所以,带球上篮从今天放学后就开始练习吧!目标是拿到第一名!"

"哈哈……明白!"

后来我从日南那里得知,从学校到车站的路上稍微走点岔路就会来到一个公园,那里有篮框可用,所以我放学后就去那里埋头苦练带球上篮。顺带一提,社团活动结束后,日南会来跟我会合，教我上篮的技巧和正确的姿势，一边教，还一边骂我运动神经太差。

话说回来，就连练习带球上篮这种事都能帮助我累积经验值、达成目的，日南在这方面的逻辑性到底有多强……

那些很久之前就立起来的大多会被突然回收的Flag

开始练习带球上篮后,三天过去,球技大会正式开始。

篮球比赛采用车轮战的方式,我们班打出了非常不错的成绩。

地点来到体育馆。在我面前的球场上,水泽迅速穿过对方防守员身侧,动作行云流水,最后打出一记漂亮的带球上篮。

"孝弘,好球!"

"谢啦!"

就像这样,水泽在赛场上的表现十分亮眼。在这次大会中可以自由安排每场比赛的出场队员,而到目前为止,他基本没有缺席过之前的比赛。水泽是篮球部的吗……看起来挺像的,不过我也不太清楚谁到底参加了什么社团。

对了,说到我……其实到目前为止还没有上过赛场。但这也没办法,毕竟我看起来就不太能派上用场。

话虽如此,我倒也不至于一场比赛都不参加。毕竟这是学校的活动,学校规定"每个人至少要参加一项球技大会的比赛"。为鼓励大家参与,有这样的规定也算合情合理,不过,这也就意味着总有我上场的时候……话说,这场比赛结束之后,就该我上场了。

虽然很紧张,但跃跃欲试的心情更占上风。毕竟我在练习带球上篮上下了苦功,但从未与他人进行过练习赛。这次比赛不仅给了我实战的机会,还能满足我那颗想和他人对战的好奇心。好吧,也许这就是玩家本性。

"呀嚯!"

"哇啊?!"

这突然的一声吓得我不知所措,回头一看,发现原来是泉。她穿着充满夏天气息的短袖短裤样式的运动服,衣服的白色布料在反射窗外射进的阳光后,变得十分耀眼,但她露出的肌肤其实更加耀眼。

"你们那边的情况如何?"

泉一边问我,一边轻快地向我走来。

"啊,那个……这一场加上剩下的三场比赛,赢其中两场的话,就可以拿到冠军啦!"

"哇!真的吗?好厉害喔!"

"是啊,而且……"我边说边看向球场,"这场比赛我们基本是稳赢,其实再赢一场就可以啦!"

"哎!那冠军不就手到擒来啦!"

"对啊!"

也就是说,我必须要在这种情况下出场,压力可不是一般大,还好我有提前做一些练习。

"这样的话,说不定我们可以拿男女双料冠军!"

"哎,那就是说女生那边也?"

我一问完,泉便露出灿烂的笑容,说道:"要是这一场赢了,接下来就是决赛!"

"噢噢!真的啊!"

看来女生那边的战况也不错。女生们是打垒球,因为垒球一场比赛下来用时较长,所以好像没有采用篮球比赛的车轮战形式,而是采用了淘汰赛。接下来就是决赛啦。

"嗯!刚才绘里香打出全垒打,直接定胜负啦!"

"绀野她……打出全垒打?"

光是想到这个景象,我就莫名想笑。之前完全不把球技大会当一回事的绀野,居然打出全垒打,那不就意味着她当时尽全力了吗?这股干劲真不可小觑,小团体的首领一旦认真起来,的确强到可怕。

"友崎,你呢?!已经上去比过了吗?"

"这个嘛,我还没上场……下一场会参赛。"

我答得有点畏畏缩缩。

"哦!那不正好!垒球那边好像会先进行季军争夺战,所以我就先来这边观战啦!"

我一边想着"这时机可说不上正好",一边回答道:

"这、这样啊……"

毕竟一直在篮框底下等待带球上篮的机会的样子跟帅气一点都不沾边,我可不想让别人看见我这副窘样。不对,我不是打算视拼尽全力、不辜负自己为胜利吗?好吧,上边这句不过是个冠冕堂皇的理由。算了,反正大家也不会期待我有什么帅气的表现,还是想想能不能在比赛中找到聊天的话题好了。

这时,哨声突然响起,宣告着比赛的结束。

我朝比分板看去，上边写着 18∶10，是我们班的队伍赢了。

"好，再赢一场就行了。"

水泽一边说着，一边展现出爽朗从容的样子，并朝那些现充走去。这时的他与平常老成的样子有些不同，笑容爽朗又无邪，看起来多了几分亲和力。同时，他下巴跟脖子上都挂着汗水，在夏日艳阳的照射下发散着青春的光芒。

"这人帅得发光啊……"

听到我道出的心声，泉在一旁哈哈大笑。

"看来阿弘利用球技大会提高了自己的竞争力啊……"

泉开心地说着，并向一旁看去。对她这一举动感到纳闷的我，也随着那道目光转身张望。

接着，我便看到了一群对水泽的一举一动发出尖叫的女生。

"……不愧是水泽。"

毕竟在我看来，他都是一个无可挑剔的完美帅哥，女生为他尖叫也不足为奇。唉，上天真是太不公平了。

这时，水泽将目光投向我们这边，带着满面笑容轻轻挥着手走来。不知是因为他的笑容较平时更具活力、更显快乐，还是因为他刚刚运动完心情激动，那双带有笑意的狐狸眼与那头蓬松的小波浪时尚短发组合起来，未免太过完美，甚至给人一种"他整张脸都在闪闪发光"的错觉。

水泽迅速来到我的身旁，换上帅气的笑容，拍了拍我的背。

"来吧，文也。我们在接下来的比赛里拿下冠军吧。"

他说这话时男子气概十足。接着，水泽将视线投向赛场。

"好、好啊！"

我感觉，这是一种自然而然流露出的气场，源于他平常的举止和他的自信，不是单靠模仿他的行为就能学得来的。看来，我能做的，就是通过反复练习表情、姿势和语气，不断提升自己了。

下一场比赛马上就要开始了。上场的有水泽、竹井、橘，还有一位我不太认识的人，当然，还包括我。

"好了，现在比赛——开始！"

同样参加这个项目的其他班的队长发出了开始比赛的信号。这句话一说完，水泽就迅速地走向赛场。话说水泽这人还真是厉害，明明刚比完一场，体力却不减。我在原地愣了几秒之后才跟上了他的步伐。好！接下来看我的！

"加油！"

泉向我投来微笑，并为我加油打气，我也在走向球场的同时向她回以微笑。

* * *

糟糕，完全没机会。

虽然我现在就在对方的篮框下，但心中焦急万分。

距离比赛开始已经过去 5 分钟了。

而球技大会的篮球比赛限时10分钟，目前也就只剩下5分钟了。可是眼下，我基本上什么都做不了。这样下去的话可不行，更别说和运动小团体创造什么聊天机会了。

不过说实话，在比赛刚开始的时候，我还是有过突出表现的。那时，竹井好像给狗丢飞盘似的向我喊道："上啊！小明明！"同时传球给我，我便按照日南教我的姿势、步伐还有掌控距离感的方法完成了一记完美的带球上篮。可我打出这一记好球后，水泽和竹井却显得有点吃惊，水泽说道："文、文也！"另一个则是："小明明，你什么情况？！"说实话我有点无语，水泽有这种反应的话还能理解，竹井你要是吃惊的话，那你一开始传球给我，是什么意思啊？不过，看到自己曾经一步一个脚印积累的努力以这种形式呈现出来，心中倒也颇为满足。可我的好运似乎也就到此为止了。

自那之后，我就被对方盯上了。而我不懂怎么甩开对方，体力也接近上限，仿佛一下子变成了一个木头人，根本碰不到球。也罢，毕竟我本来也是没有什么机会表现自己的，但现在能让对方的一位队员把注意力放在我身上，侧面削弱了对方的战力，倒也不是一无是处。也许，这算得上以另一种方式表现了我的努力吧。

而此时，双方在赛场上势均力敌。

说得具体点——目前我们落后三分。

要问原因，其实并非我们队员的问题，也不是水泽体力不支,而是对手似乎太过强大。虽说日南曾说过:"不过一个小小的球技大会,对方不至于盯你。"可我在打出第一个带球上篮后就被盯上了。

"好!"

此时,水泽看穿了对手的传球路线,截下那颗球,接着环顾整个球场,马上将球传给其他人。

"竹井!"

"好!传得漂亮!交给我吧!"

无人防守的竹井接过传球,接着便依靠高超的运球技能穿过对方的防守,瞬间来到篮框下,最后用十分不标准的姿势打出了一记带球上篮。他的体型、速度和过分拖泥带水的动作颇具特色,但也是这些特色让人感觉他的那记灌篮十分有魄力,看起来非常夸张,就好像使出了"洪荒之力"似的。

看到这一幕,大家纷纷吹起口哨!

整个场面沸腾起来。接着,竹井露出得意的笑容,两手竖起大拇指放在脸颊两侧。哇,这动作也太土了,竹井,在打出那么漂亮的球之后,还做出这么土气姿势,这种人我还是头一回见。不过这才像竹井。

紧接着,球回到场内,比赛继续进行。这下就和对方差一分了,再进一个球就能反败为胜。不过剩下的时间也不多了,也就一分钟多一点。

这次轮到对方开球。可他们这次并不积极进攻,而是不断在队内互相传球，看上去配合默契。看来，他们采用的战术似乎是牵制我们队并拖延比赛时间。

也对，毕竟剩下的时间不多，而且他们还在比分上占优势，采用这种战术倒也在意料之内。也许有人会说这种做法一点都不爷们儿，或者说他们很卑鄙，但这毕竟是场比赛，在规则范围内采用确保自己能够获胜的战术倒也不必苛责。

就这样，时间一分一秒过去，我们离失败也越来越近。

就在大家都认为我们会输掉比赛时——

竹井仿佛受到某种野性力量的驱使，用常人难以想象的速度将距离他几步远且在对方传球路线中的球迅速截下。这一幕着实令人吃惊。不过他截下这一球，到底是靠直觉，还是野兽般的动态视力，我也说不太清楚。

"漂亮！"

水泽热切地大声喊道。不知是不是他太过激动，那声音都不太像平时的他。

但那颗刚截下的球却从竹井手中溜走，在地板上弹跳几下后便滚向没有人拦截的方向。此时，离球最近的除了竹井外，就是盯着我的敌队球员和我。

"……啧！"

那名球员瞥了我一眼，咂了咂嘴，接着便向球跑去。而我却依旧待在篮框下。现在，球差不多在竹井和敌队球员的中间，但是球渐渐朝我这边弹过来。这样下去，球大概率会被敌方球员抢走。

"唔哇——"

而此时的竹井已经化身为一头野兽,不顾后果似的向球冲去,最终先对方一步抢到了球。

"快防守!"

对方的球员一听到他们小队长的号令,便马上朝我们这边的篮框冲过来。

可是现在,这边篮框下边就只有我一个人。

"友崎!!"

竹井摔倒在地,但还是用尽全力喊出我的名字,将球传给我。这次他喊我"友崎",而不是"小明明",可见他的认真。可看到眼前这副场景,我内心忍不住吐槽:"不过一个球技大会,出现这种篮球漫画临近结局的剧情有点离谱了吧。"虽然眼前的场景槽点有点大,但我还是接下了那颗饱含竹井意志的球。

恐怕就剩下十几秒了,真的是最后的机会了。

可从我现在的位置来看,要带球上篮的话,距离有点不够。所以我运几步球之后便两手抓球,做出带球上篮的姿势。这次要是没投进的话,就输定了。

对,没投进就输定了。

就输定了!

这股压力,让我的上篮姿势惨不忍睹。

"哦哦哦?"

虽然有认真练习,但是我的带球上篮不过是赶鸭子上架,仅仅练习了三天,还没有形成肌肉记忆。不过说实话,要在这种情况下刻意地把每个动作按部就班完成,也是痴人说梦。

我渐渐放缓脚步,而对方的一位球员已经趁这段空档来到了篮框下。

"休想得逞!"

"哇啊?!"

来者气势汹汹,我被吓得不知所措,惊慌失措下竟然绊倒了自己,最终失去平衡摔倒在地。也是因为这一摔,球从我手中溜走,在球场上弹跳。这下可糟了。

此时,我的心中只有一个念头:"一定要抢到那颗球!"在这股意念的驱使下,我打算重新站起来抢球,可也许是因为操之过急,又被自己绊住,大大地摔了个狗吃屎。

对方球员虽然被这个举动吓了一跳,但还是不放弃抢球,都向这边跑了过来。此时,我和对方都将手伸向篮球。

最终,倒在地上的我抢到了球!此时的我兴奋不已,一只手将球夹在腋下,另一只手紧紧抓住对方的衣摆。而就在我想要站起来把球传给自己的队友时——

全场的目光却因为这里的混战,统统转向了裁判。

接着,我便听到了裁判的哨声。

"那个,红队!"

红队,是我们队!紧接着裁判便看向我。

"犯规触身……二次运球、带球走步!"

大家又在吹口哨。

现场沸腾起来,可这却与我想要营造的氛围截然相反。

* * *

比赛结束后。在球场旁边。

"哈哈哈……别、别放在心上。"

水泽似是放弃忍耐,拍着我的肩膀大笑起来。

"别、别说了……"

虽然我现在有气无力,但还是打算找些槽点吐槽。专程来看比赛的泉也显得有点顾虑,不过也能看出她在偷笑。

而站在我面前的竹井却一点儿都不客气,捧腹大笑并指着我说道:"小明明……我还是头一回见能同时触犯三种规的人呢!"

"少、少啰唆!"

我大声回呛道,以此掩饰自己心中的羞愧。唉,我反复练习,可不是为了在这种场合丢脸啊!而听到这声回呛的同学们,则纷纷笑了出来。啊!真是的,不过吐槽技能的生效范围倒是慢慢在扩大。

在我近处观望的橘,这时候强忍着笑意对我说:"哎呀,你打球太好玩儿了。"

"你就别调侃我了……"

我用十分悲伤的语调回复道。本想借此表达现在的心情，但没想到橘笑得更欢了。

"其实不用太在意啦，毕竟对方太强，我们的确打不过。"

"嗯，嗯……"虽然有队友安慰，但我心里还是感到很抱歉，"现在我们只能靠最后一场比赛啦。"

橘笑着拍了拍我的手臂，说道："你就放心吧。"

他看上去颇为自信，再加上那副体格，基本可以确信他就是篮球部的了。不过倒也是，剩下的最后一场比赛关乎能否拿下冠军，估计不是篮球部的人还真不敢上。

这么看来，我也算是"因祸得福"，和橘这样的运动男生小团体里的人物有了共同话题。课题还算完成得不错？

正当我思考的时候，橘的笑声却突然停下，接着他对我露出爽朗的笑容，开口说道："话说回来，坦白讲，我真没想到，你还挺……"

"挺什么？"

之后他接了一句话，脸上依然带着爽朗的笑容。

"你还挺有意思的，友岛同学！"

"啊，不是，我叫友崎。"

看来这人还是没记住我的名字。

*　　*　　*

等别的班级进行了两轮比赛之后,球技大会的最后一场比赛终于要开始了。这不仅是球技大会的最后一场比赛,也是决定我们班名次的关键一战,可谓压轴比赛了。

这场重要的比赛自然吸引了不少观众,篮球场现在已是水泄不通。我们班要是能赢这场比赛就是冠军,输了就是季军。顺带一提,我们班输了的话,冠军可不是接下来要对战的班级,而是刚才那场比赛中赢了我们的班级。

"要上啦。"

领队中村带领参加比赛的队员进入赛场。

参加这次比赛的,有水泽和中村,剩下三个人好像都是篮球部的。当然,其中也包括橘。这似乎就是我们班篮球队的最高配置了。看来,中村虽身在足球部,但他的篮球实力也不容小觑啊!

在等待比赛开始的时候,突然,一群从操场走来的身影映入我的眼帘。细看之下,发现那群人是我们班的女生。这么看来,女生那边的比赛已经结束了。

最前边的是泉,她小跑着来到篮球场,朝男生们挥手示意,大声道:"垒球我们赢了!"

泉边说边笑,我甚至能从她那满面春风的笑容中,看到队长特有的可靠感。紧随其后的是日南和深实实,她们也微笑着朝这边挥手示意。后方的绀野绘里香则是一边擦汗,一边和自己的跟班聊天,看上去十分开心。这一幕倒是给我留下了深刻的印象。

班里的男生你一言我一语的和泉搭话,而中心人物泉似乎更关心赛场内的某人。只见她大声朝赛场喊道:"修二!你要是输的话,可别怪我没提醒你!!"

听到这句略带调侃的话,中村挠挠头,懒懒地挑起眉毛,但表情里似乎透着一股愉悦。

"知道啦,包在我身上。"

这时候,我看见他微微露出了一个强而有力的笑容。

* * *

这场决战逐渐接近尾声。现在,球传到了中村手中。

他一边运球,一边左右张望,在确认对方防守员的位置后,便马上加快了速度。

话说中村的身体机能可真是名不虚传,靠着几步运球,就把对方的防守队员彻底甩开,一鼓作气冲到了对方的篮框下。可此时的他没有办法直接投篮。

之所以这么说,是因为对方的防守员此时也来到了篮框下,阻断了中村前进的路线。目前来看,想要在这种情况下带球上篮,基本是不可能的。

可就在那一瞬间，中村却突然在离防守员几步远的地方停住，摆出了投篮的姿势。细看之下，我发现他站的地方距离三分线差不多有一步远。

而发现中村这一系列举动的对方防守员开始伸手防守，中村则向后方跳开，似要躲开对方。此时距离比赛结束只剩下几秒钟，跳跃到最高点的中村放手一投，球便从他手中划出一道抛物线。

——就在这个时候，裁判吹起哨子。也就是说，中村投出了一个压哨球。

窗外的晴空迎接着夏日尾声的到来，整个会场仿佛被按下了静音键，凌空的球吸引着所有人的目光，然后缓缓在空中划出一道漂亮的弧线。

紧接着。

球静静地滑进了篮框。

全场沸腾！

刚才那一球将比分拉到了 23：8。没错，就算没有那一球，我们班也是胜券在握，所以说刚才的进球不过是在"鞭尸"。坦白讲，我们班其实从一开始就占尽优势，那种想在最后逆转翻盘的剧情根本就没机会出现。

不过想想倒也不奇怪，毕竟之前那场比赛中我们就和现在的亚军不分上下，这一场比赛里，班里的球队又换上了最强阵容，要是不赢可说不过去。而且这次对战的对手就算赢了，也拿不到冠军，比赛的动力也不如我们。这也许就是所谓的现实吧。

但不管怎么说，这下我们班就是男女双料冠军了。

"我们是冠军！"

没能像队长一样带领大家出战最后比赛，竹井此时倒也颇具队长风范，向天伸出食指，发出鼓舞士气的吼叫。站在一旁的中村和水泽也很是捧场，带着开心的笑容做出了同样的动作。

班里的女孩子也差不多在这个时候全部到齐了，全班同学开心地欢呼起来。日南、深实实、小玉开心地互搭肩膀，可小玉的身高似乎有点儿不够，三人里只有她拼命地挺起身板。

我细看之下，发现绀野绘里香虽然笑得克制，但眉眼间的喜色却一点都没藏住。泉带着满面笑容，激动地搂住了绀野的脖子，她也开心地摸了摸泉的头。

这冠军的力量真的很大，大家看起来都很开心，让人感觉整个班级都团结起来了。所以，我也就趁着这个机会，悄悄地和同学们一起喊出"耶"。要是放在以前，我肯定是没胆量这么做的。可尝试做了之后，感觉也就那么回事儿，没什么特别的。唔……看来这种欢快的氛围可能不太适合我。

"辛苦啦！"

这时泉放开绀野，转向同学们，以队长的身份慰问大家。

中村则用轻松愉悦的口气对泉说："你们那边也赢了吧？我

们班的实力真的很强啊!"

"是啊!"

泉一边答道,一边突然将自己的手高高举了起来。正当我疑惑她要干什么的时候,却发现中村也将自己的手高高举起。在阳光的照射下,他们二人的手掌合在了一起。啊,原来是要击掌啊!只看他们的动作,我还真没猜到这俩人要干什么。看来他们还真是心意相通。不过,也有可能是我不太了解现充的文化?嗯,一定是因为这个。

顺带一提,当时我也瞥了一眼竹井的反应,发现他在用悲伤的目光看着自己的手心。嗯,我懂的,毕竟你才是男生的队长,按常理讲,应该是男女队的队长相互击掌的。哎,越想越觉得竹井可怜了。

就这样,球技大会顺利结束。我们在参加完闭幕式之后,也都回到了教室。对了,日南作为新上任的学生会会长,也在闭幕式上发表了致辞。我感觉在这次活动中,大家都很尽职尽责。

* * *

几个小时之后,在去往车站的放学路上,有几个人躲在一处转角后方,偷偷观察着对面的情况。

其实,这几个鬼鬼祟祟的人正是日南、水泽、竹井、深实实,还有我。

要问我们在偷看什么？那就是在对面那条行人寥寥的街道上并肩而行的中村和泉。

换句话说，就是我们几个人在跟踪这两个一起放学回家的家伙。

"来吧，让我们看看接下来会有什么剧情。"

深实实的这句话满含期待。

"嗯，现在就看他们俩了。"

我一边附和道，一边回想起球技大会结束时的场景。

当时班里的每个人都拿到了一份冰激凌。据说这是川村老师和日南的主意，用的经费好像来自学生会之类的组织。虽说有以权谋私之嫌，但我倒不觉得反感。

正在此时，泉终于开始行动了。

中村正在和水泽以及竹井聊天，泉慢慢接近他们，突然对中村说道："修二……要不要一起回家啊？"

大胆敢做、目标明确、势在必行，的确是泉最近的行事风格。而听到这句话的中村则是摆出一副"我也没什么损失"的样子，淡淡地回了一句："也行啊！"

在附近听到全部对话的我们当然很有眼色，纷纷说道："那明天见啊！"假装随他们去。他们一走，我们几个马上开起小会议，一致决定"必须跟踪"。就这样，现在我们就躲在了这个小转角里。

"究竟会怎么样呢?"日南小声说道。

"今天他们俩肯定能成。球技大会都拿男女双料冠军了,而且之前修二翘课,最后不还是靠优铃的爱解决的吗?"

"哎,你在说什么?我怎么不知道!"

水泽的这番话引起了深实实的不满。

"啊……你和小玉要好的时候,发生了很多事哦。"

"什么、什么!你说清楚啊!KWSK①!

接着,我们便一边告诉深实实这几周来发生的事,一边跟着中村和泉。结果发现这两个人的目的地好像不是车站,那就是说?

深实实两眼发光,探出身体向前张望。

"噢,这是要去哪儿呢?"

"深实实,你倒是躲着点儿啊?"日南苦笑着将深实实拉回。

"看来就不该把深实实带来。"水泽调侃道。

"哎哟,你还真敢讲?太过计较的男生是不招人喜欢的!"

"哈哈哈,我受欢迎的程度超乎你的想象。"

"噢!真的吗?你看上去不太像有女朋友的样子啊,孝弘!"

"少啰唆,我只是不想随便交而已。那你呢?有男朋友吗?"

"呃……我不是有小玉吗!对吧,友崎?"

"为、为什么问我啊?"

我们边说笑边跟踪,发现两人已经进到一个没什么人的公

---
①日本网络用语,意思是详细说说。

园里。

"这、这下有戏啊!肯定能成啊!"

虽然竹井有意识地压低了自己的声音,但在这个情况下,他的声音还是显得过于大了,因此遭到了我们集体的"嘘声"警告。也是因为我们的这一举动,竹井一下变得无精打采,自责地低下头,不再说话,满脸写着悲伤。这……我想应该用不着这么沮丧吧。

……话说,这个公园不是我之前练习带球上篮的公园吗?嗯?难道说能看到那种酸酸甜甜的恋爱小剧场,比如说投篮成功就交往之类的?不,应该不至于。

大家嘀嘀咕咕地小声聊天,同时从公园入口的树木后方偷看公园里边的情况,发现中村和泉已经坐在了公园里的长椅上,可不幸的是,他们刚好面对着公园的入口。水泽看了看,惋惜地开口。

"啊!他们面向那边,看来只能在这里偷看了。"

说着便要放下书包,但我在此时说了一声:"……不。"并制止了他。

"嗯?"水泽疑惑地看向我,我则冲他点点头,指向道路的另一侧。

"那边还有一个入口,从那边偷看的话,我们应该能靠得更近。"

"噢!真的吗?"

"对。"

多亏之前的投篮练习,我对这里的地形还算熟悉,真是没想到练习居然能够以这种形式派上用场。我用力竖起大拇指,紧接着深实实就说了声"干得好!"并用力地拍了下我的肩膀。她这一下真的好疼,看来深实实今天也挺有精神的。

我们蹑手蹑脚地绕过公园,从另一侧的入口重新进到公园里。

接着,在尽量不暴露自己的情况下慢慢接近他们两人——最后来到距离长椅只有几米远的小仓库后方。

在这个距离下,只要聚精会神,其实就能听清楚他们的谈话内容。我们几个交换眼神后,便集中精神,开始偷听这两人的对话。

"对的,对的!然后就换葵上场投球,她一直坚持到了最后。"

泉的这番话溜进了我的耳朵,本是一句闲聊,但我从其中捕捉到了一件我不曾知道的事——日南在决赛中担任投手。我看向日南,她则露出稍显滑稽的表情,仿佛在说"啊,被发现了"。看来她还是那个完美的女主角。

"哈哈哈,她还是和平常一样喜欢出风头。"

"不过也是因为她,我们才拿到了冠军。"

没想到还有人会用喜欢出风头来形容日南,对此感到新鲜有趣的我,忍不住笑了出来。的确,如果一定要在"日南是爱出风头,还是不爱出风头"之间做个选择的话,那我肯定选前者。想想看,她是学生会的会长,还在球技大会的关键一战中担任投手,而且在班里也颇具领导力。不仅如此,她还能将这些拿捏得恰到好处,不招人讨厌,真是不得了。虽然在我看来有点招人讨厌就是了。

"不过,你也很努力吧?"

中村漫不经心地回了一句。听到这句话,我们几个微笑着看向彼此。真是的,中村的这句话还真有点儿帅。

"嗯……"泉答得支支吾吾,"算、算是吧。"

"哦——"

"哎,修二,你怎么说这种话?真不像你。"

中村轻轻笑了一声。

"你说什么呢,那我要怎么说才像我啊?"

"我、我想想……大概是嘴很坏?"

"别乱讲。"

说着,中村一把按住泉的头。

"好痛,好痛!"

"你说谁嘴巴坏呢?"

泉用双手抓住中村的手臂,但中村没有放手的意思。不过这一点泉也一样,虽然喊着疼,但也不是真心要把中村的手甩开。两个人的"打情骂俏"就这样持续了一会儿。

"好了,那我们交往吧?"

"唔哎？！"

泉一下子叫出声来。我也差点被中村的这句话惊出怪叫，所以不自觉地用双手捂住了自己的嘴。等冷静下来看向其他人之后才发现，除了竹井之外，大家都捂住了自己的嘴，竹井的嘴则由日南捂着。这，这是怎么回事？……难道说日南在刚才那一瞬间，马上就想到了竹井可能会发出声音，在捂住自己嘴的同时，捂住了竹井的嘴巴吗？要是这样的话，那她的判断可真是准得让人佩服。

不过中村这是要闹哪一出啊？他这招真的让所有人都猝不及防。明明之前一直在龟速前进，现在却突然一脚把油门踩到底，完全超乎我们的想象。不过也对，这也确实是他的行事风格。

可当事人中村看上去并不焦急，再次像往常一样淡然开口：

"你怪叫什么啊？傻乎乎的。"

"你、你说谁傻呢！"

"所以呢？你怎么说？"

他不满地质问。

这人是怎么回事？告白之前明明花了那么长时间，但一告白，却变得这么理直气壮。这难道就是强角的特性吗？真让人火大。

"那个……你说交往是指……"

"啊？就是字面意思啊！"

"也、也对哦……"

泉低下头,陷入沉默。虽然我看不见她的脸,但也能想象到她的脸一定红得跟番茄一样。

沉默仍在继续。中村则是将手臂架在张开的双腿上,脸随意地摆向一旁。光看这个背影,能够感受到的那份从容感,是怎样啊!

最终,泉抬起头,径直地看向中村。

"嗯,请多指教。修二,我也喜欢你。"

这声音听起来坚定不移,同时又透出几分热切与喜悦。在小仓库后方的我们听到这句话后又互相对视,大家虽然还是捂着嘴,但是笑意还是通过眉眼传达了出来。

"……那就,好好相处吧。"

不知是不是为了掩饰羞涩,中村留下这短短一句话,就马上站起身走向公园出口。紧接着,泉脱口而出一句"等等",中村便停下脚步,转头回看。不过他这一转头对我们来说还真是危险,还好日南和水泽在千钧一发之际把我们几个拉了回去,我们也识时务地把头压得更低。日南、水泽,干、干得好。

"怎么了?"

此时的我们因为藏得更隐蔽,所以只能听见声音。

"就是那个,刚才我不是说'我也喜欢你'了吗?但是修二,你没有说你的想法……我就想,你怎么能……擅自决定呢……"

泉的声音传到了小仓库后方,听起来有点紧张,但却拼命装作若无其事的样子。

"……啊?什么跟什么啊?"

虽然中村的语气还是一如既往地淡漠,但话语中处处透着慌乱。

最终,不知是谁有所动作,一声脚踩沙砾的"唰啦"声打破了公园的宁静。

"我就是……想……确认一下……"

这句话的主人仿佛拼尽所有勇气,同时又带着殷切的期待。

一时之间,沉默笼罩了整个公园。

耳边只能听见落叶扫过地面的"喀啦喀啦"声。而这股风也带动了我身旁的日南和深实实的发丝。

风渐渐停下。

我的耳边又一次响起了脚踩沙砾的"唰啦"声。

"我也,喜欢你。"

夏季的暑气在九月下旬渐渐消散,凉爽宜人的空气弥漫在整个公园中。

"嗯,谢谢你。"

虽是一句短短的小声呢喃,但能感受到其中满满的幸福甜蜜。

而我们依旧用双手捂紧嘴巴,屏住呼吸,睁大双眼互看彼此。紧接着,大家开始互相点头,虽然我不太清楚是什么意思,但还是跟着不断点起头来。

"好啦,我们走吧。"

"……嗯!"

在一句简短而又满足的回应后,两道脚步声渐行渐远。

此时的公园飘荡着幸福的余韵,不过在场的只剩下我们几个了。

"他们已经走了吗?!"

深实实迫不及待地环顾周围。日南也从小仓库后方探出头,向周围环顾一会儿后,便向这边点头示意。看来应该没问题了。

这时,大家才长吁了一口气。

"修、修二!恭喜!"

仿佛重获自由的竹井开口第一句就是这个,不过他的声音还是压低了些。日南则微笑着看着他。

"的确,他们这对走到这一步真的拖了好久!"

日南的这句话中带着些无奈又带着些欣慰,而且还能从中感受到她对那两人的关爱。不过这里到底有多少是真心,我不敢去细想。因为光是想,就觉得可怕。

"哎呀——多么美好的青春!我也不能输!"

深实实莫名出现了竞争心态,并往我这个屈身蹲低的人的背上用力拍打。

"疼疼疼……不过他们这件事儿也算是完美落幕了。"

我缓缓呼出一口气，回想这段时间的事。真是没想到，每个人都得到了幸福的结局，看来人生也不是毫无可取之处。这"游戏"里还是会有好事发生的。

接着，我的斜后方传来了一声轻笑。

"……希望他们永远美满幸福。"

这句带有些许调侃味道的话来自水泽，他的嘴角挂着一抹痞痞的笑，但那笑容看起来却比任何人都要开心。

* * *

第二天一大早，泉便在教室内对我们说：

"所以说，我们……开始交往了。"

说这话时，泉通红着脸，看上去有点扭扭捏捏。中村这时也站在她身旁。

"哎——是这样啊？！恭喜你们啊！"

日南装傻装得天衣无缝。我们几个也学着日南装作不知道昨天发生的事。

"是谁先告白的？是中村吗？！"

"我怎么觉得修二没有那个胆量啊？"

深实实和水泽的演技也毫不逊色，接着日南继续装傻。

"多嘴。这种事不重要吧。"

中村还是摆出平常那副故作深沉的模样，看上去真让人火大。

"不、不过,我们还真是没想到呢?!"

"对、对啊!恭喜啊!泉、中村!"

竹井和我也在这时候附和,不过在这帮高手的衬托下,我们俩的演技就有点不入眼了。虽然演技烂,但还是没有暴露出我们昨天做的事儿,所以希望大家能看在这件事的份上原谅我们。

"嗯、嗯,谢谢你们。"

"可以了吧,反正不会有什么大变化。"

泉坦率地道谢,可中村依旧是平常那副拽拽的样子,想要把话题草草带过,估计还是因为害羞。这样看来,这两人的性格还很互补,也许正是因为这样,所以他们才相配吧。

就这样,这件事渐渐在班上传开,这对情侣也受到了大家的祝福。不过,因为班上的同学本来就觉得"那两个人怎么还不在一起",所以听到这个消息,反倒有种"太慢了吧"的感觉。

果然!就跟我昨天想的一样,没有人遭遇不幸,大家都开开心心,这件事会在温暖的氛围下落幕,之后我们便会慢慢回归日常生活。真是美妙的圆满结局。

——可事情远没有那么简单,在不久之后,我就被狠狠上了一课,了解到这场名为"人生"的游戏到底有多困难。

就算达成了『圆满结局』
人生还得继续
6

我最初感到不对劲的日子是星期一,距离泉和中村交往不过过去一个周末。

教室前方传来好大的一声"啷"!
"啊,对不起。"
一个笔盒掉落在一位同学的脚边,里边的文具散落在地面上,从中滚出的橡皮拦住了周围同学的脚。估计是有人不小心撞到放在桌上的笔盒了。
不过这场景很常见,倒也不稀奇。
我感到不对劲的,是出声道歉的人和这人道歉的对象。
道歉的人是绀野绘里香。
而她道歉的对象,是平林同学。
也就是说,绀野绘里香撞翻了平林同学的笔盒,之后轻描淡写地说了一声"对不起"。
可她道完歉之后,却不管不问因她而散落在地上的文具,而是径直走向窗边,到她和自己的跟班平常聚集的地方,开始和跟班闲聊起来,仿佛觉得出口道歉就已经足够了。
说实话,这一番举动真是让人不敢苟同。不过说到底,她也道了歉,而且周围的同学也都帮忙把散落的文具捡起来了,那也就没必要节外生枝。估计当时,大部分人心里都认为这是日常光景,不过是"绀野绘里香又在搞独裁"而已。
可这个想法马上就被现实推翻了。

主要是因为——还有后续。

这里的后续可不是说笔盒被弄掉好几次。

而是一些不足为道的小事。

比如说在绀野绘里香的跟班和平林同学一起做值日的时候，绀野绘里香就会像之前强逼她做队长一样，把所有的值日事务都推给平林同学一个人。

还有，绀野绘里香曾在休息时间把跟班们的小考卷叠做纸飞机玩，而这纸飞机"碰巧"飞到了平林同学头上。

还有，在经过平林同学座位的时候，"碰巧"踢到平林同学的桌子。

若是单看这些小小的动作，大家可能只会觉得"今天的绀野绘里香心情好像不好"，可是这些行为其实只持续针对平林同学一个人。

从这种现象开始，大概过了一个星期。

不只是我，班里的大多数同学估计也发现了。

那些行为就是故意的。

更准确地讲，这里的"故意"其实就是"恶意"。

因为绀野绘里香的"恶意行为"，班里的氛围差到极点，大家都希望"这种情况能早点结束"，恐怕连那些跟班都不例外。

那些满含恶意的行为不过是一些微不足道的小事，硬要说的话，其实也可以用一句"碰巧"搪塞过去。

所以要谴责这种行为并不容易。

同时，每个人似乎都认为自己"无能为力"，整个班级笼罩在默许这种恶意行为的氛围里。

*　*　*

"对了，友崎。"

某天放学后，泉来找我讲话。

"呃，怎么了？"

我转头回答她时，发现她一脸深沉地看着我。

"……泉？"

我小心翼翼地叫了她一声，紧接着，泉露出难以启齿的表情，但最终还是缓缓开口。

"就是关于……绘里香的事。"

"……啊啊，这件事啊！"

估计她说的应该就是绀野和平林同学的事儿吧。

"她都是……故意的吧。"

"对啊……"

明眼人都看得出来，那一连串好似没有其他用意的行为，不过都是佯装成"碰巧"的骚扰，其中的恶意一目了然。

泉低下头，咬了咬嘴巴，接着又抬起头看向我。

"我想了想。"

"……想什么？"

听到我的回问，泉用拇指指甲轻抓自己的食指。

"这个……我可能不该说，但是……"

"嗯……"

此时，泉向我投来强烈的目光。

"我觉得平林同学受欺负的原因，可能在我。"

她再次咬着唇。

"这个嘛……"

我无法否定这句话。

虽然先前平林同学动不动就会被绀野绘里香盯上。

可为什么在这个时间节点上绀野的行为开始变本加厉呢？

想到这里，我的脑中浮现出了一个答案。

没错，那就是——

"……因为你和中村开始交往了吗？"

这次，泉微微地点了点头。

"从时间点上来看，就是这样吧。绘里香虽然气愤，但是要针对我和修二的话，就太明显了……所以，才拿平林同学出气。"

"嗯……的确。"

虽然我不能百分百确定，但是之前在我家开合宿作战会议的时候，其他人也曾提到"泉和中村走得太近，绀野绘里香很不满"。所以这个原因我觉得还是蛮合理的。不过，如果真是这样的话，那绀野绘里香实在是太过狂妄任性，着实令人气愤！

"那我……是不是不要和绘里香说这方面的事比较好啊？"

对于这个问题,我点了点头。

"啊啊……这样啊!也对。"

"是啊……"

泉微微低下头,看起来很沮丧。

"……那样做的话,可能会有危险。"

要是不小心刺激到了绀野绘里香,说不定情况会比现在更糟。虽然我没有把话说出口,但是泉似乎了然于心。

估计泉有认真思考过,想做一些自己力所能及的事,帮助平林同学摆脱眼下的糟糕情况。可她从推断的结果意识到,最为简单的方法就是"直接和绀野绘里香说",但唯独她绝对不能这么做。

虽然目前还不确定绀野绘里香找人麻烦的原因是否出在泉身上,但也不能完全否认,所以就等同不能行使上述方法。

"你说得对……嗯,谢谢。"

"没什么……嗯!"

我回话的语气有点消沉,这时泉又缓缓开口。

"还有就是,为什么她会盯上……平林同学?"

"是啊,的确令人不解。"

"经过这一个星期的观察……我觉得……我大概明白了。"

泉的表情蒙上一层阴影。不过关于这一点,其实我也隐约知道答案。

应该说班上的同学大概都隐隐约约知道答案了。

我将那个答案说出口。

"应该是因为平林同学绝对不会还嘴吧。"

泉点了点头。
"嗯……方便她欺负,对吧。"
没错,平林同学"不会反击"。
正是因为知道这一点,所以绀野绘里香才会选她做目标。
这理由未免太过直接,太过赤裸。
所以,说这是绀野绘里香的"行动理由",才有说服力。
同时,也彰显出"人生"这个游戏——到底有多不讲理。
此时,泉看向表,一边说着"糟糕",一边背上书包。
"那个……那我先走啦。"
"噢,好……明天见。"
"嗯……明天见啦!"
泉努力装出开朗的样子向我告别,接着便跑去参加社团活动。

* * *

目送泉离去后,我为了参加与日南的会议,来到了第二服装室。

我和日南提起与泉的谈话,她表示同意我们的看法。

"我也是这么想的。估计……就是因为那两个人的交往。"

"果然是这样……吗?"

日南点了点头,说了声"对啊"。

"绀野绘里香对那两个人心怀不满,但是要直接把气撒在优铃身上的话,未免太过难看。再加上绀野绘里香的性格……这的确是最合理的推断了。"

她的话里明显含着不悦。

"原来如此……"

"嗯,虽然我不能肯定,但是有件事可以断言……那就是优铃最好什么都别和绀野说。"

日南仿佛看穿了我和泉的谈话,得出了和我们一样的结论。这让我有点吃惊。

"……果然是这样。"

"没错。你是不是很想做点什么?"

日南似乎有点为难。

"是的……你真清楚。"

日南则淡淡地回了一句"看最近的优铃就明白了"。接着,又说道:"轻举妄动可是很危险的。"

"嗯……你说得对。"

这让我不知如何是好。

日南则开始闭口不言,陷入沉思。过了一会儿,她再次开口：

"说实话，按照目前的情况来看……要是绀野没有什么大动作，其他人还是拿她没办法的。"

"因为可以坚称是巧合！"

日南点点头。

"现在的骚扰规模太小了，估计其中最过分的就是一开始故意打翻笔盒的那一次吧？要都是那种程度的话倒还好，可若是把规模较小的骚扰拿出来大说特说，估计最后也只会被她糊弄过去，没办法从根本上解决问题。而且用这种方式只能获得一时的安稳，从长远的角度来看，平林同学在班里可能就不好做人了。"

"……的确。"

我点点头。没错，让骚扰行为暂时停止不是上策，我们的对策，应该把平林同学今后的处境也考虑进去。

"……那，到底要怎么做呢？"

"坦白讲，如果绀野绘里香一直保持现状的话，那谁都拿她没办法。在事态恶化之前保持沉默，才是最聪明的做法。"

"这样啊……"

我无力地说道。并开始回想之前和泉聊天时脑中的想法。

真是没想到现实生活中，居然会发生这么莫名其妙的事。那不就意味着——

"我问你，'人生'真的是神作吗？"

我不禁把这个疑问说出口。

"……什么意思?"

日南看向我,那眼神仿佛要将我看透,其中似乎又有些许悲伤。不过那悲伤也许是因为这个问题。

"因为这实在是太奇怪了,简直就是莫名其妙又不知所以的坏事件。这种事件怎么会在没有任何征兆的情况下发生呢?这样的话,人生还配称作'神作'吗?"

我正开始对这个"游戏"产生一些好感,所以说这种话自己也很难受。但我认为还是该把真实想法说出来。

在开始懂得享受这个名为人生的游戏,开始学会欣赏自己这一路上看到的耀眼的新景色的时候,却发现莫名其妙的事情会毫无征兆地发生在某个人身上,那这不就是个还留有 bug 的游戏吗?

日南缓缓摇头。

"理由是有的。"

"……是什么理由?"

我屏息以待,等她说出后续,日南则像在数数般折起手指。

"绀野绘里香和优铃都喜欢中村,中村和家里人吵架,还有,有人帮助中村和家里人和好,而那人正是优铃。"

日南一件一件列出最近发生的事。

"多亏优铃,中村才参加了球技大会。有了我给出的课题,绀野绘里香她们才有意全身心投入球技大会。也是因为这个,所以最终我们班获得了男女双料冠军。因为这个冠军，优铃和中村才开始交往。还有，平林同学是个懦弱的女孩子。"

不知是不是因为列举完了，日南停顿了一会儿，不久便再次开口。

"这些事情分开来看，没什么大不了的，但是放在一起，却会像排成一列的多米诺骨牌一样，按照顺序全部倒塌，引发连锁反应。最后，'绀野绘里香找别人麻烦'这张最坏的牌才会倒下。这些事情并不是凭空发生的，之前发生的一连串事件就是一张张多米诺骨牌，它们不都是'理由'吗？所以这次的事根本谈不上莫名其妙，而是一种必然结果。"

日南说得有道理。这次的事与其说是绀野的一时兴起，不如说是多件小事共同推动的结果。这样想的话，的确不能说它是"凭空发生的"。我刚才的那个结论"有这种不明所以的事出现，人生根本称不上神作"似乎下得过早了。

可日南的那副口气还是让人莫名感到不爽。

"你说这是必然结果……难道说平林同学遇到这种事是不可抗的吗？"

我用稍显强硬的语气反问，但日南不过点点头，表情仍旧淡漠。

"对，没错。"

"日南……"

紧接着，日南面不改色，说道："而且，我认为……根本没有必要帮助平林同学改变现状。"

"哎？"

她的这番话令我感到错愕。

"毕竟那种程度的骚扰算不上霸凌，靠自己不就可以解决吗？现在这样不过是因为平林同学没有要反抗的意愿罢了。也就是说，她自己身上也有原因。"

她语言流畅，仿佛这一切是理所应当的。

"……你！"她的说法着实激怒到我了，"这么说太过分了吧。"

接着，日南面无表情地看着我，静静地开口：

"要是让你感到不快的话，我很抱歉。不过的确看不出来平林同学有想要主动解决问题的意思吧？要是她有意解决，这件事很有可能会马上结束。以此类推，平林同学本身也是助长绀野行为的原因之一吧？"

"可是……这个……"

我无法将这句否定的话说下去，就这样陷入了沉默。

这一点我和泉也讨论过。的确，日南说的没错，平林同学确实是因为不反击才被盯上的。

但这也不能说明平林同学就是有问题的。

"……可是，绀野绘里香就是看中这一点才盯上她的吧？这样太奇怪了吧！"

日南摇了摇头。

"的确,绀野绘里香的做法既卑鄙,又肮脏,错在她。可你之前不也说过吗?在面临某种状况时,'主动操纵手柄克服万难的人'才称得上'玩家'。这一点拿到'人生'上说也一样吧?"

"这倒是……没错。"

"听好了,我同意你的观点。虽然我不认为所有人都必须是玩家,但是起码要有想当玩家的意愿。至少我自己想当玩家,你也这么想对吧?"

"……算是吧。"

我模棱两可地点点头。虽然我们两个的看法有玩家第一视角和游戏角色视角的区别,但就"自己主动拿起手柄作战"这一态度,我们还是持相同意见的。每当被规则的高墙阻挡前进的道路时,我们的选择不是放开手柄,而是反复思考、反复验证,最终靠自己的力量得到成果。这才是玩家该有的基本作战态度。

"就目前来看,平林同学没有成为'玩家'的意愿。对吧?"

"也许……是你说的那样,可是……"

的确,要问平林同学是否要成为"玩家"——也就是有没有为改变现状,自己做出努力,我想八成是没有的。依我看来,平林同学似乎把自己平常受到的骚扰当成了"无可奈何的事"。

"可受害者是平林同学啊!"

日南点点头。

"我知道,我就是在这一点的基础上谈要不要帮她的。如果说一个玩家自己拼尽全力还没能解决问题，这个时候我会去积极帮助这个玩家。但如果说这个玩家一开始就没有主动解决的意思，那其他人其实也没有伸出援手的必要。话虽这么说，可要是情况继续恶化的话，我还是会出手，但是现在还没有到无条件伸出援手的时候。"

虽然她这番话的中心思想与平常相差无二，但我觉得此时的日南比平常更加冷淡。或许是因为在目前这稍显严峻的形势下，她依然能够表现得如此冷静，所以更显得冷酷吧。

"……好吧。我明白你想说什么。"

除此之外，这家伙也没有说什么过于偏颇的内容。

"你确实也没有非帮不可的……理由。"

"没错。虽然我能帮，可并不意味着非帮不可。"

"……我明白了。"

话说到这个份儿上，要是再和日南说"你想想办法"的话，就太没有眼力劲儿了。看来，想要改变现状，就只能自己想办法了。

就在我低头想办法的时候，不知为何，日南却用略带惊讶的目光看向我。

"我说，你该不会……想要自己做点什么来解决这个问题吧？"

"呃……不是啦，我不过是想做一点自己力所能及的事而已。"

在我告诉日南自己的真实想法后,她叹了口气。

"看来你不仅被水泽影响,这次应该又被优铃影响了……"

日南无奈地揉了揉太阳穴。

"不是……我没有要学他们。"

说着,我回过神来。的确,仔细想想,我和平林同学的关系说不上有多好,而且我自己也不是那种富有正义感的人。不仅如此,在过往的人生里,就算看到班里同学受到霸凌,我也未曾想过上前阻止。

可现在的我居然在想能不能做点什么自己力所能及的事。

说实话,为何会出现这样的心境变化,我自己也不太清楚。但我觉得,泉的那一份"想要帮助他人"的心情,给了我这个一直在她身边的人很大影响。

此时,日南换用认真的眼神看向我。

"总而言之,如果你想自行采取行动,那一定要慎重行事,以免情况更加恶化。这段时间就暂时不出课题了,你就专注这件事吧。"

"知、知道了……"

"硬要出一个的话,那就是不要让情况恶化。总之,记得三思而后行。"

"……好的。"

"不过……从目前的状况来看,在一旁观望才是上策。"

"在一旁观望啊……"

听到这句话的我心中略感遗憾,可是也拿不出什么具体的对策,所以此时就算想做什么,也只能按捺住自己的心情,乖乖地在一旁"观望"了。

就这样,这一天的会议结束了。

* * *

隔天上午,我和日南的会议没有讨论太多东西,所以比平常更早结束。

来到教室,发现泉和平林同学正在一起说些什么。在这个时间段又是这两个人,我的直觉告诉我——泉开始行动了。

受到好奇心驱使的我,迫切想知道她们谈话的内容,所以在从教室门回到座位时,刻意经过了一条能听见她们对话的路线。接着,我听到了这样的对话。

"也就是说你今早来的时候,发现课桌被移位了?"

"嗯……应该是放学后弄的吧。不过没什么关系,我自己移回来就好了……"

"唉,但是……"

听起来是在谈有关绀野绘里香的骚扰问题。毕竟最清楚目前情况的,就是平林同学本人。

就在这一刻,我明白了泉现在想做的事。

泉应该是在想"既然现在无法和绀野绘里香直接谈判,也无法收集到足够的证据，通过大人的力量处置绀野的话，那不如直接问问平林同学，看看能否找到什么自己力所能及的事"。

看到这一切，我对泉那颗内敛而又强大的善良的心，再次有了深切的感触。

"我明白了……看来回去太早的话，对方会乘虚而入。"

"果然是这样吗……"

此时的教室里还未见绀野绘里香的身影，但泉的目光时不时瞥向时钟，与平林同学说话时的表情也变得严肃起来。

几分钟后，泉最后一次看向时钟，接着便笑着向平林同学挥了挥手，走向教室前方——绀野绘里香和她跟班们的聚集之地。

又过了一两分钟，绀野绘里香堂而皇之地走进教室，可她没有径直走向和跟班们的聚集之地，而是刻意绕道去踢平林同学的桌子，之后才走向教室前方，和她的跟班们聊起天来。

在这之后，我这一天的注意力便集中在她们身上，一直偷偷观察着这几个人的动向。发现只要绀野绘里香不在教室，泉便会去和平林同学简短地聊几句。比如，在绀野绘里香去洗手间或做其他事情的时候、换教室的时候，还有泉在放学后准备社团活动，绀野绘里香丢下她先行回去的时候。

看得出来，泉想尽量深入这个问题，并为此一点点地做着努力。

那么，我是否也能做点什么呢？

＊　　＊　　＊

隔天第一节课后。

下课铃一响,我就转向身旁的泉。

"对了,泉。"

昨天就近见识了泉努力的样子,回到家的我在自己的房间想了很多,最终得出一个结论——我多少也可以做点小事,帮帮平林同学。

"嗯?"

泉茫然地看向我。

"就是……"我一边思考,一边斟酌用词,希望借助语言帮助自己实现目的,"平林同学还好吗?"

听到这句话,泉先是眨了眨眼睛,之后则目不转睛地盯着我看。

"你说的'还好吗',是指?"

"其实也没什么……你们昨天不是聊了很多吗?"

"啊啊,你说那个啊!"

"我在想现在情况是不是不太好,你看有没有什么我能帮得上忙的地方。"

没错,这就是我的目的。既然没有办法直接帮平林同学,那至少可以帮助正在行动的泉。就算没什么帮得上的,我还是想听听泉怎么说,略尽绵薄之力。毕竟我可是泉的 Attafami 老师，徒弟有困难，师傅肯定要主动出手相救。

此时，泉用消沉的表情看向我。

"嗯……其实……"

"其实？"

听到这声反问，泉压低声音。

"表面上虽然看不太出来，但是绘里香的骚扰似乎在变本加厉。"

"……哎？"她的这番话可不是什么好消息，我着实吓了一跳。

"变本加厉是指？"

泉看向自己手中的自动铅笔。

"听平林同学说……她的自动铅笔笔芯几乎都是断的，圆珠笔明明有墨，但写不出字……"

"这、这都是……"

按照目前的情况来看，下手的八成就是绀野绘里香。

不过她的做法还真是不干脆。自动铅笔芯的问题可以借口说是前段时间掉在地上的时候摔的，圆珠笔也可以说有时就是会断墨，几句话就能糊弄过去。看来，她应该是刻意把骚扰行为控制在这种范围内的。

但现在和之前不同，已经到了出现物件损坏的地步。

"损坏别人的东西是有点过分了。"

"……对啊！"

物件受损就意味着需要购买换新,换句话说,平林同学现在还有了金钱上的损失。

"但现在还是没有证据,对吗?"

听到这句话,泉懊悔地点了点头。

"还有一件事,男生应该不知道……最近,之前的女生LINE群莫名没有了,现在新建了一个……"

"噢?"

原来我们班的女生还有LINE群。不过泉这么一说,我倒是想起来了,好像还有一个全班的LINE群,不过我没进群就是了。

"只有平林同学没在那个新群里。"

说着,泉脸上的表情变得苦涩。

"那……建那个群的人是?"

"呃……建群的是我们小圈子里的由美,不过我想应该是绘里香指示她做的。"

"这样啊……"

手法果然阴险。的确,这一件件小事单独拎出来都看似无足轻重,但若要持续发生在一个人的身上,那对于这人心灵上的伤害有多大可想而知。现在只希望泉的"闲聊",能帮平林同学抚平心灵上的伤痛。

"至少……要想办法解决物件受损的问题……"

"嗯……"

这时候,我将目光投向了平林同学的座位,却发现绀野绘里香又有骚扰动作。平林同学没有在座位上，估计是去洗手间了。而在她离开座位的这段时间，绀野绘里香一行人没有去教室前方的窗边，而是来到她座位附近，开始闲聊起来。因为刚好有一个绀野绘里香的跟班坐在平林同学附近，所以若有人追究，绀野绘里香应该就会找借口说"只不过是到这个女孩的座位附近"吧。

看着看着，平林同学已经从走廊回到教室。当然，她无法回到自己的座位。自己的座位被霸占，可平林同学连抗议都做不到。

"唔……"

我再也忍无可忍，开始思考改变现场氛围的方法。要是能像之前在旧校长室呛绀野绘里香那样做点什么，说不定就可以改变现在的局面。或者说运用自己迄今为止通过观察思考学到的技巧，操控整个团体。正当我在脑中一一审视自己拥有的筹码，想着该采取什么样的行动时——

"绀野！"

一声雄赳赳、气昂昂的声音在班上响起。
绀野恶狠狠地瞪着那声音的主人。
全班也都看向发声者，我也不例外。
而当那声音的主人映入我眼帘时，我惊得目瞪口呆。

因为,那人正是小玉。

小玉虽然身材娇小,看上去弱不禁风,但她炯炯有神的目光却透着一股坚毅。

"你要闹到什么时候,差不多适可而止吧!做这种事不无聊吗!"

她用力指着绀野,铿锵有力、斩钉截铁地呵斥对方。

绀野的所作所为其实大家都已经隐隐察觉到,或是因为说了也无济于事,抑或是害怕去说,所以才一直视而不见。而现在——小玉却挺身而出。

就这样在众目睽睽之下,一针见血地戳中绀野的痛处。

这副模样让我无法移开目光。

而绀野却在脸上写满不悦,凶神恶煞地瞪着小玉。

"啊?你鬼扯什么呢?"

还是老样子,绀野开始装傻。

但是小玉可没有就此放弃。

"少装蒜了!你不就是因为中村被抢走,所以才找其他人出气的吗?!这样太过分了!"

小玉的这番话仿佛一把精准的弓箭,一下射中了恶意背后隐藏的真实原因,狠狠戳中绀野。而教室里的温度也因此顿时降至冰点。

"哦……"

此时的绀野开始用打量的目光扫视小玉。

"这样啊,我明白了。"

不屑地说完这句话,绀野便从平林同学的桌上下来,走向小玉。

眼里满是敌意、恶意,甚至还流露出了加害之意,可与眼中的激动不同的是,她的步调却称得上缓慢,仿佛想表现出自己的从容不迫。

慢慢走到小玉面前的绀野与小玉对视了一会儿,最终露出得意的笑容,仿佛没把对方放在眼里。紧接着又把自己的手放在小玉的肩上。

"花火,你抖什么啊?"

"用不着你管!"

小玉似乎有点儿激动,一下子甩开了绀野的手。

被甩开手的绀野却按着自己的手腕处,一边用夸张的模样说道:"好痛……"一边轻蔑地看着小玉,眼眸深处带着阵阵怒气。

"没、没有,我没那么用力……"

小玉在此刻稍显慌乱。绀野则是"呵"地呼出一口气,仿佛在嘲笑小玉一般。

"先动手的可是你。"

留下这句话后,绀野便带着自己的跟班回到教室前方的窗边。

教室里开始吵吵闹闹起来,但好似飘着一丝危险的气息。

也就是这时,我发现了。

由那一连串事件构成的多米诺骨牌其实之前还没有全部倒下。

现在——又增加了一个。

这一个迄今为止最为重要的一张多米诺骨牌,现在已经静静倒下。

* * *

教室前方突然传来"哗啦"一声。

"啊,对不起。"

是绀野绘里香的声音,依旧是那样虚情假意、充满嘲讽。

对于掉下的笔盒,她也依旧是不管不顾,而是直接去找自己的跟班们。

此时,教室里散发出一种异样的氛围。

这令人熟悉的一幕此刻在教室再次上演。

可现在和当初有一处明显的不同。

我看向声音发出的方向,用力咬着嘴唇。

其实,我曾预想过眼前的这一幕,但是心里却十分惧怕它成真。

因为,现在被打翻笔盒的不是平林同学,而是小玉。

面对令人不忍直视的现状,教室中的吵闹声变得越来越大。
而始作俑者绀野绘里香的意图也是显而易见。
不过一次争吵,就把所有的怨恨集中到一人身上,这种做法未免太过残酷。
如果要说得更明白一点,那就是现在绀野绘里香的目标转移了。

我为帮小玉捡文具走向她的座位,同时为这冷酷的事实感到悲哀。环顾四周时,发现日南和深实实也同样开始走向小玉的座位。
正在这时。

"绀野!"

一声铿锵有力、斩钉截铁的呵斥声再次响彻班级。
我不禁将目光投向声音的主人,同时感觉全身流过一股名为静止的电流,慢慢停下了脚步。
日南和深实实也不再前进。

映入眼帘的则是小玉盯着绀野的后背，朝她大声吼叫的场景。

"你刚才是故意打翻的吧！"

小玉对绀野的指责没有丝毫拖泥带水，直指核心。

"啊？你有证据吗？别乱讲好吗！"

"我可没有乱讲！"

"话说我不都道歉了吗？不过打翻笔盒而已，你有必要这么激动吗？"

"这可不是道不道歉的问题！"

"怎么？你又想打我？"

"才没有！我没有打过你！"

可绀野直接无视小玉最后的反驳，转头继续和跟班们说话。小玉又瞪了绀野好一会儿，最后还是死心似的移开了目光。接着为了捡起落在地上的文具蹲了下来。看到这一幕，我再次迈开脚步。

最先来到小玉身边的是深实实，我和日南也来到了小玉的身边，就这样，我们四个人一起捡起了文具。

就在这时，深实实严肃认真地看着小玉。

"小玉，你没错。"

"……嗯。"

深实实语气开朗，言语中还包含着鼓励，小玉则用微笑回应了她。

"那个……小玉,你还好吗?"

"……嗯,我没事。"

此时的我其实不知该说些什么,所以就只问了个无关紧要的问题,即便这样,小玉也依旧对我露出了笑容。

"花火,没事的。"

"葵……嗯,谢谢你。"

"我……我会想办法的。"

"……葵?"

在那之后日南小声说了这句,似乎为某事下定决心,并对小玉点了点头。

* * *

自那之后,情况发生了明显的变化。

以前绀野每次走动都会踢平林同学的桌子,可现在,受害者却变成了小玉。

不仅如此,小玉的自动铅笔笔芯和圆珠笔也接连受损。

甚至绀野那帮人闲谈的时候,也越来越频繁地说着小玉的坏话。

与之前一样,绀野绘里香依旧肆意妄为。

这些残酷可怕的骚扰仿佛成了惯例,每天都会在小玉身上发生一到两次。

然而,在这种情况下,有一点和平林同学受扰的那个时候有很大不同。

那就是——

"绀野,你又踢我桌子了吧!"

与平林同学的忍气吞声不同,小玉只要受到骚扰,就会据理力争,绝不妥协。

反抗的力度可谓地动山摇,让我从中产生了几分不安,好像总有一天这份反抗会被击溃。

此外,对于小玉的反抗,绀野绘里香根本不买账。

"你说什么呢?不过碰巧而已。拜托你别乱扣帽子好吗?"

"你说乱扣帽子……明明昨天也发生过!"

"话说回来,花火,你难道忘记之前打我的事啦?"

"不……那不过是偶然……"

"啊?我这个才叫偶然吧。故意打人的可是你。"

绀野用带有怨恨的话深深刺向小玉,抛下之后要继续抗议、嘴里说着"可那是……"的小玉,径直去找自己的跟班。

"你等等,我话还没说完……"

"好啦好啦,花火,你冷静点。"

"就是说啊!小玉,别生气。"

日南和深实实上前阻止了想要继续追究的小玉。

"但是……"

小玉愤恨地咬了咬嘴唇,用力瞪着绀野绘里香。

可绀野绘里香一副没事人的样子,根本不理睬小玉,依旧在自己的小团体中开心地笑着。

这几天来,这样的片段不知上演了多少次。

还有一次,是小玉的自动铅笔笔芯被人悉数折断。

一发现这事,小玉便特意走向绀野绘里香。

"绀野!不要乱动别人的东西!"

"……啊?乱讲什么呢?"

绀野一脸无事,随便搪塞着小玉。

"别再这样糊弄人了!"

"话说,你能不能别离我这么近?我可不想被人打,我反对暴力。"

"……唔!不都说了吗!我根本没有打你!"

就这样,小玉毫不退缩,一直坚持奋战。

可绀野绘里香根本没有迎战的意思,仿佛她自己才是占理的人似的,一直用"打人"这个字眼攻击小玉。

"好啦好啦,小玉!食堂开饭啦!"

"靠窗的位子会被抢走的,花火快点!"

闹得不可开交之时,日南和深实实往往会出来打圆场。

这几天来,这样的片段也不知上演了多少次。

可我总觉得,似乎有什么东西正悄然发生着改变。

勇敢表达自己的所思所想，完全不惧周遭的"氛围"。

想必这就是小玉与生俱来的个性吧。这种个性不仅是她强大的立身之本，也是她心中最重要的信念。

也正是因为如此，她才能吸引到日南和深实实，被她们呵护关爱。

但是，这种个性也给她招来了不少麻烦。

之前在家政教室里，她差点和中村起冲突。

听日南说，以前小玉还真的和中村起过冲突。

应该不是什么稀罕事儿吧。

就连小玉自己也曾经说过"不太擅长融入群体"，所以非常感谢帮助自己融入群体的深实实。

现在看来，小玉心中的那份信念虽然造就了她的胆识，但实则是一把双刃剑。

重点就在这里。绀野绘里香做出些许骚扰行为，小玉随之做出抵抗。

而在她们的一次次交锋中，随之慢慢变化的东西正是——

"花火看起来好辛苦啊……"

"是啊……欺负完平林同学就欺负花火，感觉绀野只需要一个可以找麻烦的目标，对象是谁都无所谓。"

"真的，只要有绀野在，就一定会变成这样。"

"啊！好想快点换班！"

"夏林她真的好勇敢啊……估计绀野也没想到，她会这样大肆反抗吧。要是我的话，肯定办不到。"

"是啊，说的没错。人不可貌相，她很有骨气的。"

"嗯。不过，她们现在这样算是在斗争吧。"

"对啊。希望夏林能赢！"

"我觉得吧……虽然绀野同学有问题，但是也没必要发那么大火。啊！当然夏林同学她没有错！"

"嗯……你说的也对。感觉她要是能处理得再圆滑一点，那我们也能更支持她一点……"

"……嗯，每天看她们两个吵，我们心里也不舒服，要是夏林能多为我们考虑下的话就好了。对吧？"

"没错没错！"

"又开始了。"

"是啊！真希望她们别再闹了，每次都只有花火一个人在喊来喊去。"

"再说了，绀野也不是那种说了就会听的人。"

"对啊!反而会造成更负面的效果。"

"今天这是第几回了?真是烦人。"
"谁知道呢。话说夏林为什么要气成那样?"
"我知道绀野是有问题,但每次她们闹起来,教室里的氛围就会变得很糟糕。她们难道不懂吗?"
"从某方面来说,算是自作自受吧。"
"不过夏林她确实没什么眼色。"

"话说,你不觉得她反应有点过了吗?"

——是舆论氛围。班上的舆论开始慢慢朝奇怪的方向发展。
之后,又过了一周。

班上的部分人开始避开小玉了。

* * *

在还未开始上课的教室里。
"对对,这个是前一阵子买的,是不是很可爱?小玉你要不要?"
此时的深实实正在和小玉聊天。

乍看之下,这光景与之前无二,她们聊天的内容也没有什么值得注意的,不过就是在闲聊罢了。

"哎!这个哪里可爱啦?到时候又会被友崎同学说不可爱哦。"

"好过分!一直看的话,就会慢慢有感觉的好吗!"

"真的假的?"

"当然是真的!"

与之前唯一不同的,就是二人的音量。

先前这两人的嬉闹,甚至能影响到整个班级的氛围。

可现在,她们却只用很小的声音交流,对话时小心翼翼,仿佛小玉周身有一圈不可逾越的边界。

不久之前的深实实还会叫叫嚷嚷,那时的小玉也会大声纠正她,可如今班上的氛围却与之前截然不同。

导致这一切的原因十分简单。

——教室里的"氛围"不允许小玉大声说话。

其实不只是小玉,甚至包含小玉的团体之间的对话,都受到了波及。

班级上的氛围越来越差,几乎都能让人察觉出那个未曾有人提及的"规则"。

即便深实实与小玉交谈时的距离已经缩短到仅剩十几厘米,

却依旧有掺杂着些许恶意的窥探目光望向她们。

另外，明面上的排斥虽然没有，但是其他人在路上遇见小玉时都会避开，仿佛在用身体表达自己脑中先入为主的想法——你很烦人。

当然，班上之前都未曾出现过这类现象，而这一切的罪魁祸首，其实就是"氛围"。是它，慢慢引发出整个集体的迫害行为。

情况虽然还没有恶化到集体霸凌的地步。

但这也是日南苦苦维持班上氛围的结果，其实，距离最坏的情况只差临门一脚。

"绘里香最近确实有点过分了……"

休息时间一到，日南便和她的小团体聚在一起，开始用话语操纵氛围。

日南这群人算是班级里最顶层的群体之一，班上许多处于中层的女生们都希望能够进入这个群体，此刻自然也就聚了过来。日南便利用这个机会，向这些人诉说绀野的所作所为到底有多么过分。

"花火不过是在故作坚强，私底下不知道有多伤心……"

日南的表达声情并茂，不但可以让大家同情小玉，还可以激发大家对绀野的厌恶之情。看来，为了拉拢这些容易随波逐流的中层，她还真是用尽了手段。

当然，日南也不是每次休息时间都会这么做，而是选择了一个不会引人反感的频率来讲诉，但每次开口都会犀利地直指要害。

利用自己的人望虽然是她的惯用手段，但效果不错，班上的氛围得以稳定。

就这样，深实实会去关照小玉，日南则负责营造教室里的良好气氛。

在这二人的共同努力下，最关键的环节始终没有发生。

　　　　　　*　*　*

这天早晨的会议，由日南一段漫长的沉默开始。

"小玉现在的处境……似乎不太乐观。"

"是啊……"

日南焦躁不安地咬了咬嘴唇，视线飘忽不定，说话的语气也少了一份力道，甚至让人觉得其中掺杂着一丝恐惧。

她的这副样子看起来就像一个对自己没有信心的普通女孩，完全不像那个无懈可击的玩家——日南葵。

"……你怎么了？"

面对我的提问，日南不过是敷衍地回了一句"也对"，之后又缄口不语。

所以我再次开口。

"这么下去的话……会有越来越多的人孤立她的。现在有你和深实实帮她，至少还能挺住……但要是继续这样的话……"

情况比我们想象的更糟糕。

每当绀野绘里香和小玉起争执时，日南和深实实总会出来打圆场。而在小玉的个人生活上，深实实也一直尽量陪在她身边，帮助小玉抚慰心中的伤痛，让她一次又一次地露出开心的笑容。另外，日南为了让争执的影响范围不再扩大，同时也为了防止大家对小玉的印象变差，每天都用尽浑身解数，与一个名为"氛围"的怪物战斗。

开始不择手段的日南葵的力量着实可怕。按常理思考，人应该是无法将氛围保持在现在这种状态的，但日南做到了。

然而，班里的氛围还是没有朝好的方向发展。

因为小玉每次在面对骚扰时都会据理力争、从不妥协，所以其他人对她的厌恶之情也会随着一次次的争执不断累加。随着时间的推移，那不断累加的厌恶之情就会像难以清理的陈年茶垢一样，深深地印在大家的心里。

而"明明已经有人阻止，她却执迷不悟"这一点，也会加深每次争执所带来的负面印象，大家对小玉的不满会与日俱增。

可即便如此，日南却依旧不改变策略。即便这种做法会使大家加深对小玉的不满和负面印象，她却依旧选择在每次争执发生时打圆场，尽量消除大家的负面情绪。

的确，除了日南外，估计没人能有这么强大的能力。

小玉也的确因此获救。

要是没有日南的话，小玉可能早就已经是众矢之的了吧。

更别提在教室里和深实实聊天了。

"也对……这样下去可不行。要想想办法才行……"

"想办法吗……"

话虽如此，我却从中感到些许不对劲。

这份感觉的根源便是日南会选择"哪种方法"。对此，我真的百思不得其解。

"对了，日南……"

"怎么了？"

因为，这和她平常的做法有出入。

当然，我并不是说这种做法是错误或者不该去做的。相反，我认为这也不失为一个方法。

只是单纯地觉得"不一样"而已。

因为，这不是日南的风格。

所以我开口的时候特意思考了说辞，尽量避免产生误解。

"那个，现在最重要的就是帮助小玉对吧，比其他事情……都重要。"

"所以呢？你想说什么？"

日南用冰冷的双眸看着我。不知是不是因为其中不带感情，眼眸的颜色十分暗沉。

我想办法将自己感受到的那股异样转化为语言。

"既然这样的话，那要不我们让小玉不要再去和绀野绘里香硬碰硬——"

"那样不行。"

那声斩钉截铁地拒绝中蕴含着无比坚定的意志,同时,日南那深邃的目光仿佛要将我整个人吸进去。

"……为什么?"

她的那副样子让我萌生出与平常有些许不同的恐惧,但好奇心还是驱使我问出理由。

日南的表情看上去有气无力,感觉不像平常的她,但是目光却依旧无比锐利,仿佛在责怪我似的。

"花火没做错。之前我不也说过吗?她只会坦诚地说出自己的想法,是个耿直坦率的人,所以不能那样做。"

这番话听上去其实不怎么符合逻辑,而且这种解释一点都不巧妙。说实话,这样的日南我不曾见过,所以我也不知道该不该点破这件事。

总之,现在的日南情绪似乎不是很稳定,不禁给我一种"不能否定她说的话"的感觉。

"为什么不行?"

听到我的小声疑问,日南倒也开口回答了,却仿佛不是说给我听,而是想要说服某人似的。

"花火是对的。她现在的处境才是一种错误,所以说,她没有必要改变。"

"你的意思是……"

我一下就明白了。

的确,按理来讲,她说的没错。对错双方之间,需要改正的自始至终都是错误的那一方。我当然也支持这种做法。

但是,还是有某个地方"不一样"。

因为这和日南一直以来主张的做法背道而驰。

"所以花火不能改变……如果不能在这种情况下解决问题的话,那就没有任何意义。"

但这是为什么?为什么日南如此断言呢?

"日南……"

日南之前的处事方式不是这样的。

先前的她,不论有多么相信自己是正确的,都会将自己的想法与其他人的价值观做比较。如果无法在行动上贯彻自己的想法,那么这个想法也就相当于无用。也正因为如此,就算日南站在敌人的主场上,也会不惜扭曲、转变自己,为的就是贯彻她认为正确的想法。

通俗点讲,如果所处的环境有错,那么就配合这个环境作战。

这是日南的信条,也是她制胜的法宝。

所以,按照她一直以来的做法来看,要解决这个问题,让小玉转变才是上上策。

可是,日南现在的选择却与之完全相反。

她说:"小玉现在的处境才是一种错误,所以她没必要改变。"

不仅如此。

之前在讨论是否要帮助中村和平林同学时，日南认为这两个人的做法都与自己所主张的不尽相同，所以认为没有帮助他们的必要。

这种巨大的落差着实让人感到矛盾。

"没关系的，我会改变的。"

日南并没有看向我。

同时，不知为何。

从日南的神情中我虽然可以看到一股强大的决心和意志，但却与我之前在泉身上看到的有所不同。那是一种仿佛容不得一粒沙子、又有些扭曲的偏执。

　　　　　　＊　　＊　　＊

某天，深实实翘掉社团活动。

究其原因，其实是这天体育馆内的场地不够，小玉所在的排球部休息。

深实实说不能让小玉一个人回家，所以才翘掉社团活动，决定和小玉一起回去。

当然，深实实也邀请了我，所以最后就是我们三个人一起回家。

在回家路上的深实实和小玉还是和平常一样，爱一起嬉闹。

"啊！小玉，嘴边沾着食物残渣哦。是不是刚才的面包啊？"

"哎,真的吗?"

"等一下……好啦,拿掉啦。啊呜!"

"哎?!你怎么吃掉啦!"

这两人的关系看起来还是那么好,不过这亲密程度说实话已经让人有点搞不懂她们之间的关系了。但这样一来,我也发现了,她们在放学路上的欢快嬉闹与在教室时的小声交谈形成了鲜明的对比,看来在教室里她们的确很收敛。

"深实实,你这样的话,小玉会讨厌你的。"

"哎?!不会吧小玉?!你不会这样的吧?"

"你别骗自己了!这样无论是谁,都受不了啊!"

"怎么会!"

"哈哈哈。深实实你最近的确闹得太欢了。"

"哎!怎么连友崎你都这样说?!"

所以我也尽量表现得和平常一样,想通过自己的技能,让现场的氛围变得更加欢乐。

"明天见啦!"

"明天见。"

"嗯,拜拜!"

因为小玉家和我们是反方向,所以我们走到车站便分开了。

小玉微笑着向我们挥手并踏进电车。深实实则是大幅度地挥动整个手臂,目送小玉离去。对此,小玉则是以苦笑回应。

电车随着车门的关闭逐渐远离月台。

而深实实依旧是夸张地挥着手,直到电车完全消失不见,她才缓缓地放下手臂。而她那仿佛贴在脸上的笑容也在这一刻从脸上剥离下来。

接着,我听到了一声微微的叹息。

月台重归平静,深实实的脸上露出了一个寂寞的笑容。

"怎么会变成这样呢……"

这句不知所指、含糊不清的话语中,仿佛灌注了她所有感情。

我一边望着月台外的田园风景,一边开口:

"可能是因为运气和时机不好吧……"

"运气和时机吗……"

深实实无力地小声呢喃。不过说真的,我确实这么认为。日南也曾这么说过。

这一连串的事件以最糟糕的形式排成一列,依次慢慢倾倒,一环扣一环。

最终,便会组成一个巨大的多米诺骨牌组,压倒最关键的那个骨牌。

虽然这一系列的主犯是绀野绘里香,但若要问事情开端是什么,又是怎么走到现在这一步的,那也只能说是一连串小事环环相扣引发的结果。

"是啊……防不胜防啊!"

虽然感到懊恼,但我还是道出了自己的想法,只见深实实依然低着头、神情扭曲。

"小玉明明什么错都没有,但是大家把她当成个坏人……我真的,看不下去!"

深实实将手掌紧握成拳,大力锤向自己的大腿。那灌满力量的拳头大幅抖动,仿佛在诉说着自己心中的懊悔。

"……是啊。"

小玉的确什么都没做错。她所做的,不过是纠正错误,不过是甩开了那些飞到自己身上的恶意火星而已。

然而,小小的恶意在不断累积下慢慢膨胀,最终甚至模糊了对错,让小玉沦落为一个他人眼中的反派。这一切从根本上来讲,就是错的。

此时,深实实手臂抽动了一下。我看向她时,发现她总是一副欲言又止的样子。

"我问你,友崎。"

"……怎么了?"

这时深实实用紧绷的表情看着我,不安地凝望我的眼睛。

接着,嘴唇轻启,颤抖地说出了下边这句话:

"我……做得好不好?"

"哎?"

"有没有让小玉打起精神?"

说这句话时,深实实的眼眸中满是不安。

"和小玉一起的时候,我是不是和平常一样,说话时表现得很开心?"

就这样,一问又一问向我袭来,而发出这些问题的深实实,眼中却噙着泪水。

"我是不是和平常一样笑得没心没肺?"

深实实的这些迫切提问只为确认自己的演技是否完美,但从中也可以感受到她的不安。

这才是深实实的心声。

因此,我也用诚挚的态度面对,用最认真的语气回应。

"嗯……我觉得你做得很好。"

"真的吗?有没有给人在硬撑着的感觉?"

"……你放心,没问题的。"

"这样啊……"

深实实微微叹一口气,接着仿佛下定了什么决心似的,突然转头向前。

"以前,小玉曾经帮过我……我真的非常喜欢小玉,所以……我才想做点什么,想要尽力帮帮她。"

"……我明白。"

"但我没有葵那么厉害,也没有你聪明……所以我能做的,也就是在绘里香和小玉的冲突结束之前,在一旁支持她而已。"

"没这回事儿……"

听到我的小声否定,深实实似乎鼓起全部勇气,硬逼着自己换了个表情。

"嗯嗯！不过这样就可以了，对吧！"

虽然深实实的脸上还留有些许不安，但她还是微微一笑。

"如果这微不足道的力量也能帮上小玉……那我就知足了。"

"这样啊……"

此时，深实实刻意装出开朗的语气接话。

"这样应该能帮小玉分散一点注意力吧？"

说完，深实实便将自己的双手背到身后，向前弯腰盯着我的脸。我则用尽全力点头回应。

"嗯。肯定帮到她了。"

听到这句话的深实实挺起身来，抿着嘴微微点了点头。

"这样啊，你说得对……嗯！"

说完，她就将脸转向一旁，好像擦了擦眼睛。最后又将手放下，再次面向我这边。接着似想化解尴尬，干咳一声。

此时的深实实似乎找回一些以往的光彩，脸上又洋溢出乐观开心的笑容。

"看来……我必须好好支持小玉！"

深实实说完，又用力握拳。然而她的手臂依旧微微发颤。

* * *

第二天。绀野的骚扰和小玉的反击又在教室中上演。

"你又乱动我的笔盒了吧！"

"啊！又给我乱扣帽子？"

随着上边这一幕的出现，班里同学们露出不满的眼神。其中大多数人的目光就像一把把刀子，精准而又缓慢地刺向小玉。接着，一如既往，日南和深实实上前劝阻。这副场景不知已在我的眼前上演了多少遍，但我依旧无可奈何，每次都只觉得难受又痛苦。

但是，我可不是仅仅在一旁观看。

而是为找出一些自己力所能及的事，一边观察，一边分析状况。

毕竟小玉现在的处境不妙。

这不是我希望看到的。

若是仅仅因为自己是弱角，就对眼前的情况视而不见，那么事情绝不会有任何进展。

日南曾对我说过："你擅长分析眼下遇到的状况。"

不仅如此，在 Attafami 当中，我还是排名在日南之上的 nanashi。

那我一定也可以在现实中做到日南做不到的事情。

就这样，我一边为自己打气，一边思考着这件事到底会走向什么样的终点，也就是会迎来怎样的"结局"。

估计深实实期望的结局是这样的——绀野绘里香最终屈服于小玉的抵抗。

也就是说，迄今为止，深实实时常在小玉身边照顾、安慰她，就是为了避免小玉被现实完全打败。同时，深实实也期待绀野能够在这段时间内丧失兴趣，不再有精力和体力去骚扰小玉。如果骚扰行为能就此结束，那么就可视作好结局。

抑或，她是希望小玉能够忍住，不再反抗。这样一来，起码教室中的氛围就不会再因小玉的反抗进一步恶化，同学们也会容易对小玉产生好感。绀野的骚扰行为或许不会因此停止，但至少情况会好转。接下来，只需要让小玉在深实实的关爱下等待骚扰结束便可。只要班上同学不再对小玉产生反感，相信应该会有办法挺过去的。

但是这两种方法其实都有一个很大的问题。一旦小玉遭受到巨大的伤害，而深实实的关爱不足以抚平这个伤痛的话，那这一切就都不成立了。看来，如何解决这一问题是个难点。

与之相对，日南的目标应该有两个。其中一个恐怕和深实实一样——绀野绘里香屈服于小玉的反抗。不过日南和深实实有一点不同，日南尽心维护的并非小玉的心理状况，而是班级的氛围，企图通过缓和班级的氛围来争取时间。如果绀野绘里香在此期间耗尽耐心，那么也可以迎来深实实预想的结局。

但我估计，日南真正的目的应该不是这个。

那家伙真正的目的一定是——让班上氛围"朝反方向决堤"。

现在，大家基本上都认为小玉是"错"的。而日南想做的，正是扭转这种氛围,让大家认为绀野才是"错"的一方。然后引爆名为"群体观感"的洪流,将绀野冲走,利用团体与氛围带来的暴力做个了断。目前,班上氛围持续恶化,让它再次逆转才是日南想要的吧。

"我会改变整个班级的。"

我想日南当时说的,一定是这个意思。

如果日南能够成功扭转班上的氛围,那么就可以迎来好结局。可如果在日南成功之前,小玉先撑不住的话,那么最后肯定就是坏结局。

说实话,在我看来,即便是强大如日南,要扭转这种氛围,也可以说是难于上青天。

这样思考下来,解决问题的方法大致可以分为三种。

一、绀野绘里香屈于小玉的反抗。
二、小玉隐忍,不再反抗,整体氛围随之好转。
三、让班上的氛围朝反方向决堤。

这些估计就是那两个人希望看到的几种"结局"。

那么我——nanashi 应该做出什么样的选择呢?

答案从一开始其实就已经定好了。

那就是思考第四种方案。

* * *

这天放学后,我来到了图书馆。

不过这次不是为了见菊池同学,毕竟她放学后也不会来图书馆。

这次来图书馆,是为了等待排球部的社团活动结束。

在等待的过程中,我不断思考自己现在想做的"第四种方案"。

换句话讲,我正在寻找我想在这个问题中达到的最终目标。

最重要的,不是在"不改变小玉"这一点上用尽全力,也不是要求小玉顺着对方的规则全力奋战。

这两个都不过是手段,不是最终的目的。

现在,首要的目的只有一个,就是"在不伤害小玉的情况下,渡过这个难关"。

所以,最优先的,便是思考一个最安全、成功率最高的对策,并将其付诸实践。除此之外,其他多余的规则都可以无视。

就算做法既肮脏,又龌龊,我也要不择手段,朝着目标迈进。

这就是其他人做不到,而我——nanashi 可以做到的事。

而为实现这一切的必要战术。

那便是——逃避。

临阵脱逃。按下"逃跑"键。

这其实是游戏中常见的对策。

简单讲，我现在其实希望小玉——

在风头过去之前，选择"向学校请假"。

这种缩头乌龟似的做法或许会违背小玉的想法。而就算采取这种做法，说不定也不会让风波因时间流逝而消失。但是，可以让小玉免遭决定性的伤害。

即便他人认为这种做法逊色、老套，又愚蠢，甚至说相当于一败涂地，我也觉得无所谓。毕竟这些都不重要，只有保护小玉"不受伤"，才是最应该优先考虑的。

若能实施这种方法，绀野和小玉的争执起码不会再发生在班级里，大家对于小玉的反感就不会再加深。日南和深实实也可以在小玉请假的这段时间里慢慢让班级的氛围好转。说不定，泉也可以在绀野面前美言几句，让她不再那么讨厌小玉。如果顺利的话，相信问题很有可能会得到解决。这就是我这个弱角思考出的对策。

另外，现在班级中的氛围对小玉颇为不利，也只有逃跑具有几分可行性。综上所述，逃跑失败率低，成功率高，恐怕是最可行的解决方案。

这就是我想看到的第四种结局。

六点一过,我就从图书馆回到了教室,发现小玉正站在窗边看田径部的练习。

日南跟深实实的学生会选举结束后,曾经有那么一段时间,我在这里跟小玉聊过好几次。话题有深实实、日南,还有她自己。当然,我也通过这些谈话了解到了很多重要的事。

所以说这一次,我想再次和小玉好好聊一聊。

"……小玉。"

听到这句话的小玉好像被吓到一样,肩膀大大地抖动了一下,之后怯生生地转向我。她转过头的那一瞬间,僵硬的脸上还带着恐惧和愤怒,但在看到来的人是我之后,神情便放松了下来。

看到这一幕,我明白了。现在的小玉神经紧张,即便只是叫她的名字,她也会条件反射般认为其背后藏有"恶意"。而我却对此无可奈何。

"怎么了?友崎。"

此时,她的表情和语气倒是和平常无二。

"呃,倒也没什么特别的事。"

我尽量摆出一副自然的笑容。

"嗯?"

"就是……想和你聊一聊。"

"是吗?"

小玉满脸写着疑问,但不知是不是因为带着笑意,所以看上去也不像在拒绝我。

"嗯，就是关于绀野绘里香和班里同学的事。"

此时的我一下切入正题。

紧接着，小玉好像很吃惊似的，一下睁大了眼，最后又露出打趣的笑容。

"跟你讲，之前葵和我聊过一件事。"

因为小玉的回话和现在的话题八竿子打不着，所以此刻的我脑中满是问号。

"当时葵和我说，'友崎同学和你有点像'。"

"……哎？"

我稍微有点吃惊。虽然葵也和我说过类似的话，没想到她也和小玉说过。

此时的小玉目不转睛地盯着我的眼睛。

"当时其实我还不太懂她是什么意思，但深实实在勉强自己的那个时候，我们聊了不少，现在你又突然和我开门见山地说那件事，我觉得自己有点明白了。"

小玉说着，面露苦笑。

"你说明白了是指？"

被我一问，小玉便投来直勾勾的目光，接着开口道：

"我发现你会毫不避讳地说出自己心中的想法。"

"喔喔……嗯。"

我点点头。

的确如她所说。不过想想看,日南说我只有这一点拿得出手,那和小玉有同样的特点,倒也不足为奇。

"那你要聊什么呢?要聊绀野绘里香和班里同学的事?"

小玉问得直截了当。一般人其实会觉得很难启齿、不方便询问,但她毫不拐弯抹角,并且能够面不改色地道出自己心中的疑问,的确是小玉的作风。也许,这就是我们两人的相像之处吧。

所以我也没有旁敲侧击,而是直接开口道出自己心中所想。

"绀野针对你,同学们又对你避而远之,这样不会觉得很难受吗?要是难受的话,其实可以换个方法,选择避开。"

我说得很直接。小玉的表情看上去没有什么变化,也没有显出不悦。接着,她直视着我开口道:

"当然难受啦。不过……"

"不过?"

听到反问后,小玉脸上露出了坚强的微笑。

"我不会有事的。"

从她的笑容中我看得到斗志、正义感和信念。我觉得,这些应该源于一种基于自身内心准则的自信。令人敬重,又招人喜爱。

这种自信与日本第一"玩家"、从未对自己说过谎的我所拥有的某种特质有几分相像。而这种特质也是我在这双重身份当中最引以为豪的部分。

"这是因为……你心中已经笃定啦？"

"嗯。"

小玉点了点头。虽说我问得很抽象，但不知为何，总觉得背后的真实含义已经传达给了小玉。

"因为我知道，自己没有错，所以我能撑下去。"

小玉的回答虽然也很抽象，但我好像也明白了她想说的。

于是，我便用力点了点头。

"这样啊……"

"错的是她，不是我。所以无论她做什么，我都不会认输。我相信自己的做法是对的，所以也绝不会妥协。"

"嗯。"

我对这样的价值观颇为认同。

的确，虽然我现在在"人生"中不过是个弱角，对自己每天的行动都毫无自信，但这只不过是说我在"人生"这场游戏的规则下还处于弱势，并不意味着我对"自己"本身没有自信。

相反，在日南开导我之前，我一直觉得人生是一款"垃圾游戏"，而且从未跟其他人提起这件事。当时的我坚信"只要自己觉得是正确的，那就足矣"，并一直遵循着这样的价值观生活。

因为自己可以笃定，所以无需任何人来认同其正确性。

所以说，我才会一直玩自己认为是"神作"的 Attafami，并最终登上日本第一的宝座。对这一行为，我没有一丝一毫的迟疑，因为这就是我的生存之道，也是我的价值观。如今其实也一样，不过是"我个人认为"人生是一款不错的游戏，所以才有所行动罢了。

我可以从根本上感觉到——正是这种想法塑造了我。

而如今，我在小玉身上看到了和自己一样的特质。

"既然你都这样讲了……看来是没有问题啦。"

鉴于此，我便在这一刻放弃了接下来想要提出的方案。

因为我能理解小玉想说的。

我知道，那一定是一种最应受到他人尊重的感受。

比起每天被绀野绘里香攻击，被大家避之不及……

她更讨厌被自己不能接受的价值观改变，且对此的厌恶程度远高于前者。

所以这样就好，这才是最正确的选择。

小玉又用力地大幅度点头。

"只要能够保持自我，不管遇到什么事，我都可以忍受。"

听到这句话，我不禁感叹其中的"自我"所蕴含的简单而又深刻的力量。

"所以，我不会有事。"

她的眼神中没有半分迷茫和犹豫，只是在向我传达自己心中所想，看起来是如此真诚。

所以我也看向小玉的双眸，点了点头。

"嗯……那就好。"

我决定相信小玉。

她所做的是正确的。而她不仅能笃定自己所作所为的正确性,还可以为其付出一切。

若是现在扭曲自我,相信肯定会比眼下的情况更令她痛苦。

所以,小玉做出的选择,就是"继续斥责绀野的行为"。

毕竟,比起被踢桌子、物品被损坏,甚至比起被班里的同学避开——

彻底相信自己,要重要几十倍、几百倍!

"我明白了,我会为你加油打气的。"

我一边说,一边再次用认真的眼神看向小玉。感觉小玉能够靠这些明白我内心的意思。

听我这么说,小玉仿佛对一切都了然于心,接着露出温柔的微笑。

然后慢慢开口。

"不过呢,友崎。"

此时的小玉换上了拥抱深实实时的温柔神情,但不知为何,那神情中却仿佛隐藏着异常强烈的决心。

宁静而又充满魄力的觉悟从小玉的周身散发出来,这种强大的气场与她那娇小瘦弱的身体形成了鲜明的对比。

我的思考能力也被眼前的这一切完全夺走，脑中一片空白。
小玉这时再次开口。

"深实实现在很难过。"

她那双瞳孔仿佛能看穿一切，其中的强烈悔意、悲伤、愤怒一下蹿进我的四肢百骸。而我能做的，就只有倾听。

"所以我想改变自己。"

这其中蕴含的温柔，无以言表。
那位表示会全然相信自己的小玉。
那位说相信自己就能渡过一切难关的小玉。
现在却毫不犹豫地将这一切抛之脑后，下定决心只把一件事放在首位。
对此，我不得不甘拜下风。
"和你聊了这么一会儿，我也发现了，我们两个果然很像。老是会把心里话说出来，也不太擅长装模作样。但是……"
小玉向我迈进了一步。
在教室中的这一步虽小，却像跨过了一条关键的界限。
"友崎，最近你的变化很大。开始懂得看场合，还和大家打成一片，笑容也变多了。明明和我很像，却会去挑战自己不擅长的事情,一步一步改变自己。这个时候我才发现,原来这一切都是可以改变的。"

小玉认真的目光向我袭来。这道视线强烈到我难以直视,但我打定主意不移开自己的目光。

接着,小玉点了一下头,便又像平常一般,强而有力地说:
"所以说,你是怎么做到的?"
她伸手指向我的脸。
那直绷绷的手指好像小玉那颗正直的心,深深打动了我。
接着,小玉慢慢握紧双手。

"也把那种作战方式教给我吧!"

她眼中的斗志仿佛静静燃烧的火焰,默默地诉说着自己心中的想法。那就是,虽然相信自己的做法,但是为了不让珍视的人伤心,不让珍视的人受到伤害——

选择"改变自己"。

后 记

各位读者朋友们,好久不见。我是屋久悠树。

时间过得真是飞快,《弱势角色友崎君》这个系列竟然已经出到第四册了。回想起来,第一册是在去年五月份的时候发售的。这一册是在今年六月份发售,距离我出道已经过去一年多了①。

随着时间的流逝,我周围的环境有了一些变化。比如,我的生活方式就发生了巨大的改变,还有我的身边也出现了一些新朋友,帮助我更好地完成作品。当然,我还收获了许多支持我的读者朋友。

这些变化不仅影响到了周遭的环境,也影响到了我的心境。现在的我甚至能在一天天的光阴流逝中切实感受到自己心境上的变化。

不过,虽然每一天都充满变化,但是有的时候,我还是会突然意识到有一件事,其实从未发生改变。

那就是Fly老师画笔下的人物那"不夸张但又吸引人的魅力"。

---

①此处均为作者写后记时的日版小说发售时间。

这次我希望大家能够注意一下封面上的优铃。

没错,优铃身上的细节其实并没有大面积展示在封面上。但她的每一处都藏着一种特殊的魅力,无时无刻不吸引着人们的目光。

众所周知,想要在一张插画上突出某一部分,最简单的方法就是将其放大。但这里没有使用上述方法,而是通过线条和构图突出了目标部分的存在感。

Fly 老师把女性的很多细节处理得十分真实。也正是因为这一处处细致的刻画,整张插画上没有半分造作之感,而是展现出了一种"并非刻意展示,不过是你看向了原本就有的内容而已"的感觉。极具深意。

接下来是谢词。

插画师 Fly 老师,您不仅在百忙之中抽出时间来绘制插画,甚至还顾及到特典的插画,真的非常感谢。另外说一句,其实我是您的粉丝,所以看到您绘制的插图,内心也很开心。

责编岩浅先生,年末的繁忙工作结束后,就又利用黄金周加班工作,感谢您的付出,习惯还真是有点可怕。

还有各位读者朋友,多亏了你们的支持,这部作品也漫画化啦。希望今后我能给你们带来更多的好消息。谢谢你们。

希望能在下一册与各位再见。

屋久悠树

图书在版编目(CIP)数据

弱势角色友崎君. 第二卷 : 全两册 / (日) 屋久悠树著 ; (日) Fly绘 ; 朱世祯译. -- 武汉 : 华中科技大学出版社, 2023.9
ISBN 978-7-5680-9263-0

Ⅰ. ①弱… Ⅱ. ①屋… ②F… ③朱… Ⅲ. ①长篇小说 – 日本 – 现代 Ⅳ. ①I313.45

中国国家版本馆CIP数据核字(2023)第048755号

JAKU CHARA TOMOZAKI-KUN LV.4
by Yuki YAKU
© 2016 Yuki YAKU
Illustrations by Fly
All rights reserved.
Original Japanese edition published by SHOGAKUKAN.
Chinese (in simplified characters) translation rights in China (excluding Hong Kong, Macao and Taiwan) arranged with SHOGAKUKAN through Shanghai Viz Communication Inc.

湖北省版权局著作权合同登记 图字:17-2021-248号

弱势角色友崎君:第二卷(全两册)	[日]屋久悠树 著 [日]Fly 绘
Ruoshi Juese Youqi Jun:Di Er Juan(Quan Liang Ce)	朱世祯 译

策划编辑:周永华　陈心玉
责任编辑:陈心玉
责任校对:王亚钦
责任监印:朱　玢
出版发行:华中科技大学出版社(中国·武汉)
　　　　　武汉市东湖新技术开发区华工科技园
印　刷:北京美图印务有限公司
开　本:787mm×1092mm　1/32
印　张:20.5　　　插　页:16
字　数:401千字
版　次:2023年9月第1版第1次印刷
定　价:89.00元(全两册)

出版统筹:贾　骥　宋　凯
　　　　　张泰亚　王瑞丰
　　　　　白卓瓒
装帧设计:张恺珈　王　艺
电话:(027)81321913
邮编:430223

本书若有印装质量问题,请向出版社营销中心调换
全国免费服务热线400-6679-118竭诚为您服务
版权所有 侵权必究